MARVIN'S WORD TIPS FOR TOEFL SUCCESS

一分鐘記住一個單字不是夢想！

7天背完托福 高頻單字

Contents

作者序   ii

a   abandon ~ axiom   1

b   bacteria ~ buttress   42

c   cache ~ cynical   52

d   dabble ~ dyspepsia   80

e   earnest ~ exult   97

f   fable ~ futile   117

g   gainsay ~ grotesque   126

h   habitat ~ hypothesis   131

i   iconic ~ itinerary   137

j   jargon ~ juxtapose   157

k   keen ~ kudos   160

l   label ~ lynch   162

m   macabre ~ myriad   170

n   nadir ~ nurture   185

o   obdurate ~ oxymoron   190

p   pacify ~ pyromania   198

q   quack ~ quorum   222

r   rail ~ ruthless   225

s   sabotage ~ synthesis   242

t   tacit ~ tyro   265

u   ubiquitous ~ utter   274

v   vaccination ~ vulnerable   278

w   wagon ~ wont   286

x   xenophobic ~ xerox   289

y   yearn ~ yoke   290

z   zany ~ zephyr   291

▎作者序

關於本書

　　首先我要感謝你選擇本書。看到書名《7 天背完托福高頻單字》，也許有些人會覺得這是否有些誇大，但我想說的是「書名完全就是字面上的意思」。本書出版的目的是想和你進行一場充滿熱血的托福單字之旅，目標是在七天內，把托福高頻單字掃描一遍，希望能達到的程度是：看到英文單字，立刻聯想到字義。當然，這種程度只是認識字彙，到達精熟運用字彙還有一段距離，但對於時間寶貴的學習者而言，能約略記得每個單字的字義已屬難能可貴。

　　本書的構想最早可以追溯到我曾經客座教學的語文資優班，當時我和學生約定，設法在一節課中衝刺學習 30 到 40 個托福等級的單字。學習的目標很簡單，別在意單字拼寫，只要看到黑板上的英文單字，能夠講出中文字義就算得分。在那次課程中，學生分組後都能熱烈進行搶分，是一次成功的教學。這次經驗印證，我在課堂上講解的「**關鍵字記憶法**」以及「**助憶句**」能夠幫助學生快速記憶。

　　當時學生的確能做到**讀完一個句子，記住一個單字**。即使不是非常熟練，但至少都能產生一些記憶的連結。現在我複製那次的經驗，加上最新的研究心得，成果就是你眼前這本《**7 天背完托福高頻單字**》。我設想的計畫是，如果你在這段衝刺期，每天花五、六個小時密集學習，那麼一天記住 200 個單字應該不成問題。這樣子七天下來就能背到 1,400 個字，這個單字量已經超越本書收錄的詞條。

本書收錄的單字

本書選字約 **1,200 個詞條**，同時收錄約 **1,400 個衍生字**與 **2,400 個同義字**，總計全書單字超過 5,000 個。收錄的詞條屬於托福高頻率單字，應優先學習， 衍生字與同義字可視個人學習狀況斟酌調整。

本書收錄的單字至少涵蓋以下學習資源與專書：
1. *The Britannica Dictionary* 收錄的 100 Essential Words for the TOEFL
2. PrepScholar TOEFL 網站收錄的 The 327 TOEFL Words You Need to Know
3. *Barron's Essential Words for the TOEFL* 一書的大部分單字

除了收錄上述的單字，本書還參考國內補習班多本字彙專書，把各家視為重要的高頻單字盡量收錄進來。

本書的記憶策略

本書的記憶策略有三個：❶ 字根、❷ 關鍵字記憶法與助憶句、❸ AI 記憶繪圖。

❶ 字根

熟悉字根（在此字根是簡化的講法，其實還包含熟悉字首與字尾）是擴展字彙的強大策略，因為**字根是一種系統性的學習**。字根的重要性在於它常常能提示一個陌生單字的意義。此外，認識字根還有助於猜測字義、正確拼字，以及有效率地增加單字量（即把熟悉的字根與不同的字首、字尾組合之後，再產生其他單字）。英文有許多單字是源自拉丁文、希臘文與其他語言，儘管時間遞嬗，這些單字通常仍保有原始字根、字首、字尾。尤其在醫學、科學、法律等專業領域，經常出現具有拉丁或希臘字根的專業字彙。

本書針對重要字根均盡量延伸學習，列出相關的同源字。例如，字根 *bene/bon* 的意思是 good, well ＝好。在這個詞條下，本書 收 錄 bonus、boon、benign、benefactor、benevolent、bonbon 以及 bonanza 等字，這些字都帶有「良好、積極」的含義。

❷ 關鍵字記憶法與助憶句

當然字根的運用仍有其限制。例如，冷僻的字根對於學習就沒有太大的幫助。有時候單字的字義經過各種演變，跟原始的字根已經無法產生很明顯的對應關係。針對這些情況，本書採用另一個方法來幫助記憶，那就是「**關鍵字記憶法與助憶句**」。

關鍵字記憶法是一個快速有效的記憶法，這個方法是把你熟悉的單字變成記憶的關鍵字，接著把這些關鍵字和托福單字放在一起，產生一個提供記憶提示的句子。這就是**本書獨創的「助憶句」，只要讀過一遍，記憶聯想自然產生**。例如，你應該熟悉 higher（更高的）和 rock（岩石）這兩個國中單字。運用關鍵字記憶法，本書用 higher rock 這個片語來創造一個助憶句，幫助讀者記憶 hierarchy（等級制度；層級）這個單字。助憶句：In this hierarchy, every monkey wants to find a higher rock to stand on.（在這個等級制度中，每隻猴子都想找到更高的岩石來站上去。）只要讀完上述的助憶句，應該就能運用 higher rock 的讀音來記憶 hierarchy 這個單字。以下再舉幾個本書的實例：

poultry *n.* 家禽
pool（池塘）和 tree（樹）是國中單字，利用這兩個字的讀音來記憶 poultry。助憶句：In the yard, there is a <u>pool</u> and a <u>tree</u>, providing a great setting for raising <u>poultry</u>.（院子裡有一個池塘和一棵樹，為飼養家禽提供很好的環境。）

stupendous *adj.* 令人驚嘆的
讀音類似 <u>stunning</u> <u>pandas</u>（漂亮的熊貓）。助憶句：The <u>stunning</u> <u>pandas</u> in the zoo are a <u>stupendous</u> sight to behold.（動物園裡漂亮的熊貓是一個令人驚嘆的景象。）

amalgam *n.* 混合體；綜合體
利用 <u>a</u> <u>male</u> <u>gamer</u>（一個男性遊戲玩家）這個片語來記憶 amalgam。助憶句：<u>A</u> <u>male</u> <u>gamer</u> on our team created an <u>amalgam</u> of a ninja squirrel and a time-traveling banana for the ultimate combat.（我們團隊的一個男性遊戲玩家創造了一個忍者松鼠和時光旅行香蕉的綜合體，以應對終局之戰。）

bestow *v.* 贈與；給予
讀音類似 the <u>best</u> <u>doll</u>（最好的洋娃娃）。助憶句：The king decided to <u>bestow</u> his granddaughter with the <u>best</u> <u>doll</u> in the world.（國王決定贈與孫女這世界上最好的洋娃娃。）

permeable *adj.* 可滲透的；可滲入的
字形類似 <u>perfect</u> <u>meatball</u>（完美的肉丸）。助憶句：The secret to a <u>perfect</u> <u>meatball</u> lies in making the mixture <u>permeable</u>, allowing the cooking juices to be absorbed.（製作完美肉丸的秘訣在於製造可滲透的混料，讓烹調的汁液得以被吸收。）

❸ AI 記憶繪圖

　　運用最新科技，本書得以呈現近 300 幅 AI 繪圖。這些天馬行空的 AI 繪圖可以讓助憶句的內容更為生動具象，衝擊的視覺圖像會使大腦的記憶痕跡更加鮮明。例如：

hypocrisy *n.* 虛偽；偽善
hypocrisy 的讀音類似 the <u>hippo</u> <u>cries</u>（河馬哭泣）。助憶句：In the fable, the <u>hippo</u> <u>cries</u> for the crocodile, but it is <u>hypocrisy</u> because in fact hippos often attack crocodiles.（在寓言故事中，河馬為鱷魚哭泣，但這是偽善，因為事實上河馬常常攻擊鱷魚。）

conundrum *n.* 難題；複雜的問題
讀音類似 Conan（柯南）和 drum
（鼓）。助憶句：Detective <u>Conan</u>
examined the <u>drum</u> again and again.
Obviously, it was a <u>conundrum</u>.（偵
探柯南一再檢查那面鼓。顯然那是
一個難題。）

surreptitious *adj.* 秘密的；偷偷
摸摸的；鬼鬼祟祟的
讀音類似 <u>serpent</u>（蛇）＋ <u>reptile</u>
（爬蟲類）＋ <u>tissues</u>（衛生紙）。
助憶句：I discovered <u>serpents</u> and
other <u>reptiles</u> beneath the <u>tissues</u>.
They moved about <u>surreptitiously</u>.
（我在衛生紙下方發現蛇和其他
爬蟲。牠們鬼鬼祟祟地行動。）

　　除了哭泣的河馬、辦案的柯南以及躲在衛生紙下方的蛇，在
本書中你還會看到女超人拿著科技海綿在打掃廁所（p.114）；你
會看到有人在宿舍飼養蟑螂而受到眾人痛責（p.234）；你會看
到和鴕鳥一樣巨大的小鴨（p.196）；你會看到曬太陽的變色龍
（p.44）；你會看到穿著 Levi's 牛仔褲的哥吉拉（p.166）。

　　上述每一個 AI 繪圖，都源自於某一個助憶句。只要用很短的
時間讀完一個助憶句，再瞄一眼 AI 繪圖，一個托福單字就記住了，
一分鐘記住一個單字不是夢想。

結語

　　本書約一半的詞條提供助憶句，這些獨創的記憶秘訣是快速記憶單字的保證。此外，書中將近 300 個與助憶句搭配的 AI 繪圖，絕對能讓記憶單字的過程充滿樂趣與成效。沒有搭配助憶句的詞條則提供詳細的字根提示，這是公認能夠幫助英文學習者快速增加單字量的方法。相信藉由這幾種學習策略的組合，本書會成為你記憶托福單字的最佳幫手。

　　最後要預祝採用本書的你，能夠順利背完托福高頻單字，最理想的情況正如書名所示，挑戰七天背完，也就是在七天的時間內衝刺掃描一遍。經過這個過程，若能記住其中六、七成單字，其實已經算是很好的成果了。當然也有輕鬆的方式，那就是請隨意瀏覽本書，打開任何一頁都能遇到輕鬆記憶單字的提示。

　　想更深入了解本書，或是對英文有興趣的朋友，請追蹤 Instagram 帳號 @vocabularycracker 英文單字迷。這是我對外公開的英文學習帳號，有圖文並置並且搭配發音的貼文，其中許多貼文內容就是本書介紹的學習方式。

2024 年 4 月 24 日
江正文謹識於台北

A

abandon /əˈbæn.dən/ *n.* a thorough yielding to natural impulses 盡情；放縱

- ■ *to dance with wild **abandon*** 盡情跳舞

- 圓 wildness; wantonness

- 記 字形同 a <u>band on</u> stage（舞台上的樂團）。想像舞台上的樂團盡情演唱。助憶句：As a <u>band on</u> the world stage, they gave a great performance, playing their hearts out with <u>abandon</u>.（作為一支站在世界舞台上的樂團，他們呈現了一場精彩的演出，毫無保留地盡情投入表演。）

- 衍 **abandon** *v.* 放棄；拋棄；遺棄

abase /əˈbeɪs/ *v.* to act in a way that shows that you accept somebody's power over you 貶低；貶抑

- ■ *to **abase** yourself* 貶低你自己

- 圓 humiliate; degrade

- 記 字形同 a <u>base</u> idea（一個卑鄙的想法）。助憶句：You <u>abase</u> yourself by thinking of such a <u>base</u> idea!（想出這麼卑鄙的點子，你這是在貶低你自己！）

abash /əˈbæʃ/ *v.* to destroy the self-confidence of someone; to embarrass someone 使侷促不安；使困窘

- ■ *nothing could **abash** her* 沒什麼能讓她感到困窘

- ■ *the **abashed** girl* 這個感到困窘的女孩

- 圓 confound; disconcert

- 記 讀音類似 a bath（入浴；洗澡）。助憶句：The first time she took a <u>bath</u> in a public bath, she felt <u>abash</u>ed and wore a mask.（第一次在公共浴池泡澡時她感到困窘，所以她戴上面具。）

abate /əˈbeɪt/ *v.* to become less intense or severe; to make something less severe or intense 減少；減輕；減弱

- ■ *to **abate** pollution* 減輕汙染

- ■ *to begin to **abate*** 開始減弱

- 圓 decrease; reduce

- 源 abate 的字源分析：<*ad*: to + *bate*: beat> 字源的意義是"to beat down, to put an end to"，擊倒，即「減輕；減弱」

- 衍 **beat** *v.* 打；擊；打敗

abbreviate /əˈbriː.vi.eɪt/ *v.* to make shorter; to reduce a word or name to a shorter form intended to stand for the whole 縮略；縮寫；簡稱

■ *an **abbreviated** version* 節略版本

回 shorten; abridge

記 記憶法見 abridge 條目。

衍 **abbreviation** *n.* 縮略；縮寫；簡稱

　　brevity *n.* 簡短；簡潔；短暫

　　brief *adj.* 簡短的

....

abdicate /ˈæb.də.keɪt/ *v.* to give up the position of being king or queen 正式放棄（王位）；退（位）；讓（位）

■ *to **abdicate** the throne* 放棄王位

回 resign; renounce

記 字形類似 dedicate（奉獻）。想像一個國王這樣教導王子：You either dedicate yourself or abdicate the throne.（要麼你奉獻全部，要麼你放棄王位。）

源 abdicate 的字源分析：<*ab*: away + *dic*: say, speak + *ate*: *v.*> 字源的意義是"to disown"，聲明表示離開，即「退位」。♭：*dic* 字根的意義是 say, speak = 說。

衍 **diction** *n.* 修辭

　　dictionary *n.* 字典 <*diction*: speak

+ *ary*: *n.*>

addict *n.* 成癮者 <*ad*: to + *dict*: say> 字源的意義是"say, declare, devote"，對某件事物宣誓效忠，即「成癮」。

benediction *n.* 祝福；祝禱 <*bene*: good, well + *dic*: say + *tion*: *n.*> 字源的意義是"to speak well of"，說好話，即「祝福」。

dictator *n.* 獨裁者 <*dictat*: say + *or*: *n.*> 字源的意義是"person who says often"。原指羅馬在短暫期間具有絕對權威的法官，後衍伸為「獨裁者」。

dictation *n.* 口述；聽寫；默書 <*dict*: say + *ation*: *n.*>

jurisdiction *n.* 司法權；管轄權；審判權 <*juris*: law + *diction*: saying, showing>

contradict *v.* 反駁；與……相矛盾；與……有抵觸 <*contra*: against + *dict*: say, speak> 字源的意義是"to speak against"，說話反對，即「反駁」。

predict *v.* 預測 <*pre*: before + *dict*: say> 字源的意義是"to declare before the event happens"，即「預測」。

....

aberrant /ˈæb.ə.rənt/ *adj.* not usual or not socially acceptable 違反常規的；反常的；異常的

■ *the **aberrant** behavior* 反常行為

■ *an **aberrant** phenomenon* 反常現象

回 deviant; abnormal

源 ab<u>err</u>ant、<u>err</u>（犯錯誤；出差錯）以及 <u>error</u>（錯誤）是同源字。

衍 **aberration** *n.* 反常；偏差

2

err *v.* 犯錯誤；出差錯
error *n.* 錯誤
erroneous *adj.* 錯誤的；不正確的
errant *adj.* 行為不當的
erratum *n.* 勘誤表
unerring *adj.* 永不犯錯的；萬無一失的

....

abet /əˈbet/ *v.* to help or encourage someone to do something wrong or illegal 教唆；唆使；慫恿

- ■ *guilty of aiding and **abetting** others* 犯了幫助教唆他人的罪
- ■ *to **abet** terrorism* 唆使恐怖主義
- 回 assist; aid
- 源 和 bait（誘餌）為同源字。教唆他人犯罪就好像是用誘餌引人上鉤。
- 衍 **bait** *n.* 誘餌；魚餌 *v.* 下誘餌
  bet *n.* 打賭；賭注 *v.* 下賭注
  abettor *n.* 教唆者

....

abeyance /əˈbeɪ.əns/ *n.* a state of temporary inactivity 擱置；暫時中止；暫緩

- ■ *to be held in **abeyance*** 暫時中止
- ■ *to hold the case in **abeyance*** 擱置這個案件
- 回 suspension
- 記 讀音類似 <u>Abbey</u> Road（艾比路）+ <u>ants</u>（螞蟻）。助憶句：On <u>Abbey</u> Road, they found some unfriendly <u>ants</u>. Therefore, the roadside gig was held in <u>abeyance</u>.（在艾比路上，他們發現了一些不友善的螞蟻。因此，路邊表演活動被擱置。）

....

abhor /æbˈhɔːr/ *v.* to hate a way of behaving or thinking, especially for moral reasons 厭惡；憎恨

- ■ *to **abhor** corruption* 厭惡腐敗
- 回 despise; loathe
- 記 ab<u>hor</u> 和 <u>hor</u>rible（可怕的；極糟的；令人震驚的）是同源字。助憶句：We naturally ab<u>hor</u> <u>hor</u>rible things.（我們天生就是厭惡可怕的東西。）更多同源字見 horror 條目。
- 衍 **horror** *n.* 恐懼；震驚；恐怖性
  horrendous *adj.* 極糟的；可怕的

....

abject /ˈæb.dʒekt/ *adj.* showing no pride or respect for yourself 卑躬屈膝的；下賤的；可憐的

- ■ *an **abject** apology* 一個卑躬屈膝的道歉
- 回 wretched; base
- 記 字形類似 <u>object</u>（物體）。助憶句：If you are regarded as an <u>object</u>, you will feel being treated as an <u>abject</u> thing.（如果你被視為一個物品，你會感受到被當成可憐的東西來對待的感覺。）
- 衍 **abject** *adj.* 極其（貧窮、苦惱、恐怖等）

3

ablution /əˈbluː.ʃən/ *n.* the act of washing yourself 沐浴；淨體

■ *to perform her **ablutions*** 她去沐浴淨體

🔄 washing; bathing

📝 讀音類似 <u>a blue ocean</u>（一片蔚藍的海洋）。助憶句：Picture fairies performing their <u>ablutions</u> in <u>a blue ocean</u>.（想像仙子在一片蔚藍的海洋中進行沐浴。）

abolition /ˌæb.əˈlɪʃ.ən/ *n.* the act of officially ending or stopping something（制度、習俗等）廢除

■ *the **abolition** of unfair taxes* 不公平稅金的廢除

🔄 ending; termination

📝 字形同 <u>about</u>（有關）+ v<u>olition</u>（意志）。助憶句：One can say that the <u>abolition</u> of slavery is something <u>about</u> the freedom of v<u>olition</u>.（我們可以說，廢奴是某種與自由意志相關的東西。）

🔁 **abolish** *v.* 廢除；廢止

abominate /əˈbɑː.mə.neɪt/ *v.* to hate or loathe intensely 厭惡；憎惡

■ *to **abominate** acts of violence* 厭惡暴力行為。

🔄 abhor; despise; loathe

📝 讀音類似 <u>about</u> <u>midnight</u>（半夜時分）。助憶句：Noisy music playing round <u>about</u> <u>midnight</u> is to be <u>abominate</u>d.（半夜時分播放嘈雜的音樂應是深受厭惡的。）

🔁 **omen** *n.* 預兆 <*omen*: omen>
ominous *adj.* 不祥的；惡兆的 <*omin*: omen + *ous*: adj.>
abomination *n.* 厭惡；憎恨 <*ab*: away + *omin*: omen + *ation*: n.> 字源的意義是"to shun as an ill omen"，閃躲惡兆，即「厭惡；憎恨」。
abominable *adj.* 可憎的；令人難以忍受的；（天氣、服務等）極壞的 <*ab*: away + *omin*: omen + *able*: adj.> 字源同 abomination。

abridge /əˈbrɪdʒ/ *v.* to shorten by omission of words without sacrifice of sense; to shorten in duration or extent 刪節；節略；縮略

■ *an **abridged** dictionary* 刪節版字典

■ *to **abridge** a novel* 刪節一本小說

🔄 shorten; trim; prune

📝 a<u>bridge</u> 包含 bridge（橋）這個

4

字。我們可以利用這一點來記憶：想像 bridge 是縮短距離之物，而 abridge 則是把文章縮短或刪節。此外，bridge 的字形和 brief（簡短的）很接近，我們可以把這些單字一起記憶。

衍 **abridgement** *n.* 刪節；節略；縮略

brief *adj.* 簡短的

brevity *n.* 簡短；簡潔；短暫

abbreviate *v.* 縮略；縮寫；簡稱

....

abrogate /ˈæb.rə.ɡeɪt/ *v.* to officially end a law, an agreement, etc. 正式廢除；撤銷

■ *to **abrogate** a treaty* 廢除條約

■ *to **abrogate** the rule* 撤銷這條規則

同 revoke; invalidate

記 字形同 abroad gateway（國外門戶）。助憶句：The student body is disappointed by the school's choice to abrogate its abroad gateway program.（學生群體對學校取消國外門戶計畫的決定感到失望。）

....

absorb /əbˈzɔːrb/ *v.* to take something in, especially gradually; to take in (knowledge, attitudes, etc.) 吸收

■ *to **absorb** heat* 吸收熱量

■ *to **absorb** the impact* 吸收衝擊力

同 soak up

記 字形同 absent（缺席的；不存在的）+ orb（球體）。助憶句：During the eclipse, the absent orb of the moon in the night sky seemed to absorb the surrounding darkness.（月蝕的時候，夜空中

看不見的月球仿佛吸收了周遭的黑暗。）

....

abstemious /æbˈstiː.mi.əs/ *adj.* marked by restraint especially in the eating of food or drinking of alcohol 有節制的；戒絕的

■ *an **abstemious** eater and drinker* 飲食與飲酒都很節制的人

同 temperate; abstinent

記 讀音類似 absentee（缺席者）+ meals（餐）。Her abstemious lifestyle made her become an absentee from meals every other day.（她的節制的生活方式使得她每隔一天都缺席用餐。）

....

abundant /əˈbʌn.dənt/ *adj.* more than enough 大量的；充足的；豐富的

■ *abundant evidence* 充足的證據

■ *an **abundant** supply of food* 充足的食物供應

同 plentiful; ample

記 字形類似 a bun（一個圓麵包）+ ant（螞蟻）。助憶句：A bun, for an ant, is an abundant supply of food.（對一隻螞蟻而言，一個圓麵包是充足的食物供應。）

㊞ **abound** v. 大量存在；有很多

....

academic /ˌæk.əˈdem.ɪk/ *adj.* relating to education and scholarship 學術的；學院的；學校的

- ■ ***academic** achievements* 學術成就
- ■ *a prestigious **academic** institution* 一個知名的學術機構
- ㊂ educational; scholarly; erudite
- ㊀ 字源來自 *Academia*（阿卡迪米亞）。阿卡迪米亞原是柏拉圖講學的小樹林。

㊞ **academy** *n.* 研究院；學會；學院

....

accede /əkˈsiːd/ *v.* to agree to a request 同意；應允

- ■ *to **accede** to her request* 答應她的請求
- ■ *to **accede** to the treaty* 同意本協定
- ㊂ accept; consent; assent

㊟ 讀音類似 a seed（一顆種子）。助憶句：The gardener will accede to the children's request to plant a seed of hope in the garden.（園丁將會答應孩子們的要求，在花園裡種下一顆希望的種子。）

㊀ *ced/ceed/cess* 是一個重要字根，意思是 go, move = 走；去；移動。♭：字根 *ced/ceed/cess* 的讀音類似 seed（種子）。我們可以想像隨風飄移的種子，用 a moving seed（移動的種子）來幫助記憶，所以字根 *ced/ceed/cess* 表示 go, move = 去；移動。

㊞ **accede** *v.* 就職 <*ad*: to + *cede*: go> 字源的意義是"go to a position"，到某個職位，即「就職」。

access *n.* 入口；路徑；機會；權利 <*ad*: to + *cess*: go>

accessory *n.* 附加物件；配件；裝飾品 <*ad*: to + *cess*: go + *ory*: *n.*>

accessible *adj.* 可進入的；可接近的；可得到的 <*ad*: to + *cess*: go + *ible*: *adj.*>

antecedence *n.* 佔先；優先 <*ante*: before + *ced*: go, come + *ence*: *n.*> 字源的意義是"a coming before"，先到，即「佔先」。

precede *v.* 先於 <*pre*: before + *cede*: go>
proceed *v.* 繼續進行；繼續做 <*pro*: forward + *ceed*: go> 字源的意義是“go forward”，向前走，即「繼續進行」。
recede *v.* 後退；逐漸遠離 <*re*: back + *cede*: go>
recession *n.* 經濟衰退 <*re*: back + *cess*: go + *ion*: *n.*>
secession *n.*（國家、地區、機構等的）分裂；分離 <*se*: apart + *cess*: go + *ion*: *n.*> 字源的意義是“going away”，離開，即「分裂」。
unprecedented *adj.* 空前的；史無前例的 <*un*: not + *pre*: before + *cedent*: go + *ed*: *adj.*>

---

accelerate /əkˈsel.ɚ.eɪt/ *v.* to begin to move more quickly 加速；加快

■ *to **accelerate** to overtake the bus* 加快趕上公車

■ *to continue to **accelerate*** 持續加速

[同] speed up; quicken

[記] 和 celerity（速度）為同源字。我們可以把 celebrity（名人；名聲）和 celerity 一起記憶。曾經有專家提出建議，提醒那些在畢業典禮致詞的名流：“Celebrity is nice, but celerity is essential.”（名聲很好，但演講的速度才是至關重要。）

[衍] **accelerate** *v.* 促進；提前
celerity *n.* 速度

---

accentuate /əkˈsen.tʃu.eɪt/ *v.* to emphasize a feature of something or to make something more noticeable 使明顯；著重；強調

■ *to **accentuate** her slimness* 凸顯她的纖細

■ *to **accentuate** the positive aspects* 著重積極的面向

[同] underscore; highlight

[記] 和 accent（重音）為同源字。助憶句：The accent should fall on the final word, the message that the writer wants to accentuate.（重音應該落在最後一個字，就是作者想要強調的那個訊息。）

---

accessible /əkˈses.ə.bəl/ *adj.* that can be reached, entered, used, seen, etc. 可進入的；可接近的；可得到的

■ *to be **accessible** by rail* 火車可以抵達

■ *to be **accessible** to all people* 所有的人都能用到

[同] reachable; attainable; available

[源] 字源分析見 accede 條目。

[衍] **accessible** *adj* 可以理解的；易懂的

---

accessory /əkˈses.ər.i/ *n.* an object or device that is not essential in itself but adds to the beauty, convenience, or effectiveness of something else 附加物件；配件；裝飾品

■ *auto **accessories*** 汽車配件

■ *a fashion **accessory*** 時尚的裝飾品

[同] addition; attachment

[記] 字形同 access（入口；路徑；機會；權利）+ factory（工廠）。助憶句：To get the accessory, he asked for access to the factory.（為

了獲得這個配件，他請求進入這個工廠的權利。）

㊟ 更多同源字見 accede 條目。

....

acclaim /əˈkleɪm/ *n.* public approval and praise （公開的）稱譽；讚賞；歡迎
- ■ *the critical **acclaim*** 評論的讚譽
- ㊐ praise; applause; accolade
- ㊎ 字形類似 a classic aim（經典的目標）。助憶句：In literature, a classic aim for many writers is to receive critical acclaim, establishing their works as timeless pieces of literature.（在文學中，許多作家的經典目標是獲得評論的讚譽，使他們的作品成為永恆的文學經典。）
- ㊟ acclaim 的字源分析：<*ad*: to + *claim*: shout> 字源的意義是"to cry out; to applaud"，對某人大叫歡呼，即「稱譽；讚賞」。
- ㊕ **acclaim** *v.* （公開的）稱譽；讚賞；歡迎

   claim *v.* 宣稱；斷言；主張；索取 <*claim*: shout>

   declaim *v.* 朗誦；大聲宣佈；慷慨激昂地聲稱 <*de*: intensive prefix + *claim*: shout> 字源的意義是"shout, cry"，大叫，即「大聲宣佈」。

   declamation *n.* 朗誦；大聲宣佈；慷慨激昂地聲稱 <*de*: intensive prefix + *claim*: shout + *ation*: n.> 字源同 declaim。

   proclamation *n.* 公告；宣言；聲明 <*pro*: forward + *clamation*: shout> 字源的意義是"to call out"，向外叫，即「公告；宣言；聲明」。

....

acclimatize /əˈklaɪ.mə.ṭaɪz/ *v.* to become used to a new place, situation, or type of weather, or to make someone become used to it = acclimate 適應；（使）習慣於；（使）服水土
- ■ *to **acclimatize** oneself to to working at night* 習慣在夜間工作
- ■ *to be **acclimatized** to the high altitude* 適應高海拔
- ㊐ accustom; adapt
- ㊟ 和 climate（氣候）為同源字。

....

accolade /ˈæk.ə.leɪd/ *n.* approval and praise 讚揚；獎賞；榮譽
- ■ *to receive the highest **accolade*** 得到最高榮譽
- ■ *the Best Actor **accolade*** 最佳演員獎
- ㊐ honor; tribute; applause
- ㊎ 字形類似 a cool aid（很棒的幫助）。助憶句：His paper was a cool aid to the field of science and earned him the highest accolade from his peers.（他的論文對科學領域是很棒的幫助，因此獲得同行們最高的讚譽。）

....

accomplish /əˈkɑːm.plɪʃ/ *v.* to achieve or complete something successfully 完成；實現；達到

■ *to **accomplish** a lot of goals* 完成很多目標

◎ fulfill; attain

⊕ 和 complete（完成；結束）的字形和字義類似。助憶句：To ac<u>compl,</u>sh one's goal is in a sense to <u>complete</u> something meaningful.（達成目標就某種意義而言就是完成某件有意義的事情。）

㊕ **accomplishment** *n.* 成就；成績
accomplished *adj.* 熟練的；有造詣的；有才藝的

....

accord /əˈkɔːrd/ *v.* to be harmonious or consistent with 一致；相符

■ *to **accord** with the facts* 與事實相符

◎ correspond; agree

⊕ 用 <u>according to</u>（依據）來記憶 accord，兩者為同源字。accord 的字源分析：*<ad*: to + *cord*: heart> 字源的意義是"bring heart to heart"，心對心，即「一致」。
♭：字根 *cord/card* 的意思是 heart = 心。運用格林法則，觀察 *card* 字根和 heart 的關聯性：*c* = h（g, k, h 的發音位置幾乎相同），*a* = ea（a, e, i, o, u 等母音可互換），*r* = r，*d* = t（兩者的發音相同，差別只在於有聲與無聲）。

㊕ **accord** *n.* 一致；符合；條約
core *n.* 核心；關鍵 <*core*: heart>
cordial *adj.* 真摯的；熱忱的；發自內心的 <*cord*: heart + *ial*: *adj.*>
cardiac *adj.* 心臟的；心臟病的

<*card*: heart + *iac*: *adj.*>

concord *n.* 協調；和諧 <*con*: together + *cord*: heart> 字源的意義是"of the same mind"，同心的，即「和諧」。

discord *n.* 缺乏共識；不和諧音 <*dis*: apart + *cor/cord*: heart> 字源的意義是"disagreeing"，不同意的，即「缺乏共識」。

according to *prep.* 根據；依據

....

accumulate /əˈkjuː.mjə.leɪt/ *v.* to gather or collect, often in gradual degrees 積累；積聚；積攢

■ *to **accumulate** a fortune* 積攢一大筆錢

◎ heap up; amass

㊐ 記憶法見 cumulus 條目。

....

accurate /ˈæk.jɚ.ət/ *adj.* free from error especially as the result of care 準確的；精確的；正確的

■ *an **accurate** report* 準確的報導

◎ precise; exact

⊕ 和 cure（治療）為同源字。cure 在字源上的意義是"take care of"，即「照料」。因此 accurate 衍伸出「準確的；精確的」等字義。

㊕ **manicure** *n.* 修指甲 <*man(i)*: hand + *cure*: care>
curator *n.* （博物館、圖書館等的）館長 <*curat*: care + *or*: *n.*>
secure *adj.* 安全的；牢固的 <*se*: apart + *cure*: care> 字源的意義是"free from care"，免於憂慮，即「安全的」。

....

accustomed /əˈkʌs.təmd/ *adj.* adapted to existing conditions 習慣的；適應的

■ ***accustomed** to the dark* 適應黑暗

[同] acclimatized; adapted

[源] 和 custom（傳統；慣例）為同源字。accustomed 在字源上的意義是"familiarize by custom"，因慣例而產生熟悉，即「習慣的」。

[衍] **custom** *n.* 風俗；傳統；慣例

ace /eɪs/ *n.* a person who excels at something 擅長……的人；高手

■ *a computer **ace*** 電腦高手

[同] expert; master; professional

[記] 用 Awesome Champion of Excellence（卓越的傑出冠軍）來記憶 ace。助憶句：He is a tennis ace, deserving the title of the "Awesome Champion of Excellence."（他是網球高手，堪稱「卓越的傑出冠軍」。）

acoustic /əˈkuː.stɪk/ *adj.* related to sound or to the sense of hearing 聲音的；聽覺的

■ ***acoustic** waves* 聲波

[同] hearing; auditory

[記] 讀音類似 a cool musical stick（一根很酷的音樂棒）。助憶句：The conductor used a cool musical stick to enhance the acoustic quality of live performances.（這個指揮家使用一根很酷的音樂棒來提升現場演出的音質。）

acquiesce /ˌæk.wiˈes/ *v.* to accept something without arguing, even if you do not agree with it 默認；默許；默然同意

■ *to **acquiesce** to the plan* 默許這個計畫

[同] accept

[記] 讀音類似 a quiet yes（一個無聲的認可）。助憶句：After some contemplation, she gave a quiet yes, choosing to acquiesce to her son's plan.（經過考慮，她給了一個無聲的認可，選擇默許她兒子的計劃。）

acquire /əˈkwaɪɚ/ *v.* to get or obtain something 取得；獲得；購得；學到

■ *to **acquire** a firm* 收購一家公司

■ *a newly **acquired** car* 新買的車

[同] obtain

[記] 讀音類似 a choir（合唱團）。助憶句：I will join a choir to acquire

singing skills.（我將會參加合唱團來學得歌唱技巧。）

源 acquire 的字源分析：<*ad*: to + *quire*: ask, seek> 字源的意義是"to ask, to seek to obtain"，即「透過詢問而取得」。♭：*ques*/*quis* 字根的意義是 ask, seek = 問；尋求。

衍 **question** *n.* 問題

quest *n.* 探索；尋求；追求

acquisition *n.* 獲得；習得 <*ad*: to + *quire*: ask, seek> 字源的意義是 "to ask, to seek to obtain"，設法得到，即「獲得；習得」。

query *n.* 問題 *v.* 詢問；疑問；質問 <*query*: ask>

quiz *n.* 測驗；智力競賽 <*quiz*: ask>

require *v.* 需要；有賴於；要求 <*re*: repeatedly + *quire*: ask> 字源的意義是"to ask repeatedly"，一再詢問，即「需要」。

....

acrimonious /ˌæk.rəˈmoʊ.ni.əs/ *adj.* full of anger, arguments, and bad feeling 尖刻的；激烈的；充滿火藥味的

■ *an acrimonious divorce* 充滿火藥味的離婚

■ *an acrimonious hearing* 激烈的聽

證會

同 bitter; rancorous; acerbic

源 和 acid（酸的）為同源字。♭：*ac*/*acr*/*acu* 是一個常見字根，意思是 sharp, highest, sour ＝尖銳；高點；酸。

衍 **acid** *adj.* 酸的 <*acid*: sour>

acrid *adj.* 刺鼻的 <*acrid*: sour>

acerbic *adj.* 尖刻的；尖酸的 <*acer*(*b*): sour, sharp>

acme *n.* 巔峰 <*ac*: sharp, highest>

acne *n.* 粉刺；青春痘 <*ac*: sharp>

acumen *n.* 敏銳；精明 <*acumen*: sharp>

acupuncture *n.* 針灸 <*acu*: sharp + *punc*: prick + *ture*: *n.*>

acrophobia *n.* 懼高症 <*acro*: highest point + *phobia*: fear>

Acropolis *n.* 雅典衛城 <*acro*: highest point + *polis*: city>

acronym *n.* 首字母略縮字；縮寫字 <*acro*: end, top + *onym*: name>

....

acumen /əˈkjuː.mən/ *n.* the ability to understand and decide things quickly and well 敏銳；精明

■ *a high level of business acumen* 很高的商業敏銳度

■ *political acumen* 政治敏銳

同 astuteness; shrewdness

源 更多同源字見 acrimonious 條目。

....

adage /ˈæd.ɪdʒ/ *n.* a well-known phrase expressing a general truth about people or the world 諺語；格言

■ *an old adage* 古老的諺語

同 saying; maxim; aphorism

記 讀音類似 at the age（在這個年紀）。助憶句：Now at the age of maturity, he fully understood the gist of the adage.（現在到了成熟的年紀，他完全能理解這句諺語的要點。）

....

adamant /ˈæd.ə.mənt/ *adj.* utterly unyielding in attitude or opinion in spite of all appeals, urgings, etc. 堅決的；堅定不移的
■ *to be adamant that* 堅決認為
同 hard; inflexible
源 和 diamond（鑽石）為同源字。助憶句：Like a diamond, he is adamant and unyielding.（像鑽石般，他堅定不移，毫不屈服。）

....

adequate /ˈæd.ə.kwət/ *adj.* enough in quantity, or good enough in quality, for a particular purpose or need 足夠的；合格的；合乎需要的
■ *adequate food* 足夠的食物
■ *more than adequate* 綽綽有餘
同 sufficient; ample
源 adequate 的字源分析：<*ad*: to + *equate*: equal, even> 字源的意義是"equal to what is needed or desired"，符合所需或期望的程度，即「足夠的；合格的；合乎需要的」。
衍 **equal** *adj.* 相同的；相等的
equality *n.* 平等 <*equal*: equal + *ity*: n.>
egalitarian *adj.* 平等主義的 <*egal*: equal + *itarian*: adj.>
equivocal *adj.* 模稜兩可的；含糊的 <*equi*: equal + *vocal*: call>

equilibrium *n.* 平衡；均勢 <*equi*: equal + *libri*: weight + *um*: n.>
equinox *n.* 春分；秋分 <*equi*: equal + *nox/noc*: night>
equivalent *adj.* 同等的；同意義的 <*equi*: equal + *val*: strong, value + *ent*: adj.>

....

adjacent /əˈdʒeɪ.sənt/ *adj.* next to something 鄰近的；毗連的
■ *adjacent to the park* 鄰近公園
■ *adjacent buildings* 毗連的大樓
同 nearby; adjoining
記 讀音類似 a Jason（一個名叫傑生的人）。助憶句：A Jason waved at me from the balcony of the adjacent building.（一個名叫傑生的人從鄰近的大樓陽台向我揮手。）

....

adjust /əˈdʒʌst/ *v.* to change something slightly to make it more suitable for a new set of conditions or to make it work better 調整；調節
■ *to adjust the methods* 調整方法
■ *to adjust the volume* 調整音量
同 adapt; alter; modify
記 用 just（正好；恰恰正是）來記憶 adjust。助憶句：He helped his son adjust the seat on the swing until it was just right.（他幫他兒子調整鞦韆的座位，直到剛剛好。）
衍 **adjustment** *n.* 調整；小改動

....

admonish /ədˈmɑː.nɪʃ/ *v.* to warn or reprimand someone firmly 告誡；責備
■ *to be admonished for being late* 因

遲到而受到責備

- *to **admonish** him for eating too quickly* 告誡他吃太快了
- (同) reprimand; rebuke
- (記) 字形同 a deadly monster fish（一隻致命的怪物魚）。助憶句：The old man admonished them for getting too close to the lake, where there was believed to be a deadly monster fish.（老人告誡他們切勿太接近那個湖，因為據信那裡有一隻致命的怪物魚。）

- (衍) **admonish** *v.* 力勸；忠告
  admonition *n.* 勸誡；忠告；警告；責備

....

admonition /ˌæd.məˈnɪʃ.ən/ *n.* a firm warning or reprimand 勸誡；忠告；警告；責備

- *an **admonition** to young people* 給年輕人的忠告
- *a solemn **admonition*** 一個嚴肅的勸誡
- (同) reprimand; caution
- (記) 和 admonish（告誡；忠告）為同源字。記憶法見 admonish 條目。
- (衍) **admonish** *v.* 告誡；責備

....

adulterated /əˈdʌl.tə.reɪ.tɪd/ *adj.*

weakened or lessened in purity by the addition of a foreign or inferior substance or element（在飲食中）摻雜的；摻假的

- ***adulterated** food* 摻假的食物
- (同) polluted; debased
- (記) 用 adult（成人）來記憶 adulterated。助憶句：Some evil adults profited from selling adulterated infant formula.（一些邪惡的成年人利用販賣摻假的嬰兒奶粉而獲利。）
- (衍) **adulterate** *v.*（在飲食中）摻雜；摻假
  unadulterated *adj.* 不摻雜質的；純的

....

advantage /ədˈvæn.tɪdʒ/ *n.* a thing that helps you to be better or more successful than other people 優勢；好處；有利條件；有利因素

- *a huge **advantage*** 很大的優勢
- *to take **advantage** of the situation* 利用情勢
- (同) edge; lead
- (記) 和 advance（使進步；促進）為同源字。助憶句：TSMC continuously strives to advance its production processes, giving them a competitive advantage in the industry.（台積電不斷努力提升生產流程，使其在產業中擁有競爭優勢。）
- (衍) **advance** *v.* 使進步；促進 *n.* 前進；進步；發展
  avant-garde *adj.* 前衛的；先鋒的

....

advent /ˈæd.vent/ *n.* the coming of an

important event, person, invention, etc. 出現；來臨；到來

- ■ *the advent of AI* 人工智慧的到來
- 回 arrival; dawn
- 源 和 adventure（冒險；歷險）以及法文 *venir*（來）為同源字。advent 的字源分析：<*ad*: to + *vent*: come, go> 字源的意義是 "come to"，即「來；到來」。
- 衍 **adventure** *n.* 冒險；歷險 <*ad*: to + *venture*: come> 字源的意義是 "to come"，即將到來的事情，即「冒險；歷險」。
  circumvent *v.* 逃避；規避；繞過 <*circum*: circle, around + *vent*: go>
  avenue *n.* 大街；林蔭大道 <*ad*: to + *venue*: come>

....

adventure /əd'ven.tʃɚ/ *n.* an unusual, exciting or dangerous experience, journey or series of events 冒險；歷險；奇遇

- ■ *adventure stories* 歷險故事
- ■ *an exciting adventure* 一段刺激的奇遇
- 回 exploit; quest
- 源 字源見 advent 條目。
- 衍 **advent** *n.* 出現；來臨；到來

....

adversary /'æd.və.ser.i/ *n.* one's opponent in a contest, conflict, or dispute 敵人；對手

- ■ *a formidable adversary* 可怕的對手
- ■ *an old adversary* 多年的死對頭
- 回 opponent; foe; rival; enemy
- 記 adversary 和 anniversary（週年紀念）的字形接近。助憶句：Their

adversary made an attack on the tenth anniversary of the signing of the Peace Agreement.（他們的敵人在和平協議簽訂十週年發動攻擊。）另一種記憶法見 adverse 條目。

....

adverse /əd'vɝːs/ *adj.* preventing success or development 不利的；負面的；有害的

- ■ *adverse criticism* 負面的批評
- ■ *adverse winds* 逆風
- 回 unfavorable; hostile
- 記 字形同 ad（廣告）＋ verse（詩）。助憶句：In the ad, the poet created a verse to convey the adverse effects of societal inequality.（廣告中，詩人創作了一行詩句來傳達社會不平等的不良影響。）
- 衍 **adversary** *n.* 敵人；對手
  adversity *n.* 逆境；不幸；厄運

....

adversity /əd'vɝː.sə.t̬i/ *n.* a difficult or unlucky situation or event 逆境；不幸；厄運

- ■ *in the face of adversity* 面臨逆境時
- ■ *to deal with adversity* 對付逆境
- 回 misfortune; hardship
- 源 和 adverse（不利的；負面的；有害的）為同源字。記憶法見 adverse 條目。↻：字根 *ver* 的意思是 turn ＝ 轉。
- 衍 **avert** *v.* 避免；防止 <*ab*: away from ＋ *vert*: turn>
  aversion *n.* 厭惡；反感；討厭的人或事物 <*ab*: away + *version*: turn>

anniversary *n.* 週年紀念；週年紀念日 <*anni*: year + *vers*: turn + *ary*: *n.*>
adverse *adj.* 不利的；負面的；有害的 <*ad*: to + *verse*: turn> 字源的意義是“to turn against”，轉到對立面，即「不利的」。
advertise *v.* 登廣告；宣傳 <*ad*: to + *vert*: turn + *ise*: *v.*> 字源的意義是“to direct one's attention to”，把注意力轉過來，即「廣告」。
controvert *v.* 反駁；否定 <*contra*: against + *vert*: turn>
divert *v.* 使改變方向；使轉向 <*di*: away + *vert*: turn> 字源的意義是“to turn away”，即「使轉向」。
diverse *adj.* 多種多樣的；形形色色的 <*di*: away + *verse*: turn> 字源的意義是“turn different ways”，轉到各種方向，即「多種多樣的」。
extrovert *n.* 外向者 <*extra*: outward + *vert*: turn>
introvert *n.* 內向者 <*intra*: inward + *vert*: turn>
irreversible *adj.* 不可逆轉的；不可改變的 <*in*: not + *re*: back + *vers*: turn + *ible*: *adj.*> 字源的意義是“cannot be turned back”，即「不可逆轉的」。
versatile *adj.* 多才多藝的；多功能的 <*vers*: turn + *atile*: *adj.*> 字源的意義是“keep turning”，能輕易轉到各種不同主題，即「多才多藝的」。
verse *n.* 詩 <*verse*: turn> 詩歌的文體特殊，通常每寫了特別字數之後就要轉到下一行。
versus *prep.* 對；以……為對手 <*verse*: turn>
vortex *n.* 漩渦 <*vortex*: turn>
vertigo *n.* 暈眩 <*vertigo*: turn>

---

advocate /ˈæd.və.keɪt/ *v.* to support or argue for a cause, policy, etc. 擁護；支持；提倡；主張

- *to* ***advocate*** *veganism* 提倡純素
- *to* ***advocate*** *war and violence* 主張戰爭與暴力

[同] support; uphold

[記] 字形類似 add（加入）+ voice（聲音）。助憶句：I want to add my voice to advocate your noble cause.（我想要加入發聲，支持你們的高尚目標。）

[源] advocate 的字源分析：<*ad*: to + *voc/vok*: to call> 字源的意義是“to call to aid”，即「發出聲音來幫忙」。♭：字根 *voc/vok* 意思是 voice, call = 聲音；叫喊。

[衍] **advocate** *n.* 主張人；擁護人；提倡者
voice *n.* 聲音
vocal *adj.* 發聲的；聲音的 <*voc*: voice + *al*: *adj.*>
avocation *n.* 副業；愛好 <*ab*: away from + *vocation*: *n.*> 字源的意義是“a calling away from one's occupation”，使人離開日常活動的一種呼喚，即「愛好」。
equivocal *adj.* 模稜兩可的；含糊其辭的 <*equi*: equal + *voc*: voice + *al*: *adj.*> 字源的意義是“of equal voice”，兩種聲音相等，即「模稜兩可的」。
convoke *v.* 召集；召開（會議）

<*con*: together + *voke*: call> 字源
的意義是"to call together"，即
「召集」。

evoke *v.* 喚起；引起 <*ex*: out +
voke: call> 字源的意義是"to call
out"，即「喚起；引起」。

invoke *v.* 援引（法律）；借助於
（神靈）；喚起 <*in*: in, upon +
voke: call> 字源的意義是"call
upon"，即「喚起」。

revoke *v.* 撤銷；廢除；使無效
<*re*: back + *voke*: call>

irrevocable *adj.* 不能取消的；不
可撤回的 <*in*: not + *re*: back + *voc*:
call + *able*: adj.>

provoke *v.* 激起；挑釁 <*pro*:
forward + *voke*: call> 字源的意義
是"to call forth"，叫到面前來，
即「挑釁」。

vociferous *adj.* 喧鬧的；大聲疾呼
的；大聲叫喊的 <*voc(i)*: call +
fer: carry + *ous*: adj.>

vocabulary *n.* 字彙 <*voc*: to name,
call + *abulary*: n.>

....

aesthetic /esˈθet̩ɪk/ *adj.* concerned with
beauty or the appreciation of beauty 美
感的；審美的；美學的
- ■ *aesthetic* value 美學價值
- 🔄 beautiful; attractive
- 🔢 字形類似 athletic（運動員的；擅
  長運動的）。助憶句：To build an
  aesthetic body, you need to have an
  athletic mindset first.（想要打造
  有美感的身形，首先你要具備運
  動員的思維方式。）

....

affable /ˈæf.ə.bəl/ *adj.* friendly, good-
natured, or easy to talk to 和藹可親的；
容易交談的；友善的
- ■ an *affable* person 一個和藹可親的
  人
- ■ an *affable* manner 友善的態度
- 🔄 friendly; amiable
- 🔢 讀音類似 laughable（荒唐的；可
  笑的）。助憶句：Although his
  behavior is often laughable, people
  consider him an affable guy.（儘管
  他的行為常常令人啼笑皆非，人
  們還是認為他是一個親切友好的
  人。）
- 🔍 affable 和 fable（寓言）為同源
  字。fable 的字源意義是 "that
  which is told"，講出來的故事，
  即「寓言」。affable 的字源意義
  是 "who can be easily spoken to"，
  容易跟他講上話的人，即「友善
  的」。
- 🔗 **aphasia** *n.* 失語症 <*a*: without +
  phasia: speak>
  confess *v.* 告白；坦白；懺悔
  <*con*: together + *fess*: speak>
  infant *n.* 嬰兒 <*in*: not + *fant*:
  speak>
  prophecy *n.* 預言 <*pro*: before +

phe: speak + *cy*: *n*.>

....

affliction /əˈflɪk.ʃən/ *n*. difficulty and pain or something that causes it 痛苦；折磨

- ■ *to suffer a lot of **afflictions*** 受到很多折磨
- 回 suffering; hardship
- 記 讀音類似 a <u>fiction</u>（一本小說）。助憶句：We are supposed to hand in <u>a fiction</u> in this semester, which most of us consider an <u>affliction</u>. （這學期我們都要交一本小說。我們大多數人都認為這是一種折磨。）更多同源字以及記憶法見 conflict 條目。

....

affluent /ˈæf.lu.ənt/ *adj*. having a great deal of money 富裕的

- ■ ***affluent** nations* 富裕的國家
- ■ *less **affluent** areas* 較不富裕的地區
- 回 prosperous; opulent
- 記 和 fluid（液體）以及 flow（流動）為同源字。想像金錢如水一般嘩啦嘩啦一直流過來。
- 衍 **fluid** *n*. 液體 <*fluid*: flow>
  flow *n*. 流；流動 <*flow*: flow>
  confluence *n*. （河的）匯流處；匯聚 <*con*: together + *flu*: flow + *ence*: *n*.>
  fluctuate *v*. 波動 <*fluct(u)*: flow + *ate*: *v*.>
  superfluous *adj*. 過剩的；多餘的；過多的 <*super*: over + *flu*: flow + *ous*: *adj*.> 字源的意義是 "overflow; to run over"，溢出，即「過多的；多餘的」。

influenza *n*. 流行性感冒 <*in*: in + *fluenza*: flow>

....

aficionado /əˌfɪʃ.i.əˈnɑː.doʊ/ *n*. a person who likes a particular sport, activity or subject very much and knows a lot about it 狂熱愛好者；……迷

- ■ *an **aficionado** of baseball* 棒球迷
- 回 devotee; enthusiast
- 記 讀音類似 a <u>fashion</u> <u>model</u>（一個時尚模特兒）。助憶句：She is not only a <u>fashion</u> <u>model</u> but also an <u>aficionado</u> of fashion knowledge. （她不僅是一個時尚模特兒，也是時尚知識迷。）

- 衍 **affection** *n*. 愛慕；情感

....

aggregate /ˈæg.rə.geɪt/ *v*. to collect or gather into a mass or whole 聚集；使積聚；總計達到

- ■ *to **aggregate** votes* 集中選票
- 回 collect; assemble
- 記 記憶法見 egregious 條目。
- 衍 **aggregate** *n*. 聚集體；總數；合計 *adj*. 合計的；總數的
  gregarious *adj*. 愛交際的；喜群居的
  egregious *adj*. 極其嚴重的；很壞的；令人震驚的

aggression /ə'greʃ.ən/ *n.* spoken or physical behavior that is threatening or involves harm to someone or something 侵略；侵犯；挑釁

■ *an act of* ***aggression*** 侵犯的行為

■ *to control anger and* ***aggression*** 控制怒氣與挑釁

[同] hostility; antagonism

[源] 和 progress（進步；進展）為同源字。aggression 的字源分析：<*ad*: to + *gress*: walk + *ion*: *n.*> 字源上的意義是"a step toward something"，接近某事物一步，即「侵略；侵犯；挑釁」。👆：字根 *gress*/*grad* 的意思是 go, walk = 走；去。

[衍] **aggressive** *adj.* 侵略的；挑釁的 <*ad*: to + *gress*: walk + *ive*: *adj.*>
centigrade *n.* 百分度；攝氏 <*centi*: hundred + *grade*: step>
digress *v.* 離題；岔開 <*di*: apart, aside + *gress*: go, walk>
ingredient *n.* 成分；要素 <*in*: into + *gred*: go + *ient*: *n.*>
progress *n.* 進展；進步 <*pro*: forward + *gress*: go>
regression *n.* 退化 <*re*: back + *gress*: go + *ion*: *n.*>
transgress *v.* 逾越；違反 <*trans*: across + *gress*: go>

---

agnostic /æg'nɑː.stɪk/ *n.* a person who believes that nothing is known or can be known of the existence or nature of God 不可知論者（對神存在與否不能肯定或認為不可知）

■ *an* ***agnostic*** *or atheist* 一個不可知論者或無神論者

[同] sceptic

[源] agnostic 的字源分析：<*a*: not + *gno*(*stic*): know> 字源的意義是"unknowable"，即「無法知道的」。*gno* 字根的意思是 know = 知道。我們可以觀察 *gno* 字根和 know 的關聯性：*g* = k（兩者發音相同，差別只在於有聲與無聲），*n* = n，*o* = o。

[衍] **cognition** *n.* 認識；認知 <*co*: intensifier + *gni*: know + *tion*: *n.*>
diagnosis *n.* 診斷 <*dai*: between + *gno*: know + *sis*: condition>
ignorant *adj.* 不了解的；無知的 <*i*: not + *gno*(*r*): know + *ant*: *adj.*>
incognito *adv.* 隱藏身分地 <*in*: not + *co*: intensifier + *gnito*: know>
prognosis *n.* 預後；對病情的預斷 <*pro*: before + *gno*(*sis*): know>
notion *n.* 觀念；看法 <*no*: know + *tion*: *n.*>

---

agrarian /ə'grer.i.ən/ *adj.* connected with farming and the use of land for farming 土地的；耕地的；農村的

■ ***agrarian*** *land* 耕地

[同] farming; agricultural

[源] 和 agriculture（農業）為同源字。

---

alacrity /ə'læk.rə.t̬i/ *n.* cheerful and brisk readiness 敏捷；欣然同意

■ *to accept the job with* ***alacrity*** 欣然接受這個工作

[同] eagerness; willingness

[記] 讀音類似 a lack of pity（無情；缺乏同情）。助憶句：On the

court, he dribbled past his defender with a lack of pity, showing his remarkable alacrity.（在球場上，他以無情的方式運球閃過他的防守者，展現出他卓越的敏捷。）

albeit /ɔːlˈbiː.ɪt/ *conj.* although 雖然；儘管

- ■ *an interesting,* ***albeit*** *whimsical, tale* 儘管很古怪，但卻是很有趣的故事
- 回 although
- 源 源自 *all be it* "al(though) it be (that)"。

allay /əˈleɪ/ *v.* to make something, especially a feeling, less strong 減輕；減緩

- ■ *to* ***allay*** *public fears* 減輕大眾的恐懼
- ■ *to* ***allay*** *the heat* 減低熱度
- 回 reduce; diminish; alleviate
- 記 字形同 Al（艾爾）＋ lay（安置；放）。助憶句：Al, lay yourself down to allay your worries.（艾爾，你讓自己躺下來以便減緩憂慮。）
- 衍 **alleviate** *v.* 減輕；減緩

allegiance /əˈliː.dʒəns/ *n.* loyalty or commitment to a superior or to a group or cause 效忠；忠誠；擁護

- ■ *to pledge one's* ***allegiance*** 宣誓效忠
- ■ *political* ***allegiance*** 政治上的忠誠
- 回 loyalty; fidelity
- 記 讀音類似 all regions（各地區）。助憶句：All regions declared allegiance to the new king.（各地區對新國王宣誓效忠。）

allergy /ˈæl.ɚ.dʒi/ *n.* altered bodily reactivity (such as hypersensitivity) to an antigen in response to a first exposure 過敏反應；過敏；過敏性

- ■ *an* ***allergy*** *to wheat* 小麥過敏
- 回 hypersensitivity
- 記 字形同 all of her energy（她所有的精力）。助憶句：She invested all of her energy to battle allergy symptoms.（她投入所有的精力來對抗過敏症狀。）
- 衍 **allergic** *adj.* 過敏的；過敏引起的；對…… 極其反感的

alleviate /əˈliː.vi.eɪt/ *v.* to make suffering, deficiency, or a problem less severe 減輕；減緩

- ■ *to* ***alleviate*** *the pain* 減緩疼痛
- ■ *to* ***alleviate*** *unemployment* 緩解失業狀況
- 回 reduce; relieve; soothe
- 源 和 allay（減輕；減緩）為同源字。記憶法見 allay 條目。
- 衍 **alleviation** *n.* 緩解 <*ad*: to + *levi*: light + *ation*: n.>

elevate v. 提升 <*ex*: out + *lev*: light, raise + *ate*: v.>

elevator n. 電梯 <*ex*: out + *levat*: light, raise + *or*: n.> 字源的意義是 "one that raises up"，抬高之物，即「電梯」。

relieve v. 緩和 <*re*: intensifier + *lieve*: lighten> 字源的意義是 "lighten"，使變輕，即「緩和」。

....

allocate /ˈæl.ə.keɪt/ v. to give something officially to somebody for a particular purpose 分配；分派；撥給

■ to **allocate** jobs to team members 分派工作給團隊成員

🔄 allot; assign

📖 allocate 的字源分析：<*ad*: to + *loc*: place + *ate*: v.> 字源的意義是"to the appointed place"，到指定的地方，即「分配；分派；撥給」。

🔀 **location** n. 地點；位置
locate v. 確定……的位置；發現……的位置；坐落於……
locomotive n. 火車頭 adj. 運動的

....

allure /əˈlʊər/ v. powerfully attract or charm 誘惑；吸引

■ **alluring** and charming 有吸引力又迷人

■ to be **allured** by opportunities 被機會吸引

🔄 lure; entice; tempt

📝 讀音類似 all（全部）＋ur（你的）。想像巫婆想要用財富誘惑騎士。助憶句：The witch tried to allure the knight, saying, "I will grant all ur wishes."（巫婆想要誘

惑騎士，她說，「我會滿足你所有的願望。」）

🔀 **allure** n. 誘惑；吸引
alluring adj. 誘人的；迷人的；吸引人的
lure n. 誘惑力；誘惑

....

alternative /ɔːlˈtɜːrnətɪv/ n. a thing that you can choose to do or have out of two or more possibilities 可供選擇的事物；可供選擇的解決辦法

■ an **alternative** to sugar 糖代用品

■ to provide an **alternative** 提供另一個解決辦法

🔄 option; substitute

📖 alternative 的字源分析：<*alter*: other + (*nat*)*ive*: adj.> 字源的意義是"other"，其他的，即「可供選擇的事物」。💧：字根 alter 的意思是 other＝其他。運用格林法則，觀察 alter 字根和 other 的關聯性：al＝a，t＝th（t 和 th 是齒音），er＝er。

🔀 **alternative** adj. 可替代的；可選擇的；另類的；非傳統的
alter v. 改變；修改；變動
alteration n. 改變；修改；變動

....

altitude /ˈæl.tə.tuːd/ n. the height above

sea level 海拔；海拔高度
- *higher **altitudes*** 較高海拔地區
- *at an **altitude** of 12,000 meters* 高度一萬兩千公尺
- (同) height; elevation
- (記) 用 attitude（態度）來記憶 altitude。助憶句：With his determined <u>attitude</u>, the Sherpa overcame the thin air and extreme <u>altitude</u>.（憑藉著堅定的態度，這個雪巴克服了稀薄的空氣和極端的高海拔。）

....

amalgam /əˈmæl.gəm/ *n.* a mixture or combination of things 混合體；綜合體
- *an **amalgam** of several sources* 幾個來源的綜合體
- *a strange **amalgam*** 奇怪的混合體
- (同) combination; mixture
- (記) 字形同 <u>a male gamer</u>（一個男性遊戲玩家）。助憶句：<u>A male gamer</u> on our team created an <u>amalgam</u> of a ninja squirrel and a time-traveling banana for the ultimate combat.（我們團隊的一個男性遊戲玩家創造了一個忍者松鼠和時光旅行香蕉的綜合體，以應對終局之戰。）

- (衍) **amalgamate** *v.* 使聯合；合併

....

amateur /ˈæm.ə.tʃɚ/ *n.* one who engages in a pursuit, study, science, or sport as a pastime rather than as a profession 業餘愛好者；業餘運動員
- ***amateurs** and professionals* 業餘愛好者與職業好手
- (同) dabbler
- (源) 和女子名 Amy 為同源字。Amy 源自拉丁文，意指"beloved"，即「受鍾愛的」。amateur 在字源上的意義是"one who loves"，即「愛好者」。👌：字根 *am* 的意思是 love = 愛。
- (衍) **amateur** *adj.* 業餘愛好的；非職業的
  amity *n.* 友好；和睦 <*ami*: love + *ty*: *n.*>
  amiable *adj.* 和藹可親的；親切的；令人愉悅的；友好的 <*ami*: love + *able*: *adj.*>
  amicable *adj.* 友好的；和睦的 <*ami*: love + *able*: *adj.*>

....

ambiance /ˈæm.bi.əns/ *n.* the character and atmosphere of a place 氣氛；情調；環境
- *a romantic **ambiance*** 浪漫的氣氛
- *the political **ambiance*** 政治環境
- (同) atmosphere; aura
- (記) 字形類似 ambulance（救護車）。助憶句：There is a serious <u>ambiance</u> in the <u>ambulance</u>.（救護車內氣氛嚴肅。）ambulance 和 ambiance 是同源字，都包含字根 *ambi*，意思是 around, on both sides = 四處；在兩邊。
- (衍) **amble** *v.* 漫步；緩行 <*amble*: go

around>

ambulance *n.* 救護車 <*ambul*: around + *ance*: *n.*>

preamble *n.* 序文；開場白 <*pre*: before + *amble*: go around>

somnambulate *v.* 夢遊 <*somn*: sleep + *ambulate*: walk around>

ambiguous *adj.* 含糊不清的；模稜兩可的；不明確的 <*ambi*: around + *ag*: drive + *ous*: *adj.*>

amphibian *n.* 兩棲類動物 <*amphi*: both + *bian*: life>

ambivalence *n.* 矛盾心理；正反感情並存 <*ambi*: both + *val*: value + *ence*: *n.*>

....

ambiguous /æmˈbɪɡ.ju.əs/ *adj.* that can be understood in more than one way; having different meanings 含糊不清的；模稜兩可的；不明確的

- ■ *an ambiguous attitude* 模稜兩可的態度
- 回 equivocal; ambivalent
- 記 讀音類似 I am big news（我是大新聞）。助憶句：The singer's statement "I am big news" left the public in a state of ambiguous anticipation.（這個歌手的聲明「我是大新聞」讓大眾處於不確定的期待狀態。）
- 衍 **ambiguity** *n.* 模稜兩可；意義含糊不清

....

ambitious /æmˈbɪʃ.əs/ *adj.* determined to be successful, rich, powerful, etc. 有抱負的；志向遠大的；雄心勃勃的

- ■ *an ambitious young man* 一個志向遠大的年輕人

回 determined; enterprising

記 讀音類似 I am precious about my time（我非常講究時間）。助憶句：Since I am ambitious by nature, I am precious about my time.（由於我天生志向遠大，我對時間非常講究珍惜。）

衍 **ambitious** *adj.* 要求過高的；需要極大努力及才能的；費勁的

ambition *n.* 抱負；志向；雄心；野心

....

ameliorate /əˈmiːl.jə.reɪt/ *v.* to make better something that was bad or not good enough 使變好；改善；改進

- ■ *to ameliorate the situation* 改善情況
- 回 improve; enhance
- 記 讀音類似 a million（一百萬） + ate（吃）。助憶句：The policy helped to ameliorate hunger, ensuring a million ate nutritious meals regularly.（這個政策幫助改善飢餓問題，確保一百萬人能夠定期食用營養的餐食。）
- 衍 **emollient** *adj.* 使緩和的；使平靜的 *n.* 潤膚劑；護膚霜

....

amend /əˈmend/ *v.* to change a law,

document, statement, etc. slightly in order to correct a mistake or to improve it 修訂；修正；修改
- ■ the **amended** version 修正的版本
- ■ to **amend** the constitution 修改憲法
- 回 alter; modify
- 記 字形同 I <u>am</u> to <u>end</u> the debate（我將終結這個爭論）。助憶句：I <u>am</u> to <u>end</u> the debate by proposing a way to <u>amend</u> the controversial part of the report.（透過提出修改報告中有爭議部分，我將終結這個爭論。）
- 衍 **amendment** n. 修改；修正案
  mend v. 修理；修補；縫補

....

amiable /ˈeɪ.mi.ə.bəl/ adj. pleasant and friendly 和藹可親的；親切的；令人愉悅的；友好的
- ■ an **amiable** occasion 令人愉快的場合
- ■ to have an **amiable** conversation 親切的交談
- 回 affable; amicable
- 源 和西班牙文 amigo（朋友）以及女子名 Amy 為同源字。更多同源字見 amateur 條目。

....

ample /ˈæm.pəl/ adj. fully sufficient or more than adequate for the purpose or needs 大量的；充分的
- ■ **ample** evidence 充足的證據
- ■ **ample** room 足夠的空間
- 記 字形同 <u>sample</u>（樣本）。想像警方找到充分的證據。助憶句：Based on the blood <u>sample</u>, I firmly believe we have had <u>ample</u>

evidence.（根據這個血液樣本，我堅定相信我們已經有充足的證據。）

....

amputation /ˌæm.pjəˈteɪ.ʃən/ n. the cutting off of a part of the body 截肢；截肢手術
- ■ to avoid **amputation** 避免截肢
- 回 cutting off
- 記 用 <u>computation</u>（計算）來記憶 <u>amputation</u>。助憶句：Through the integration of c<u>omputation</u> and AI, surgeons can now perform a much more accurate <u>amputation</u>.（透過計算和人工智慧的整合，醫師現在可以執行更準確的截肢手術。）
- 衍 **amputate** v. 截（肢）；切除

....

analogy /əˈnæl.ə.dʒi/ n. a comparison of one thing with another thing that has similar features; a feature that is similar 類似；類比；比擬；類推
- ■ an **analogy** between poetry and dance 把詩和舞蹈做類比
- 回 comparison
- 記 字形同 <u>an</u> ap<u>olog</u>y（道歉）。助憶句：He drew an <u>analogy</u> between <u>an</u> ap<u>olog</u>y and the sunrise after a

storm.（他將道歉比喻為風暴過後的日出。）

🔗 **analogous** *adj.* 相似的；類似的；可比擬的

....

anathema /əˈnæθ.ə.mə/ *n.* a thing that you hate because it is the opposite of what you believe 令人討厭的事物；眼中釘

■ *to regard the idea as* **anathema** 認定這種想法是惹人厭惡的

🔄 bane; abomination

📝 字形類似 a nasty man（一個糟糕的人）。助憶句：The drunkard is a nasty man, an anathema in the neighborhood.（這個酒鬼是個糟糕的人，是社區的眼中釘。）

....

ancient /ˈeɪn.ʃənt/ *adj.* belonging to a period of history that is thousands of years in the past 古代的；古老的；年代久遠的

■ *the* **ancient** *city of Petra* 佩特拉古城

■ *an* **ancient** *custom* 古老的習俗

🔄 former; past; primeval

📝 讀音類似 Anne（安）+ patient（有耐心的）。助憶句：They found Baby Anne patient and her soul very ancient.（他們發現嬰兒安妮非常有耐心，她有著古老的靈魂。）

🔗 **ancestor** *n.* 祖先；祖宗

....

android /ˈæn.drɔɪd/ *n.* a robot that looks completely human 人形機器人；仿真機器人

■ *humans and* **androids** 人類與人形機器人

🔄 droid; cyborg

📝 「安卓手機作業系統」就是 Android。🔖：*android/anthrop* 字根的意思是 human = 人。

🔗 **anthropolog**y *n.* 人類學 <*anthrop*: human + *logy*: science>
anthropomorphous *adj.* 有人形的 <*anthropo*: human + *morph*: form + *ous*: adj.>
philanthropy *n.* 博愛；慈善

<*phil*: love + *anthropy*: human>

misanthrope *n.* 遁世者；厭惡與人交往者 <*mis*: hate + *anthrope*: human>

⋯⋯⋯⋯⋯⋯⋯⋯⋯⋯⋯⋯⋯⋯⋯⋯⋯⋯⋯

anesthetic /ˌæn.əsˈθeţ.ɪk/ *n.* a drug that makes a person or an animal unable to feel anything, especially pain, either in the whole body or in a part of the body 麻醉劑

- ■ *under* **anesthetic** 處於麻醉狀態
- ■ *to have a general* **anesthetic** 全身麻醉
- 回 narcotic; soporific
- 源 同時記憶 aesthetic（美感的）和 anesthetic。所謂「美感」是指內心「有所感覺」，而麻醉劑在字源上的意義是指「失去感覺」。
- 衍 **aesthetic** *adj.* 美感的；審美的；美學的

  anesthesia *n.* 麻醉狀態

⋯⋯⋯⋯⋯⋯⋯⋯⋯⋯⋯⋯⋯⋯⋯⋯⋯⋯⋯

angst /æŋst/ *n.* a feeling of great worry about a situation, or about your life 焦慮；煩憂

- ■ *teenage* **angst** 青少年的焦慮
- 回 anxiety; dread
- 源 anger（憤怒）、anxiety（焦慮）和 angst（焦慮；煩憂）都是同源字。這些字都是指情緒緊繃的狀態。
- 衍 **anguish** *n.* （肉體或精神上的）極度痛苦；劇痛；悲痛

⋯⋯⋯⋯⋯⋯⋯⋯⋯⋯⋯⋯⋯⋯⋯⋯⋯⋯⋯

anguish /ˈæŋ.gwɪʃ/ *n.* severe physical or mental pain or unhappiness （肉體或精神上的）極度痛苦；劇痛；悲痛

- ■ *physical* **anguish** 肉體的痛苦

- ■ *to groan in* **anguish** 痛苦地呻吟
- 回 agony; pain; torment
- 源 字源見 angst 條目。
- 衍 **angst** *n.* 焦慮；煩憂

⋯⋯⋯⋯⋯⋯⋯⋯⋯⋯⋯⋯⋯⋯⋯⋯⋯⋯⋯

annals /ˈæn.əlz/ *n.* a record of events arranged in yearly sequence 歷史；編年史；年鑑

- ■ *to go down in the* **annals** *of history* 載入史冊
- ■ *the* **annals** *of sports* 運動年鑑
- 回 chronicles; history
- 源 和 annual（一年一度的）以及 anniversary（週年紀念；週年紀念日）為同源字。♭：字根 *ann* 的意思是 year = 年。
- 衍 **anniversary** *n.* 週年紀念；週年紀念日 <*anni*: year + *vers*: turn + *ary*: n.>

  annual *adj.* 一年一度的；每年的

  biennial *adj.* 兩年一次的 <*bi*: two + *ennial*: year>

  millennium *n.* 一千年；千禧年 <*mill*: thousand + *ennium*: year>

⋯⋯⋯⋯⋯⋯⋯⋯⋯⋯⋯⋯⋯⋯⋯⋯⋯⋯⋯

annex /ænˈeks/ *v.* to take control of a country, region, etc., especially by force 吞併；兼併；強佔

- ■ *to* **annex** *this island* 吞併這個小島
- 回 occupy
- 記 字形類似 an x（一個 X 符號）。助憶句：The king looked at the map and put <u>an x</u> on the region he wanted to <u>annex</u>.（這個國王看著地圖，然後在他想併吞的地區畫上 X 符號。）

回 unnamed; unknown; incognito

記 讀音類似 a no-name mouse（一個無名稱的滑鼠）。助憶句：It is a no-name mouse designed by an anonymous engineer.（這是一位無名工程師設計出來的一個無名稱的滑鼠。）

衍 **anonymity** *n.* 匿名；不知姓名；無特色

annual /ˈæn.ju.əl/ *adj.* happening or done once every year 一年一度的；每年的

■ *an annual meeting* 年度會議

■ *annual income* 年收入

回 yearly

源 更多同源字見 annals 條目。

anomaly /əˈnɑː.mə.li/ *n.* something that deviates from what is standard, normal, or expected 異常；反常現象；畸形

■ *a historical anomaly* 一個歷史反常現象

■ *chromosomal anomalies* 染色體異常

回 aberration; abnormality

記 在 abnormality（異常）這個字裡找到 anomaly。

衍 **anomalous** *adj.* 不規則的；反常的

anonymous /əˈnɑː.nə.məs/ *adj.* (of a person) not identified by name; of unknown name 匿名的；不知姓名的；名字不公開的

■ *an anonymous Anglo-Saxon poet* 一個姓名不詳的盎格魯薩克遜詩人

antagonist /ænˈtæg.ən.ɪst/ *n.* a person who strongly opposes somebody or something 對手；敵手；對抗者

■ *a formidable antagonist* 一個可怕的對手

回 opponent; adversary

記 字形類似 anti（反對的）+ against（反對）。助憶句：The antagonist of the play is anti-progressive and against any positive change.（這齣戲的反派角色是反進步的，並且反對任何正向的改變。）

衍 **protagonist** *n.* 主要人物；主角

anthropology /ˌæn.θrəˈpɑː.lə.dʒi/ *n.* the study of the human race, especially of its origins, development, customs and beliefs 人類學

- *cultural **anthropology*** 文化人類學
- the study of the human race
- 記憶法見 android 條目。
- **anthropologist** *n.* 人類學家

....

antidote /ˈæn.ti.doʊt/ *n.* a drug that limits the effects of a poison or disease; a way of acting against something bad 解毒劑;解毒藥;解決方法
- *an **antidote** to the poison* 這個毒藥的解方
- *an **antidote** to anxiety* 焦慮的解決方法
- antitoxin; remedy
- 讀音類似 <u>Auntie's</u> <u>note</u>（阿姨的便箋）。助憶句：<u>Auntie's</u> <u>note</u> says where I can find the <u>antidote</u>.（阿姨的便箋告訴我在哪裡可以找到解藥。）

....

antipathy /ænˈtɪp.ə.θi/ *n.* a strong feeling of dislike 反感;厭惡;憎惡
- *a deep **antipathy*** 強烈的反感
- hostility; animosity; aversion
- 記憶法以及更多同源字見 pathetic 條目。

....

antiseptic /ˌæn.ti.ˈsep.tɪk/ *adj.* opposing microbial infection 殺菌的;消毒的

- *antiseptic treatment* 消毒治療
- aseptic; sterile
- 讀音類似 <u>enter</u> <u>the</u> <u>clinic</u>（進入診所）。助憶句：Before you <u>enter</u> <u>the</u> <u>clinic</u>, be sure to clean your hands with <u>antiseptic</u> solutions.（進入診所之前,務必用消毒溶液清潔雙手。）

- **antiseptic** *n.* 消毒劑;殺菌劑;防腐劑
  septic *adj.* 敗血症的;細菌感染的;膿毒性的

....

antithesis /ænˈtɪθəsiːz/ *n.* the opposite of something 正相反;對立;對照
- *the **antithesis** of private enterprise* 私營企業的正相反
- contrast; reverse
- 和 thesis 為同源字。記憶法見 thesis 條目。
- **thesis** *n.* 論文

....

apace /əˈpeɪs/ *adv.* quickly; at a fast speed 飛快地;快速地
- *to develop **apace*** 發展迅速
- quickly; swiftly
- 源自 pace（步調;節奏）。
- **pace** *n.* 步調;節奏
  pacy *adj.*（小說、故事、電影

等）快節奏的

....

apex /ˈeɪ.peks/ *n.* the top or highest part of something 頂點；最高點

- *the **apex** of a pyramid* 金字塔的頂點
- *to reach the **apex** of his career* 達到他的事業的巔峰
- peak; summit; pinnacle
- 讀音類似 8 pack abs（八塊腹肌）。助憶句：He finally achieved those impressive 8 pack abs, reaching the apex of his fitness journey.（他最終鍛鍊出那令人印象深刻的八塊腹肌，達到他健身之旅的頂點。）

....

aphorism /ˈæf.ə.rɪ.zəm/ *n.* a pithy observation which contains a general truth 警句；格言

- *an old **aphorism*** 一句古老的格言
- saying; maxim; axiom
- 字形類似 a phrase（片語）。助憶句：It's a phrase, but it sounds like an aphorism.（這是一句片語，但聽起來像是格言。）
- **aphoristic** *adj.* 格言式的；愛用警句的

....

apocalypse /əˈpɑː.kə.lɪps/ *n.* a situation causing serious damage and destruction; the destruction of the world 大災難；世界末日；末世啟示

- *an environmental **apocalypse*** 自然環境的大災難
- cataclysm; catastrophe
- 讀音類似 a power system collapse（一次電力系統的崩潰）。助憶句：An apocalypse could arise from a power system collapse, plunging society into chaos.（一次電力系統崩潰可能引發大災難，將社會推向混亂之中。）

....

apocryphal /əˈpɑː.krə.fəl/ *adj.* (of a story) of doubtful authenticity, although widely circulated as being true 不足為信的；可疑的；杜撰的

- *an **apocryphal** story* 一個杜撰的故事
- fictious; fabricated
- 讀音類似 a pocketful of diamonds（一袋鑽石）。助憶句：The stranger's tale of a pocketful of diamonds seemed more like an apocryphal story.（這個陌生人所說的一整袋鑽石的敘述更像是個杜撰的故事。）

....

apogee /ˈæp.ə.dʒiː/ *n.* the point in the orbit of the moon or a satellite at which it is furthest from the earth; the highest point in the development of something 遠地點；頂點；巔峰；最高點

- *to reach the **apogee*** 達到巔峰
- apex; climax; pinnacle
- 用 Apollo（阿波羅）來記憶

apogee。助憶句：The <u>Apo</u>llo rocket reached its apogee, the highest point of its trajectory, before descending back to Earth.（阿波羅火箭在軌跡上達到了最高點，即遠地點，然後開始返回地球。）

⑨ apogee 的字源分析：<*apo*: away from + *ge*: earth> 字源的意義是 "far from the earth"，即「遠離地球」。♭：字首 *apo* 的意思是 away = 離開。

⑪ **apocalypse** *n.* 大災難；世界末日；末日啟示 <*apo*: away + *calyp*: cover> 字源的意義是 "uncover"，揭開，即「末日啟示」。

apostate *n.* 叛教者；變節者 <*apo*: away + *state*: stand> 字源的意義是 "to stand off"，和原本的起源保持距離，即「叛教者」。

apostle *n.* 宣導者；鼓吹者；使徒 <*apo*: away, send + *stle*: stand> 字源的意義是 "person sent forth"，送出去的信使，即「鼓吹者；使徒」。

....

apoplectic /ˌæp.əˈplek.tɪk/ *adj.* very angry 勃然大怒的；暴跳如雷的
■ ***apoplectic** with fury* 暴怒

⑩ furious; enraged

㊙ 讀音類似 apple（蘋果）+ plastic（塑膠）。助憶句：The fact that the <u>apple</u> tasted like <u>plastic</u> left the culinary critic nearly <u>apoplectic</u>.（這顆蘋果吃起來像塑膠，這讓這位美食評論家幾乎要暴跳如雷。）

....

apostle /əˈpɑː.səl/ *n.* a person who strongly believes in a policy or an idea and tries to make other people believe in it 宣導者；鼓吹者；使徒
■ *an **apostle** of world peace* 世界和平的宣導者
■ *the **Apostles*** 基督的十二使徒

⑩ proponent; advocate

⑨ 記憶法見 apogee 條目。

....

apotheosis /əˌpɑː.θiˈoʊ.sɪs/ *n.* the highest point in the development of something; a culmination or climax 典範；最完美的榜樣；極致；神格化
■ *the **apotheosis** of her career* 她的職業生涯的最高點
■ *the **apotheosis** of political rhetoric* 政治修辭的典範

⑩ deification; ideal

㊙ 讀音類似 <u>a</u> perfect <u>thesis</u>（一篇

29

完美的論文）。助憶句：It's a perfect thesis, which I consider an apotheosis of persuasive writing.（這是一篇完美的論文，我認為這是議論文的典範。）

源 apotheosis 的字源分析：<*apo*: change + *theo*: god + *sis*: *n.*> 字源的意義是"deify, make someone a god"，即「神化」。☞：字根 *the* 的意思是 god = 神。

衍 **atheist** *n.* 無神論者 <*a*: not + *the*: god + *ist*: person>
theology *n.* 神學 <*theo*: god + *logy*: study>
pantheism *n.* 泛神論 <*pan*: all + *the*: god + *ism*: *n.*>
enthusiasm *n.* 熱心；熱誠 <*en*: in + *theo*: god + *iasm*: *n.*> 字源的意義是"a god within you"，受到神祇啟發的，即「熱心；熱誠」。

---

appall /əˈpɔːl/ *v.* to make somebody feel extremely shocked and feel strongly that something is bad 使驚駭；使震驚

- *an **appalling** act* 一件令人驚駭的事情
- *to be **appalled** by the fact* 對於這個事實感到震驚

同 horrify

記 字形類似 apple（蘋果）。助憶句：You will be appalled by Apple's yearly revenue.（你會對蘋果的年度收入感到震驚。）

衍 **pale** *adj.* 蒼白的

---

appellation /ˌæp.əˈleɪ.ʃən/ *n.* a name or title 名稱；稱號

- *an awkward **appellation*** 難聽的名字
- *the French **appellation*** 法文名稱

同 name; title; epithet

記 讀音類似 Apple Nation（蘋果之國）助憶句：The iPhone users won't be surprised by the appellation of "Apple Nation."（蘋果手機用戶對於「蘋果之國」的名稱不會感到驚訝。）

---

apprehend /ˌæp.rəˈhend/ *v.* to catch and arrest someone 逮捕；拘捕

- *to **apprehend** the suspect* 逮捕嫌犯

同 arrest; seize

源 apprehend 的字源分析：<*ad*: to + *prehend*/*prison*: catch, seize> 字源的意義是"to catch"，即「捉住」。☞：字根 *prehend* 的意思是 catch, seize = 捉住。

[衍] **apprehend** *v.* 領會；理解
prison *n.* 監獄 <*prehend*: seize>
comprehend *v.* 理解；領悟 <*com*: together, completely + *prehend*: seize> 字源的意義是“to seize in the mind completely”，在心中全部掌握，即「理解」。
prey *n.* 獵物；被捕食的動物 <*prey*: seize> 字源的意義是“something seized before”，被抓住的東西，即「獵物」。

---

apt /æpt/ *adj.* suitable or right for a particular situation 適當的；恰當的；合適的

■ *an **apt** comment* 恰當的評論

[同] suitable; relevant; appropriate

[記] 在 appropriate（適當的；合適的）這個字中找到 apt。助憶句：Something apt is something appropriate.（適當之物就是合適之物。）

[衍] **aptitude** *n.* 天賦；天資；才能 <*apt*/*ept*: fit + *tude*: *n.*>
inept *adj.* 不合適的；笨拙的 <*in*: not + *ept*: fit>
adept *adj.* 熟練的；內行的 <*ad*: to + *ept*: fit>

---

aptitude /ˈæp.tə.tuːd/ *n.* a natural ability or skill 天賦；天資；才能

■ *an **aptitude** for languages* 語言天賦

■ *an **aptitude** test* 能力傾向測驗

[同] talent; skill

[記] 記憶法見 apt 條目。

[衍] **apt** *adj.* 適當的；恰當的：合適的

---

arable /ˈer.ə.bəl/ *adj.* used or suitable for growing crops 可耕種的；適宜耕種的

■ ***arable** fields* 適宜耕種的田地

■ ***arable** land* 可耕地

[同] fertile; productive; fecund

[記] 字形同 area（地區）＋able（能夠）。助憶句：It is an area able to grow the crops we need. It is arable.（這個地區能夠種出我們需要的作物，是適宜耕種的。）

---

arbiter /ˈɑːr.bə.t̬ɚ/ *n.* a person who settles a dispute or has ultimate authority in a matter 仲裁者；裁判；權威人士

■ *the final **arbiter*** 最終仲裁者

■ *the **arbiter** of fashion* 時尚權威人士

[同] judge; referee

[記] 讀音類似 are a bit better（更好一些）。助憶句：The arbiter told him, “You are a bit better.”（權威人士告訴他，「你更好一些。」）

[衍] **arbitrary** *adj.* 任意的；隨機的；隨心所欲的

---

arbitrary /ˈɑːr.bə.trer.i/ *adj.* not seeming to be based on a reason, system or plan and sometimes seeming unfair 任意的；隨機的；隨心所欲的

■ ***arbitrary** decisions* 任意的決定

[同] random; capricious

[記] 記憶法見 arbiter 條目。

[衍] **arbiter** *n.* 仲裁者；裁判；權威人士

---

archaic /ɑːrˈkeɪ.ɪk/ *adj.* very old or old-

fashioned 古老的；古代的；原始的
- *an **archaic** language* 一個古老的語言
🔄 obsolete; antiquated
📝 讀音類似 <u>a cake</u>（一塊蛋糕）。想像你拿到一塊賣相不佳、很像古董的蛋糕。助憶句：I was offered <u>a cake</u>, but it looked like <u>archaic</u> stuff.（我拿到一塊蛋糕，但它看起來好像古老的東西。）

🔍 ᗷ：字根 *arch* 的意思是 beginning, old, origin, first = 古老；起始；起源；首要。從首要（first）的字義，還衍伸出統治（rule）的概念。
🔗 **anarchy** *n.* 無政府狀態 <*an*: without + *archy*: rule>
archeology *n.* 考古學 <*archeo*: ancient, old + *logy*: science>
archetype *n.* 原型；典型 <*arch*: old, first + *type*: type>
architect *n.* 建築師 <*archi*: chief, first + *tect*: builder>
archbishop *n.* 大主教 <*arch*: chief + *bishop*: overseer>
matriarch *n.* 女家長 <*matri*: mother + *arch*: rule>
patriarch *n.* 男家長 <*patri*: father + *arch*: rule>

hierarchy *n.* 等級制度；層級 <*hier*: holy + *archy*: rule>

....

archbishop /ˈɑːrtʃˈbɪʃ.əp/ *n.* a bishop of the highest rank, responsible for all the churches in a large area 大主教
- *the **Archbishop** of Canterbury* 坎特伯里大主教
🔄 chief bishop
🔍 字源分析見 archaic 條目。
🔗 **bishop** *n.* 主教

....

archeology /ˌɑːr.kiˈɑː.lə.dʒi/ *n.* the study of cultures of the past, and of periods of history by examining the parts of buildings and objects found in the ground 考古學
- *to major in **archeology*** 主修考古學
🔄 prehistory; antiquarianism
🔍 字源分析見 archaic 條目。

....

archetype /ˈɑːr.kə.taɪp/ *n.* the most typical or perfect example of a particular kind of person or thing 原型；典型
- *the **archetype** of the American Dream* 美國夢的原型
- *the **archetype** of a Hollywood star* 好萊塢明星的典型
🔄 forerunner; precursor; prototype
🔍 字源分析見 archaic 條目。
🔗 **archetypal** *adj.* 典型的

....

arduous /ˈɑːr.dʒu.əs/ *adj.* involving or requiring strenuous effort 艱難的；艱鉅的；費力的
- *an **arduous** journey* 艱鉅的旅程
🔄 onerous; laborious

記 用 hard（困難的）來記憶 arduous。助憶句：It's a hard and arduous journey.（這是一趟困難艱鉅的旅程。）

....

arguably /ˈɑːrg.ju.ə.bli/ *adv.* when you are stating an opinion that you believe you could give reasons to support 大概；可能

■ **arguably** *the best restaurant in the city* 可能是這個城市最好的餐廳

同 possibly; conceivably

源 和 argue（爭辯；說理；辯論；顯示）以及 arguable（有商榷餘地的；可爭辯的）為同源字。

衍 **argue** *v.* 爭辯；說理；辯論；顯示出
arguable *adj.* 有商榷餘地的；可爭辯的

....

arid /ˈer.ɪd/ *adj.* having little or no rain; very dry 乾燥的；乾旱的

■ *the* **arid** *regions* 乾燥地區

同 dry; parched

記 讀音類似 are red on the map（地圖上呈現紅色）。助憶句：Regions that are red on the map signify arid areas.（地圖上呈現紅色的區域代表乾旱地區。）

衍 **arid** *adj.* 枯燥的；無創見的；不成功的

....

artery /ˈɑːr.tɚ.i/ *n.* any of the muscular-walled tubes forming part of the circulation system by which blood is conveyed from the heart to all parts of the body 動脈

■ *the coronary* **arteries** 冠狀動脈

同 vessel

記 字形同 art of surgery（外科手術的藝術）。助憶句：The mastery of the art of surgery allows the surgeon to navigate the intricate network of arteries with precision.（掌握外科手術的藝術讓這個外科醫師能夠精準地穿梭於複雜的動脈網絡之中。）

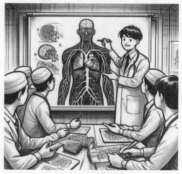

衍 **artery** *n.* 幹線；要道

....

articulate /ɑːrˈtɪk.jə.lət/ *adj.* expressing oneself readily, clearly, and effectively 能表達清楚的；口齒清晰的

■ *an* **articulate** *young man* 口齒伶俐的年輕人

■ *a witty and* **articulate** *speech* 一個充滿機智、表達清晰的演講

同 lucid; expressive

源 articulate 的字源分析：<*art*: fit together + *ticulate*: *adj.*> 字源的意義是"separated into joints"，語句清楚分開，即「口齒清晰的」。♭：字根 *art* 的意思是 fit = 安置。

衍 **art** *n.* 藝術 <*art*: fit> 把最適當的元素安置在一起就是「藝術」。
articulate *v.* 清楚地表達；清晰地發音 <*art*: fit + *ticulate*: *v.*>
article *n.* 文章 <*art*: fit + *cle*: *n.*>

33

字源的意義是"to fit together"，把文字放在一起，即「文章」。

arthritis *n.* 關節炎 <*arthr*: fit, joint + *itis*: inflammation> 字源的意義是"inflammation of a joint"，即「關節發炎」。

....

artillery /ɑːrˈtɪl.ɚ.i/ *n.* weapons for discharging missiles; a branch of an army armed with artillery 炮；大炮；炮兵部隊

■ *to be bombarded by **artillery*** 被大砲轟擊

guns; cannons; ordnance

讀音類似 <u>artistic lily</u>（藝術的百合）。助憶句：In the painting, the artist juxtaposed an <u>artistic lily</u> with depictions of <u>artillery</u> to explore the coexistence of beauty and brutality within the human experience.（在這幅畫中，畫家將一朵藝術的百合與火炮的描繪並置，探索美與殘酷在人類經驗中的共存。）

....

ascertain /ˌæs.ɚˈteɪn/ *v.* to find out the true or correct information about something 弄清；確定；查明

■ *to **ascertain** the facts* 弄清事實

confirm; determine

源自 certain（確定的）。

....

askance /əˈskɑːns/ *adv.* with a side-glance 斜視地；（懷疑地）斜眼看；瞟

■ *to look **askance*** 斜眼看

obliquely; sideways

讀音類似 ask us（問我們）。助憶句：The guard looked <u>askance</u> at us. I thought he wanted to <u>ask us</u> questions.（警衛斜眼看我們。我想他是想問我們問題。）

....

aspire /əˈspaɪr/ *v.* to have a strong desire to achieve or to become something 追求；渴望；有志於

■ *to **aspire** to an acting career* 渴望表演的生涯

■ *to **aspire** to study abroad* 渴望留學

crave; yearn

aspire 的字源分析：<*ad*: to + *spire*: breathe> 字源的意義是"to pant with desire"，因渴望而喘著氣，即「渴望；有志於」。字根 *spire* 的意思是 breathe, spirit = 呼吸；精神；氣息。

spirit *n.* 精神；靈魂；活力
expire *v.* 到期；結束；死亡 <*ex*: out + *spire*: breathe> 字源的意義是"to breathe out"，吐出最後一口

氣，即「死亡」。

inspire *v.* 激勵；鼓舞 <*in*: into + *spire*: breathe, spirit> 字源的意義是"to blow into"，神靈進入身體內，即「激勵」。

inspiration *n.* 靈感；給人靈感的人或物 <*in*: into + *spir*: breathe, spirit + *ation*: n.> 字源同 inspire。

perspiration *n.* 汗 <*per*: through + *spir*: breathe + *ation*: n.> 字源的意義是"to breathe through"，氣息穿透皮膚，即「汗」。

respiration *n.* 呼吸 <*re*: again + *spir*: breathe + *ation*: n.> 字源的意義是"breathe in and out"，氣息一再出入，即「呼吸」。

....

assassinate /əˈsæs.ə.neɪt/ *v.* to murder an important person, especially for political reasons 暗殺；行刺

■ *a plot to **assassinate** the prime minister* 暗殺首相的陰謀

回 murder; slay

記 讀音類似 as of late（最近）。助憶句：Tensions in the region have escalated <u>as of late</u>, with reports suggesting a plot to <u>assassinate</u> its leader.（最近該地區的緊張局勢升高，因為有報導指出有人陰謀暗殺該地區的領袖。）

衍 **assassination** *n.* 暗殺；行刺

....

assault /əˈsɔːlt/ *v.* to attack someone violently 襲擊；攻擊

■ *to **assault** the driver* 攻擊司機

回 hit; strike

記 讀音類似 a salt shaker（一個鹽罐）。助憶句：The drunken lady grabbed <u>a</u> <u>salt</u> shaker as a weapon to <u>assault</u> another customer.（這個酒醉的女士抓起一個鹽罐作為武器，攻擊另一個顧客。）

....

assembly /əˈsem.bli/ *n.* the process of putting together the parts of something such as a vehicle or piece of furniture 組裝；裝配

■ *an **assembly** plant* 裝配廠

■ *the **assembly** of the parts* 零件組裝

回 construction; building

記 讀音類似 a simple key（一把簡單的鑰匙）。助憶句：The idea behind the <u>assembly</u> line is similar to using <u>a</u> <u>simple</u> <u>key</u> to initiate a sequence of actions.（裝配線背後的概念類似於使用一把簡單的鑰匙來啟動一系列的動作。）

衍 **assembly** *n.* 集合；聚集；集會

assemble *v.* 集合；聚集；裝配

....

assiduous /əˈsɪdʒ.u.əs/ *adj.* working very hard and taking great care that everything is done as well as it can be 專心致志的；勤勉的
- ■ *an assiduous team* 勤奮的團隊
- 同 diligent; sedulous
- 記 讀音類似 as a student does（如一個學生該做的樣子）。助憶句：Just as a student does, Mary reviews the lessons and takes notes with assiduous dedication.（正如一個學生該做的樣子，瑪莉以勤勉的態度複習課程並做筆記。）

- 源 assiduous 的字源分析：<*as*: to + *sid*: sit + *ous*: *adj.*> 字源的意義是 "to sit down to"，坐下來忙著某事，即「勤勉的」。更多同源字見 reside 條目。

....

assimilate /əˈsɪm.ə.leɪt/ *v.* to become, or cause somebody to become, a part of a country or community 加入；融入；使同化
- ■ *to assimilate into the community* 融入社區
- 同 integrate
- 源 和 similar（相似的）為同源字。

assimilate *v.* 吸收（資訊）；學習
simulation *n.* 類比；模仿 <*simul*: same + *ation*: *n.*>

....

assuage /əˈsweɪdʒ/ *v.* to make an unpleasant feeling less strong 緩和；減輕；平息
- ■ *to assuage her grief* 減輕她的悲痛
- 同 relieve; ease; alleviate
- 記 讀音類似 as（當）+ wage（薪資）。助憶句：As wages were increased, the workers' anxiety was assuaged.（當薪資增加，工人的焦慮就減輕了。）

....

assume /əˈsuːm/ *v.* to accept something to be true without question or proof 假設；假定；臆測；想當然地認為
- ■ *it is reasonable to assume that* 這樣假定是合理的
- ■ *let's assume that* 我們這樣假設
- 同 presume
- 記 讀音類似 a room（一個房間）。助憶句：Let's assume the suspect is hiding in a room.（我們這樣假設，這個嫌犯現在正躲在一個房間裡。）

[衍] **assumption** *n.* 假定；假設

asteroid /ˈæs.tə.rɔɪd/ *n.* any one of the many small planets that go around the sun 小行星

■ *comets and **asteroids*** 彗星與小行星

[源] ♭：拉丁文 *stella*、希臘文 *aster* 以及英文 star 都是「星星」的意思，全都源自同一個印歐語源 *ster*。

[衍] **asterisk** *n.* 星號 <*aster*: star + *isk*: *n.*>
astrology *n.* 占星學；占星術 <*astro*: star + *logy*: *subject*>
astronomy *n.* 天文學 <*astro*: star + *nomy*: *rule*>
astronaut *n.* 太空人<*astro*: star + *naut*: *sailor*>
disaster *n.* 災難；大禍 <*dis*: ill + *aster*: star> 字源的意義是"ill-starred"，星運不利的，即「災難」。

astrology /əˈstrɑː.lə.dʒi/ *n.* the study of the positions of the stars and the movements of the planets in the belief that they influence human affairs 占星術；占星學

■ *to believe in **astrology*** 相信占星術

[同] horoscope

[源] 字源見 asteroid 條目。

[衍] **astronomy** *n.* 天文學 <*astro*: star + *nomy*: *rule*>

asylum /əˈsaɪ.ləm/ *n.* protection that a government gives to people who have left their own country, usually because they were in danger for political reasons; a hospital where people who were mentally ill could be cared for, often for a long time 避難；庇護；精神病院

■ *to seek **asylum*** 尋求庇護

■ *a lunatic **asylum*** 精神病院

[同] shelter; refuge

[記] 讀音類似 a silent place（一個安靜的地方）。助憶句：The asylum is a silent place.（這個精神病院是一個安靜的地方。）

atmosphere /ˈæt.mə.sfɪr/ *n.* the feeling or mood of a situation or place 氣氛；環境

■ *a relaxed **atmosphere*** 輕鬆的氣氛

[同] ambiance; aura; character

[記] 字形類似 almost here（快要到了）。助憶句：An atmosphere of excitement filled the air as the candidate told his supporters, "We are almost here."（當候選人告訴他的支持者，「我們快要到了」，興奮的氛圍充斥在空氣中。）

[衍] **atmosphere** *n.* 大氣；大氣層
sphere *n.* 球；球狀物；領域；範圍
mesosphere *n.* 中氣層
hemisphere *n.* 半球

薄的；微弱的

attain /əˈteɪn/ *v.* to succeed in getting something, usually after a lot of effort 實現；獲得；贏得

- ■ *to attain a degree* 獲得學位
- ■ *to attain his goals* 達到他的目標
- 同 achieve; accomplish; obtain
- 記 讀音類似 a ten（一個十分）。助憶句：The gymnast managed to achieve a perfect score of a ten, demonstrating her ability to attain excellence.（這個體操選手得到滿分十分的完美成績，顯示出她能達到卓越的能力。）

attenuate /əˈten.ju.eɪt/ *v.* to make thin or fine 稀釋；減弱；縮小

- ■ *to attenuate the influence* 減少影響
- ■ *attenuated viruses* 減弱病毒
- 同 weaken; reduce
- 記 讀音類似 at 10:08（在十點八分）。助憶句：At 10:08 in the morning, the overnight party's energy seemed to attenuate.（早上十點八分時，通宵派對的活力似乎開始減弱。）

- 源 更多同源字見 tenuous 條目。
- 衍 **tenuous** *adj.* 脆弱的；單薄的；稀

attire /əˈtaɪr/ *n.* clothes, especially fine or formal ones （尤指特定樣式或正式的）服裝；衣著

- ■ *in formal attire* 穿著正式衣服
- 同 garment; outfit; array
- 記 字形類似 a tire（一個輪胎）。助憶句：The Michelin Man's attire is made from a tire.（米其林人的衣服是用輪胎製成的。）

attribute /ˈæt.rɪ.bjuːt/ *n.* a characteristic, quality, or character ascribed to someone or something 特性；特質；屬性

- ■ *important attributes* 重要的特質
- 同 quality; feature; trait
- 記 用 a tribute（讚揚）來記憶 attribute。助憶句：The athlete's speed is a great attribute that deserves a tribute.（這個運動員的速度是一項了不起的特點，值得受到讚揚。）記憶法見 tribute 條目。

attribute /əˈtrɪb.juːt/ *v.* to say or believe that something is the result or work of something or someone else 把……歸因於……；認為……是……所為

- *to **attribute** his success to hard work* 把他的成功歸因於努力
- *to **attribute** the drawing to Rodin* 認定這幅畫為羅丹所繪
- 🔄 ascribe; assign; accredit
- 🔀 attribute 也是名詞，意思是「特性；特質」。attribute 的動詞意思是「認為……是……所為」，和「特性；特質」的語意相關。
- 🔁 **attribution** *n.* 歸因；歸屬

....

audacious /ɔːˈdeɪ.ʃəs/ *adj.* willing to take risks or to do something that shocks people 大膽的；敢於冒險的；放肆的
- *an **audacious** plan* 大膽的計劃
- 🔄 daring; intrepid
- 🔀 讀音類似 Odysseus（奧德修斯）。奧德修斯是荷馬史詩中的英雄人物，以冷靜大膽著稱。助憶句：<u>Odysseus</u> devised an <u>audacious</u> plan to navigate past the enchanting Sirens.（奧德修斯設計一個大膽的計劃，以穿越魅惑人心的賽倫女妖。）

- 🔁 **audacity** *n.* 大膽；勇氣

....

augment /ɔːgˈment/ *v.* to increase the amount, value, size, etc. of something 增高；增大；加強

- *to **augment** his income* 提高他的收入
- *to **augment** the law enforcement* 加強執法
- 🔄 increase; enlarge; expand
- 🔀 運用 Augustus（奧古斯都）這個羅馬皇帝的頭銜來記憶。奧古斯都有尊貴、強大的意思，而字根 *aug/auc* 的意思是 increase = 增加；加大。

- 🔁 **auction** *n.* 拍賣 <*auc*: increase + *tion*: *n.*>
  Augustus *proper name* 奧古斯都 <*augustus*: great>
  author *n.* 作者 <*auth*: increase + *or*: *n.*>
  inaugurate *v.* 就職 <*in*: in + *augur*: increase + *ate*: *v.*>
  wax *v.* 月盈 <*aux*: grow>

....

auspicious /ɔːˈspɪʃ.əs/ *adj.* showing signs that something is likely to be successful in the future 吉利的；吉兆的
- *an **auspicious** start* 順利的開始
- 🔄 favorable; encouraging
- 🔀 讀音類似 awesome wishes（美好的願望）。助憶句：Amid this <u>auspicious</u> breeze, let's whisper our

awesome wishes for our dreams to come true.（在這個充滿吉兆的微風中，讓我們低語我們美好的願望，期盼夢想成真。）

....

avail /əˈveɪl/ *n.* use or benefit 效用；幫助；利益

- ■ *but to no* **avail** 但沒有效果
- ■ *of little* **avail** 沒有什麼效用
- 回 usefulness
- 記 讀音類似 a whale（一條鯨魚）。助憶句：The coastal resort built a massive aquarium to showcase a whale, hoping to attract more tourists, but to no avail.（這個海濱度假村建造了一個巨大的水族館來展示一隻鯨魚，希望吸引更多遊客，但卻沒有效果。）
- 源 和 value（價值）為同源字。๖：字根 *val/vail* 的意思是 strength, worth, value = 力量；價值。
- 衍 **available** *adj.* 可獲得的；可用的
  value *n.* 價值 <*val*: worth>
  valiant *adj.* 英勇的；勇敢的 <*vali*: strong + *ant*: *adj.*>
  equivalent *adj.* 等值的；同等的 <*equai*: identical + *valent*: value>
  evaluation *n.* 評價 <*ex*: out + *valu*: worth + *ation*: *n.*>
  invalid *adj.* 無效的 <*in*: not + *valid*: strong>
  prevail *v.* 佔上風；佔優勢 <*pre*: before + *vail*: strong>

....

avalanche /ˈæv.əl.æntʃ/ *n.* a mass of snow, ice and rock that falls down the side of a mountain 雪崩

- ■ *to be destroyed by an* **avalanche** 被

雪崩毀滅
- 回 snow slide
- 記 讀音類似 a very massive launch（一次非常大規模的發射）。助憶句：A very massive launch of fireworks led to the occurrence of a terrible avalanche.（一次非常大規模的烟火發射導致了可怕的雪崩發生。）

- 衍 **avalanche** *n.* 大量；突然到來的一大批

....

avarice /ˈæv.ɚ.ɪs/ *n.* extreme greed for wealth or material gain 貪婪；貪心

- ■ *his* **avarice** *for wealth* 他對於財富的貪婪
- ■ *insatiable* **avarice** 無法滿足的貪婪
- 回 greed; cupidity
- 記 讀音類似 every grain of rice（每一顆米）。想像有一個貪婪的商人，在米價飆漲時，想要壟斷所有的米。助憶句：Avarice drove him to garner every single grain of rice.（貪婪驅使他去收集每一粒米。）

avatar /ˈæv.ə.tɑːr/ *n.* a picture of a person that represents a particular computer user, on a computer screen, especially in a computer game or on social media; a god appearing in a physical form 虛擬化身；下凡化作人形的神；化身

- ■ *a personal avatar* 個人的虛擬化身
- 回 symbol; apotheosis
- 記 電影《阿凡達》(*Avatar*) 即源自此字。

avert /əˈvɜːt/ *v.* to prevent something bad or dangerous from happening 避免；防止

- ■ *to avert a disaster* 避免一個災難
- 回 avoid
- 源 記憶法見 adversity 條目。
- 衍 **aversion** *n.* 厭惡；反感；討厭的人或事物

avid /ˈæv.ɪd/ *adj.* extremely interested or eager 渴望的；狂熱的；熱衷的

- ■ *an avid golfer* 熱衷高爾夫球的人
- ■ *avid fans* 狂熱的球迷
- 回 keen; ardent
- 記 在 David (大衛) 這個名字中找到 avid。想像 David 是個狂熱的

球迷。助憶句：David is an avid fan of soccer. (大衛是一個狂熱的足球迷。)

- 衍 **avarice** *n.* 貪婪；貪心 <*av*: eager + *arice*: *n.*>

awry /əˈraɪ/ *adj. adv.* not in the intended way 出差錯；離開正確方向

- ■ *things went awry* 事情出差錯了
- 回 amiss
- 記 讀音類似 why (為什麼)。助憶句：Why? Why did the plan go awry? (為什麼？為什麼計畫會出差錯？)

axiom /ˈæk.si.əm/ *n.* a rule or principle that most people believe to be true 公理；原則；理則

- ■ *an old axiom* 一個古老的原則
- 回 truism; principle
- 記 讀音類似 action (行動)。助憶句：The axiom that "actions speak louder than words" becomes my guiding principle. (「行動勝於言辭」這個理則成為我的指導原則。)

- 衍 **axiomatic** *adj.* 成為公理的；不需證明的；不言自明的

B

bacteria /bæk'tɪr.i.ə/ *n.* very small living things, some of which cause illness or disease 細菌
- ■ *infected with **bacteria*** 被細菌感染
- ■ *harmful **bacteria*** 有害的細菌
- Ⓢ germs; microbes
- Ⓜ 讀音類似 back to Syria（回到敘利亞）。助憶句：The scientists are back to Syria to gather samples to examine the deadly bacteria affecting the region.（科學家們回到敘利亞，收集樣本以檢驗影響該地區的致命細菌。）

- Ⓔ **bacillus** *n.* 桿菌

badinage /'bæd.ɪ.nɑːʒ/ *n.* conversation that involves a lot of jokes or humor 開玩笑；揶揄
- ■ *witty **badinage*** 風趣的玩笑話
- Ⓢ banter
- Ⓜ 讀音類似 bad image（糟糕的形象）。助憶句：The lawyer engaged in badinage with us, making jokes about his own bad image.（這個律師和我們輕鬆說笑，開玩笑地談論他自己的糟糕的形象。）

baleful /'beɪl.fəl/ *adj.* pernicious or deadly in influence 威脅的；兇惡的；有害的
- ■ *****baleful** consequences* 有害的結果
- Ⓢ noxious; harmful
- Ⓜ 字形和字義類似 baneful（有害的；致禍的；邪惡的）。記憶法見 bane 以及 baneful 條目。

banal /bə'nɑːl/ *adj.* boring, ordinary, and not original 平庸的；陳腐的；平凡的
- ■ *****banal** remarks* 老調的話
- ■ *a **banal** plot* 很平凡的情節
- Ⓢ trite; vapid
- Ⓜ 字形同 banana peel（香蕉皮）。助憶句：The clown slipped on a banana peel, but the trick was considered banal because it failed to elicit any laughter from the audience.（小丑踩到香蕉皮滑倒，但這個把戲被認為平淡無奇，因為沒有引起任何觀眾的笑聲。）

- Ⓔ **banality** *n.* 平庸；陳腐；平淡無奇

bane /beɪn/ *n.* something that causes trouble and makes people unhappy 禍根；災星；不幸的根源

■ the **bane** of the family 這個家族的禍根

圓 plague; menace

記 用 ban（禁止）來記憶 bane。助憶句：The doctor advised me to ban sugary drinks as they can be a bane to health.（醫生建議我禁用含糖飲料，因為這些可能是危害健康的根源。）

衍 **baneful** *adj.* 有害的；致禍的；邪惡的

baneful /ˈbeɪn.fəl/ *adj.* evil or causing evil 有害的；致禍的；邪惡的

■ the **baneful** influences 有害的影響

圓 baleful; deleterious

記 和 bane 為同源字。記憶法見 bane 條目。

衍 **bane** *n.* 禍根；災星；不幸的根源

banish /ˈbæn.ɪʃ/ *v.* to order somebody to leave a place, especially a country, as a punishment 趕走；流放；放逐；把（某人）驅逐出境

■ to be **banished** to Siberia 被放逐到西伯利亞

圓 exile; expel; deport

記 讀音類似 Spanish（西班牙）。助憶句：Back in the 16th century, the Spanish explorers managed to banish lots of indigenous people from their ancestral lands.（在 16 世紀時，西班牙探險家驅逐許多原住民族，要他們離開祖先的土

地。）

banter /ˈbæn.tɚ/ *n.* conversation that is funny and not serious 開玩笑；逗樂

■ witty **banter** 風趣的玩笑

圓 badinage

記 字形類似 banker（銀行家）。助憶句：The banker is known for his witty banter.（這個銀行家以風趣的玩笑而知名。）

barren /ˈber.ən/ *adj.* not good enough for plants to grow on it; not able to have babies 貧瘠的；不結果的；不孕的

■ a **barren** desert 貧瘠的沙漠

■ **barren** plants 不結果的植物

圓 infertile; arid

記 讀音類似 bear no offspring（無法生育後代）。助憶句：Barren animals can bear no offspring.（不孕的動物無法生育後代。）

bask /bæsk/ *v.* to enjoy sitting or lying in the heat or light of something, especially the sun 曬太陽；取暖

■ to **bask** in the sun 曬太陽

圓 sunbathe

記 用 basket（籃子）來記憶 bask。助憶句：The pet chameleon in the

basket is basking in the morning sun. (籃子裡的寵物變色龍正在曬早晨的太陽。)

....

baton /bəˈtɑːn/ *n.* a thin light stick used by the conductor; a short thick stick that police officers carry as a weapon 指揮棍；權杖；警棍

- ■ *under his **baton*** 在他的指揮下
- 同 stick; club; rod
- 記 和 bat（球棒）為同源字。

....

bawdy /ˈbɔː.di/ *adj.* (of jokes, songs, etc.) dealing with sex in a way that is slightly rude and makes people laugh 淫穢的；猥褻的；下流的

- ■ *a **bawdy** song* 一首淫穢的歌
- 同 ribald; indecent
- 記 讀音類似 body（身體）。助憶句：What? You used bawdy jokes about the body to break the ice on the first day in the office!（什麼？你到辦公室的第一天就用淫穢的身體笑話來破冰！）

....

beguile /bɪˈgaɪl/ *v.* to trick somebody into doing something, especially by being nice to them 使陶醉；使著迷；哄騙

- ■ *to **beguile** somebody into doing something* 哄騙某人去做某事
- ■ *to be **beguiled** by her beauty* 對她的美貌很著迷
- 同 dazzle; seduce; mesmerize
- 記 讀音類似 big guy（老闆）。助憶句：She was beguiled into believing that John was a big guy. （她被哄騙相信約翰是個大老闆。）
- 衍 **guileless** *adj.* 老實的；不狡猾的

....

behemoth /bɪˈhiː.məθ/ *n.* a mighty animal; something that is very big and powerful, especially a company or organization 龐然大物；強大的事物

- ■ *Wall Street **behemoths*** 華爾街大企業
- ■ *a tech **behemoth*** 科技大公司
- 同 monster; leviathan
- 記 字形類似 behold（看）＋ mammoth（猛瑪象）。助憶句：Seeing the ancient cave paintings, the explorer whispered, "Behold the mammoth, a true behemoth of the prehistoric world!"（這個探險家看到古老的洞穴壁畫時，低聲說道：「看那猛瑪象，真正的史前世界巨獸！」）

....

belie /bɪˈlaɪ/ *v.* to give a false impression of somebody or something 掩飾;給人錯覺

- ◼ *to **belie** his past* 掩飾他的過去
- ◼ *to **belie** her inner fear* 掩飾她內心的恐懼
- 回 mask; disguise
- 源 belie 的字源分析:<*be*: by + *lie*: lie> 字源的意義是"by lies",藉由謊言,即「掩飾」。

....

bellicose /ˈbel.ə.koʊs/ *adj.* having or showing a desire to argue or fight 好戰的;好鬥的

- ◼ ***bellicose** jingoism* 好戰軍國主義
- ◼ *a **bellicose** statement* 一個好鬥的聲明
- 回 warlike; combative
- 記 讀音類似 billy goats(公山羊)。助憶句:These <u>billy</u> <u>goats</u> are <u>bellicose</u>.(這幾隻公山羊很好鬥。)

- 衍 **belligerent** *adj.* 好鬥的;挑釁的 <*bellum*: war + *gerere*: to wage + *ent*: *adj.*>
  rebel *v.* 反叛 <*re*: back + *bellum*: war>

....

benefit /ˈben.ə.fɪt/ *n.* an advantage that something gives you; a helpful and useful effect that something has 利益;好處;優勢

- ◼ *mutual **benefit*** 共同利益
- ◼ *the **benefits** of meditation* 冥想的好處
- 回 good; welfare
- 源 benefit 的字源分析:<*bene*: good + *fit*/*fac*: do> 字源的意義是"good deed",好的舉動,即「利益;好處」。♭ 字根 *bene*/*bon* 的意思是 good, well = 好。
- 衍 **bonus** *n.* 獎金;紅利
  benign *adj.* 慈祥的;和善的;良性的
  benefactor *n.* 捐助人 <*bene*: good + *fact*: do + *or*: *n.*>
  benevolent *adj.* 仁慈的;善心的 <*bene*: good + *vol*: will + *ent*: *adj.*>
  bonbon *n.* 糖果 <*bonbon*: good-good>
  bonanza *n.* 富礦帶;致富之源;發財的機遇 <*bonanza*: good>
  boon *n.* 有用之物;益處 <*bon*: good>

....

benevolent /bəˈnev.əl.ənt/ *adj.* kind, helpful and generous 仁慈的;慈善的

- ◼ ***benevolent** people* 善心人士
- ◼ *a **benevolent** attitude* 仁慈的態度
- 回 kind-hearted; compassionate
- 記 字形類似 be <u>bent</u> <u>on</u> <u>love</u>(一直心想著愛)。助憶句:With her <u>benevolent</u> nature, she has always been <u>bent</u> <u>on</u> <u>love</u> rather than revenge.(由於她的仁慈天性,她一直心想著愛,而不是復仇。)

源 字源分析見 benefit 條目。

衍 **benevolence** *n*. 仁慈；樂善好施

....

benign /bɪˈnaɪn/ *adj*. kind and gentle;
not hurting anybody 慈祥的；和善的

■ *a **benign** nature* 性情善良

同 benevolent

記 讀音類似 <u>be nice</u> to others（善待
他人）。助憶句：<u>Be nice</u> to others,
and you'll grow into a <u>benign</u>
gentleman.（善待他人，你將變成
一位善心的紳士。）

源 benign 的字源分析：<*bene*: well
+ *gene*: birth> 字源的意義是"well
born"，即「出生良好」。

衍 **benign** *adj*. 良性的

....

bequeath /bɪˈkwiːð/ *v*. to say in a will
that you want somebody to have your
property, money, etc. after you die 遺贈；
遺留給

■ *to **bequeath** the painting to Sam* 把
這幅畫遺贈給山姆

同 leave; pass on

記 字形同 <u>before Queen's death</u>（在
女王過世前）。助憶句：<u>Before
Queen's death</u>, a lot of property
was <u>bequeathed</u> to her heirs.（在女
王過世前，大量資產已經遺贈給
繼承人。）

....

berate /bɪˈreɪt/ *v*. to criticize or speak
angrily to somebody because you do not
approve of something they have done 嚴
責；訓斥

■ *to **berate** the guard* 責備警衛

同 rebuke; reprimand; reproach

記 用 B rate（B 等級）來記憶

berate。助憶句：Don't let anyone
<u>berate</u> you with comments like
"you are of <u>B rate</u>."（不要讓任何
人用「你只是 B 等級」之類的評
論來訓斥你。）

....

bestow /bɪˈstoʊ/ *v*. to give something to
somebody, especially to show how much
they are respected 贈與；給予

■ *a title **bestowed** by NTU* 台灣大學
贈與的頭銜

同 grant; award to

記 讀音類似 best doll（最好的洋娃
娃）。助憶句：The king decided
to <u>bestow</u> his granddaughter with
the <u>best doll</u> in the world.（國王決
定贈予他的孫女世界上最好的洋
娃娃。）

....

bevy /ˈbev.i/ *n*. a large group of people

or things of the same kind 一群；某種鳥群

- ■ *a bevy of beauties* 一群美女
- ■ *a bevy of larks* 一群雲雀
- 🔘 group
- 🔘 bevy 的字源分析：<*bev*: drink + *y*: *n*.> 字源的意義是"birds gathered at a pond for drinking"，即「池邊喝水的鳥群」。♭：字根 *bev* 的意思是 drink = 喝。
- 🔘 **beverage** *n*. 飲料
  beer *n*. 啤酒

....

bizarre /bɪˈzɑːr/ *adj*. very strange or unusual 怪誕的；罕見的；異乎尋常的

- ■ *bizarre behavior* 怪誕的行為
- 🔘 strange; peculiar; odd; eccentric
- 🔘 用 showbiz（娛樂圈）來記憶 bizarre。助憶句：In the world of showbiz, it's common for celebrities to make bizarre fashion choices.（在娛樂圈中，名人做出異乎尋常的時尚選擇是司空見慣的。）

....

bland /blænd/ *adj*. without anything to attract attention; with little color, interest or excitement 清淡的；無生氣的；枯燥乏味的

- ■ *a bland statement* 枯燥乏味的聲明
- ■ *to find the soup bland* 覺得湯很淡
- 🔘 tedious; monotonous
- 🔘 可能源自 blend（混合）。當我們把水混入酒的時候，酒的滋味會變得平淡。助憶句：He decided to blend whisky with water, but unfortunately, it became bland and lost its distinctive character.（他決定將威士忌與水混合，但是很不巧，威士忌變得平淡無味，失去原先獨特的風味。）
- 🔘 **blandish** *adj*. 淡而無味的；枯燥乏味的

....

blight /blaɪt/ *n*. a disease that damages and kills plants; something that spoils or has a very bad effect on something, often for a long time 疫病；禍害；有害的事物

- ■ *the blight of poverty* 貧窮的禍害
- 🔘 affliction; scourge; bane
- 🔘 字形同 blue light（藍光）。助憶句：Prolonged exposure to blue light can be a blight on eye health.（長時間接觸藍光可能對眼睛健康有害。）

....

blithe /blaɪð/ *adj*. happy; not anxious 無憂無慮的；快樂的；不在意的

- ■ *a blithe spirit* 無憂無慮的靈魂
- 🔘 carefree; unconcerned
- 🔘 讀音類似 blue eyes（藍色眼睛）。助憶句：I caught a glimpse of her blue eyes, which were blithe and brimming with joy.（我瞥見她的藍色眼睛，無憂無慮，充滿喜悅。）

blizzard /ˈblɪz.ə·d/ *n.* a severe snow storm with strong winds 暴風雪
- *a raging **blizzard*** 猛烈的暴風雪
- ⊜ snowstorm
- ㊙ 讀音類似 blurred world（模糊的世界）。助憶句：The <u>blizzard</u> created a <u>blurred world</u>.（暴風雪創造了一個模糊的世界。）

boast /boʊst/ *v.* to talk in a way that shows you are too proud of something that you have or can do 吹噓；誇耀；自吹自擂
- *to **boast** about his wealth* 吹噓他的財富
- ⊜ brag
- ㊣ boast（誇耀）和 bullshit（胡說）是同源字，字源的意義是

"swell"，即「膨脹」。

bombastic /bɑːmˈbæs.tɪk/ *adj.* marked by or given to speech or writing that is given exaggerated importance by empty or artificial means 誇誇其談的；誇大的
- *a **bombastic** speech* 誇大的演講
- ⊜ pompous; overblown
- ㊙ 字形類似 bomb（炸彈）。助憶句：The manager delivered a <u>bomb</u>astic statement during the meeting, akin to dropping a <u>bomb</u>.（這個經理在會議中發表一個誇大的聲明，就像是投下一顆炸彈。）

boom /buːm/ *n.* a sudden increase in trade and economic activity; a period of wealth and success （經濟上的）繁榮；迅速發展；繁榮期
- *a **boom** year* 迅速發展的一年
- *the property **boom*** 房地產的繁榮
- ⊜ prosperity
- ㊣ 和 bomb（炸彈）為同源字。炸彈的迅猛爆發和經濟的迅速發展有類似之處。
- ㊐ **boom** *v.* 增長；迅速發展

boon /buːn/ *n.* something that is very helpful and makes life easier for you 有用之物；益處
- *an enormous **boon** to students* 對學生有很大好處的東西
- *a real **boon*** 非常有用之物
- ⊜ blessing; benefit
- ㊣ 更多同源字見 benefit 條目。

bovine /ˈboʊ.vaɪn/ *adj.* connected with oxen or cows 牛的；牛科動物的

■ *a bovine disease* 牛特有的疾病

回 connected with oxen or cows

源 運用格林法則，觀察 beef（牛肉）和 bovine 的關聯性：b = b，ee = o（a, e, i, o, u 等母音可互換），f = v（兩者的發音位置相同，差別只在於有聲與無聲）。

衍 **bull** *n.* 公牛 <*bull*: bull, cow>
beef *n.* 牛肉 <*beef*: bull, cow>
buffalo *n.* 水牛；野牛 <*buffalo*: bull, cow>
bulimia *n.* 暴食症 <*bu*: bull, ox + *limia*: hunger> 字源的意義是 "ox-hunger"，即「像牛不斷反芻的飢餓」。

....

boycott /ˈbɔɪ.kɑːt/ *v.* to refuse to buy, use or take part in something as a way of protesting 拒絕購買；抵制；杯葛

■ *to boycott the company's products* 拒絕購買這家公司的產品

回 spurn; shun

源 源自人名查爾斯‧杯葛（Charles C. Boycott）。他是英國一位地主的代理人，負責向愛爾蘭農夫收取地租。當時農作物歉收，但他不願大幅降低高額地租，因而與農民產生衝突。最後結果是當地人全面抵制他，不准他在當地購物，不准他雇工收割作物，甚至拒絕為他送信。Boycott 這個人名從此就產生「杯葛；抵制」的字義。

....

brash /bræʃ/ *adj.* too bright or too noisy in a way that is not attractive 太過艷麗；花俏的

■ *brash clothes* 花俏的衣服

■ *brash colors* 艷麗的顏色

回 bold; colorful

記 字形同 bright flash（明亮的閃光）。助憶句：With a bright flash, the spotlight illuminated his brash suit.（在明亮的閃光下，聚光燈照亮他那花俏的西裝。）

衍 **brash** *adj.* 傲慢的；粗魯的；自以為是的

....

brazen /ˈbreɪ.zən/ *adj.* open and without shame, usually about something that shocks people 厚顏無恥的；明目張膽的

■ *a brazen lie* 厚顏無恥的謊言

■ *brazen cheating* 明目張膽的作弊

回 shameless

源 brazen 又可指「黃銅製的」，和 bronze（青銅）為同源字。鍍銅的器物會呈現金的光澤，但這只是表面工夫，所以 brazen 衍伸出「厚顏無恥」的字義。

衍 **brazen** *adj.* 黃銅製的

....

breach /briːtʃ/ *v.* to not keep a promise or not keep to an agreement 破壞；不履行；違犯；違反

- ■ *to* **breach** *the agreement* 違反協定
- 同 break
- 源 和 break（破壞；打破；違反）為同源字。
- 衍 **breach** *n.* 破壞；違犯；違反

....

brevity /ˈbrev.ə.ţi/ *n.* using only a few words or lasting only a short time 簡潔；短暫
- ■ *clarity and* **brevity** 清晰簡潔
- 同 shortness
- 記 記憶法見 abridge 條目。
- 衍 **brief** *adj.* 簡短的

....

brief /briːf/ *adj.* short; lasting only a short time 短暫的；簡短的
- ■ *a* **brief** *visit* 短暫的拜訪
- ■ *a* **brief** *stint* 短暫的一段時間
- 同 short; quick; cursory
- 記 記憶法見 abridge 條目。
- 衍 **brevity** *n.* 簡潔；短暫
  abridgement *n.* 刪節；節略；縮略

....

brisk /brɪsk/ *adj.* quick and energetic 輕快的；生氣勃勃的
- ■ *a* **brisk** *pace* 輕快的步調
- ■ *a* **brisk** *response* 很快的回應
- 同 quick
- 記 字形同 big risk（很大的風險）。助憶句：Taking a big risk, he invested in the stock market and watched his fortunes change at a brisk pace.（他冒著很大的風險投資股市，然後看著自己的財富以快速的步調變化。）

....

brood /bruːd/ *v.* to think a lot about something that makes you annoyed, anxious or upset 憂思；擔憂；怨忿地想
- ■ *to* **brood** *over his grades* 擔憂他的成績
- ■ *to* **brood** *a lot of things* 擔心地想了很多事情
- 同 worry about; agonize
- 記 讀音類似 brewed a pot of tea（沏一壺茶）。助憶句：He brewed a pot of tea and began to brood over his past mistakes.（他沏了一壺茶，開始擔憂地想著過去的錯誤。）

- 衍 **brood** *n.* 一窩雛鳥

....

brusque /brʌsk/ *adj.* using very few words and sounding rude 粗魯的；唐突的
- ■ *brusque* *with the stranger* 對這個陌生人很粗魯
- ■ *a* **brusque** *tone* 粗魯的語氣
- 同 abrupt; curt
- 源 和 brisk（輕快的；生氣勃勃的）為同源字。記憶法見 brisk 條目。
- 衍 **brusqueness** *n.* 粗魯；唐突

....

bucolic /bjuˈkɑː.lɪk/ *adj.* relating to the

countryside 田園的；鄉村的

■ **bucolic** *landscape* 田園風景

圓 idyllic

源 bucolic（田園的）、butter（奶油）以及 buffalo（水牛）為同源字。想像鄉村的水牛景象，就容易記憶 bucolic 這個單字。

....

bulky /ˈbʌl.ki/ *adj.* (of a thing) large and difficult to move or carry 龐大而佔地方的

■ **bulky** *equipment* 龐大的設備

圓 sizeable; massive

記 讀音類似 book（書）。想像百科類的全套書籍，龐大又佔地方。助憶句：These encyclopedic books are so bulky.（這些百科全書很龐大又佔地方。）

衍 **bulk** *n.* 大團；大塊；大量的東西

....

bulwark /ˈbʊl.wɚk/ *n.* a person or thing that protects or defends something 堡壘；屏障

■ *a* **bulwark** *against racism* 對抗種族主義的堡壘

■ *a* **bulwark** *against violence* 對抗暴力的屏障

圓 fortification; barricade

記 讀音類似 bold work（大膽的作

品）。助憶句：The artist presented his bold work of art, serving as a bulwark against hate crime.（這個藝術家展示他大膽的藝術作品，作為對抗仇恨罪行的堡壘。）

....

buttress /ˈbʌt.rəs/ *n.* a projecting structure of masonry or wood for giving stability to a wall or building; something that supports or strengthens 撐牆；扶壁；支撐；支持

■ *the* **buttress** *of the family* 這個家庭的支柱

圓 support; reinforcement

記 字形類似 butt（屁股）＋ tree（樹）。助憶句：I rested my butt against the tree, so the tree, in a sense, became my buttress.（我把屁股靠在樹上，因此在某種意義上，這棵樹成為我的支撐。）

衍 **buttress** *v.* 支撐；支持；建扶壁加固

....

C

cache /kæʃ/ *n.* a hidden store of things such as weapons 隱藏物；隱藏所
- ■ *a cache for weapons* 武器隱藏處
- 🔄 hoard
- 📝 cache 的另一個意義是「快取記憶體」。「快取」就是 cache 的音譯。
- 🔤 **cache** *n.* 快取記憶體

cacophony /kəˈkɑː.fə.ni/ *n.* a mixture of loud unpleasant sounds 刺耳嘈雜的聲音；雜音
- ■ *a cacophony of car alarms* 刺耳嘈雜的汽車警報聲
- 🔄 discord; dissonance
- 📝 讀音類似 *Clanking Kettle Symphony*（《哐噹響的水壺交響曲》）。助憶句：The avant-garde musician showcased his latest *Clanking Kettle Symphony*, saying that it was the epitome of cacophony.（這個前衛音樂家展示了他最新的《哐噹響的水壺交響曲》，表示這是刺耳嘈雜音的典範。）

cacophonous *adj.* 刺耳嘈雜聲音的；雜音的

cadence /ˈkeɪ.dəns/ *n.* the regular rise and fall of the voice 抑揚頓挫；起落；節奏
- ■ *the steady cadence* 穩定的節奏
- 🔄 rhythm; beat; tempo
- 📝 字形類似 can dance（可以跳舞）。助憶句：I think you can dance well if you pay attention to the cadences in the music.（如果你注意音樂的節奏，我認為你跳舞可以跳得很好。）

calamity /kəˈlæm.ə.t̬i/ *n.* an event that causes great damage to people's lives, property, etc. 災禍；災難
- ■ *natural calamities* 自然災禍
- 🔄 disaster; catastrophe; cataclysm
- 📝 讀音類似 calm（平靜的）+ at tea（喝茶）。助憶句：At the beginning of the movie, they are calm while at tea, unaware of the impending storm, a calamity that will cause great damage.（電影一開始，他們平靜地喝茶，尚未意識到即將來襲的風暴，這將是一場造成巨大破壞的災難。）

calligraphy /kəˈlɪg.rə.fi/ *n.* beautiful handwriting that you do with a special pen or brush; the art of producing this 書法；書法藝術
- ■ *admirable calligraphy* 優美的書法
- 🔄 beautiful handwriting; script
- 🔍 calligraphy 的字源分析：<*call(i)*: beauty + *graphy*: writing> 字源的

意義是"beautiful writing"，即「書法」。🔔：用 call（稱呼；叫）來記憶 call 字根。想像有一個女生總是喜歡別人叫她美女：Please call me beauty（請叫我美女）。所以 call/kal 字根的意思就是 beauty（美）。

㊙ **kaleidoscope** *n.* 萬花筒；千變萬化 <*kal*: beautiful + *eidos*: shape + *scope*: look> 字源的意義是 "observer of beautiful forms"，即「觀察美麗形狀的東西」。

....

callous /ˈkæl.əs/ *adj.* not caring about other people's feelings, pain or problems 冷酷無情的；麻木不仁的

■ *callous attitudes* 冷酷無情的態度
㊂ heartless; uncaring
㊐ 讀音類似 careless（粗心的）。助憶句：The callous and careless driver, who fled the scene after hitting a pedestrian, received a severe sentence.（這個冷酷且粗心的司機撞到行人後逃離現場，後來受到嚴厲的刑罰。）

....

callow /ˈkæl.oʊ/ *adj.* young and without experience 沒經驗的；幼稚的；不諳世事的

■ *a callow youth* 一個不諳世事的少年
㊂ immature; inexperienced
㊐ 字形同 can（能夠）＋ mellow（變成熟；變柔和）。助憶句：Although he is callow now, time can mellow his perspective in the long run.（儘管他現在沒有經驗，但時間最終會使他的觀點變

得成熟。）

....

camouflage /ˈkæm.ə.flɑːʒ/ *n.* the way in which an animal's color matches what is around or near it and makes it difficult to see; behavior or artifice designed to deceive or hide 掩護；隱蔽；偽裝；保護色

■ *dressed in camouflage* 穿著偽裝
■ *camouflage in the snow* 雪中的保護色
㊂ disguise; concealment
㊐ 讀音類似 camel（駱駝）＋ foliage（樹葉）。助憶句：The camel under foliage is nearly invisible, which is an example of natural camouflage.（樹葉下的駱駝幾乎看不見，這是自然偽裝的一個例子。）

....

candid /ˈkæn.dɪd/ *adj.* saying what you think openly and honestly; not hiding your thoughts 坦白的；直率的

■ *to be candid* 坦白說
■ *a candid talk* 一次坦率的談話
㊂ frank; blunt; straightforward
㊋ candid 的字源分析：<*candid*: glow, bright, white> 字源的意義是 "white, bright"，白色，即「坦白

的；直率的」。

[衍] **candle** *n.* 蠟燭 <*candle*: bright, white> 蠟燭為白色。

candor *n.* 坦白；直率；坦誠

candidate *n.* 候選人 <*candid*: bright, white + *ate*: *n.*> 字源的意義是"white"，即「白色」。古羅馬尋求公職的候選人須穿著亮潔的白袍以示純潔。

………………………………………………

canon /ˈkæn.ən/ *n.* a generally accepted rule or standard by which something is judged 原則；準則；法規

■ *the central **canon** of capitalism* 資本主義的中心原則

[同] principle; tenet; precept

[記] 大寫的 Canon 就是知名的佳能相機。助憶句：The Canon camera brand has built a solid reputation over the years, establishing itself as a canon of excellence.（佳能相機品牌多年來建立了堅實的聲譽，成為卓越的典範。）

[衍] **canon** *n.*（……的）作品全集

………………………………………………

cantankerous /ˌkænˈtæŋ.kɚ.əs/ *adj.* often angry; always complaining 脾氣壞的；好爭吵且抱怨不休的

■ *a **cantankerous** driver* 一個抱怨不休的駕駛

[同] grumpy; grouchy; irascible

[記] 字形類似 can-like tanker（罐頭般的油罐車）。助憶句：Being trapped in traffic inside a can-like tanker can lead to a cantankerous mood.（開著罐頭般的油罐車困在車陣中會讓人脾氣變很壞。）

………………………………………………

capable /ˈkeɪ.pə.bəl/ *adj.* having the ability or qualities necessary for doing something 有能力的；足以勝任的

■ *to be **capable** of passing the exam* 有能力通過考試

[同] competent; accomplished; skillful

[源] capable 的字源分析：<*cap*: take, grasp + *able*: *adj.*> 字源的意義是"able to grasp or hold"，能夠捉住或掌握，即「有能力的；足以勝任的」。☝：字根 *cap*/*cept*/*ceive* 的意思是 take, hold, grasp = 抓住。

[衍] **capacious** *adj.* 容量大的；寬敞的 <*cap*: hold, take + *acious*: *adj.*> 字源的意義是"able to take in"，能容納，即「容量大的」。

capacity *n.* 容積；容量；能力 <*cap*: hold, grasp + *acity*: *n.*> 字源的意義是"ability to hold"，能承受，即「容積；容量」。

captious *adj.* 吹毛求疵的；挑剔的 <*cap*: take, catch + *tious*: *adj.*> 字源的意義是"to take; to catch"，抓到缺點，即「吹毛求疵的」。

captivate *v.* 迷住；吸引 <*captiv*: hold, seize + *ate*: *v.*> 字源的意義是"to seize"，抓住，即「迷住」。

intercept *v.* 中途攔截 <*inter*: between + *cept*: take, seize> 字源的意義是"to seize between"，在中間抓住，即「中途攔截」。

susceptible *adj.* 易受影響的；容易受傷害的；易受感動的 <*sub*: up from under + *cept*: take + *ible*: *adj.*> 字源的意義是"take up, admit"，對某事物全盤接納，即「易受影響的」。

precept *n.* 規矩；準則；戒律

<*pre*: before + *cept*: take, hold> 字源的意義是"to take beforehand"，事先規定，即「規矩；準則」。**receipt** *n.* 收據 <*re*: back + *ceipt*: take> 字源的意義是"take back"，拿回去，即「收據」。

capacious /kəˈpeɪ.ʃəs/ *adj.* having a lot of space to put things in 容量大的；寬敞的

■ *a* ***capacious*** *handbag* 大手提袋

[同] commodious; spacious

[記] 利用 cap（帽子）來記憶 capacious。助憶句：The cap is so capacious that it can hold twenty tennis balls.（這個帽子很寬大，能裝二十顆網球。）

[源] capacious 的字源分析：<*cap*: hold, take + *acious*: *adj.*> 字源的意義是"able to take in"，能夠容納，即「容量大的；寬敞的」。更多同源字見 capable 與 deceive 條目。

capricious /kəˈprɪʃ.əs/ *adj.* showing sudden changes in attitude or behavior 反覆無常的；任性的；善變的

■ *a* ***capricious*** *tyrant* 反覆無常的暴君

[同] unpredictable

[記] 字形同 Capricorn（摩羯座）+ capacious（寬敞的）。助憶句：As a Capricorn, the capacious wardrobe allows me to cater to my capricious fashion choices.（身為摩羯座，一個寬敞的衣櫃讓我能夠滿足我善變的時尚選擇。）

[衍] **caprice** *n.* 異想天開；反覆無常；突發奇想

captious /ˈkæp.ʃəs/ *adj.* marked by an often ill-natured inclination to stress faults and raise objections 挑剔的；吹毛求疵的

■ ***captious*** *critics* 挑剔的評論家

[同] faultfinding; critical

[源] 字源分析見 capable 條目。

captivate /ˈkæp.tə.veɪt/ *v.* to keep the attention of someone by being exciting, interesting, attractive, etc. 迷住；吸引

■ *to be* ***captivated*** *by her beauty* 被她的美貌吸引

[同] charm; enchant; fascinate

[源] captivate 的字源分析：<*captiv*: hold, seize + *ate*: *v.*> 字源的意義是"to seize"，抓住，即「迷住；吸引」。更多同源字見 capable 與 deceive 條目。

[衍] **capture** *v.* 俘虜；俘獲；奪取

carcinogen /kɑːrˈsɪn.ə.dʒən/ *n.* a substance that can cause cancer 致癌物

■ *class one* ***carcinogens*** 一級致癌物

[同] toxin

[源] carcinogen 的字源分析：<*carci*: cancer + *gen*: birth> 字源的意義是

"cancer-causing"，造成癌症的。

㊟ **canker** *n.* 潰瘍

....

cardiac /ˈkɑːr.di.æk/ *adj.* connected with the heart or heart disease 心臟的；心臟病的

■ *cardiac disease* 心臟疾病

㊎ of the heart

㊐ cardiac 的字源分析：<*card*: heart + (*i*)*ac*: *adj.*>。♭：字根 *card* 的意思是 heart = 心。運用格林法則，觀察 *card* 字根和 heart 的關聯性：*c* = h（g, k, h 的發音位置幾乎相同），*a* = ea（a, e, i, o, u 等母音可互換），*r* = r，*d* = t（兩者的發音位置相同，差別只在於有聲與無聲）。

㊟ **cordial** *adj.* 真摯的；熱忱的；友好的

concord *n.* 協調；和諧 <*con*: together + *cord*: heart> 字源的意義是"of the same mind"，同心的，即「協調；和諧」。

....

carnival /ˈkɑːr.nə.vəl/ *n.* a public festival, usually one that happens at a regular time each year, that involves music and dancing in the streets 嘉年華；狂歡節

■ *a local carnival* 本地的嘉年華

㊎ festival

㊏ 「嘉年華」是 carnival 的音譯。

㊐ carnival 的字源分析：<*carni*: flesh + *val*: farewell, goodbye> 字源有一說是"flesh, farewell"，即「肉，再見」。carnival 原指大齋節（the fasting of Lent）之前最後一日的盛宴，意思是在這個宴會

之後，即將開始齋戒期。

㊟ **carnivore** *n.* 食肉動物 <*carni*: flesh + *vore*: food, devour, eat> 字源的意義是"eating flesh"，即「食肉動物」。

valediction *n.* 告別；告別辭 <*vale*: goodbye + *diction*: say>

....

carp /kɑːrp/ *v.* to keep complaining about something in a way that is annoying 挑剔；吹毛求疵

■ *to carp about the food* 對食物吹毛求疵

㊎ complain; grumble; cavil

㊏ 用 carpet（地毯）來記憶 carp。想像有一個地毯商人在談論那些挑剔的顧客。助憶句：The customers often carp about the quality of our carpets, but in fact, they just want to have a better price.（顧客經常對我們的地毯品質挑剔，但實際上，他們只是想要更優惠的價格。）

....

casualty /ˈkæʒ.uː.əl.ti/ *n.* a person who is killed or injured in war or in an accident 傷亡人員；受害者

■ *the number of casualties* 傷亡人數

■ *heavy casualties* 傷亡慘重

㊎ victim; fatality

㊏ 讀音類似 the castle's T-Rex（這個城堡的暴龍）。助憶句：Legend has it that the castle's T-Rex ruled the land and caused many a casualty.（根據傳說，這個城堡的暴龍統治這片土地，造成許多傷亡。）

源 <u>case</u>（案例）、<u>casual</u>（偶然的）和 <u>casualty</u>（傷亡人員）為同源字。ϐ：字根 *cas/cad/cid* 的意思是 fall＝落下；降臨。

㊞ **cadaver** *n.* 屍體；死屍 ＜*cad*: fall＞字源的意義是"a fall"，即「殞落的身體」。

cascade *n.* 小瀑布 ＜*casc*: fall + *ade*: *n*.＞字源的意義是"a fall of water"，即「瀑布」。

cadence *n.* 抑揚頓挫；起落 ＜*cad*: fall + *ence*: *n*.＞

....

cataclysm /ˈkæt̬.ə.klɪ.zəm/ *n.* a sudden disaster or a violent event that causes change, for example a flood or a war 劇變；大災難；大變動

- *the **cataclysm** of the Great Depression* 經濟大蕭條的劇變
- *an economic **cataclysm*** 經濟大災難

㊀ calamity; catastrophe; upheaval

㊎ 讀音類似 cats caught them（貓抓到牠們）。助憶句：It was indeed a <u>cataclysm</u> for the mice because the <u>cats caught them</u> stealing cheese in the act.（這對於老鼠而言確實是一場災難，因為貓當場抓到牠們正在偷乳酪。）

源 cataclysm 的字源分析：＜*cata*: down + *clysm*: wash＞字源的意義是"to wash down"，即「洪水」。

....

catalyst /ˈkæt̬.əl.ɪst/ *n.* a substance that makes a chemical reaction happen faster without being changed itself; a person or thing that causes a change 催化劑；引發變化的人或事件

- *a **catalyst** for change* 改變的催化劑

㊀ trigger; impetus; spark

㊎ 讀音類似 <u>catch this</u> moment（抓住這一刻）。助憶句：The speaker urged the audience to <u>catch this</u> moment and let it be the <u>catalyst</u> for change.（這位演講者敦促觀眾抓住這一刻，讓它成為改變的催化劑。）

源 catalyst 的字源分析：＜*cata*: down + *lyst*: loosen＞字源的意義是"to loosen"，即「鬆開」。

㊞ **cataclysm** *n.* 劇變；大災難；大變動 ＜*cata*: down + *clysm*: wash＞字源的意義是"to wash down"，即「洪水」。

....

catastrophe /kəˈtæs.trə.fi/ *n.* a sudden event that causes destruction or very

great trouble 大災難；大災禍

■ *an environmental **catastrophe*** 一個自然環境的大災難

(同) disaster; calamity; cataclysm

(記) 讀音類似 to use a <u>cat</u> <u>as</u> a <u>trophy</u>（把貓當作獎盃）。助憶句：If you used a <u>cat</u> <u>as</u> a <u>trophy</u> in the mouse kingdom, it would be a <u>catastrophe</u> for all the inhabitants.（如果你在老鼠王國中把貓當作獎盃，這對所有居民來說將是一場大災難。）

....

caveat /ˈkæv.i.æt/ *n.* a warning that particular things need to be considered before something can be done 警告；告誡；限制條款

■ *a **caveat** on risks* 對於風險的告誡

(同) warning; caution; admonition

(記) 字形同 <u>cave</u>（撤退；屈服）＋ <u>at</u>（由於）。助憶句：Keeping in mind local people's <u>caveat</u>, the climber chose to <u>cave</u> <u>at</u> the first signs of bad weather.（謹記當地人的告誡，這個登山者在惡劣天氣的初期徵兆出現時，決定要撤退。）

....

cease /siːs/ *v.* to stop happening or existing; to stop something from happening or existing 停止；中止

■ *to **cease** all operations* 停止全部業務

■ *to **cease** trading* 停止交易

(同) end; terminate

(記) 讀音類似 seize（抓住）。助憶句：<u>Seize</u> the day! Otherwise, your dream will <u>cease</u> to be.（把握時光！否則，你的夢想將不復存在。）

....

celestial /sɪˈles.tʃəl/ *adj.* of the sky or of heaven 天的；天空的；天外的

■ ***celestial** bodies* 天體

■ ***celestial** events* 天文現象

(同) heavenly; astronomical

(記) 讀音類似 the <u>celeb's</u> <u>trial</u>（這個名人的審判）。助憶句：The <u>celeb's</u> <u>trial</u> could be compared to a <u>celestial</u> spectacle, which captured the attention of millions on the internet.（這個名人的審判可以被比喻為一場壯觀的天文現象，吸引網路上數百萬人的關注。）

....

cement /səˈment/ *v.* to put cement on the surface or stick things together using cement; to make something such as an agreement or friendship （以水泥）加強；鞏固；強化

- ■ *to cement the links* 鞏固關係
- ■ *to cement his role as a leader* 強化他領導者的角色
- 回 weld
- 記 讀音類似 sent men（派遣人員）。助憶句：The minister sent men to this Pacific island country to cement their mutual relationship. （部長派遣人員前往這個太平洋島國，以加強彼此之間的互信關係。）
- 衍 **cement** *n.* 水泥；黏固劑

....

censure /ˈsen.ʃɚ/ *v.* to express formal disapproval of someone 譴責；責難

- ■ *to censure the emcee* 譴責這個主持人
- 回 condemn; castigate
- 記 讀音類似 sin（罪）＋ sure（確定的）。助憶句：That's a sin, for sure. Therefore, we should censure them. （那絕對是一個罪過。因此，我們應當譴責他們。）
- 衍 **censure** *n.* 譴責；指責

....

ceramic /səˈræm.ɪk/ *n.* a pot or other object made of clay that has been made permanently hard by heat 陶瓷；陶瓷製品

- ■ *an exhibition of ceramics* 陶瓷展覽
- 回 porcelain
- 記 讀音類似 Sarah（莎拉）＋ mimic（模仿）。助憶句：As an artist, Sarah tried to mimic the smooth texture of ceramics in her artwork.

（作為一個藝術家，莎拉試著在她的藝術作品中模仿陶瓷質地的平滑感。）
- 衍 **ceramics** *n.* 陶瓷學；陶瓷工藝

....

chagrin /ʃəˈɡrɪn/ *n.* a feeling of being disappointed or annoyed 失望；懊喪；懊惱

- ■ *much to her chagrin* 真讓她失望
- ■ *to feel shame and chagrin* 感到羞愧與懊惱
- 回 discontent; annoyance
- 記 字形同 charming grin（迷人的笑容）。助憶句：His plans fell apart, and all he could manage was a charming grin to hide his chagrin. （他的計畫失敗了，他只能勉強露出一個迷人的笑容來掩飾他的懊惱。）

....

chaos /ˈkeɪ.ɑːs/ *n.* a complete lack of order 無秩序狀態；混亂

- ■ *to cause chaos on the roads* 造成道路交通混亂
- ■ *in a state of total chaos* 極度混亂
- 回 disorder; disarray
- 源 gap（缺口；裂口）、chasm（裂隙；峽谷；深淵）和 chaos 為同源字。我們可以觀察這幾個字的發音，都很接近。chaos 在字源上的意義是"the gaping void; immeasurable space"，深不可測的虛空，即「無秩序狀態；混亂」。
- 衍 **chaotic** *adj.* 混亂的

....

cherish /ˈtʃer.ɪʃ/ *v.* to love somebody or something very much and want to

protect them or it 珍愛；鍾愛；愛護

- *a **cherished** right* 備受保護的權利
- *his most **cherished** car* 他最鍾愛的車子

⑩ adore; hold dear

㊟ 讀音類似 cherry tree（櫻花樹）。助憶句：Every time you see a cherry tree in full bloom, remember to cherish the beauty of nature.（每當你看到盛開的櫻花樹，記得珍惜大自然之美。）

㊕ **cherish** *v.* 珍藏；懷有（希望、記憶）；抱有（想法）

....

chicanery /ʃɪˈkeɪ.nɚ.i/ *n.* the use of complicated plans and clever talk in order to trick people 詭辯；詭計；欺詐

- *political **chicanery*** 政治詭計
- *manipulation and **chicanery*** 操縱與欺詐

⑩ trickery; deception

㊟ 讀音類似 chicken cannery（雞肉罐頭廠）。助憶句：Since they found no chicken in the chicken cannery, the authorities launched an investigation into the chicanery.（由於在這個雞肉罐頭廠找不到

雞肉，當局對此詭詐行為展開調查。）

....

chloroplast /ˈklɔːr.ə.plæst/ *n.* a plastid that contains chlorophyll and is the site of photosynthesis 葉綠體

- ***chloroplast** genomes* 葉綠體基因組

⑩ plastid

㊟ 讀音類似 Colorado bass（科羅拉多鱸魚）。助憶句：As I gazed at the shimmering green scales of a Colorado bass, I couldn't help but think of the chloroplasts, the green powerhouses of plant cells.（當我凝視科羅拉多鱸魚的閃爍綠色鱗片時，不禁想起了葉綠體——植物細胞中的小型綠色發電站。）

㊕ **chlorophyll** *n.* 葉綠素

....

chore /tʃɔːr/ *n.* a task you do regularly 日常瑣事；雜務；乏味的例行工作

- *household **chores*** 家務雜事
- *a real **chore*** 很煩人的事

⑩ job; duty; drudgery

㊟ 用 core（核心）來記憶 chore。助憶句：The dance instructor invented fun games to strengthen the students' <u>core</u>, making training seem like an enjoyable <u>chore</u>.（這個舞蹈教練發明有趣的遊戲來強化學生的核心肌群，讓訓練看起來像是一件愉快的例行工作。）

....

chronic /ˈkrɑ:.nɪk/ *adj.* (of a disease) lasting for a long time; difficult to cure 長期的；慢性的
- *chronic pain* 長期疼痛
- *chronic diseases* 慢性病
- 回 persistent; long-standing
- 記 chronic 的讀音類似 crying（哭泣）。助憶句：Her <u>crying</u> is likely to be a symptom of the <u>chronic</u> stress.（她的哭泣可能是長期壓力的症狀。）
- 源 chronic 的字源分析：<*chrono*: time + *ic*: *adj.*> 字源的意義是 "of time"，與時間相關的，即「長期的；慢性的」。↻：字根 *chrono* 的意思是 time = 時間。
- 衍 **chronological** *adj.* 按年代順序排列的 <*chrono*: time + *logi*: science + *cal*: *adj.*>

....

chronological /ˌkrɒn.əˈlɒdʒ.ɪ.kəl/ *adj.* arranged in the order in which they happened 按年代順序排列的
- *in chronological order* 照時間順序
- 回 sequential; serial
- 記 記憶法見 chronic 條目。
- 衍 **chronic** *adj.* 長期的；慢性的

....

circumspect /ˈsɜ:.kəm.spekt/ *adj.* thinking very carefully about something before doing it, because there may be risks involved 小心的；審慎的
- *a circumspect attitude* 謹慎的態度
- *to be circumspect about the cost* 對於成本很審慎
- 回 cautious; wary; vigilant
- 源 字源分析見 specific 條目。
- 衍 **aspect** *n.* 方面；面向 <*ad*: to + *spect*: look>
  prospect *n.* 前景；展望 <*pro*: forward + *spect*: look>

....

circumvent /ˌsɜ:.kəmˈvent/ *v.* to find a way of avoiding a difficulty or a rule 逃避；規避；繞過
- *to circumvent the law* 規避法律
- *to circumvent the problems* 避開問題
- 回 avoid; evade
- 記 讀音類似 circus event（馬戲團活動）。助憶句：To deliver a perfect performance for the <u>circus</u> <u>event</u>, the performers had to practice repeatedly to <u>circumvent</u> any errors.（為了在馬戲團活動中呈現完美表演，這些表演者必須反覆練習以避免任何錯誤。）
- 源 字源分析見 advent 條目。

....

clandestine /klænˈdes.tɪn/ *adj.* marked by, held in, or conducted with secrecy 暗中的；秘密的；私下的
- *clandestine meetings* 秘密會議
- *clandestine activities* 暗中活動
- 回 covert; furtive; surreptitious
- 記 讀音類似 clan（幫派；宗族）+ destined（命中註定的）。助憶句：As a <u>clan</u> member, he is <u>destined</u> to be involved in some

61

clandestine activities.（由於他是幫派分子，他註定會涉入一些秘密活動。）

....

clarity /ˈkler.ə.t̬i/ *n.* the quality of being expressed clearly 清楚明瞭；清晰
- ■ *with great clarity* 非常清楚明瞭
- ■ *mental clarity* 頭腦清楚
- 🔄 lucidity; simplicity
- 📖 源自 clear（明白的；清楚的）。
- 🔀 **clarify** *v.* 澄清；闡明

....

cliché /kliːˈʃeɪ/ *n.* a phrase or an idea that has been used so often that it no longer has much meaning and is not interesting 陳腔濫調；老生常談；老套的話
- ■ *a tired cliché* 一個令人生厭的老生常談
- 🔄 platitude; banality
- 🔖 讀音類似 class A（一流）。助憶句：The term "Class A" has become cliché due to its excessive use.（由於過度使用，「Class A」這個詞已經變得陳腐。）

....

climax /ˈklaɪ.mæks/ *n.* the most exciting or important event or point in time 高潮；最精彩的部分；頂點
- ■ *to reach a climax* 達到高潮
- ■ *the climax of the game* 這場比賽的高潮
- 🔄 peak; pinnacle; acme
- 🔖 讀音類似 climb（攀爬；爬）。助憶句：As they continued to climb higher and higher, they knew they were approaching the climax of their mountain adventure.（隨著他

持續不斷地攀爬，他們知道他們正接近這次登山歷險的高潮。）
- 📖 字源分析見 decline 條目。

....

clique /klɪk/ *n.* a small, exclusive group 小圈子；派系
- ■ *to join a clique* 加入一個小圈子
- 🔄 fraction
- 🔖 和 click（成為朋友；合得來）讀音相同。助憶句：When people click the first time they meet at work, they usually will form a clique.（當人們在工作時初次相遇就合得來，他們通常會形成一個小圈子。）

....

coalesce /koʊ.əˈles/ *v.* to come together to form one larger group, substance, etc. 聯合；合併
- ■ *to coalesce all of the forces* 聯合全部力量
- ■ *to coalesce into a department* 合併成一個部門
- 🔄 amalgamate; integrate; affiliate
- 🔖 讀音類似 coal-less（少用煤的）。助憶句：More organizations are starting to coalesce around the ideal of a coal-less future to combat global warming.（越來越多的組織開始聯合在未來要少用燃煤的理念上，以應對全球暖化。）
- 🔀 **coalescence** *n.* 聯合；合併

....

coerce /koʊˈɝːs/ *v.* to force somebody to do something by using threats 強制；強迫；脅迫
- ■ *to coerce the contractor* 脅迫承包商

- *to **coerce** someone into doing something* 強迫某人做某事
- 同 compel; intimidate
- 記 讀音類似 curse（詛咒）。助憶句：The evil witch attempted to <u>curse</u> the knight, hoping to <u>coerce</u> him into surrendering.（邪惡的巫婆試圖詛咒那位騎士，希望藉此迫使他投降。）

....

cogent /ˈkoʊ.dʒənt/ *adj.* appealing forcibly to the mind or reason 令人信服的；有說服力的
- *some **cogent** reasons* 一些令人信服的理由
- 同 convincing; compelling
- 記 字形同 <u>cool</u> <u>gent</u>leman（很酷的紳士）。助憶句：He is a <u>cool</u> <u>gent</u>leman, and what he says is always <u>cogent</u>.（他是位很酷的紳士，而他說的話總是很有說服力。）

....

cognition /kɒɡˈnɪʃ.ən/ *n.* the process by which knowledge and understanding is developed in the mind 認識；認知
- *human **cognition*** 人類認知
- 同 ˈperception; discernment
- 源 記憶法見 agnostic 條目。

cognizant *adj.* 察知的；認識到的

....

coherent /koʊˈhɪr.ənt/ *adj.* logical and well organized; easy to understand and clear 有條理的；連貫的；前後一致的
- *a **coherent** policy* 前後一致的政策
- *a **coherent** account* 有條理的描述
- 同 logical; rational; cogent
- 記 讀音類似 cool here（這裡很酷）。助憶句：The argument is especially <u>cool</u> <u>here</u> because it is so <u>coherent</u>.（這裡的論點特別酷，因為它非常有條理。）
- 源 coherent 的字源分析：<*co*: together + *her(e)*: stick + *ent*: *adj*.> 字源的意義是 "to stick together"，黏在一起，即「連貫的」。🔑：字根 *here* 的意思是 stick = 黏住。
- 衍 **coherence** *n.* 連貫性；一致 <*co*: together + *her(e)*: stick + *ence*: *n*.>
  cohesive *adj.* 有凝聚力的；團結的 <*co*: together + *hes*: stick + *ive*: *adj*.>
  cohesion *n.* 凝聚力；團結 <*co*: together + *hes*: stick + *ion*: *n*.>
  adhere *v.* 黏附；附著 <*ad*: to + *here*: stick>

....

cohesion /koʊˈhiː.ʒən/ *n.* the state or act of keeping together 凝聚力；團結
- *lack of **cohesion*** 缺乏團結
- *social **cohesion*** 社會凝聚力
- 同 unity; solidarity
- 源 字源見 coherent 條目。
- 衍 **cohesive** *adj.* 有凝聚力的；團結的

....

coincide /ˌkoʊ.ɪnˈsaɪd/ *v.* to take place at the same time 同時發生

■ *to **coincide** with his vacation* 和他的假期時間相同

🔘 concur

🔘 coincide 的字源分析：<*co*: with + *in*: upon + *cide*: fall> 字源的意義是"to fall upon"，落在一起，即「同時發生」。♭：字根 *cid* 的意思是 fall = 落下。

🔘 **coincide** *v.* 與……一致；相符
coincidence *n.* 同時發生；巧合 <*co*: together + *in*: upon + *cid*: fall + *ence*: *n.*>
deciduous *adj.* 落葉的 <*de*: down + *cid*: fall + *uous*: *adj.*> 字源的意義是"to fall down"，掉落，即「落葉的」。
incident *n.* 事件；事變 <*in*: upon + *cid*: fall + *ent*: *n.*>
cascade *n.* 小瀑布 <*casc*: fall + *ade*: *n.*> 字源的意義是"a fall of water"，即「瀑布」。
case *n.* 事實；事例；案件；個案；病例 <*case*: fall>

....

collaborate /kəˈlæb.ə.reɪt/ *v.* to work together with somebody in order to produce or achieve something 合作；協作

■ *to **collaborate** on a project* 合作一個項目

■ *to **collaborate** with another firm* 和另一家公司合作

🔘 cooperate

🔘 和 labor（工人；勞工；勞動）為同源字。collaborate 的字源分析：<*co*: with, together 一起 + *labor*:

work + *ate*: *v.*> 字源的意義是"to work together with"，即「合作；協作」。

🔘 **labor** *n.* 勞工；工人；勞動
elaborate *v.* 詳述 <*e*: out + *labor*: work + *ate*: *v.*>

....

collapse /kəˈlæps/ *v.* to fall down or fall in suddenly, often after breaking apart 倒塌；坍塌；崩潰；垮掉

■ *to **collapse** under the weight* 因為重量而倒塌

🔘 fall down; subside; crumble

🔘 讀音類似 cool apps（酷炫的應用程式）。助憶句：You can download as many cool apps as you like, but remember that too many apps may cause the system to collapse.（你可以下載任意多個酷炫的應用程式，但請記得，太多應用程式可能會導致系統崩潰。）

🔘 **collapse** *n.* 瓦解；失敗

....

collide /kəˈlaɪd/ *v.* to come together with solid or direct impact 相撞；碰撞

■ *to **collide** with a taxi* 和一輛計程車相撞

■ *to **collide** head-on* 正面相撞

🔘 crash; run into

🔘 讀音類似 cool ride（很酷的遊樂設施）。助憶句：It was a cool ride, and I felt as if our roller coaster was going to collide with another one.（那是很酷的遊樂設施，我感到彷彿我們的雲霄飛車快要和另一輛相撞。）

🔘 **collision** *n.* 碰撞；相撞

colony /ˈkɑː.lə.ni/ *n.* a group of plants or animals that live together or grow in the same place （動物、昆蟲或植物的）群；群落；生物群

■ *a colony of ants* 一群螞蟻

回 community

記 用 colorful（色彩繽紛的）來記憶 colony。助憶句：The underwater world came alive with a colony of colorful fish.（水下世界因一群色彩繽紛的魚而變得生氣勃勃。）

衍 **colony** *n.* 殖民地
colonial *adj.* 殖民地的；殖民主義的

combust /kəmˈbʌst/ *v.* to start to burn; to start to burn something 開始燃燒；燃燒

■ *to combust spontaneously* 開始自燃

回 blaze; catch fire

記 字形同 come（來）+ burst（迸發）。助憶句：Out of nowhere comes a burst of fire, and the log cabin begins to combust.（無端一陣火光迸發開來，然後小木屋開始燃燒起。）

衍 **combustion** *n.* 燃燒

comestibles /kəˈmes.tə.bəlz/ *n.* items of food 食物；食品

■ *storage of comestibles* 食品的儲藏

回 food

記 字形同 come（來）+ digestible（可消化的）。助憶句：At the health food store, the salesperson called out, "Come and take a look at these digestible seeds," emphasizing the variety of comestibles they are selling.（在健康食品店裡，銷售人員大聲呼喊著：「來看看這些可消化的種子吧！」強調他們所販售的各式各樣的食品。）

commitment /kəˈmɪt.mənt/ *n.* a promise to support somebody or something; a promise to do something or to behave in a particular way; the fact of committing yourself 熱誠；投入；承諾；保證

■ *to make a commitment* 承諾

■ *a firm commitment* 堅定的保證

回 dedication; allegiance

記 讀音類似 come meet them（來見他們）。助憶句：Come meet them, as is your commitment.（來見他們吧，這是你的承諾。）

衍 **commit** *v.* 承諾；保證；（使）致力於

commodious /kəˈmoʊ.di.əs/ *adj.* roomy and comfortable 寬敞的

■ *a commodious dwelling* 寬敞的住處

回 capacious; spacious

源 和 commodity（商品）為同源

65

字。助憶句：We need to find a <u>commodious</u> place for all the <u>commodities</u>.（我們須要找一個寬敞的地方來放這些商品。）記憶法見 commodity 條目。

記 **accommodate** *v.* 為……提供住宿；為……提供空間；容納

---

commodity /kəˈmɑː.də.t̬i/ *n.* a raw material or primary agricultural product that can be bought and sold, such as copper or coffee 商品；貨物

■ *a commodity broker* 商品經紀人

同 item; material

記 讀音類似 <u>coming to</u>（來）。助憶句：A valuable <u>commodity</u> is <u>coming to</u> our storehouse.（一個貴重的商品正來到我們的倉庫。）

---

community /kəˈmjuː.nə.t̬i/ *n.* all the people who live in a particular area, country, etc. when talked about as a group 社區；群體；社團；團體

■ *the local community* 本地社區

■ *a black community* 一個黑人社區

同 group; circle

源 和 common（共同的；共有的）為同源字。

---

compatible /kəmˈpæt̬.ə.bəl/ *adj.* able to exist or occur together without problems or conflict 關係好的；兼容的；可共用的

■ *compatible people* 合得來的人

■ *compatible with the old printer* 和舊印表機可相容

同 suited; in agreement

記 讀音類似 <u>companion</u>（夥伴）+

Tee-ball（樂樂棒球）。助憶句：We are <u>companions</u> on the <u>Tee-ball</u> team. We are <u>compatible</u>.（我們是樂樂棒球隊的夥伴。我們很合得來。）

---

conceal /kənˈsiːl/ *v.* to hide somebody or something 隱藏；隱匿；隱瞞

■ *to conceal the evidence* 隱匿證據

■ *to conceal her surprise* 掩飾她的驚訝

同 hide; cloak

記 讀音類似 <u>can't</u> <u>see</u> <u>all</u> that occurs（不能看到全部發生的事）。助憶句：The magician will employ a trick to <u>conceal</u> objects, and as a result, all the audience <u>can't</u> <u>see</u> <u>all</u> that occurs.（魔術師將使用一種手法來隱藏物品，因此觀眾不能看到全部發生的事。）

---

conceive /kənˈsiːv/ *v.* to form an idea, a plan, etc. in your mind 想像；構思

■ *to conceive an exhibition* 構思一個展覽

■ *to conceive an idea* 想出一個點子

同 think up; devise

源 記憶法見 deceive 條目。

記 **conceive** *v.* 受孕；懷（胎）

時發生

conclave /ˈkɑːn.kleɪv/ *n.* a meeting to discuss something in private 秘密會議

■ *a contract conclave* 一個合約秘密會議

回 gathering; assembly

記 讀音類似 <u>come</u> to the <u>cave</u>（來洞穴）。助憶句：<u>Come</u> to the <u>cave</u> to join us. We're convening a <u>conclave</u>.（來洞穴加入我們。我們正在開秘密會議。）

concomitant /kənˈkɑː.mə.tənt/ *adj.* happening and connected with another thing 同時發生的；伴隨的；相伴的

■ *a concomitant increase in salary* 薪水同時增加

回 attendant; accompanying

記 讀音類似 <u>can</u> <u>come</u> <u>with</u> <u>it</u>（會跟隨而來）。助憶句：Participating in binge drinking involves <u>concomitant</u> risks. For instance, hangovers <u>can</u> <u>come</u> <u>with</u> <u>it</u>.（參加豪飲的行為伴隨著相應的風險。例如，可能會引發宿醉。）

源 concomitant 的字源分析：<*con*: together + *com*: intensifier + *it*: go + *ant*: adj.> 字源的意義是"going together"，一起來的，即「同時發生的；伴隨的」。

concur /kənˈkɜː/ *v.* to agree 同意；贊成；意見一致

■ *to concur with each other* 彼此意見一致

回 agree; accord

源 字源分析見 curriculum 條目。

衍 **concurrence** *n.* 贊同；一致；同

conflict /ˈkɑːn.flɪkt/ *n.* a situation in which people, groups or countries are involved in a serious argument 衝突；分歧；爭論

■ *to cause a lot of conflicts* 導致很多衝突

■ *to be involved in the conflict* 捲入這場衝突

回 dispute; quarrel

記 讀音類似 <u>Khan's</u> <u>fleet</u>（可汗的艦隊）。助憶句：When <u>Khan's</u> <u>fleet</u> encountered a rival armada, a fierce <u>conflict</u> was sparked.（當可汗的艦隊遇到對手的艦隊，一場激烈的衝突就引發了。）

源 conflict 的字源分析：<*con*: with, together + *flict*: strike> 字源的意義是"to strike together"，打在一起，即「衝突」。◊：字根 *flict* 的意思是 strike = 打。

衍 **affliction** *n.* 痛苦；折磨 <*ad*: to + *flict*: strike + *tion*: n.> 字源的意義是"to strike"，打，即「痛苦；折磨」。
inflict *v.* 給予（打擊）；施加（懲罰）<*in*: in + *flict*: strike>

confound /kənˈfaʊnd/ *v.* to confuse and surprise somebody 使驚疑；使困惑

■ *to confound his rival* 使他的對手感到困惑

■ *a confounding factor* 令人困惑的因素

回 baffle; confuse

記 字形同 <u>con</u> man（騙子）+ <u>found</u>（找到；發現）。助憶句：The

67

con man <u>found</u> very wily ways to <u>confound</u> his victims.（這個騙子找到很狡詐的方法來迷惑他的受害者。）

....

congruent /ˈkɑːŋ.gru.ənt/ *adj.* similar to something; in agreement with something 一致的；適合的

■ *congruent with the requirements of the law* 和法律的要求一致

㊀ harmonious

㊐ 字形類似 <u>can grow</u> the company （可以使公司成長）。助憶句：Our goals are <u>congruent</u>. Together We <u>can grow</u> the company.（我們的目標是一致的。聯合起來我們可以使公司成長。）

㊊ *congruent adj.*（數學圖形）全等的

congruity *n.* 一致；調和；和諧

....

conjecture /kənˈdʒek.tʃɚ/ *n.* an opinion that is not based on definite knowledge and is formed by guessing 推測；猜測；猜想；臆斷

■ *there are many conjectures* 有許多臆測

㊀ assumption; speculation

㊐ 字形類似 <u>congressman's</u> <u>lecture</u>（國會議員的演講）。助憶句：The <u>congressman's</u> <u>lecture</u> sparked <u>conjecture</u> regarding his position.（這個國會議員的演講引發有關於他的立場的猜測。）

....

connotation /ˌkɑː.nəˈteɪ.ʃən/ *n.* an idea suggested by a word in addition to its main meaning 隱含意義；內涵意義；

聯想意義

■ *positive connotations* 正面的隱含意義

㊀ overtone; nuance

㊐ 源自 note（紀錄；筆記；重要性）。connotation 的字源分析：<*con*: together, with + *not(e)*: mark, sign + *ation*: *n.*> 字源的意義是"to mark along with"，標註其他意義，即「隱含意義」。◊：字根 *note* 的意思是 mark, sign = 標記。

㊊ **note** *n.* 紀錄；筆記；重要性
annotation *n.* 註解；註釋 <*ad*: to + *not(e)*: mark, sign + *ation*: *n.*> 字源的意義是"to mark"，標註，即「註解；註釋」。
denote *v.* 表示；代表 <*de*: totally, completely + *note*: mark> 字源的意義是"to mark"，即「表示」。

....

consensus /kənˈsen.səs/ *n.* an opinion that all members of a group agree with 共識；一致的意見

■ *to reach a consensus* 達成共識

■ *to be decided by consensus* 依共識來做決定

㊀ agreement; consent

㊐ 和 sense（感覺；知覺；理解）為同源字。consensus 的字源分析：<*con*: together + *sensus*: feel> 字源的意義是"to feel together"，一起感覺，即「共識」。◊：字根 *sens/sent* 的意思是 feel = 感覺。

㊊ **consent** *n.* 許可；允許；同意 *v.* 許可；允許；同意 <*con*: together + *sent*: feel>
resent *v.* 怨恨；不滿 <*re*: again +

sent: feel> 字源的意義是"to feel again"，再度感覺，即「怨恨；不滿」。

insensible *adj.* 無知覺的；無反應的 <*in*: not + *sens*: feel + *ible*: adj.>

sensational *adj.* 引起轟動的；聳動的 <*sensation*: feel + *al*: adj.> 字源的意義是"to the senses"，刺激感官的，即「引起轟動的」。

sentiment *n.* 觀點；意見；看法；情緒 <*senti*: feel + *ment*: n.> 字源的意義是"what one feels about something"，對事情的感覺，即「觀點；看法」。

sentimental *adj.* 多愁善感的；感傷的 <*sentiment*: feel + *al*: adj.>

....

consistent /kənˈsɪs.tənt/ *adj.* always behaving in the same way, or having the same opinions, standards, etc. 一貫的；堅持的；始終如一的

■ *a consistent improvement* 持續改進

🔄 constant; stable; persistent

🔤 字形類似 confident assistant（有自信的助理）。助憶句：She is a confident assistant, who always maintains a consistent level of expertise.（她是一個很有自信的助理，始終能保持一貫的專業水準。）

↪ **consistency** *n.* 一致性；連貫性

....

conspicuous /kənˈspɪk.ju.əs/ *adj.* easy to see or notice; likely to attract attention 顯著的；顯眼的

■ *a conspicuous landmark* 一個顯眼的地標

🔄 striking; noticeable; perceptible

🔤 讀音類似 I can see pics of us（我能看到我們的照片）。想像你是一個偶像團體的成員，你在街頭到處都可以看到你們這個團體的照片和海報。助憶句：I can see pics of us everywhere. Wow! We are so conspicuous.（我到處都能看到我們的照片。哇！我們好顯眼。）

....

constrain /kənˈstreɪn/ *v.* to control and limit something 限制；約束；束縛

■ *to be constrained by lack of funds* 因為資金缺乏而受到限制

🔄 compel; coerce

🔤 字形同 constant rain（持續的雨）。助憶句：The constant rain is a factor that can greatly constrain the plan.（持續的雨是一個可能會嚴重限制本計劃的因素。）

↪ **constraint** *n.* 限制；束縛；約束

....

construe /kənˈstruː/ *v.* to understand the meaning of a word, a sentence or an action in a particular way 將……理解為；把……解釋為

■ *to be construed as an apology* 被視為道歉

🔄 interpret

🔤 字形同 con man's true intentions（騙子的真實意圖）。助憶句：The detective's task was to construe the con man's true intentions.（這個偵探的任務是要理解這個騙子的真實意圖。）

....

consummate /ˈkɑːn.sə.mət/ *adj.* perfect,

or complete in every way 完美無缺的；圓滿的

- ■ ***consummate** happiness* 完美的幸福

[同] perfect; supreme; ultimate

[記] 用藥妝店 Cosmed（康是美）和 cosmetics（化妝品）來記憶 consummate。助憶句：Welcome to Cosmed, where you will discover your consummate cosmetics products.（歡迎來到康是美，在這裡你將會找到最完美的化妝品。）

---

contagious /kənˈteɪ.dʒəs/ *adj.* a disease that is contagious can be passed from person to person by touch; if a feeling is contagious, other people are quickly affected by it 接觸性傳染的；患傳染病的；有傳染力的

- ■ ***contagious** diseases* 傳染病
- ■ *a **contagious** laugh* 有傳染力的笑

[同] infectious; catching

[源] contagious 的字源分析：<*con*: together + *tag*(*i*): touch + *ous*: *adj.*> 字源的意義是“a touching”，接觸，即「接觸性傳染的」。👆：字根 *tag*/*tang*/*tact*/*tach* 的意思是 touch = 接觸。更多同源字見 tangible 條目。

[衍] **intangible** *adj.* 無實體的；難以確定的 <*in*: not + *tangible*: touch>
intact *adj.* 毫髮無損的 <*in*: not + *tact*: touch>
tactile *adj.* 觸覺的 <*tact*: touch + *ile*: *adj.*>
syntax *n.* 句法 <*syn*: together + *tax*: touch, arrange>

---

contemplate /ˈkɑːn.t̬əm.pleɪt/ *v.* to think about whether you should do something, or how you should do something 思考；沈思；冥想

- ■ *to **contemplate** his future* 思考他的未來
- ■ *to **contemplate** studying abroad* 打算到國外唸書

[同] consider; ponder

[記] 和 temple（神殿；寺廟）為同源字。神殿是卜占師（augur）思考卜卦內容之處。

[衍] **contemplation** *n.* 沉思；冥想
temple *n.* 神殿；寺廟

---

contentious /kənˈten.ʃəs/ *adj.* likely to cause people to disagree 有爭議的；引起爭論的

- ■ *a highly **contentious** policy* 一個有高度爭議的政策

[同] controversial; disputable

[記] 用 content（內容）來記憶 contentious。助憶句：The content presented in his report is highly contentious.（他的報告呈現的內容極具爭議性。）

---

contentment /kənˈtent.mənt/ *n.* a feeling of being happy or satisfied 滿意；滿足；知足

- ■ *a look of **contentment*** 滿足的表情
- ■ *personal **contentment*** 個人的滿足

[同] satisfaction

[記] 用 convenient（方便的）+ tent（帳篷）來記憶 contentment。助憶句：After a tiring day of hiking, we set up a convenient tent in the wilderness and experienced a feeling of <u>content</u>ment.（在一天辛苦的徒步旅行後，我們在荒野中搭起了一個方便的帳篷，體驗到了一種滿足感。）

㊉ **content** *adj.* 滿意的；滿足的；知足的

contents *n.* 所含之物；容納的東西；目錄

....

continuously /kənˈtɪn.ju.əs.li/ *adv.* in a way that happens or exists for a period of time without being interrupted 不斷地；連續地；持續地

■ *the **continuously** changing situation* 持續不斷變化的情況

㊀ endlessly; interminably

㊊ 源自 continue（繼續）。

㊉ **continual** *adj.* 頻頻的；再三的

....

contradict /ˌkɑːn.trəˈdɪkt/ *v.* to say that something that somebody else has said is wrong, and that the opposite is true 反駁；與……相矛盾；與……有抵觸

■ *to **contradict** each other* 互相矛盾

■ *to **contradict** the existing norms* 和既存標準抵觸

㊀ deny; refute; controvert

㊊ 字源分析見 abdicate 條目。

....

contribute /kənˈtrɪb.juːt/ *v.* to give something, especially money or goods, to help achieve or provide something 貢獻；奉獻；捐獻（尤指錢）

■ *to **contribute** money to the fund* 捐錢給這個基金

㊀ donate; bestow

㊊ 和 tribe（部落；部族）為同源字。「捐獻」的概念就是與其他接近的部族共同分享財物。

㊉ **contribute** *v.* 投稿；撰稿

....

contrive /kənˈtraɪv/ *v.* to manage to do something despite difficulties 設計；發明；創造；謀劃

■ *to **contrive** a device* 設計一個裝置

㊀ devise; concoct

㊏ 讀音類似 come true（成真；實現）。助憶句：The team <u>contrive</u>d a medical device to help make the dream of painless injection <u>come true</u>.（這個團隊設計一個新的醫療裝置，實現無痛注射的夢想。）

㊉ **contrivance** *n.* 計謀；詭計；設計；發明

....

contumacious /ˌkɒn.tjʊˈmeɪ.ʃəs/ *adj.* having no respect for authority 不聽命令的；抗拒的；藐視的

■ *contumacious behaviors* 藐視的行為

㊀ disobedient; rebellious

㊏ 讀音類似 <u>come to measure us</u>（來測量我們）。想像一群貓在討論那些充滿藐視的老鼠。助憶句：They are <u>contumacious</u> by daring to <u>come to measure us</u> for our weight.（牠們充滿藐視。牠們膽敢來量我們的體重。）

....

conundrum /kəˈnʌn.drəm/ *n.* a problem that is difficult to deal with 難題；複雜的問題

■ *a legal conundrum* 一個法律難題

㊀ quandary; dilemma; puzzle

71

讀音類似 Conan（柯南）＋ drum
（鼓）。助憶句：Detective Conan
examined the drum again and again.
Obviously, it was a conundrum.
（偵探柯南一再檢查那面鼓。顯
然那是一個難解的問題。）

converge /kənˈvɜː.dʒ/ *v.* to tend or move
toward one point or one another （幾條
線或道路）會合；交會；匯合

- *converging lines* 交會的線
- *many highways converge here* 很
  多公路在此交會
- meet; merge
- 讀音類似 come（來）＋ merge
  （合併；融合）。把道路擬人
  化，想像召喚道路過來會合。助
  憶句：Come together. Merge here.
  This is where all the roads converge.
  （一起過來。在這裡會合。這是
  所有道路匯集之處。）

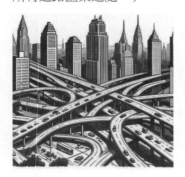

convert /ˈkɑːn.vɜːt/ *n.* someone who
changes their beliefs, habits, or way of
living 改變信仰（或習慣、生活方
式）的人

- *a Buddhist convert* 皈依佛教者
- *a convert* to *vegetarianism* 改吃素
  食者
- new believer
- 用運動品牌 Converse 來記憶
  convert。助憶句：I'm a new
  convert, having invested heavily in
  Converse sneakers.（我是一個新
  的品牌轉變者，已經在 Converse
  運動鞋上花大筆的錢。）
- **convert** *v.* （使）轉變；（使）皈
  依
  conversion *n.* 改變；轉變；轉化

convey /kənˈveɪ/ *v.* to make feelings or
ideas known to somebody; to take or
transport somebody or something from
one place to another 表達；傳達；運輸

- *to convey a sense of optimism* 表達
  樂觀
- *to convey water* 運送水
- send; transmit
- way（路）、away（在別處；向一
  邊）以及 convey 是同源字，字根
  vey/way 的意思是 go, move ＝ 移
  動；去。convey 的字源分析：
  <*con*: with, together ＋ *vey*: go,
  move> 字源的意義是 "to go along
  with"，一起移動，即「運輸；傳
  達」。
- **via** *prep.* 經由；通過；透過 <*via*:
  go, move>
  voyage *n.* 旅行 <*voy*: go ＋ *age*: *n.*>

vehicle *n.* 交通工具；車輛；機動車 <*vehicle*: go>
deviate *v.* 偏離；背離；脫離 <*de*: off + *via*: way + *ate*: *v.*> 字源的意義是"to turn aside"，轉到一旁，即「偏離」。
obviate *v.* 消除；排除；使無必要 <*ob*: against + *via*: way + *ate*: *v.*> 字源的意義是"in the way"，擋住，即「消除」。

---

conviction /kənˈvɪk.ʃən/ *n.* the act of finding somebody guilty of a crime in court; the fact of having been found guilty 定罪；判罪

■ *the man's **conviction*** 這個男人的判罪

[同] sentence; judgement

[記] 用 condition（狀況）來記憶 conviction。助憶句：The expert carefully evaluated the defendant's mental condition, and the final conviction would be based on the assessment results.（專家仔細評估被告的精神狀況，最終的定罪將以評估結果為基準。）

[衍] **conviction** *n.* 堅定的信念；堅定的信仰

---

copious /ˈkoʊ.pi.əs/ *adj.* more than enough; in large amounts 大量的；豐富的；過量的

■ ***copious** amounts of water* 大量的水

■ ***copious** interviews* 大量的訪談

[同] abundant; profuse

[記] 字形類似 copy（影印）。助憶句：With this Xerox machine, you can copy copious amounts of documents in a few minutes.（有了這台影印機，你可以在幾分鐘內複製大量的文件。）

[衍] **copy** *v.* 影印；複印；模仿 *n.* 複製品；仿製品；一冊；一本
opus *n.* （某一作曲家創作、按發表順序編號的）音樂作品；編號作品

---

core /kɔːr/ *n.* the most important or central part of something 核心；關鍵；最重要的部分

■ *the **core** of the contract* 這個合約的關鍵

[同] basis; crux; essence

[源] 更多同源字見 accord 條目。

[衍] **cordial** *adj.* 真摯的；熱忱的；發自內心的

---

corpulent /ˈkɔːr.pjə.lənt/ *adj.* (of a person) fat 肥胖的；臃腫的

■ *a **corpulent** man* 一個肥胖的男人

[同] fat

[記] 讀音類似 carpooling（共乘）。想像一個肥胖的男人使用共乘汽車。助憶句：The corpulent gentleman squeezed himself into the carpooling van, his presence requiring an adjustment of seat configurations.（這位肥胖的男士擠進共乘的廂型車中，他的出現需要大家調整座位的配置。）

⊛ **corpulence** *n.* 肥胖

....

corrosion /kəˈroʊ.ʒən/ *n.* the process of destroying something slowly, especially by chemical action; the condition that results from this process 腐蝕；侵蝕；腐蝕作用的生成物

■ *to clean off the corrosion* 清除腐蝕處

■ *the corrosion of moral standards* 社會道德的腐蝕

▣ decay; decomposition

㊙ 讀音類似 core reason（主要原因）。助憶句：The <u>core</u> <u>reason</u> of the <u>corrosion</u> of the bottom is the prolonged exposure to moisture.（這個底部腐蝕的主要原因是長時間暴露於濕氣中。）

⊛ **corrode** *v.* 侵蝕；腐蝕

....

cosmic /ˈkɑːz.mɪk/ *adj.* relating to the universe, especially as distinct from the earth 宇宙的

■ *cosmic radiation* 宇宙輻射

■ *cosmic dust* 宇宙塵

▣ extraterrestrial; celestial

㊀ 和 cosmetic（化妝的；美容的）是同源字。↻：字根 *cosmos* 的意思是 order = 次序。cosmos 是指所有星體排列出來的一個有次序的整體，所以意思是「宇宙」；而 cosmetic 則是指衣飾、化妝品合理的安排，所以意思是「化妝的；美容的」。

⊛ **cosmic** *adj.* 巨大無比的

....

cosset /ˈkɑː.sɪt/ *v.* to treat somebody with a lot of care and give them a lot of attention, sometimes too much 寵愛；疼愛；溺愛

■ *to cosset the kids* 寵愛孩子

▣ pamper; coddle

㊙ 字形同 <u>cos</u>tly makeup <u>set</u>（昂貴的化妝品組）。助憶句：I decided to <u>cosset</u> my wife with a <u>costly</u> makeup <u>set</u> for her birthday.（我的妻子生日，我決定用昂貴的化妝品組來寵愛她。）

....

coterie /ˈkoʊ.t̬ə.i/ *n.* an intimate and often exclusive group of persons with a unifying common interest or purpose 小圈子；小團體；小集團

■ *a coterie of artists* 一個藝術家小

團體

圊 clique

記 源自 cottage（小屋；村舍）。
coterie 在字源上的意義是"tenant
of a cottage"，就是「小屋的住
客」，衍伸成「小圈子」。也可以
用 lottery（樂透；抽獎）來記憶
coterie。助憶句：He won the
lottery and became a member of a
coterie of really rich people.（他中
了樂透，變成富豪圈的一員。）

....

coterminous /ˌkoʊˈtɝː.mə.nəs/ *adj.*
sharing a common boundary 相鄰的；
有共同邊界的

■ be *coterminous* with Italy 與義大
利相鄰

圊 conterminous

源 coterminous 的字源分析：<*co*:
together + *termin*: boundary + *ous*:
adj.> 字源的意義是 "touching at
the boundary"，即「邊界接觸在
一起」。更多同源字見 terminal 條
目。

....

countenance /ˈkaʊn.tən.əns/ *n.* the
appearance or expression of someone's
face 面容；臉色；面部表情

■ to keep one's *countenance* 保持冷
靜的表情

■ a somber *countenance* 嚴肅的表
情

圊 face; visage

記 字形類似 count（數）＋ten
（十）。助憶句：When you are
angry, count to ten. Mostly you'll
find you feel less so and your
countenance begins to change.（當

你生氣時，數到十。通常你會發
現自己怒氣減低，面部表情開始
改變。）

源 countenance 的字源分析：<*con*:
together + *ten*: hold + *ance*: *n.*>
字源的意義是"to hold together"，
即「全部抓住」，指一個人掌握
住自己之後所呈現的樣子。

衍 **countenance** *v.* 認可；贊同

....

covert /ˈkoʊ.vɝːt/ *adj.* hidden or secret
隱蔽的；祕密的；隱密的

■ *covert* actions 祕密活動

圊 furtive; clandestine; surreptitious

源 和 cover（覆蓋）為同源字。

....

crass /kræs/ *adj.* showing no sensitivity
or intelligence 不考慮他人感受的；愚
蠢的

■ a *crass* remark 愚蠢的話

圊 stupid; vacuous

記 用 coarse（粗俗的；無理的）來
記憶 crass，兩者字義接近，讀音
類似。助憶句：His remark is both
coarse and crass.（他的話既粗俗
又愚蠢。）

....

craven /ˈkreɪ.vən/ *adj.* lacking the least
bit of courage 懦弱的；怯懦的；膽小
的

■ a *craven* motive 懦弱的動機

圊 cowardly; faint-hearted

記 字形類似 crazy van（瘋狂的貨
車）。助憶句：The attack of the
crazy van is a craven act of
terrorism.（這輛瘋狂貨車的攻擊
行動是恐怖主義的怯懦行徑。）

....

credence /ˈkriː.dəns/ *n.* the belief that something is true 支持；相信；信任

- ■ *to give **credence** to gossip* 相信流言蜚語
- ■ *to gain **credence*** 獲得信任
- 同 acceptance; belief
- 源 和 credit（信用）為同源字。拉丁文 *credo* 的意思是 I believe = 我相信。
- 衍 **credo** *n.* 信念；信條；教義
  creed *n.* 信念；信條；教義
  credit *n.* 信用；信用貸款；榮譽；讚許 <*credit*: trust>
  credulous *adj.* 好騙的；容易相信人的 <*credul*: trust + *ous*: *adj.*>
  creditable *adj.* 可信的；值得稱讚的；可敬的 <*credit*: believe + *able*: *adj.*>
  credible *adj.* 可信的；可靠的 <*cred*: trust + *ible*: *adj.*>

credible /ˈkred.ə.bəl/ *adj.* able to be believed or trusted 可信的；可靠的

- ■ *credible evidence* 可靠的證據
- 同 trustworthy; reliable
- 源 credible 的字源分析：<*cred*: trust, believe + *ible*: *adj.*> 字源的意義是 "worthy to be believed"，即「值得相信」。更多同源字見 credence 條目。

creditable /ˈkred.ɪ.tə.bəl/ *adj.* deserving praise, trust, or respect 可信的；值得稱讚的；可敬的

- ■ *a **creditable** performance* 值得稱讚的表演
- 同 commendable; praiseworthy; laudable

- 源 creditable 的字源分析：<*credit*: believe + *able*: *adj*> 字源的意義是"worthy of belief"，即「值得相信」。更多同源字見 credence 條目。

credulous /ˈkredʒ.ə.ləs/ *adj.* too willing to believe what you are told and so easily deceived 好騙的；容易相信人的

- ■ *credulous investors* 容易上當的投資者
- 同 gullible; naive
- 源 credulous 的字源分析：<*credul*: trust + *ous*: *adj.*> 字源的意義是 "that easily believes"，輕易相信者，即「好騙的」。更多同源字見 credence 條目。
- 衍 **creed** *n.* 信念；信條；教義
  credit *n.* 信用；信用貸款；榮譽；讚許

crepuscular /krɪˈpʌs.kjə.lɚ/ *adj.* related to the period of the evening when the sun has just gone down but there is still some light in the sky 拂曉的；黃昏的；昏暗的；晨昏的

- ■ *crepuscular animals* 晨昏活動型動物
- ■ *the crepuscular sky* 昏暗的天空
- 同 twilit; dusky
- 記 讀音類似 the <u>creek's</u> <u>color</u>（小溪的顏色）。助憶句：During the <u>crepuscular</u> moment, the <u>creek's</u> <u>color</u> shifted from a vibrant blue to a tranquil shade of purple.（在黃昏時刻，小溪的顏色由鮮豔的藍色轉變為寧靜的紫色。）

cringe /krɪndʒ/ *v.* to suddenly move away from someone or something because you are frightened 畏縮；退縮

- ■ *to **cringe** at the thought of exams* 想到考試而開始畏縮
- ■ *to **cringe** in the seat* 畏縮在座位上
- 回 cower; recoil
- 記 字形同 crazy（瘋狂的）＋ binge（無節制的狂熱行為）。助憶句：After a crazy week drinking binge, she felt guilty and started to cringe.（經過一週的狂飲，她突然感到罪惡，開始退縮。）

....

criterion /kraɪˈtɪr.i.ən/ *n.* a standard or principle by which something is judged, or with the help of which a decision is made 標準；準則

- ■ *to meet the **criteria*** 符合標準
- ■ *by this **criterion*** 根據這個標準
- 回 standard; touchstone
- 記 讀音類似 creative librarian（有創意的圖書管理員）。助憶句：A creative librarian, Tom proved that creativity can be an important criterion for achieving goals in the library field.（身為一個富有創意的圖書館員，湯姆證明了在圖書館領域中，創意是實現目標的一個重要標準。）

culinary /ˈkʌl.ə.ner.i/ *adj.* connected with cooking or food 烹飪的；廚房的

- ■ ***culinary** skills* 烹飪技巧
- ■ ***culinary** schools* 烹飪學校
- 回 cooking; gastronomic
- 源 cook（烹調；煮）、cuisine（烹飪；烹調）以及 culinary 都是同源字，觀察這些字的近似。

....

cultivate /ˈkʌl.tə.veɪt/ *v.* to prepare and use land for the raising of crops; to improve by labor or study 耕種；栽培；培養；培育

- ■ *to **cultivate** vegetables* 栽種蔬菜
- ■ *to **cultivate** the mind* 培養心靈
- 回 till; nurture
- 源 cultivate（耕種；培育）、culture（文化）和 cult（宗教膜拜；流行；邪教）為同源字。以上單字的字源均與 till（耕；犁）有關。cultivate 的原義就是「耕種」，也衍伸出「培育」的字義。culture 是一群人培養出來的產物，就是「文化」。而 cult 原指需要細心灌注心力的事物，就是「宗教崇拜」，後來衍伸出「流行」與「邪教」的字義。
- 衍 **culture** *n.* 文化
  cult *n.* 宗教膜拜；流行；邪教

....

cumbersome /ˈkʌm.bɚ.səm/ *adj.* large and heavy; difficult to carry; slow and complicated 笨重的；累贅的；低效的

- ■ *a **cumbersome** package* 笨重的包裹
- 回 bulky
- 記 讀音類似 come bear some of the

load（來分擔一些負荷）。助憶句：With a lot of <u>cumbersome</u> furniture to move, please <u>come bear some</u> of the load.（由於要搬動許多笨重家具，請過來分擔一些負荷。）

cumulus /ˈkjuː.mjə.ləs/ *n.* a type of tall, white cloud with a wide, flat base and rounded shape 積雲

■ *towering **cumulus*** 高聳的積雲

⊚ cloud

㊟ 讀音類似 numerous（無數的）。助憶句：<u>Numerous</u> piles of <u>cumulus</u> began to accumulate。（無數堆疊的積雲開始積聚。）

⑦ **accumulate** *v.* 積累；積聚；積攢

curmudgeon /kəˈmʌdʒ.ən/ *n.* a person who gets annoyed easily, often an old person 脾氣很壞的人

■ *an old **curmudgeon*** 一個脾氣很壞的老人

⊚ crank

㊟ 字形同 <u>cur</u>se the <u>mud</u> getting <u>on</u> his shoes（詛咒泥巴沾到他的鞋子）。助憶句：He was a <u>curmudgeon</u>, who would even <u>cur</u>se the <u>mud</u> getting <u>on</u> his shoes.（他是個壞脾氣的人，甚至會詛咒泥巴沾到他的鞋子。）

curriculum /kəˈrɪk.jə.ləm/ *n.* all the subjects that are included in a course of study or taught in a school, college, etc. 課程

■ *the school **curriculum*** 學校課程

■ *included in the **curriculum*** 包含在本課程中

⊚ educational program; syllabus

㊟ 讀音類似 caring for them（照顧他們）。助憶句：The school's commitment to "<u>caring for them</u>" is reflected in the thoughtfully designed <u>curriculum</u>.（這個學校對於「照顧他們」的承諾，體現在精心設計的課程中。）

㊐ curriculum 的字源分析：<*cur*: run> 字源的意義是"a running,

course"，即「跑；跑道；進程」。課程就是指每個學習者都要跑過一次的進程。◊：字根 *cur* 的意思是 run = 跑。

㊉ **curricular** *adj.* 課程的
current *n.* 氣流；水流；流動；趨勢 <*curr*: run + *ent*: *n.*>
cursor *n.* 游標 <*curs*: run + *or*: *n.*>
cursive *adj.* 草寫的 <*curs*: run + *ive*: *adj.*>
concur *v.* 同意；贊成；意見一致 <*con*: together + *cur*: run> 字源的意義是"to run together"，跑在一起，即「同意；意見一致」。
excursion *n.* 遠足；短途旅行 <*ex*: out + *cur*: run + *sion*: *n.*> 字源的意義是"to run out"，跑出去，即「遠足」。
precursor *n.* 前導；先驅；前兆 <*pre*: before + *curs*: run + *or*: *n.*>
recurrent *adj.* 一再發生的；定期重複的 <*re*: again + *curr*: run + *ent*: *adj.*>
curriculum vitae *n.* 履歷書 <*curriculum*: career, course + *vitae*: life>

....

curt /kɝːt/ *adj.* appearing rude because very few words are used, or because something is done in a very quick way 簡短失禮的；唐突的；草率的
■ *a* **curt** *reply* 簡短失禮的回答
■ *to be* **curt** *with the man* 對這個男人很失禮
㊎ terse; brusque
㊏ 字形類似 cut（切；割）。助憶句：Not only was that a <u>curt</u> reply, but it also contained a <u>cutting</u>

remark.（那不僅是草率的回答，還包含了刻薄的話語。）

....

cynical /ˈsɪn.ɪ.kəl/ *adj.* based on a belief that human conduct is motivated primarily by self-interest 憤世嫉俗的；認為人皆是不真誠的；犬儒的
■ *a* **cynical** *view of elections* 對選舉嗤之以鼻的看法
㊎ resentful; distrustful
㊏ 讀音類似 <u>scene</u>（場景）+ <u>nickel</u>（五分鎳幣）。助憶句：The critic made a <u>cynical</u> comment, "The <u>scene</u> is not worth a plugged <u>nickel</u>."（這個評論家給了一個嗤之以鼻的評論，「這場戲一點價值都沒有。」）

㊉ **canine** *adj.* 犬的 <*canine*: dog>
cynic *n.* 犬儒；諷世者 <*cyn*: dog>

....

D

dabble /ˈdæb.əl/ *v.* to take part in an activity but not very seriously 淺嘗；嘗新鮮；涉獵

- ■ *to **dabble** in politics* 涉獵政治
- 囘 dally with
- 源 和 dip（浸；泡）為同源字。ᔑ：運用格林法則，觀察 dabble 和 dip 的關聯性：d = d，a = i（a, e, i, o, u 等母音可互換），b = p（b, p, m, f, v 等唇音、唇齒音可互換）。
- 衍 **dabble** *v.* 玩水；嬉水

data /ˈdeɪ.tə/ *n.* facts or information, especially when examined and used to find out things or to make decisions 資料；數據

- ■ *to collect **data*** 收集資料
- ■ *to analyze **data*** 分析資料
- 囘 information; statistics
- 源 data 的字源分析：<*do/da*: give> 字源的意義是"thing given"，給出去的東西，即「資料」。data 的字義也衍伸成 date（日期），羅馬時期的習慣是文章結尾時會加上 *datum*（即 given）和日期，最後就產生 date（日期）的字義。
- 衍 **donate** *v.* 捐贈；捐獻 <*don/do*: give + *ate*: *v.*>

dearth /dɝːθ/ *n.* an amount or supply that is not large enough 稀少；不足；缺乏

- ■ *a **dearth** of information* 資訊缺乏
- 囘 lack; scarcity

源 和 dear（珍貴的；高價的；親愛的）為同源字。一般而言，稀少的事物就是珍貴的事物。

debacle /dɪˈbɑː.kəl/ *n.* a complete failure, especially because of bad planning and organization 一團糟；崩潰；徹底的失敗

- ■ *the financial **debacle*** 金融崩潰
- 囘 fiasco
- 記 讀音類似 dumb uncle（愚蠢的叔叔）。助憶句：When my dumb uncle assumed control of the barbecue, it turned into a total debacle as he managed to burn all the food.（當我那愚蠢的叔叔決定負責燒烤時，情況變得一團糟，因為他把所有的食物都燒焦了。）

debris /dəˈbriː/ *n.* pieces of wood, metal, building materials, etc. that are left after something has been destroyed 殘骸；碎片

- ■ *scattering **debris*** 四散的碎片
- 囘 fragment
- 源 debris 的字源分析：<*de*: down + *bris*: break> 字源的意義是"break down"，分解，即「碎片」。

decay /dɪˈkeɪ/ *n.* the process or result of being destroyed by natural causes or by not being cared for 腐蝕；腐敗；衰弱

- ■ *dental decay* 蛀牙
- ■ *in decay* 處於衰退之中
- 🔄 decomposition; rot
- 📝 用 delay（延遲；延誤）來記憶 decay。助憶句：If you delay treating a cavity, it can lead to tooth decay.（如果你延遲治療齲洞，可能會導致蛀牙。）
- 🔀 **decay** *v.* 腐蝕；（使）衰敗；（使）衰弱

  decadence *n.* 墮落；頹廢；腐朽

---

deceive /dɪˈsiːv/ *v.* to make somebody believe something that is not true 欺騙；矇騙；隱瞞

- ■ *to deceive customers* 欺騙顧客
- ■ *to deceive himself* 欺騙他自己
- 🔄 swindle; hoax; dupe
- 📝 讀音類似 deep sea（深海）。助憶句：The beauty of the deep sea can deceive divers into forgetting its hidden dangers.（深海的魅力會欺騙潛水者，忘記其中隱藏的危險。）

- 🔖 deceive 的字源分析：<*de*: from +

ceive: take, hold> 字源的意義是 "to take in"，即「欺騙」。👆：字根 *ceive/cept/cap* 的意思是 take, hold, grasp = 抓住。

🔀 **conceive** *v.* 想像；構思；受孕；懷（胎）<*con*: intensifier + *ceive*: take, hold> 字源的意義是 "to take in and hold"，即「承接精子並維持住」。

perceive *v.* 察覺；理解；看待；視為 <*per*: thoroughly + *ceive*: take, hold> 字源的意義是 "to grasp entirely"，全部掌握，即「理解」。

capacious *adj.* 容量大的；寬敞的 <*cap*: hold, take + *acious*: adj.> 字源的意義是 "able to take in"，能容納，即「容量大的」。

capacity *n.* 容積；容量；能力 <*cap*: hold, grasp + *acity*: n.> 字源的意義是 "ability to hold"，能承受，即「容積；容量」。

captivate *v.* 迷住；吸引 <*captiv*: hold, seize + *ate*: v.> 字源的意義是 "to seize"，抓住，即「迷住」。

intercept *v.* 中途攔截 <*inter*: between + *cept*: take, seize> 字源的意義是 "to seize between"，在中間抓住，即「中途攔截」。

susceptible *adj.* 易受影響的；容易受傷害的；易受感動的 <*sub*: up from under + *cept*: take + *ible*: adj.> 字源的意義是 "take up, admit"，對某事物全盤接納，即「易受影響的」。

---

decipher /dɪˈsaɪ.fɚ/ *v.* to convert a text written in code, or a coded signal into normal language 破譯；破解；辨認

- to **decipher** a code 破解代碼
- 同 decode; decrypt
- 記 讀音類似 decide for yourself（你自己確定）。助憶句：To decipher a secret message, firstly, you have to decide for yourself what kind of code it is.（想要破解一個祕密訊息，首先你必須自己確定這是哪一種密碼。）
- 衍 **cipher** n. 密碼；暗號；零

....

declaration /ˌdek.ləˈreɪ.ʃən/ n. an official or formal statement, especially about the plans of a government or an organization 宣言；聲明；公告

- the **Declaration** of Independence 獨立宣言
- a formal **declaration** 正式公告
- 同 statement; proclamation
- 記 讀音類似 a duck nation（鴨子國）。助憶句：Today we proudly make a declaration to the world, "We are a duck nation!"（今天我們自豪地向全世界發出宣言：「我們是鴨子國！」）

- 衍 **declare** v. 宣佈；聲明；公佈

....

decline /dɪˈklaɪn/ v. to become smaller, fewer, weaker, etc. 減少；衰落；降低

- to **decline** in popularity 受歡迎程度逐漸減少
- 同 decrease; reduce
- 記 讀音類似 demand（需求）+ Calvin Klein（卡文克萊）。助憶句：There has been a decline in demand for luxury fashion brands like Calvin Klein.（最近對於像卡文克萊這樣的奢侈時尚品牌的需求有所下降。）
- 源 decline 的字源分析：<de: down + cline: lean, bend> 字源的意義是"to bend down"，向下傾，即「減少；衰落；降低」。ᕯ：字根 clin 的意思是 lean = 傾斜。
- 衍 **decline** v. 拒絕；謝絕
  client n. 客戶；主顧 <client: lean> 字源的意義是"lean on"，倚靠而得到照顧，即「顧客；主顧」。
  climax n. 高潮；最精彩的部分；頂點 <client: lean> 字源的意義是"ladder"，即「樓梯」。順著傾斜的樓梯可以爬至頂點。
  proclivity n. 傾向；癖好 <pro: forward + cliv: slope, lean + ity: n.>

....

deduction /dɪˈdʌk.ʃən/ n. the process of using information you have in order to understand a particular situation or to find the answer to a problem 推斷；推論

- through a process of **deduction** 經過推論的過程
- to make **deductions** 進行推論
- 同 inference; reasoning
- 源 和 introduction（介紹；引進；採用）以及 production（生產）為同源字。deduction 的字源分析：

<*de*: down + *duc*: lead + *tion*: *n.*>
字源的意義是"lead down"，即
「引導至某結論」。♭：字根 *duc*
的意思是 lead＝引導。

abduct *v.* 誘拐；綁架 <*ab*: away +
duct: lead> 字源的意義是"to lead
away, to take away"，引導走，即
「誘拐」。

aqueduct *n.* 高架渠；水道 <*aqua*:
water + *duct*: lead>

seduce *v.* 勾引；誘惑 <*se*: away +
duce: lead> 字源的意義是"to lead
away"，引導使之離開，即「誘
惑；勾引」。

ductile *adj.* 可延展的；可塑的
<*duct*: lead + *ile*: *adj.*>

……………………………………

deference /ˈdef.ɚ.əns/ *n.* behavior that
shows that you respect somebody or
something 尊重；尊敬
- *out of **deference*** 出於尊敬
- *to show **deference*** 表達敬意
- respect; regard
- 讀音類似 dear friends（親愛的朋
  友）。助憶句：Out of deference to
  my dear friends, I always prioritize
  their opinions in our discussions.
  （出於尊重我親愛的朋友，我總
  是在我們的討論中優先考慮他們
  的意見。）

……………………………………

degrade /dɪˈgreɪd/ *v.* to show or treat
somebody in a way that makes them
seem not worth any respect or not worth
taking seriously 貶低；侮辱……的人
格；玷污
- *to **degrade** women* 貶低女性
- debase; cheapen

degrade 的字源分析：<*de*: down
+ *grade*: go, walk> 字源的意義是
"lower in rank"，降級，即「貶
低」。

degrade *v.* 降解；自然分解
grade *n.* 等級；分數；成績

……………………………………

delegate /ˈdel.ə.gət/ *n.* a person who is
chosen or elected to represent the views
of a group of people and vote and make
decisions for them （會議的）代表
- *to elect **delegates*** 選舉代表
- *the conference **delegates*** 會議代表
- representative; deputy
- 讀音類似 delicate（精緻的）。助
  憶句：The delegate presented the
  king with a delicate vase as a form
  of respect.（這個代表以一件精緻
  的花瓶向國王表示敬意。）
- **delegation** *n.* 代表團

……………………………………

delusion /dɪˈluː.ʒən/ *n.* a false belief or
judgment about external reality, held
despite incontrovertible evidence to the
contrary, occurring especially in mental
conditions 幻想；錯覺
- *delusions of grandeur* 自命不凡
- *under the **delusion** that* 懷有某種
  錯覺
- misapprehension; misconception
- 字形同 delete（刪除）＋
  confusion（混亂）。助憶句：
  This drunken programmer was
  under the delusion that he could
  delete all the confusions in the
  world.（這個酒醉的程式設計師
  有個錯覺，以為自己能把世界上
  的混亂刪除掉。）

⑬ **delusive** *adj.* 錯誤的；虛假的

demonstrate /ˈdem.ən.streɪt/ *v.* to show something clearly by giving proof or evidence 顯示；表明；表露

- ■ *to **demonstrate** his ability* 展現他的能力
- ■ *to **demonstrate** a great interest* 表現出很大的興趣
- ⓘ exhibit; display
- ㊚ 讀音類似 damn street（討厭的街道）。助憶句：On this <u>damn</u> <u>street</u> you can see how reckless drivers <u>demonstrate</u> their disregard for the safety of pedestrians.（在這條討厭的街道上，你可以看到魯莽的駕駛者展示如何漠視行人的安全。）
- ⑬ **demonstration** *n.* 演示；示範

denigrate /ˈden.ə.greɪt/ *v.* to criticize somebody or something unfairly; to say somebody or something does not have any value 誹謗；貶低

- ■ *to **denigrate** others* 貶低他人
- ⓘ disparage; belittle
- ㊚ 讀音類似 <u>deny</u> <u>great</u> talents（否定傑出的人才）。助憶句：He is inclined to <u>denigrate</u> others and he

has a propensity to <u>deny</u> <u>great</u> talents.（他喜歡貶低他人。他傾向於否定傑出的人才。）

denote /dɪˈnoʊt/ *v.* to be a sign of something 表示；代表

- ■ *to **denote** danger* 表示危險
- ■ *to **denote** a serious illness* 代表一個危險的疾病
- ⓘ indicate; signify
- ㊙ 字源分析見 connotation 條目。
- ⑬ **denotation** *n.*（詞語的）本意

deny /dɪˈnaɪ/ *v.* to say that something is not true 否認；否定

- ■ *there's no **denying** that* 無可否認
- ■ *to **deny** an allegation* 否認指控
- ⓘ reject; veto
- ㊙ ◊：字根 *ne/ny/ni/no/na/nu* 的意思是 no = 不。
- ⑬ **denial** *n.* 否認；否定
  naught *n.* 無；沒有
  nay *adv.* 不；別
  negate *v.* 使無效；取消
  neglect *v.* 忽視；疏忽
  never *adv.* 從不；從未；永不
  nihilistic *adj.* 虛無主義的
  nil *n.* 無；零
  nullify *v.* 使……失去法律效力

deplete /dɪˈpliːt/ *v.* to reduce something by a large amount so that there is not enough left; to be reduced by a large amount 消耗；耗費

- ■ *to **deplete** the natural resources* 消耗自然資源
- ⓘ exhaust; consume; use up
- ㊚ 字形類似 <u>dear</u>（親愛的）＋ <u>plate</u>

（盤子）。助憶句：Dear, my plate is completely depleted.（親愛的，我的盤子已經完全清空了。）

🔧 **depletion** n. 減少；減小；縮小

....

deposit /dɪˈpɑːzɪt/ n. a layer of a substance that has formed naturally underground 沉澱物；沉積物

■ *the deposit in the bottom* 底部沉積

🔲 layer; sediment

🔳 讀音類似 deepest（最深的）。助憶句：In the deepest cave is a deposit of ancient artifacts.（在最深的洞穴中有一個古代文物的沉積物。）

🔧 **deposit** v. 存放；儲存（尤指金錢）；支付（押金或訂金）

....

desiccate /ˈdes.ɪ.keɪt/ v. to dry up 使乾燥；使脫水

■ *to desiccate the land* 使土地乾燥

🔲 dry; dehydrate

🔳 讀音類似 desert cat（沙漠的貓）。想像考古學家找到一隻沙漠的貓，完全脫水的狀態。助憶句：They found a completely desiccated desert cat.（他們發現一隻沙漠的貓，是完全乾燥的。）

desirable /dɪˈzaɪr.ə.bəl/ adj. that you would like to have or do; worth having or doing 值得擁有的；渴望獲得的；令人嚮往的

■ *a desirable target* 值得追求的目標

■ *a desirable job* 令人嚮往的工作

🔲 advisable; preferable

📙 源自 desire（慾望）。

🔧 **desire** n. 慾望；渴望 v. 想要；希望

....

despise /dɪˈspaɪz/ v. to feel contempt or a deep repugnance for 鄙視；蔑視；厭惡

■ *to despise chauvinism* 厭惡沙文主義

🔲 detest; loathe

🔳 讀音類似 this spy（這個間諜）。助憶句：I despise this spy.（我鄙視這個間諜。）

📙 despise 的字源分析：<de: down + spise: look> 字源的意義是"look down"，即「輕視」。更多同源字見 specific 條目。

🔧 **despicable** adj. 可恥的；卑劣的

....

destitute /ˈdes.tə.tuːt/ adj. without food, money and the other things necessary for life 一無所有的；赤貧的

■ *the destitute* 貧困的人

■ *destitute stowaways* 一貧如洗的偷渡者

🔲 penniless; impoverished

🔳 字形同 deserted institute（荒廢的機構）。助憶句：The deserted institute mirrored the destitute lives of the people in this neighborhood.

（這個荒廢的機構反映了這個社區居民貧困的生活。）

[衍] **destitution** *n.* 貧困；赤貧

desultory /ˈdes.əl.tɔːr.i/ *adj.* going from one thing to another, without a definite plan and without enthusiasm 漫無目的的；隨意的；無計畫的

■ *some **desultory** attempts* 一些漫無目的的嘗試

[同] casual; cursory; perfunctory

[記] 讀音類似 desert story（沙漠故事）。助憶句：Our desert story isn't particularly unique. We simply wandered desultorily.（我們的沙漠故事沒什麼特別。我們只是漫無目標地遊蕩。）

detain /dɪˈteɪn/ *v.* to keep somebody in an official place, such as a police station, a prison or a hospital, and prevent them from leaving 使留下；拘留；耽擱

■ *to be **detained** by the police* 被警方拘留

■ *to be **detained** by a storm* 被暴風雨耽擱

[同] delay; hamper

[源] 字源分析見 sustain 條目。

detect /dɪˈtekt/ *v.* to discover or notice something, especially something that is not easy to see, hear, etc. 發現；察覺；看出

■ *to **detect** the disease* 發現疾病

■ *to **detect** changes* 察覺變化

[同] find; locate; discover

[源] 和 detective（偵探）為同源字。

[衍] **detection** *n.* 察覺；發現

deter /dɪˈtɝː/ *v.* to make somebody decide not to do something or continue doing something, especially by making them understand the difficulties and unpleasant results of their actions 阻撓；阻止；威懾；使不敢

■ *to **deter** criminals* 威懾罪犯

■ *to **deter** people from spending money* 讓人們不敢花錢

[同] discourage

[記] deter（威懾）和 terrible（可怕的）是同源字。能產生威懾的事物就是讓人覺得可怕的事物。助憶句：The terrible stories of crime in the town will deter potential homebuyers.（這個城鎮可怕的犯罪故事會嚇跑潛在購屋者。）

[衍] **deterrence** *n.* 威懾；遏制；制止

devastating /ˈdev.ə.steɪ.t̬ɪŋ/ *adj.* causing a lot of damage and destroying things 毀滅性的；破壞性極大的

■ ***devastating** consequences* 破壞性極大的後果

■ *a **devastating** attack* 毀滅性的攻擊

[同] disastrous; destructive; catastrophic

[源] waste（荒廢的）、vast（廣闊的）和 devastating（毀滅性的）是同源字。

[衍] **devastated** *adj.* 被徹底摧毀的；毀滅的

devastation *n.* 毀滅；極大的破壞

deviate /ˈdiː.vi.eɪt/ *v.* to be different from something; to do something in a different way from what is usual or

expected 脫離；出格；違背規則；偏離

- *to **deviate** from the subject* 偏離主題
- *to **deviate** from his usual routine* 偏離他的日常常規
- ⓘ digress; stray
- ⓘ 讀音類似 <u>David</u> <u>ate</u> an entire pizza（大衛吃掉整個披薩）。助憶句：To my surprise, <u>David</u> <u>ate</u> an entire pizza. It was a behavior that seemed to <u>deviate</u> from his usual healthy diet.（大衛吃掉了一整個披薩，令我很驚訝。這種行為似乎偏離了他平時健康的飲食習慣。）

- ⓘ **deviation** *n.* 偏差

....

devise /dɪˈvaɪz/ *v.* to invent something new or a new way of doing something 巧妙構思；巧妙設計；發明

- *to **devise** cartoon characters* 設計卡通人物
- *to **devise** a new system* 設計一個新系統
- ⓘ conceive; think up
- ⓘ 讀音類似 the wise（智者）。助憶句：Amidst the chaos, <u>the wise</u> will <u>devise</u> solutions, while the

reckless will perpetuate turmoil.（在紛亂的局勢中，智者將想出解決辦法，而魯莽者則持續製造混亂。）

- ⓘ **device** *n.* 裝置；器械

....

diabolic /ˌdaɪ.əˈbɑː.lɪk/ *adj.* morally bad and evil; like a devil 邪惡的；惡魔般的

- *diabolic evil* 魔鬼般的惡行
- ⓘ devilish; fiendish
- ⓘ ♭：運用格林法則，觀察 diabolic 和 devil 的關聯性：d = d，ia = e（a, e, i, o, u 等母音可互換），b = v（b, p, m, f, v 等唇音、唇齒音可互換），o = i（a, e, i, o, u 等母音可互換），l = l。
- ⓘ **diabolic** *adj.* 糟糕透頂的；差得驚人的

....

diatribe /ˈdaɪ.ə.traɪb/ *n.* a long and angry speech or piece of writing attacking and criticizing somebody or something 怒斥；抨擊

- *to launch a bitter **diatribe** against the candidate* 對於這個候選人激烈的抨擊
- *a lengthy **diatribe*** 一個冗長的抨擊
- ⓘ tirade; harangue
- ⓘ 字形同 <u>dia</u>logue（對話）+ <u>tribe</u>（部落）。助憶句：The hostile <u>dia</u>logue between the <u>tribes</u> later escalated into bitter <u>diatribes</u>.（這些部落之間的不友善對話，後來升級成為激烈的尖刻批評。）

....

didactic /daɪˈdæk.tɪk/ *adj.* designed to teach people something, especially a moral lesson 教訓的；說教式的；教誨

的

- *a **didactic** approach to teaching* 說教式的教學法

㊐ doctrinal; instructive

㊔ 讀音類似 <u>d</u>ay-to-<u>d</u>ay <u>act</u>s（日常的行為）。助憶句：As an educator, he applies <u>didactic</u> principles to his <u>d</u>ay-to-<u>d</u>ay <u>act</u>s.（作為一位教育工作者，他把教誨式的原理運用在日常行為中。）

....

diffident /ˈdɪf.ɪ.dənt/ *adj.* not having much confidence in yourself; not wanting to talk about yourself 羞怯的；缺乏信心的

- *to be **diffident** about public speaking* 對於公開演講缺乏信心

㊐ shy; bashful

㊖ 和 confident（自信的）為同源字。

㊗ **confident** *adj.* 自信的；有信心的
confidence *n.* 自信；信心

....

digress /daɪˈgres/ *v.* to turn aside especially from the main subject of attention 離題；岔開

- *to **digress** for a moment* 短暫離題一下

㊐ deviate; depart

㊔ 讀音類似 <u>dying grass</u>（垂死的草地）。助憶句：As the landscape architect jogged through the park, the sight of the <u>dying grass</u> made him <u>digress</u> into thoughts about how to improve lawn care routine.（這個景觀設計師在公園慢跑的時候，看到奄奄一息的草地讓他的思緒開始岔開，思考如何改善草坪維護的方法。）

㊖ digress 的字源分析：<*di*: apart, aside + *gress*: go, walk> 字源的意義是“to go aside”，走到一旁，即「離題」。更多同源字見 aggression 條目。

㊗ **digression** *n.* 離題
progress *n.* 進展；進步 <*pro*: forward + *gress*: go>
regression *n.* 退化 <*re*: back + *gress*: go + *ion*: *n.*>
transgress *v.* 逾越；違反 <*trans*: across + *gress*: go>

....

dilemma /dɪˈlem.ə/ *n.* a situation that makes problems, often one in which you have to make a very difficult choice between things of equal importance 左右為難；兩難

- *in a **dilemma*** 左右為難
- *a moral **dilemma*** 道德兩難

㊐ quandary; conundrum

㊔ 字形類似 dial（撥號）+ Mama（媽媽）。助憶句：<u>Dial</u> the number of <u>Mama</u> <u>Dilemma</u>, and listen to her wise advice.（撥打兩難媽媽的電話號碼，聆聽她睿智的建議。）

....

dilettante /ˌdɪl.əˈtæn.ti/ *n.* a person having a superficial interest in an art or a branch of knowledge 業餘愛好者；一知半解者

- ■ *just a **dilettante*** 只是一個業餘愛好者
- 🔁 amateur; dabbler, tinkerer
- 📖 和 delight（愉快；樂趣）為同源字。業餘愛好者就是出於樂趣而開始從事某活動的人。
- 🔀 **delight** *n.* 欣喜；滿足 <*delight*: pleasure>
  delectable *adj.* 美味的 <*delect*: delight + *able*: *adj.*>

diligent /ˈdɪl.ə.dʒənt/ *adj.* showing care and effort in your work or duties 認真刻苦的；勤奮的；勤勞的

- ■ *a **diligent** worker* 一個勤奮的工人
- 🔁 hard-working; industrious; assiduous
- 🔖 讀音類似 Delhi（德里）＋ agent（代理商）。助憶句：We found a young man from Delhi to serve as our agent, who was really diligent.（我們找到一個來自德里的年輕人來擔任我們的代理商，他非常勤奮。）

- 🔀 **diligence** *n.* 勤奮；認真

diminish /dɪˈmɪn.ɪʃ/ *v.* to become smaller, weaker, etc.; to make something become smaller, weaker, etc. 減少；減小；降低

- ■ *to **diminish** the effectiveness* 降低效果
- ■ *her influence has **diminished*** 她的影響力已經減少
- 🔁 decrease; decline; lessen
- 📖 和 mini（小型的；迷你的）為同源字。
- 🔀 **minimum** *n.* 最小值；最少量；最低限度

disaster /dɪˈzæs.tə/ *n.* an unexpected event, such as a very bad accident, a flood or a fire, that kills a lot of people or causes a lot of damage 災難；大禍

- ■ *a natural **disaster*** 一個自然災難
- ■ *a complete **disaster*** 真是糟透了
- 🔁 catastrophe; calamity; cataclysm
- 📖 disaster 的字源分析：<*dis*: ill + *aster*: star> 字源的意義是"ill-starred"，星運不利的，即「災難」。更多同源字見 asteroid 條目。
- 🔀 **disastrous** *adj.* 極為失敗的；災難性的；極其糟糕的

discard /dɪˈskɑːrd/ *v.* to get rid of something that you no longer want or need 拋棄；扔掉

- ■ *to **discard** the thought* 拋棄這個想法
- ■ ***discarded** books* 被扔掉的書
- 🔁 reject; jettison; get rid of
- 🔖 讀音類似 this card（這張牌）。助

憶句：<u>Discard</u> <u>this</u> <u>card</u>!（拋棄這張牌！）

....

discombobulate /ˌdɪs.kəmˈbɑː.bjə.leɪt/ *v.* to confuse somebody and make them slightly anxious 使困惑；擾亂；打亂

■ to **discombobulate** these drivers 讓這些駕駛感到困惑

⊜ bewilder; confound

㊟ 讀音類似 this combo of letters（這個字母組合）。助憶句：<u>This</u> <u>combo</u> <u>of</u> <u>letters</u> on the monitor can <u>discombobulate</u> anyone using the computer.（這個螢幕上的字母組合可以讓任何一個使用這個電腦的人感到困惑不解。）

....

disconcert /ˌdɪs.kənˈsɜːt/ *v.* to make somebody feel anxious, confused or embarrassed （使）焦慮；（使）不安

■ a **disconcerting** experience 令人不安的經驗

■ to **disconcert** the passengers 使乘客不安

⊜ unsettle; nonplus

㊟ 字形同 a <u>disconnected</u> <u>concert</u>（一場毫無連貫的音樂會）。助憶句：The lack of coordination among the band members resulted

in a <u>disconnected</u> <u>concert</u>, leaving the fans <u>disconcerted</u>.（這個樂團成員彼此缺乏協調，導致一場毫無連貫的音樂會，讓粉絲感到很不安。）

㊐ **disconcerted** *adj.* 焦慮的；不安的

....

discursive /dɪˈskɜː.sɪv/ *adj.* moving from one point to another without any strict structure 東拉西扯的；不著邊際的

■ a **discursive** speech 一個不著邊際的演講

⊜ rambling; digressive

㊟ 讀音類似 discuss if（討論是否）。助憶句：During the brainstorming session, let's <u>discuss</u> <u>if</u> we should adopt a more <u>discursive</u> approach to exploring different viewpoints.（在腦力激盪時間，讓我們討論是否應該採用一種較不著邊際的方法來探索不同的觀點。）

㊨ 源自 discourse（對話；交流）。

㊐ **discursive** *adj.* 推論的；論證的

....

disingenuous /ˌdɪs.ɪnˈdʒen.ju.əs/ *adj.* not sincere, especially when you pretend to know less about something than you really do 不夠誠實的；不夠坦率的

■ a **disingenuous** slogan 一個騙人的口號

⊜ dishonest; deceitful

㊨ 源自 ingenuous（天真的；坦率的）。記憶法見 ingenuous 條目。

㊐ **ingenuous** *adj.* 天真的；坦率的

....

disintegration /ˌdɪs.ɪn.təˈɡreɪ.ʃn/ *n.* the

process of becoming much less strong or united and being gradually destroyed 解體

- ■ the **disintegration** of order 秩序的崩解
- ■ on the edge of **disintegration** 瀕於解體
- 🔟 dissolution
- 🔟 和 integration（融和；整合）為同源字。見 integration 條目。
- 🔟 **integration** n. 融和；整合

....

dismiss /dɪˈsmɪs/ v. to formally ask someone to leave; to remove someone from their job 解散；解雇；解職

- ■ to be **dismissed** from one's job 被解職
- ■ to **dismiss** the class 讓班級下課
- 🔟 disband; discharge
- 🔟 dismiss 的字源分析：<dis: away + miss/mit: send> 字源的意義是 "to send away"，送走，即「解散」。♭：字根 miss/mit 的意思是 send = 送。
- 🔟 **dismiss** v. 駁回；不受理；對……不予理會
  mission n. 任務 <miss: send + ion: n.> 字源的意義是 "sending"，把人送出去，即「任務」。
  missionary n. 傳教士 <mission: send + ary: n.> 字源的意義是 "one who is sent on a mission"，即「被送出去執行任務的人」。
  missile n. 導彈；飛彈 <missile: send>
  commission n. 委員會 <con: together + mission: send> 字源的意義是 "to bring together"，把眾

人聚在一起，即「委員會」。
  emit v. 發出；射出；散發 <ex: out + mit: send>
  intermission n. 間歇；中場休息 <inter: between + mission: send> 字源的意義是 "to send between"，兩者之間，即「間歇；中場休息」。
  remit v. 減刑 <re: back + mit: send> 字源的意義是 "send back to prison"，即「免除重刑，送回監獄」。
  submit v. 提交；呈遞 <sub: up from under + mit: send>
  transmit v. 播送；發送；傳遞 <trans: across + mit: send>

....

disparate /ˈdɪs.pə.ət/ adj. essentially different in kind 截然不同的；迥然相異的

- ■ **disparate** systems 截然不同的系統
- 🔟 contrasting; different
- 🔟 字形類似 separate（單獨的；各自的）。助憶句：Since they had <u>disparate</u> goals, they finally went their <u>separate</u> ways.（由於他們的目標截然不同，最後他們分道揚鑣。）

....

disproportionate /ˌdɪs.prəˈpɔːr.ʃən.ət/ adj. too large or too small when compared with something else 不成比例的；不相稱的；太大（或太小）的

- ■ a **disproportionate** number of males 不成比例的男性數字
- ■ **disproportionate** attention 不成比例的關注
- 🔟 out of proportion to

㊙ 源自 proportion（比率；比例）。見 portion 條目。

㊕ **proportion** *n*. 比率；比例

....

disrupt /dɪsˈrʌpt/ *v*. to make it difficult for something to continue in the normal way 打斷；中斷；擾亂

■ to **disrupt** the meeting 打斷會議

■ to **disrupt** the ceremony 擾亂典禮

㊐ break; fracture

㊙ 讀音類似 diss the cup（冒犯這個獎盃）。助憶句：As the players tossed the trophy carelessly, the coach said, "Don't diss the cup. We all know this kind of behavior may disrupt our luck."（當球員們任意拋獎盃時，教練說：「別冒犯這個獎盃。我們都知道，這種行為可能會打斷我們的好運。」）

㊕ **disruption** *n*. 顛覆

....

dissolve /dɪˈzɑːlv/ *v*. to end a marriage, business agreement, or parliament officially 消除；終止

■ to **dissolve** the marriage 終止婚姻

■ to **dissolve** the parliament 終止國會

㊐ disband; terminate

㊙ 讀音類似 dear（親愛的）+ solve

（解決）。助憶句："Dear, solve it," she pleaded with a sigh, hoping her husband would find a way to dissolve their differences.（「親愛的，解決這個問題吧，」她一邊嘆息一邊懇求，希望丈夫能找到辦法來消除他們之間的分歧。）

㊕ **dissolve** *v*.（使）溶解

....

distract /dɪˈstrækt/ *v*. to take away somebody's attention from what they are trying to do 使分心；使轉移注意力

■ to **distract** him from his studies 讓他的學習分心

㊐ divert

㊙ 和 attract（吸引）為同源字。distract 的字源分析：<*dis*: away + *tract*: draw, pull> 字源的意義是 "to draw away"，拉走，即「使轉移注意力」。✎：字根 *tract* 的意思是 drag＝拖；拉。

㊕ **attract** *v*. 吸引 <*ad*: to + *tract*: drag, draw> 字源的意義是 "to pull, to draw"，拉過來，即「吸引」。
contract *n*. 合約 *v*. 收縮；感染 <*con*: together + *tract*: draw> 字源的意義是 "to draw together"，即「把雙方拉在一起的文件；使兩邊拉在一起」。
distractor *n*.（多項選擇試題中的）錯誤選項；干擾項
tractor *n*. 拖拉機 <*tract*: draw, pull + *or*: *n*.>
extract *v*. 摘錄 <*ex*: away + *tract*: draw, pull> 字源的意義是 "to draw out"，抽出來，即「摘錄」。
abstract *adj*. 抽象的 <*abs*: away + *tract*: draw, pull> 字源的意義是

"to draw away from"，抽走。即「抽象的」。

....

distribute /dɪˈstrɪb.juːt/ *v.* to give things to a large number of people; to share something between a number of people 分發；散發；分配

- ■ *to **distribute** pamphlets* 分發小冊子
- ■ *to **distribute** food* 分配食物
- 回 give out; allocate; allot
- 記 讀音類似 this tribe（這個部落）。助憶句：Recognizing the need for fairness, this tribe built a system to distribute resources equally among all the members.（認識到公平的必要性，這個部落建立了一個系統，將資源平均分配給所有成員。）

....

diurnal /ˌdaɪˈɜː.nəl/ *adj.* active during the day 在一天內發生的；白天發生的；晝行性的

- ■ ***diurnal** animals* 晝行性動物
- ■ ***diurnal** tasks* 每日的工作
- 回 daytime
- 記 用 day（天；日；白晝）的發音來記憶 diurnal。

....

diverse /dɪˈvɜːs/ *adj.* very different from each other and of various kinds 多種多樣的；形形色色的

- ■ ***diverse** cultures* 各式各樣的文化
- ■ *ethnically **diverse*** 種族多元的
- 回 various; sundry
- 記 讀音類似 differ（與……不同；有區別）。助憶句：The diverse group of students in the classroom differs greatly in its learning styles.（教室裡多元的學生群體在學習風格上有很大的差異。）
- 源 diverse 的字源分析：<*di*: away + *verse*: turn> 字源的意義是"turn different ways"，轉到各種方向，即「多種多樣的」。更多同源字見 adversity 條目。
- 衍 **diversity** *n.* 多樣性；多樣化

....

divert /daɪˈvɜːt/ *v.* to make somebody or something change direction 使改變方向；使轉向

- ■ *to **divert** traffic* 使車流轉向
- ■ *to **divert** funds to a new project* 把資金轉到一個新計畫
- 回 redirect; draw away
- 源 divert 的字源分析：<*di*: away + *vert*: turn> 字源的意義是"to turn away"，即「使轉向」。更多同源字見 adversity 條目。

....

divine /dɪˈvaɪn/ *adj.* coming from or connected with God or a god 神的；像神一樣的

- ■ ***divine** intervention* 神的幫助
- ■ *a **divine** being* 神
- 回 godly; celestial
- 記 讀音類似 the vine（這株葡萄

藤）。助憶句：They carefully tended to the vine, hoping to extract some divine nectar from its fruits.（他們細心照料這株葡萄藤，希望從它的果實中提取出一些神聖的甘露。）

⊘ **divinity** *n.* 神性；神的地位

....

divulge /dɪˈvʌldʒ/ *v.* to make a secret known 洩露；透露

■ *to divulge* his sources 透露他的消息來源

◎ reveal; disclose

🔖 讀音類似 diva（女歌手）+ lounge（酒廊）。助憶句：As the evening unfolded, the diva in the lounge started to divulge her secrets.（當夜色漸深，酒廊裡的女歌手開始透露她的秘密。）

....

dolorous /ˈdoʊ.lɚ.əs/ *adj.* feeling or showing that you are very sad 憂傷的；傷感的

■ *in a dolorous* tone 悲傷的腔調

◎ sorrowful; doleful

🔖 字形類似 dollar（元）+ loss（損失）。助憶句：The multimillion dollar loss made him very dolorous.（這個數百萬元的損失讓他非常傷心。）

⊘ **condole** *v.* 哀悼；慰問 <*con*: with + *dole*: pain, suffer> 字源的意義是 "to suffer with another"，和他人同悲，即「哀悼；慰問」。**doleful** *adj.* 憂鬱的；悲傷的 <*dole*: pain + *ful*: full of>

....

domestic /dəˈmes.tɪk/ *adj.* of or inside a particular country; not international or foreign 本國的；國內的

■ *domestic* flights 國內航班

◎ home; local

源 和 dome（圓頂）為同源字。助憶句：Tokyo Dome is one of the largest domestic indoor arenas in Japan.（東京巨蛋是日本國內最大的室內場館之一。）🔖：字根 *dom* 的意思是 house = 房子。

⊘ **dome** *n.* 圓頂 <*dome*: house>

domesticate *v.* 馴養 <*dome*: house> 字源的意義是 “dwell in a house”，即「馴養」。
domineering *adj.* 囂張跋扈的 <*dome*: master> 字源的意義是 “master of the house”，即「房子的主人」。
dominion *n.* 控制；統治；支配
indomitable *adj.* 不屈不撓的 <*in*: not + *domit*: tame + *able*: *adj.*> 字源的意義是 “that cannot be tamed”，即「不屈不撓的」。
predominant *adj.* 佔主導地位的；佔絕大多數的 <*pre*: before + *domin*: rule, house + *ant*: *adj.*>

---

dominant /ˈdɑː.mə.nənt/ *adj.* more important, powerful or easy to notice than other things 主導的；佔優勢的

■ *a **dominant** position* 佔優勢的位置
■ *a **dominant** issue* 主要的議題
(同) presiding; commanding; supreme
(記) 讀音類似 Domino（達美樂）。助憶句：<u>Domino</u>’s pizza has secured a <u>dominant</u> position in the pizza industry.（「達美樂披薩」已在披薩業界確立了主導地位。）

(衍) **dominance** *n.* 主導地位；優勢
dominating *adj.* 佔支配地位的；控制的；統治的

---

doom /duːm/ *n.* death or destruction; any terrible event that you cannot avoid 死亡；毀滅；厄運

■ *a sense of **doom*** 毀滅的感覺
■ *gloom and **doom*** 不幸與厄運
(同) destruction; downfall; ruin
(記) 讀音類似 room（房間）。助憶句：Curiosity prevailed as she dared to open the door to this <u>room</u>, unknowingly inviting <u>doom</u> into her life.（好奇心驅使，她大膽打開這個房間的門，卻不知已把厄運帶進她的生活中。）

(衍) **doom** *v.* 使註定；使必然發生
doomed *adj.* 使註定失敗的；使註定滅亡的

---

downfall /ˈdaʊn.fɑːl/ *n.* the loss of a person’s money, power, social position, etc.; the thing that causes this 衰敗；倒臺；垮台

■ *the **downfall** of the empire* 這個帝國的衰敗
■ *to lead to the **downfall*** 導致垮台
(同) breakdown; collapse; debacle
(源) fall down（倒塌；倒下）是同義

的片語。

…………………………………

drought /draʊt/ *n.* a long period of time when there is little or no rain 久旱；旱災

- ■ *a severe* ***drought*** 嚴重的旱災
- � dry spell
- ㊙ 源自 dry（乾燥的）。

…………………………………

dwelling /ˈdwel.ɪŋ/ *n.* a house, flat, etc. where a person lives 房屋；住所

- ■ *two thousand* ***dwellings*** 兩千套房屋
- ㉠ residence; house; abode
- ㊙ 讀音類似 well-being（幸福；安康）。助憶句：For their kids' well-being, they moved to a dwelling that is surrounded by green spaces.（為了孩子的安康幸福，他們搬到一個被綠地環繞的住所。）

…………………………………

dynamite /ˈdaɪ.nə.maɪt/ *n.* a powerful explosive used in mining and in war, consisting of nitroglycerin mixed with an absorbent substance 炸藥

- ■ *a stick of* ***dynamite*** 一管炸藥
- ㉠ explosive
- ㊙ 讀音類似 diamond-like light（鑽石般的光芒）。助憶句：The fireworks exploded in a dazzling display of diamond-like light, exuding a force akin to dynamite.（煙火在夜空中爆發，展現出耀眼的鑽石般的光芒，散發出和炸藥相似的強大力量。）
- ㊐ **dynamite** *n.* 令人震驚的事件；使人激動的事情

dynamic *adj.* 力的；動力的

…………………………………

dyspepsia /dɪsˈpep.si.ə/ *n.* pain caused by difficulty in digesting food 消化不良

- ■ *to suffer from* ***dyspepsia*** 消化不良
- ㉠ indigestion
- ㊙ 讀音類似 this Pepsi（這瓶百事可樂）。助憶句：The doctor said that his dyspepsia is connected to this Pepsi.（醫師說他的消化不良和這瓶百事可樂有關。）

…………………………………

E

earnest /ˈɝː.nɪst/ *adj.* very serious and sincere 認真的；誠摯的
- ■ *earnest and hard-working* 既認真又勤勞
- Ⓢ serious; solemn
- Ⓜ 讀音類似 honest（誠實的）。助憶句：He's an <u>earnest</u> and <u>honest</u> young man.（他是一個認真誠實的年輕人。）

ease /iːz/ *v.* to become less unpleasant, painful or severe; to make something less unpleasant, etc. 減輕；減低；緩解
- ■ *to ease the pain* 減輕疼痛
- ■ *to ease nasal congestion* 緩解鼻腔阻塞
- Ⓢ alleviate; reduce; relieve
- Ⓔ 和 easy（容易的；舒適的）為同源字。

ebullient /ɪbˈʊl.i.ənt/ *adj.* full of energy, confidence and good humor 精力充沛的；熱情洋溢的；興高采烈的
- ■ *his ebullient personality* 他的熱情洋溢的性格
- ■ *in ebullient mood* 心情興高采烈
- Ⓢ cheerful; joyful; buoyant
- Ⓜ 讀音類似 it's boiling（正在沸騰）。助憶句：You can feel the crowd's excitement. <u>It's</u> <u>boiling</u> with an <u>ebullient</u> anticipation for the concert to start.（你能感受到觀眾的興奮。那種情緒正在沸騰，激情洋溢地期待演唱會的開

始。）

eccentric /ɪkˈsen.trɪk/ *adj.* strange or unusual, sometimes in a humorous way 怪異的；不合常理的
- ■ *eccentric clothes* 奇裝異服
- Ⓢ irregular; queer; weird
- Ⓔ eccentric 的字源分析：<*ex*: out + *centric*: center> 字源的意義是"out of the center"，即「離開中心」。更多同源字見 extrinsic 條目。
- Ⓓ **eccentricity** *n.* 古怪；怪異；反常

edible /ˈed.ə.bəl/ *adj.* fit or suitable to be eaten; not poisonous 可以吃的；適宜食用的
- ■ *edible fungi* 可食用的真菌類
- Ⓢ fit to eat
- Ⓔ 和 eat（吃）以及 eatable（還可以吃的）為同源字。

edict /ˈiː.dɪkt/ *n.* an official order or statement given by somebody in authority 法令；命令；敕令
- ■ *to issue an edict* 頒佈法令
- Ⓢ decree
- Ⓜ 在 pre<u>dict</u>（預測）中找到 edict。助憶句：The economist never fails to pre<u>dict</u> the market's behavior, so what he says is almost like an <u>edict</u> for investors.（這位經濟學家預測市場行為從不失誤，因此他說的話幾乎就像是投資者的敕令。）

effete /ɪˈfiːt/ *adj.* weak and without much power 了無生氣的；弱不禁風的
- ■ *an effete monarchy* 一個脆弱的君主政體

97

回 weak; enfeebled

記 讀音類似 easily defeat（輕易擊敗）。助憶句：They believed they could easily defeat the effete aristocracy.（他們相信他們可以輕易擊敗弱不禁風的貴族階級。）

....

efficient /ɪˈfɪʃ.ənt/ *adj.* doing something in a good, careful and complete way with no waste of time, money or energy 效率高的；有能力的；有效的

■ *the most efficient system* 最有效率的系統

■ *efficient use of energy* 有效率的使用能源

回 potent; adequate

源 和 effect（效果；影響；結果）為同源字。

衍 **efficiency** *n.* 效率；效能；功效

....

egregious /ɪˈgriː.dʒəs/ *adj.* extremely bad 極其嚴重的；很壞的；令人震驚的

■ *an egregious mistake* 很嚴重的錯誤

回 shocking; dreadful; atrocious

記 讀音類似 you agree with this?（你同意這件事？）助憶句：The company's decision to lay off its employees without any notice was truly egregious. You agree with this?（這家公司無預警解雇員工，這確實是非常惡劣。你同意這件事？）

源 egregious 的字源分析：<*ex*: out + *gre*: gather, flock + *gious*: *adj.*> 字源的意義是"rising out of the

flock"，超出群體之外，即「令人震驚的；很壞的」。ㅎ：字根 *gre* 的意思是 gather, flock＝聚集；群集。

衍 **gregarious** *adj.* 愛交際的；喜群居的 <*gre*: gather, flock + *garious*: *adj.*>

aggregate *v.* 聚集；使積聚；總計達到 <*ad*: to + *gre*: gather + *gate*: *v.*>

....

element /ˈel.ə.mənt/ *n.* a necessary or typical part of something; one of several parts that something contains 部分；部件；要素

■ *a key element* 一個關鍵要素

■ *futuristic elements* 未來的要素

回 component; constituent

源 elementary school（小學）是同源字。

衍 **elemental** *adj.* 初級的；基礎的；重要的

....

elicit /iˈlɪs.ɪt/ *v.* to get information or a reaction from somebody, often with difficulty 引出；探出；誘出

■ *to elicit a response* 誘出反應

■ *to elicit information* 得到資訊

回 bring out; evoke; extract

記 在 explicit（清楚明白的；明確的；不含糊的）中找到 elicit 這個字。助憶句：The detective's questioning tactics were designed to elicit explicit confessions from the suspect.（這個偵探策劃的訊問戰術是要引出嫌犯明確的招認。）

....

eliminate /iˈlɪm.ə.neɪt/ *v.* to remove or get rid of something 去除；消除；清除
- ■ to **eliminate** barriers 去除障礙
- ■ to **eliminate** corruption 清除腐敗
- 回 remove; get rid of; abolish
- 記 讀音類似 Ellie meant it（艾莉說的話是認真的）。助憶句：<u>Ellie meant it</u> when she said we needed to <u>eliminate</u> any unnecessary expenses.（當艾莉說我們必須消除任何不必要的開支時，她說的是認真的。）
- 衍 **elimination** *n.* 消除；消滅；淘汰

....

elite /iˈliːt/ *n.* belonging to a group of people in society that is small in number but powerful and with a lot of influence 上層集團；掌權人物；出類拔萃的人；精英
- ■ the educated **elite** 受過良好教育的精英
- ■ the ruling **elite** 統治階層
- 回 upper class; aristocracy
- 記 讀音類似 islet（小島）。助憶句：The tranquil <u>islet</u> has become a preferred destination for the social <u>elite</u>.（這個寧靜的小島已成為社會精英首選的旅遊目的地。）

和 election（選舉）為同源字。精英是一種層層挑選的概念。更多同源字見 select 條目。
- 衍 **elitist** *adj.* 精英統治的；精英主義的

....

eloquent /ˈel.ə.kwənt/ *adj.* able to use language and express your opinions well 雄辯的；有說服力的
- ■ an **eloquent** essay 有說服力的文章
- 回 persuasive; expressive
- 記 讀音類似 elephant（大象）。助憶句：In the cartoon series, the <u>eloquent elephant</u> persuades all the other animals to join forces and protect their habitat.（在這部卡通系列中，能言善道的大象說服了所有其他動物團結起來，保護牠們的棲息地。）

- 源 eloquent 的字源分析：<*ex*: out + *loqu*: speak + *ent*: *adj.*> 字源的意義是"to speak out"，講出，即「雄辯的」。♭：字根 *loq/log* 的意思是 speak＝說。
- 衍 **eloquence** *n.* 口才；雄辯 <*ex*: out + *loqu*: speak + *ence*: *n.*> **loquacious** *adj.* 健談的 <*loqu*: speak + *acious*: *adj.*>

prologue *n.* 開場白；開端；序幕 <*pro*: before + *logue*: speech>
epilogue *n.* 收場白；跋 <*epi*: in addition + *logue*: speech>

………………………………………

emancipation /iˌmæn.səˈpeɪ.ʃən/ *n.* the act of freeing somebody, especially from legal, political or social controls that limit what they can do 解放；給予人們政治或社會自由權利

■ *black* ***emancipation*** 黑人的解放
■ *women's* ***emancipation*** 婦女解放
[同] freeing; liberation
[記] 讀音類似 embracing liberation（擁抱自由）。助憶句：His speech inspired everyone to join in the movement for emancipation, embracing liberation as their shared goal.（他的強力演講激勵著每個人加入解放運動，共同擁抱自由作為他們共同的目標。）
[源] emancipation 的字源分析：<*ex*: out + *man*: hand + *cip*: take + *ation*: *n.*> 字源的意義是"out of control"，脫離手被抓住的狀態，即「解放」。☝：字根 *manu* 的意思是 hand = 手。
[衍] **manacle** *n.* 手銬 <*manacle*: hand>
manicure *n.* 修指甲 <*man*(*i*): hand + *cure*: care> 字源的意義是"care of the hands"，即「修指甲」。
manual *adj.* 手做的；手工的；手動的；體力的 <*manual*: hand>
manifest *adj.* 明顯的；顯而易見的 <*mani*: hand + *fest*: seize> 字源的意義是"caught by hand"，拿在手上的，即「明顯的」。
command *v.* 命令 <*com*: intensive prefix + *mand*: hand> 字源的意義是"to entrust"，即「將指令交付到某人的手中」。
commend *v.* 表揚；讚揚 <*con*: intensive prefix + *mend*: hand> 字源的意義是"to entrust to"，即「交付到某人的手中」。
recommend *v.* 推薦；建議 <*re*: intensifier + *con*: intensifier + *mend*: hand> 字源的意義是"to entrust to"，即「交付到某人的手中」。

………………………………………

emblem /ˈem.bləm/ *n.* a design or picture that represents a country or an organization 象徵；標誌；符號；徽章

■ *the national* ***emblem*** 國家的標誌
■ *an* ***emblem*** *of genius* 天才的象徵
[同] symbol; representation; token
[記] 讀音類似 ambulance（救護車）。助憶句：The emblem of a red cross on the ambulance is recognized worldwide.（救護車上的紅十字標誌在全球被廣泛認可。）

[衍] **emblematic** *adj.* 象徵的；可當做標誌的

………………………………………

emphasize /ˈem.fə.saɪz/ *v.* to give

special importance to something 強調；
重視

- *to **emphasize** the importance of something* 強調某事物的重要性
- *to **emphasize** this word* 強調這個字
- ⊜ highlight; stress
- ㊀ 源自 emphasis（強調）。
- ㊂ **emphasis** *n.* 強調；重視；重音

....

emphatic /emˈfæt̬.ɪk/ *adj.* an emphatic statement, answer, etc. is given with force to show that it is important 堅決的；有力的；斷然的

- *an **emphatic** rejection* 斷然拒絕
- ⊜ vehement; firm; forceful
- ㊀ 和 emphasis（強調；重音）為同源字。emphatic 就是把話語加以強調，所以就成為「堅決的；有力的」。
- ㊂ **emphasis** *n.* 強調；重視；重音

....

employ /ɪmˈplɔɪ/ *v.* to use something such as a skill, method, etc. for a particular purpose 使用；利用

- *to **employ** force* 使用武力
- *to **employ** creative methods* 利用創新的方法
- ⊜ use; utilize
- ㊐ 讀音類似 enjoy it（享受它）。助憶句：When you discover your passion, don't hesitate to enjoy it fully and employ it in your career.（當你發現自己的熱情時，不要猶豫，要充分享受它並將它應用於你的職業生涯中。）
- ㊂ **employ** *v.* 雇用
  employment *n.* 受雇；就業

....

endangered /ɪnˈdeɪn.dʒɚd/ *adj.* at risk of no longer existing 有危險的；瀕臨滅絕的

- *an **endangered** species* 瀕危物種
- ⊜ in danger; at risk
- ㊀ 源自 danger（危險）。

....

endemic /enˈdem.ɪk/ *adj.* regularly found in a particular place or among a particular group of people and difficult to get rid of （尤指疾病）地方性的；（在某地或某些人中）特有的

- *an **endemic** disease* 地方病
- ⊜ indigenous
- ㊐ 記憶法見 pandemic 條目。
- ㊂ **epidemic** *adj.* 流行的；盛行的；肆虐的 *n.* 流行病；傳染病
  pandemic *n.* 大流行病；傳染病

....

endure /ɪnˈdʊr/ *v.* to experience and deal with something that is painful or unpleasant without giving up 忍耐；忍受

- *to **endure** a long wait* 忍耐長久的等待
- *to **endure** many hardships* 忍受很多困難
- ⊜ bear; undergo; tolerate
- ㊀ 和 during（在……期間）為同源字。「忍受」的概念就是撐過一段特定的期間。
- ㊂ **endurance** *n.* 忍耐力；耐受力

....

enervating /ˈen.ɚ.veɪ.t̬ɪŋ/ *adj.* making you feel weak and without energy 使衰弱的；使無精打采的；使喪失活力的

- *an **enervating** disease* 讓人喪失活

力的疾病

🔄 exhausting; draining

🔖 字形類似 energy-wasting（浪費精力的）。助憶句：It was an energy-wasting project, and everyone found it enervating.（這是一個浪費精力的計劃，每個人都覺得它讓人精疲力竭。）

📝 **enervate** *v.* 使變衰弱；使無精打采；使喪失活力

....

enhance /ɪnˈhæns/ *v.* to increase or further improve the good quality, value or status of somebody or something 提高；增加；增強；增進

■ *to* **enhance** *his reputation* 增加他的聲望

■ *to* **enhance** *quality* 提高品質

🔄 increase; add to; augment

🔖 讀音類似 in hand（在進行中）。助憶句：Everything is in hand, and hopefully we can enhance our productivity soon.（一切都在進行中，我們有望能夠盡快提高生產力。）

📝 **enhancement** *n.* 增強；改進

....

enigma /ɪˈnɪɡ.mə/ *n.* a person, thing or situation that is mysterious and difficult to understand 令人費解的事物；令人困惑的事物

■ *something of an* **enigma** 一個讓人捉摸不透的人

■ *to remain an* **enigma** 仍然是一個謎團

🔄 mystery; puzzle

🔖 讀音類似 endgame（最終階段）。助憶句：The escape room

participants were excited to enter the endgame, where they would encounter the final enigma.（脫逃遊戲的參與者非常興奮進入最終階段，他們將在那裡遇到最後的謎題。）

📝 **enigmatic** *adj.* 費解的；難以捉摸的；神秘的

....

ensue /ɪnˈsuː/ *v.* to happen after or as a result of another event 接著發生；繼而發生

■ *arguments will* **ensue** 爭吵會接著發生

🔄 follow

🔖 把 ensure（確保）的 r 去掉就是 ensue。助憶句：We closely followed the instructions to ensure that the desired results would ensue.（我們小心遵循指令，以確保期望的結果會隨之而來。）

📝 **ensuing** *adj.* 因而發生的；隨後的

....

enterprise /ˈen.tɚ.praɪz/ *n.* a company or business 組織；公司；企業；計畫；事業

■ *state-owned* **enterprises** 國營企業

🔄 business; company; venture

🔖 讀音類似 on the rise（崛起）。

助憶句：The company's innovative ideas put it <u>on the rise</u> as a successful <u>enterprise</u>.（這家公司的創新理念使它崛起成為成功的企業。）

📝 **enterprising** *adj.* 有開創能力的；有創業精神的；有進取心的

....

entreat /ɪnˈtriːt/ *v.* to ask somebody to do something in a serious and often emotional way 懇求；乞求；請求

■ *to **entreat** the policeman* 懇求這個警察

■ *to **entreat** her to eat something* 求她吃一點東西

🔄 beg; implore

📝 讀音類似 <u>in</u> <u>treat</u>ing something（處理某件事）。助憶句：I <u>entreat</u> you to respect one another <u>in</u> <u>treat</u>ing your differences.（我懇請你們在處理彼此的分歧時互相尊重。）

....

entrepreneur /ˌɑːn.trə.prəˈnɜː/ *n.* a person who makes money by starting or running businesses, especially when this involves taking financial risks 企業家；創業者

■ *a creative **entrepreneur*** 很有創意的企業家

🔄 businessman; tycoon; magnate

📚 和 enterprise（組織；公司；企業）為同源字。記憶法見 enterprise 條目。

📝 **enterprising** *adj.* 有開創能力的；有創業精神的；有進取心的

....

enumerate /ɪˈnuː.mə.eɪt/ *v.* to name

things on a list one by one 列舉；枚舉

■ *to **enumerate** the benefits* 列舉好處

🔄 list; catalogue

📚 和 number（數字）為同源字。

📝 **numeral** *n.* 數字
innumerable *adj.* 無數的

....

ephemeral /ɪˈfem.ɚ.əl/ *adj.* lasting for only a short time 短暫的；極短的；轉瞬即逝的

■ *those **ephemeral** moments* 那些轉瞬即逝的片刻

■ *an **ephemeral** hallucination* 短暫的幻覺

🔄 transitory; fleeting

📝 讀音類似 emperor（帝王）。助憶句：All is <u>ephemeral</u>. Where have all the <u>emperors</u> gone?（萬物稍縱即逝。世間所有帝王安在？）

....

epidemic /ˌep.əˈdem.ɪk/ *n.* a disease that spreads over a whole country or the whole world 流行病；傳染

■ *a flu **epidemic*** 流感傳播

■ *an **epidemic** of measles* 麻疹傳染

🔄 plague; pandemic

📚 字源見 pandemic 條目。

📝 **epidemic** *adj.* 流行的；盛行的；

肆虐的

pandemic *n.* 大流行病；傳染病

endemic *adj.*（尤指疾病）地方性的；（在某地或某些人中）特有的

....

epiphany /ɪˈpɪf.ən.i/ *n.* a sudden and surprising moment of understanding 頓悟

■ *a moment of epiphany* 頓悟的時刻

■ *an aesthetic epiphany* 美感的體悟

⊜ insight; realization

㊟ 用電影《第凡內早餐》（*Breakfast at Tiffany's*）來記憶 epiphany。助憶句：While window shopping at <u>Tiffany</u>'s, the character in the movie experiences a life-changing <u>epiphany</u>.（在逛蒂芙尼櫥窗時，電影中的角色經歷了一個改變人生的頓悟。）

㊙ epiphany 的字源分析：<*epi*: on, to + *phany*: shine> 字源的意義是 "to shine, to show"，發出光或顯現，原意指「耶穌到來」。

㊌ **fantasy** *n.* 幻想；夢想 <*fan*: show + *tasy*: n.>

phantom *n.* 鬼魂 <*phan*: show + *tom*: n.> 字源的意義是 "to make appear"，一個顯現的形象，即

「鬼魂」。

phenomenon *n.* 現象 <*phenome*: light, show + *non*: n.> 字源的意義是 "show"，顯現，即「現象」。

photosynthesis *n.* 光合作用 <*photo*: light + *syn*: together + *the*: place, put + *sis*: n.>

diaphanous *adj.* 透明的；看得穿的 <*dia*: through + *phan*: shine + *ous*: adj.> 字源的意義是 "shine through"，光線透過，即「透明的」。

....

epistle /ɪˈpɪs.əl/ *n.* a long, serious letter on an important subject 書信

■ *a lengthy epistle* 一封長信

⊜ letter; missive

㊟ 字形類似 apostle（使徒；信徒；倡導者），兩者為同源字。apostle 是「送出去的使徒」，而 epistle 則是「送出去的信件」。記憶法見 apogee 條目。

㊌ **apostle** *n.* 使徒；信徒；倡導者

....

epitome /ɪˈpɪt̬.ə.mi/ *n.* a perfect example of something 典型；典範

■ *the epitome of tradition* 傳統的典範

⊜ embodiment; essence

㊟ 字形同 <u>epic</u>（史詩）+ <u>to me</u>（對我而言）。助憶句：This <u>epic to me</u> is the <u>epitome</u> of the age of chivalry.（對我而言，這首史詩是騎士時代的典範。）

....

equanimity /ˌek.wəˈnɪm.ə.t̬i/ *n.* a calm state of mind that means that you do not become angry or upset, especially in

difficult situations 平靜；鎮定

- ■ *with **equanimity*** 鎮定地
- ■ *to regain his **equanimity*** 他恢復心情平靜
- 回 composure; calmness
- 源 equanimity 的字源分析：<*equa*: even, equal + *animus*: mind, spirit + *ity*: n.> 字源的意義是"even-minded"，即「心境平穩」。ℰ：字根 *animus* 的意思是 mind, spirit = 心；精神。
- 衍 **animus** *n.* 敵意；仇恨 <*animus*: mind, spirit>

  animation *n.* 熱烈；活潑；動畫片 <*animated*: spirit>

  unanimous *adj.* 意見一致的 <*un*: one + *animus*: mind > 字源的意義是"of one mind"，同心，即「意見一致的」。

....

equatorial /ˌek.wəˈtɔːr.i.əl/ *adj.* near the equator or typical of a country that is near the equator 赤道的；赤道附近的
- ■ ***equatorial** forests* 赤道附近的森林
- 回 tropical
- 源 equatorial 源自 equator（赤道）。赤道則源自 equal（相等的），指在南北兩極之間把地球均分的一條隱形的線（equalizer）。

衍 **equator** *n.* 赤道

....

equivalent /ɪˈkwɪv.əl.ənt/ *adj.* equal in force, amount, or value 等值的；同等的
- ■ *an **equivalent** amount* 相同的數量
- ■ ***equivalent** to something* 相當於某事物
- 回 equal; identical
- 源 equivalent 的字源分析：<*equ*: equal + *val*: value, strong + *ent*: adj.> 字源的意義是"equal in value"，即「等值」。ℰ：字根 *val* 的意思是 strong = 強壯的。
- 衍 **value** *n.* 價值 <*value*: strength> 在古代，男子的力量被視為有價值之物。

  valor *n.* 英勇；勇敢 <*val*: strength + *or*: n.>

  evaluation *n.* 評價 <*ex*: out + *valu*: value + *ation*: n.> 字源的意義是 "find out the value of"，找出某事物的價值，即「評價」。

  valid *adj.* 合理的；有根據的；讓人信服的 <*valid*: strong, worth>

  invalid *adj.* 無效的 *n.* 病弱者 <*in*: not + *valid*: strong>

  prevalent *adj.* 流行的；盛行的；普遍的 <*pre*: before + *val*: strong + *ent*: adj.> 字源的意義是"have greater power"，有較大的力量，即「盛行的」。

....

equivocal /ɪˈkwɪv.ə.kəl/ *adj.* (of words or statements) not having one clear or definite meaning or intention; able to be understood in more than one way 模稜兩可的；含糊其辭的

- ■ *an **equivocal** response* 含糊其辭的回應
- 回 ambiguous
- 源 記憶法見 advocate 條目。
- 衍 **advocate** *v.* 擁護；支持；提倡
  vocal *adj.* 發聲的；聲音的

....

eradicate /ɪˈræd.ɪ.keɪt/ *v.* to destroy or get rid of something completely, especially something bad 根除；拔除

- ■ *to **eradicate** corruption* 根除腐敗
- ■ *to **eradicate** the disease* 根除這個疾病
- 回 wipe out; get rid of; eliminate
- 源 eradicate 的字源分析：<*e*: out + *radic*: root + *ate*: *v.*> 字源的意義是"to root out"，即「根除」。♭：字根 *rad* 的意思是 root = 根。觀察 *rad* 字根和 root 的關聯性：*r* = r，*a* = oo（a, e, i, o, u 等母音可互換），*d* = t（兩者發音位置相同，差別只在於有聲與無聲）。
- 衍 **root** *n.* 根部 <*root*: root>
  radical *adj.* 根本的；激進的 <*radi*: root + *cal*: *adj.*>
  radish *n.* 小蘿蔔 <*radish*: root>

....

ergonomics /ˌɜː.ɡəˈnɑː.mɪks/ *n.* the study of working conditions, especially the design of equipment and furniture, in order to help people work more efficiently 人體工學；工效學

- ■ *the **ergonomics** of the furniture* 這些傢俱的人體工學
- 回 functional design
- 源 ergonomics 的字源分析：<*(w)erg*: work + *(eco)nomics*: science> 字源的意義是"the scientific study of

working conditions"，即「人與工作條件的研究」。♭：字根*(w)erg*的意思是 do, work = 做。

- 衍 **energy** *n.* 精力；力量；能源 <*en*: at + *ergy*: do, work>
  allergy *n.* 過敏 <*al*: beyond, other + *erg*: work>
  erg *n.* （功或能的單位）耳格

....

erroneous /ɪˈrəʊ.ni.əs/ *adj.* wrong or false 錯誤的；不正確的

- ■ *erroneous assumptions* 錯誤的假定
- 回 wrong; fallacious
- 源 更多同源字見 aberrant 條目。
- 衍 **err** *v.* 犯錯誤；出差錯
  error *n.* 錯誤

....

ersatz /ˈer.zɑːts/ *adj.* artificial and not as good as the real thing 代用的

- ■ *ersatz products* 代替的產品
- 回 substitute
- 記 讀音類似 her socks（她的襪子）。助憶句：Since her gloves went missing, she had to use her socks as ersatz gloves during the camping trip.（由於手套不見了，她在露營旅行中不得不使用她的襪子作為替代手套。）

eruption /ɪˈrʌp.ʃən/ *n.* an occasion when a volcano suddenly throws out burning rocks, smoke, etc. 突然發生；噴發；爆發

■ *a volcanic eruption* 火山爆發

🔄 discharge; explosion

源 eruption 的字源分析：<*ex*: out + *rupt*: break + *tion*: n.> 字源的意義是"a breaking out"，即「爆發」。♭：字根 *rupt* 的意思是 break = 破裂；散開。記憶法見 rupture 條目。

🔄 **erupt** *v.* 爆發；噴發
rupture *n.* 破裂；裂開

....

eschew /ɪsˈtʃuː/ *v.* to deliberately avoid or keep away from something 迴避；避開；放棄

■ *to eschew politics* 迴避政治

■ *to eschew violence* 放棄暴力

🔄 shun; refrain from

記 字形同 especially chewing gum（尤其是口香糖）。助憶句：To maintain cleanliness on the MRT, passengers are encouraged to eschew eating food, especially chewing gum.（為了保持捷運的整潔，鼓勵乘客避免吃東西，尤其是口香糖。）

....

espouse /esˈpaʊz/ *v.* to give your support to a belief, policy, etc. 投身（某活動）；支持；擁護

■ *to espouse the cause* 支持這個目標

🔄 support; embrace

記 和 spouse（配偶）以及 sponsor（贊助商）為同源字。助憶句：As your spouse, I espouse whatever decisions you make.（身為你的配偶，我支持你做的任何決定。）

🔄 **spouse** *n.* 配偶
sponsor *n.* 贊助商 *v.* 贊助；支持

....

essential /ɪˈsen.ʃəl/ *adj.* completely necessary; extremely important in a particular situation or for a particular activity 必要的；不可少的

■ *an essential part* 必不可少的部分

■ *an essential role* 不可或缺的角色

🔄 necessary; indispensable

記 洗髮乳「逸萱秀」就是 essential 的音譯。

🔄 **essence** *n.* 本質；實質；要素

....

estimate /ˈes.tə.meɪt/ *v.* to form an idea of the cost, size, value etc. of something, but without calculating it exactly 估計；估算；估價

■ *to estimate the number* 估算數量

■ *it is estimated that* 據估算

🔄 approximate; evaluate

記 字形類似 best mate（好友）。助憶句：My best mate is a financial expert, who often teaches me how to estimate the potential return on investments.（我的好友是一個財務專家，常常教我如何估計投資的潛在回報。）

🔄 **estimate** *n.* 估計；估算；估價

....

evade /ɪˈveɪd/ *v.* to avoid facing up to 逃脫；躲開；迴避；逃避

■ *to evade the press* 逃避新聞界

■ *to evade capture* 避免被捕

ⓢ avoid; elude; dodge

ⓡ 字形同 Eve made a decision（伊芙決定）。助憶句：Eve made a quick decision to evade the traffic by taking a detour.（伊芙迅速決定繞道來閃避交通。）

ⓓ **evasive** *adj.* 迴避的；推託的

evaluate /ɪˈvæl.ju.eɪt/ *v.* to form an opinion of the amount, value or quality of something after thinking about it carefully 評估；評價；估值

■ to *evaluate* the results 評估結果

ⓢ assess; appraise

ⓦ 和 value（價值）為同源字。

ⓓ **evaluation** *n.* 評估

evaporate /ɪˈvæp.ə.reɪt/ *v.* if a liquid evaporates or if something evaporates it, it changes into a gas 使揮發；蒸發

■ to *evaporate* the moisture 使濕氣蒸發

ⓢ vaporize

ⓡ 讀音類似 even on a plate（甚至在盤子上）。助憶句：Under the scorching sun, the water seemed to evaporate even on a plate left outside.（在灼熱的陽光下，放在外面盤子上的水甚至都似乎開始蒸發了。）

vapor *n.* 蒸氣；霧氣

evidence /ˈev.ə.dəns/ *n.* the facts, signs or objects that make you believe that something is true 證據；證明

■ *scientific evidence* 科學證據

■ *to give evidence* 提出證據

ⓢ proof; confirmation

ⓦ evidence 的字源分析：<*ex*: out + *vid*: see + *ence*: *n.*> 字源的意義是 "plainly seen"，可明顯看出，即「證據」。同源字見 improvise 條目。

ⓓ **evident** *adj.* 顯然易見的；明白的；明顯的
supervise *v.* 監督；管理；指導 <*super*: over + *vise*: see> 字源的意義是 "to look over, oversee"，在上方看，即「監督；管理」。
visible *adj.* 可以看見的 <*vis*: see + *ible*: *adj.*>

evolve /ɪˈvɑːlv/ *v.* to develop gradually, especially from a simple to a more complicated form; to develop something in this way 逐步發展；逐步演變；（使）逐漸形成

■ to *evolve* into a mall 逐步演變成購物中心

■ to *evolve* from apes 從猿類進化而來

ⓢ develop; progress

ⓡ 汽車廠牌 Volvo 和 evolve 為同源字。助憶句：Volvo evolved from a Swedish ball bearing company into a renowned global automotive manufacturer.（Volvo 從一家瑞典球軸承公司演變成一家享譽全球

的汽車製造商。）

⟨源⟩ evolve 的字源分析：<*ex*: out + *volve*: turn> 字源的意義是"to roll out"，即「展開」。👌：字根 *volve* 的意思是 roll, turn = 轉。更多同源字見 volume 條目。

⟨衍⟩ **evolution** *n.* 演化；進化
involve *v.* 使捲入；連累；牽涉 <*in*: into + *volve*: roll, turn> 字源的意義是"roll into"，捲進去，即「使捲入；牽涉」。
revolution *n.* （天體的）公轉；旋轉；革命；革命性劇變 <*re*: again + *volu*: roll, turn + *tion*: *n.*> 字源的意義是"to turn again and again"，一再地轉，即「公轉；旋轉」。

....

exacerbate /ɪɡˈzæs.ɚ.beɪt/ *v.* to make something worse, especially a disease or problem 使惡化；使加重；使加劇

■ to **exacerbate** the situation 使情況惡化

⟨同⟩ aggravate; worsen

⟨記⟩ 讀音類似 eggs are bad（蛋類不好）。助憶句：For those with egg allergies, eggs are bad because they may exacerbate allergic reactions. （對於有蛋類過敏的人來說，蛋

類是不好的，因為它們可能會加劇過敏反應。）

....

exactitude /ɪɡˈzæk.tə.tuːd/ *n.* the quality of being very accurate and exact 正確；精確

■ with photographic **exactitude** 像照片一樣精確

■ scientific **exactitude** 科學的精準

⟨同⟩ exactness; preciseness

⟨源⟩ 和 exactly（精確地；確切地）為同源字。

⟨衍⟩ **exact** *adj.* 精確的；確切的；正確的

....

exalt /ɪɡˈzɔːlt/ *v.* to praise somebody or something very much 頌揚；高度讚揚

■ to be **exalted** and respected 受到讚揚與尊敬

⟨同⟩ extol; acclaim

⟨記⟩ 用 excellent salt（極好的鹽）來記憶 exalt。助憶句：The chef exalts it as an excellent salt.（大廚讚揚這是極好的鹽。）

⟨源⟩ 更多同源字見 extrinsic 條目。

⟨衍⟩ **exalt** *v.* 晉升

....

exchange /ɪksˈtʃeɪndʒ/ *v.* to give something to somebody and at the same

time receive the same type of thing from them 交換；互換；交流
- ■ *to exchange blows* 打架
- ■ *to exchange ideas* 交流想法
- 回 switch; interchange
- 源 和 change（改變；變化；換）為同源字。
- 衍 **exchange** *n.* 交換；交流；交談；交換生計畫；證券交易

---

excise /ekˈsaɪz/ *v.* to remove something completely 去除；刪除；切除
- ■ *to excise the tumor* 切除腫瘤
- ■ *to excise the controversial article* 去除有爭議的條款
- 回 delete; cut out; eradicate
- 記 讀音類似 exact size（確切大小）。助憶句：After measuring the exact size of the tumor, the medical team decided to excise it.（在測量腫瘤的確切大小後，醫療團隊決定把它切除。）

---

exclude /ɪkˈskluːd/ *v.* to deliberately not include something in what you are doing or considering 阻止……進入；把……排除在外
- ■ *to exclude fat from the diet* 排除飲食中的脂肪
- ■ *Mondays excluded* 不包括星期一
- 回 keep out; prohibit; bar
- 源 和 include（包含）為同源字。
- 衍 **exclusive** *adj.* 專用的；專有的；獨有的；獨佔的

---

exclusive /ɪkˈskluː.sɪv/ *adj.* only to be used by one particular person or group; only given to one particular person or

group 專用的；專有的；獨有的；獨佔的
- ■ *to have exclusive access* 擁有專用出入口
- ■ *an exclusive interview* 獨家採訪
- 回 unique; unshared
- 源 源自 exclude（把……排除在外）。
- 衍 **exclusion** *n.* 排斥；排除在外

---

exemplary /ɪgˈzem.plə.i/ *adj.* providing a good example for people to copy 優異的；值得仿傚的；（可作）楷模的
- ■ *an exemplary approach* 很優秀的方式
- ■ *exemplary cases* 可作為楷模的例子
- 回 perfect; ideal; model
- 源 源自 example（典型；實例）。

---

exotic /ɪgˈzɑː.tɪk/ *adj.* not native to the place where found; attracting attention by reason of being unusual or extreme 異國風情的；外來的；新奇的
- ■ *exotic species* 外來物種
- ■ *exotic flavors* 奇特的味道
- 回 foreign; striking
- 源 exotic 的字源分析：<*exo*: out + *tic*: adj.> 字源的意義是 "from the outside"，即「外來的」。更多同源字見 extrinsic 條目。
- 衍 **exotica** *n.* （來自外國的）奇異事物；新奇事物

---

expand /ɪkˈspænd/ *v.* to become greater in size, number or importance; to make something greater in size, number or importance 擴大；增加；（使）膨脹

- ■ *to **expand** the range of services* 擴大服務範圍
- ■ *to start to **expand*** 開始膨脹
- 回 enlarge; swell
- 記 字形同 experience the island（體驗這個小島）。助憶句：Having a museum tour is a good way to experience the island and expand your knowledge of its history.（參加博物館導覽是一個好方式，能體驗這個島嶼，且能擴展有關這個島嶼的歷史知識。）
- 衍 **expansion** *n.* 擴大；增加；擴展

....

expatiate /ekˈspeɪ.ʃi.eɪt/ *v.* to write or speak in detail about a subject 詳述；長篇大論
- ■ *to **expatiate** on her paintings* 長篇大論地談她的畫作
- 回 expound
- 記 字形類似 explain（解釋）+ patience（耐心）。助憶句：The teacher will expatiate on the topic, explaining it with patience to the students.（老師將對這個主題進行詳細的闡述，耐心跟學生解釋。）

....

expatriate /ekˈspeɪ.tri.ət/ *n.* someone who does not live in their own country 旅居國外的僑民
- ■ *British **expatriates** in France* 英國旅居法國的僑民
- 回 emigrant; expat
- 記 expatriate 的字源分析：<*ex*: out + *patri*: father + *ate*: *n.*> 字源的意義是 "out of one's fatherland"，即「離開祖國」。更多同源字見 extrinsic 條目。
- 衍 **expatriate** *v.* 使移居國外；逐出本國

....

expedience /ɪkˈspiː.di.əns/ *n.* the fact that an action is useful or necessary for a particular purpose, although it may not be fair or right 權宜之計；應急辦法
- ■ *as a matter of **expedience*** 作為應急辦法
- ■ *political **expedience*** 政治上的權宜之計
- 回 convenience; advantage
- 記 把 experience（經驗）中的 r 換成 d，就是 expedience。助憶句：Through years of experience in negotiations, she learned the expedience of compromise in reaching agreements.（經過多年的談判經驗，她學會了在達成協議方面妥協的權宜之計。）
- 源 expedience 的字源分析：<*ex*: out + *ped(i)*: foot + *ence*: *n.*> 字源的意義是"free the feet"，鬆開腳的鐐銬，即「應急辦法」。↻：字根 *ped* 的意思是 foot = 腳。
- 衍 **expedite** *v.* 加速 <*ex*: out + *ped*: foot + *ite*: *v.*> 字源的意義是"free the feet"，鬆開腳的鐐銬，即

「加速」。

expedient *adj.* 權宜之計的；應急的 <*ex*: out + *ped(i)*: foot + *ent*: *adj.*> 字源同 expedite。

impediment *n.* 障礙；阻礙 <*in*: into + *ped(i)*: foot + *ment*: *n.*>

pedal *n.* 踏板 <*pedal*: foot>

biped *n.* 兩足動物 <*bi*: two + *ped*: foot>

fetter *n.* 腳鐐 *v.* 給⋯⋯戴腳鐐；束縛；抑制 <*fet*: foot + *ter*: *n.*>

octopus *n.* 章魚；八爪魚 <*octo*: eight + *pus*: foot>

gastropod *n.* 腹足類 <*gastro*: stomach + *pod*: foot>

centipede *n.* 蜈蚣 <*centi*: hundred + *pede*: foot>

....

expertise /ˌek.spɜːˈtiːz/ *n.* expert skill or knowledge in a particular subject, job or activity 專門技能（知識）；專長

■ *necessary expertise* 必要的專長

回 skill; proficiency

源 和 experience（經驗）以及 expert（專家）為同源字。

....

expiate /ˈek.spi.eɪt/ *v.* to show that you are sorry by accepting punishment for something that you have done wrong 贖罪；補償；彌補

■ *to expiate his guilt* 彌補他的罪過

回 redress; redeem

記 讀音類似 ex（前夫）+ Peter（彼德）+ eight（八）。助憶句：My ex, Peter, gave me eight million dollars to expiate his guilt.（我的前夫彼德給我八百萬來彌補他的罪。）

....

expiration /ˌek.spəˈreɪ.ʃən/ *n.* an ending of the period of time when an official document can be used, or when an agreement is legally acceptable 到期；期滿；結束

■ *the expiration of a visa* 簽證到期

■ *the expiration date of the credit card* 信用卡有效期限

回 termination; cessation

源 expiration 的字源分析：<*ex*: out + *spir*: breathe + *ation*: *n.*> 字源的意義是"breathe out; breathe one's last"，呼出最後一口氣，代表死亡。衍伸意義為「到期；結束」。更多同源字見 aspire 條目。

衍 **expire** *v.* 到期；結束；死亡

....

explicit /ɪkˈsplɪs.ɪt/ *adj.* clear and exact 清楚明白的；明確的；不含糊的

■ *to be explicit about something* 把某件事情明確說出來

回 clear; straightforward

源 字形類似 explain（解釋）。explicit 的字源分析：<*ex*: out + *plicit*: fold> 字源的意義是"to fold out"，把折疊向外展開，即「清楚明白的」。↘：字根 *plic/ple/ply* 的意思是 fold = 折疊。

㊀ **complicate** *v.* 使複雜 <*com*: together + *plic*: fold + *ate*: *v.*>

deploy *v.* 佈署；配置；有效運用 <*dis*: not + *ploy*: fold> 字源的意義是"unfold"，展開，即「佈署」。

duplicate *v.* 複製 <*du*: two + *plic*: fold + *ate*: *v.*>

explicate *v.* 說明；闡釋 <*ex*: out + *plic*: fold + *ate*: *v.*>

implicit *adj.* 不明確的；含蓄的 <*im*: in + *plicit*: fold>

multiply *v.* 繁殖；乘 <*multi*: many + *ply*: fold>

replica *n.* 複製品；仿製品 <*re*: again + *plait*: fold>

⋯⋯⋯⋯⋯⋯⋯⋯⋯⋯⋯⋯⋯⋯⋯⋯⋯

exploit /ɪkˈsplɔɪt/ *v.* to treat a person or situation as an opportunity to gain an advantage for yourself 利用；開發；發揮

■ to **exploit** the resources 利用資源
■ to **exploit** the opportunity 善用機會

㊂ utilize

㊐ 字形同 explore it（探索它）。助憶句：Before attempting to exploit a new opportunity, it's essential to thoroughly explore it to understand its potential.（在嘗試利用一個新的機會之前，徹底探索它以了解其潛力是至關重要的。）

㊀ **exploitation** *n.* 開發利用；剝削

⋯⋯⋯⋯⋯⋯⋯⋯⋯⋯⋯⋯⋯⋯⋯⋯⋯

exponential /ˌek.spoʊˈnen.ʃəl/ *adj.* becoming more and more rapid 指數的；越來越快的

■ an **exponential** increase in population 人口以指數型增加

㊂ ascending

㊐ 字形類似 excellent potential（很棒的潛力）。助憶句：The e-commerce industry has excellent potential. It will have exponential growth in the future.（電子商務有很棒的潛力。它未來將會有指數型的成長。）

㊀ **exponent** *n.* 指數；擁護者；鼓吹者

⋯⋯⋯⋯⋯⋯⋯⋯⋯⋯⋯⋯⋯⋯⋯⋯⋯

expose /ɪkˈspoʊz/ *v.* to show something that is usually hidden 暴露；露出；揭發

■ to **expose** the truth 揭露真相
■ to **expose** his lack of confidence 暴露出他缺乏信心

㊂ reveal; display; disclose

㊇ expose 的字源分析：<*ex*: out + *pose*: place> 字源的意義是"to put forth, to lay open"，對外展示，即「暴露；露出；揭發」。

㊀ **pose** *n.*（為拍照、畫像等擺出的）樣子；姿勢 *v.* 擺姿勢（拍照）

exposition *n.* 博覽會；詳細闡述 <*ex*: out + *pos*: place + (*i*)*tion*: *n.*> 字源同 expose。

expository *adj.* 說明文的；闡述

113

的；解釋的

compose *v.* 作曲；創作；撰寫
<*con*: together + *pose*: place> 字源
的意義是"to place together"，把
文字或音符放在一起，即「作
曲；撰寫」。

decompose *v.* 分解 <*de*: not + *con*:
together + *pose*: place>

expound *v.* 詳細闡述；詳細說明
<*ex*: out + *pound*: place> 字源同
expose。

juxtapose *v.* 把（不同的事物）並
置；把……並列 <*juxta*: beside,
join + *pose*: place> 字源的意義是
"to place side by side"，放置在旁
邊，即「並置」。

....

expunge /ɪkˈspʌndʒ/ *v.* to remove or get
rid of something, such as a name, piece
of information or a memory, from a
book or list, or from your mind 刪去；
抹去；勾銷

- ■ *to* ***expunge*** *the accident from his
  memory* 把這個意外從他的記憶
  中抹去
- ■ *to* ***expunge*** *the name from the list*
  把這個名字從名單上去除
- 回 erase; remove
- 記 讀音類似 X-sponge（X-海綿）。
  助憶句：Our revolutionary new
  product, X-sponge, will expunge
  anything that leaves a mark on your
  surfaces.（我們的革命性新產品
  X-海綿，將徹底清除所有在你的
  任何表面留下痕跡的東西。）

extend /ɪkˈstend/ *v.* to make something
longer or larger 擴大；擴展；使增加
長度

- ■ *to* ***extend*** *a road* 拓寬道路
- ■ *to* ***extend*** *her lead* 擴大她的領先
- 回 expand; enlarge
- 源 字源分析見 tenuous 條目。
- 衍 **extension** *n.* 伸展；延伸；電話分
  機；擴建部分

....

exterminate /ɪkˈstɜː.mə.neɪt/ *v.* to
destroy completely 滅絕；根除

- ■ *to* ***exterminate*** *cockroaches* 根除蟑
  螂
- 回 eliminate; annihilate; destroy
- 源 exterminate 的字源分析：<*ex*: out
  + *termin*: boundary + *ate*: *v.*> 字源
  的意義是 "drive out, drive beyond
  boundaries"，趕到邊界之外，即
  「滅絕」。更多同源字見 terminal
  條目。

....

extinction /ɪkˈstɪŋk.ʃən/ *n.* the fact or
process of a species, family, or other
group of animals or plants becoming
extinct 滅絕；絕種

- ■ *the* ***extinction*** *of the Dodo* 渡渡鳥
  的絕種

- ■ *mass extinctions* 大規模滅絕
- 同 elimination; annihilation
- 記 讀音類似 extra tension（額外的壓力）。助憶句：Conservationists are filled with extra tension upon receiving the news that the indigenous dragonfly is at risk of extinction.（保育人員得知原生蜻蜓面臨即將滅絕的消息後，內心充滿了額外的壓力。）

- 衍 **extinguish** *v.* 熄滅；撲滅
  extinct *adj.* 絕種的；消失的

....

extract /ɪkˈstrækt/ *v.* to remove or take out, especially by effort or force; to obtain a substance from something by a special method 提取；拔出；抽出
- ■ *to extract caffeine* 提取咖啡因
- 同 remove; separate; distil
- 源 extract 的字源分析：<*ex*: out + *tract*: draw, pull> 字源的意義是 "draw out"，拉出來，即「提取；抽出」。更多同源字見 extrinsic 條目。
- 衍 **extract** *n.* 提取物；精華；摘錄

....

extraordinary /ɪkˈstrɔːr.dən.er.i/ *adj.* unexpected, surprising or strange 非凡的；特別的；令人驚奇的

- ■ *an extraordinary experience* 一個特別的經驗
- ■ *extraordinary achievements* 非凡的成就
- 同 incredible; remarkable; exceptional
- 源 extraordinary 的字源分析：<*extra*: outside + *ordinary*: order> 字源的意義是 "out of common order"，超出一般標準，即「非凡的」。更多同源字見 extrinsic 條目。

....

extrinsic /ekˈstrɪn.zɪk/ *adj.* not part of the essential nature of someone or something; coming or operating from outside 非本質的；外在的
- ■ *extrinsic causes* 外在因素
- 同 external; extraneous
- 記 字首 *ex/extra* 的意思是 out of, outside = 外面。
- 衍 **exit** *n.* 出口 <*ex*: out + *it*: go>
  exclusive *adj.* 專用的；獨佔的；專有的 <*ex*: out + *clus*: close + *ive*: adj.>
  exalt *v.* 頌揚；高度讚揚；晉升 <*ex*: out + *alt*: grow, height>
  efface *v.* 消除；抹去 <*ex*: out + *face*: face >
  expatriate *n.* 旅居國外的僑民 <*ex*: out + *patri*: father + *ate*: n.>
  expose *v.* 暴露；揭發 <*ex*: out + *pose*: place>
  exposition *n.* 博覽會；詳細闡述 <*ex*: out + *pos*: place + (*i*)*tion*: n.>
  extract *v.* 提取；拔出；抽出 <*ex*: out + *tract*: draw, pull>
  evoke *v.* 喚起；引起 <*ex*: out + *voke*: call>

eccentric *adj.* 怪異的；不合常理的 <*ex*: out + *centric*: center> 字源的意義是"out of the center"，離開中心，即「怪異的」。

effuse *v.* 流出；散發 <*ef*: out + *fuse*: pour> 字源的意義是"pour out"，倒出來，即「流出」。

excavate *v.* 挖掘 <*ex*: out + *cave*: hole, cave + *ate*: *v.*>

extramural *adj.* 校外的 <*extra*: outside + *murus*: wall>

exodus *n.* 出走；人口外流 <*ex*: out + *od*: way + *us*: *n.*> 字源的意義是"way out, a going out"，即「出走」。

exonerate *v.* 證明無罪；免除責任 <*ex*: out + *onus*: burden + *ate*: *v.*>

exotic *adj.* 外來的；新奇的；異國風情的 <*exo*: out + *tic*: *adj.*>

extraneous *adj.* 外部的；無關的 <*extra(ne)*: outside of + *ous*: *adj.*>

extraordinary *adj.* 非凡的；特別的；令人驚奇的 <*extra*: outside of + *ordinary*: order> 字源的意義是"out of common order"，超出一般標準，即「非凡的」。

....

exude /ɪgˈzjuːd/ *v.* if you exude a particular feeling or quality, or it exudes from you, people can easily see that you have it 流露；散發出

■ *to **exude** an aura of calmness* 散發出一種平靜的氣質

⊜ radiate

⊛ exude 的字源分析：<*ex*: out + *sude*: sweat> 字源的意義是"to ooze out like sweat"，像汗水般滲出，即「流露；散發出」。 ♭：運

用格林法則，觀察 *sude* 字根和 sweat 的關聯性：*s* = s，*u* = w（u, v, w 等字母可互換），*d* = t（兩者發音位置相同，差別只在於有聲與無聲）。

⊛ **exude** *v.* 滲出；流出

....

exult /ɪgˈzʌlt/ *v.* to feel and show that you are very excited and happy because of something that has happened 歡欣鼓舞；興高采烈

■ *to **exult** at the success of the plan* 因為計畫成功而興高采烈

⊜ revel; glory

⊛ 字形同 <u>expected result</u>（預期的結果）。助憶句："The <u>expected result</u> has been achieved!" <u>exulted</u> the leader of the laboratory.（「預期的結果已經達成了！」實驗室主持人歡欣鼓舞地說。）

⊛ **exultant** *adj.* 歡欣鼓舞的；興高采烈的

exultation *n.* 歡欣；得意

....

F

fable /ˈfeɪ.bəl/ *n.* a traditional short story that teaches a moral lesson, especially one with animals as characters; these stories considered as a group 寓言
- *a political **fable*** 一個政治寓言
- ⓢ parable; allegory
- ⓜ 字形同 f + able（能夠）。助憶句：In the <u>fable</u>, frogs and <u>foxes</u> are <u>able</u> to talk like humans.（在這個寓言中，青蛙和狐狸能夠像人類一樣說話。）
- ⓓ **fabled** *adj.* 聞名的；傳奇式的

facade /fəˈsɑːd/ *n.* the principal front of a building 外表；（建築物的）正面
- *the **facade** of a building* 建築物的正面
- *a baroque **facade*** 巴洛克風格外表
- ⓢ front; exterior
- ⓡ 和 face（臉；面孔）為同源字。
- ⓓ **facade** *n.* 假象；虛假的外表
  facet *n.* 方面；（寶石的）平面
  facial *adj.* 面部的
  deface *v.* 汙損；損壞……的外觀 <*dis*: away from + *face*: look> 字源的意義是"to mar the face of"，即「損壞……的外觀」。
  efface *v.* 消除；抹去 <*ex*: out + *face*: face >
  superficial *adj.* 膚淺的；表面的 <*super*: over + *ficial*: face>

famine /ˈfæm.ɪn/ *n.* a lack of food during a long period of time in a region 飢荒；飢荒時期
- *widespread **famine*** 大飢荒時期
- *floods and **famines*** 洪水與飢荒
- ⓢ hunger; starvation
- ⓜ 讀音類似 <u>phantom in</u> the nation（這個國家的幽靈）。助憶句：People were deeply affected by the anticipated <u>famine</u>, as if a <u>phantom in</u> the nation had drained them of their energy.（這個預期中的饑荒對人們造成重大影響，彷彿這個國家存在著一個幽靈，已經耗竭他們的活力。）

fatality /fəˈtæl.ə.t̬i/ *n.* a death that is caused in an accident or a war, or by violence or disease （事故或暴力事件中的）死亡；死者
- *there were no **fatalities*** 沒有死亡者
- *the number of **fatalities*** 死亡數字
- ⓢ death; casualty; victim
- ⓡ 源自 fate（命運；厄運；天意）。
- ⓓ **fate** *n.* 命中註定的事；命運；厄運
  fated *adj.* 命中註定的
  fateful *adj.* 對未來有重大影響的

fatuous /ˈfætʃ.u.əs/ *adj.* silly and

pointless 愚蠢的；昏庸的；錯誤的
- ■ *a fatuous idea* 愚蠢的想法
- ■ *a fatuous grin* 愚笨的咧嘴笑
- 同 silly; idiotic
- 記 用 fabulous（極好的；絕佳的）來記憶 fatuous（愚蠢的）。助憶句：Be cautious! There is a fine line between being <u>fabulous</u> and being <u>fatuous</u>.（小心！卓越和愚蠢只有非常細微的界線。）

feasible /ˈfiː.zə.bəl/ *adj.* that is possible and likely to be achieved 可行的；行得通的
- ■ *a feasible project* 可行的計畫
- 同 practical; achievable
- 記 讀音類似 visible（引人注目的；顯眼的）。助憶句：The manager emphasized that the solution was not only <u>visible</u> but also <u>feasible</u>.（經理強調，這個解決方案不僅引人注目，而且實際可行。）
- 衍 **feasibility** *n.* 可行性

feral /ˈfer.əl/ *adj.* living wild, especially after escaping from life as a pet or on a farm 野生的（尤指原為家養的動物）
- ■ *feral cats* 野貓
- ■ *feral plants* 野生植物
- 同 wild; untamed
- 記 讀音類似 farewell（告別；再見）。助憶句：I said a final <u>farewell</u> to the <u>feral</u> cat, which was once my pet cat.（我對這隻野貓做最後的告別，牠曾經是我家中的寵物。）

fertile /ˈfɜː.təl/ *adj.* (of land or soil) that plants grow well in 肥沃的；富饒的
- ■ *fertile soil* 肥沃的土壤
- ■ *a fertile region* 豐饒的地區
- 同 fecund; fruitful; productive
- 記 字形類似 <u>farm</u>（養殖）+ <u>till</u>（犁；耕）。助憶句：The family has <u>farmed</u> and <u>tilled</u> this <u>fertile</u> land for decades.（這個家族已經在這個肥沃的土地上養殖與耕作幾十年了。）

- 衍 **fertility** *n.* 生殖力；繁殖能力

infertile *adj.* 不能生育的；不結果實的；（土地）貧瘠的

---

fiasco /fiˈæs.koʊ/ *n.* something that does not succeed, often in a way that makes people feel embarrassed 完全失敗；尷尬的結局

■ *a complete **fiasco*** 徹底的失敗

🔄 debacle; disaster

🔖 字形類似 San Francisco（舊金山）。助憶句：The band's world tour concert in San Francisco turned into a fiasco when the venue for the concert was ruined by a storm.（這個樂團在舊金山的世界巡迴演唱會完全失敗，因為演出場地被暴風毀壞。）

---

figment /ˈfɪɡ.mənt/ *n.* something that somebody has imagined and that does not really exist 憑空想像的事物；臆造的東西

■ *a **figment** of your imagination* 你憑空想像的東西

🔄 invention; concoction; fabrication

🔖 和 fiction（虛構；小說）為同源字。觀察 figment 和 fiction 發音的近似。

🔗 **fiction** *n.* 小說；虛構

---

finite /ˈfaɪ.naɪt/ *adj.* having a definite limit or fixed size 有限的；有限制的；有盡的

■ *the funds are **finite*** 資金有限

■ *a **finite** number* 有限的數量

🔄 limited; fixed

🔖 和 finish（完成；停止）以及 finally（最後；終於）為同源字。🔖：字根 *fine* 的意思是 limit, boundary＝限制；邊界。

🔗 **define** *v.* 下定義 <*de*: completely + *fine*: limit> 字源的意義是"to limit"，把界限標定出來，即「下定義」。

definitive *adj.* 決定性的；最終的 <*de*: down, totally + *fin*: limit + *itive*: adj.> 字源同 define。

infinite *adj.* 無限的；無邊的；極大的 <*in*: not + *fin*: end + *ite*: adj.> 字源的意義是"unlimited"，無限制，即「無限的」。

confine *v.* 限制；監禁 <*con*: together + *fine*: limit> 字源的意義是"keep within limits"，限定在範圍之內，即「限制；監禁」。

finale *n.* 結局；終曲；尾聲 <*fin*: final + *ale*: n.>

---

flabbergast /ˈflæb.ɚ.ɡæst/ *v.* to shock someone, usually by telling that person something they were not expecting 使大吃一驚；使目瞪口呆

■ *to find myself **flabbergasted*** 我大吃一驚

■ *to be **flabbergasted*** 嚇一跳

🔄 surprise

🔖 讀音類似 plaster cast（石膏模；

石膏紗布）。助憶句：Despite being mocked for wearing a <u>plaster cast</u>, he laughed it off, which would <u>flabbergast</u> those who had made fun of him. （儘管他因為打了石膏模而被嘲弄，他卻一笑置之，讓先前嘲笑他的人感到驚訝。）

---

flaw /flɔ:/ *n.* a mistake in something that means that it is not correct or does not work correctly 錯誤；缺點；缺陷；瑕疵

■ *a fatal **flaw*** 致命缺陷
■ *full of **flaws*** 充滿缺點
㊂ defect; fault
㊟ 字形類似 <u>f</u>oolish <u>law</u>（愚蠢的法律）。助憶句：Take a look at this foolish <u>law</u>, in which you can find many a <u>flaw</u>! （看看這個愚蠢的法律，你可以發現其中有許多缺陷！）
㊐ **flawless** *adj.* 完美的

---

fledgling /ˈfledʒ.lɪŋ/ *n.* a young bird just fledged; an immature or inexperienced person （學飛的）幼鳥；新手

■ *nestlings and **fledglings*** 雛鳥和學飛的幼鳥
㊂ chick

㊟ 源自 fledge（長出飛羽）。ℓ：字根 *fl* 的意思是 fly = 飛。
㊐ **fledgling** *adj.* 新的；剛開始的；缺乏經驗的 <*fledg*: fly + *ling*: the young of animals>
flight *n.* 航程；班機；飛行路線 <*flight*: fly>
flutter *v.* 飄動；揮動 <*flu*: fly + *tter*: *v.*>
float *v.* 漂浮 <*float*: fly>
fleet *adj.* 快速的 <*fleet*: fly>

---

flourish /ˈflɜː.ɪʃ/ *v.* to develop quickly and become successful or common 茁壯成長；繁榮；蓬勃發展

■ *a **flourishing** market* 蓬勃發展的市場
■ *to begin to **flourish*** 開始繁榮起來
㊂ thrive; prosper
㊟ 和 flower（花）為同源字。flower 也是動詞，意思是「開花；繁榮；興盛」。
㊐ **flourishing** *adj.* 繁榮的；蓬勃發展的
flower *v.* 開花；繁榮；興盛

---

fluctuate /ˈflʌk.tʃu.eɪt/ *v.* to change frequently in size, amount, quality, etc., especially from one extreme to another 波動；起伏不定

■ ***fluctuating** prices* 波動的價格
■ *to **fluctuate** wildly* 劇烈波動
㊂ vary; oscillate
㊟ 和 fluent（流利的）和 fluid（液體；流質）為同源字。
㊐ **fluent** *adj.* 流利的
fluid *n.* 液體；流質
influx *n.* 湧入；匯集 <*in*: in +

120

flux: flow>

superfluous *adj.* 過剩的；多餘的；過多的 <*super*: over + *flu*: flow + *ous*: *adj.*> 字源的意義是 "overflowing"，流出來，即「過剩的」。

....

focus /ˈfoʊ.kəs/ *n.* a center of activity, attraction, or attention 中心；焦點

■ the **focus** of attention 關注的焦點

■ the media **focus** 媒體的焦點

🔵 center; pivot

🔲 讀音類似 folks（大夥；各位）。助憶句：Folks, get ready for the big reveal. Our new product is going to be the focus of the world.（各位，準備好迎接這個重大的公佈吧。我們的產品即將成為舉世焦點。）

🔄 **focus** *v.* （使）集中目光；（使）逐漸聚焦

....

foe /foʊ/ *n.* an enemy 敵人

■ their common **foe** 他們的共同敵人

■ a **foe** of democracy 民主的敵人

🔵 enemy; adversary; rival

🔲 和 friend（朋友）押頭韻。有一個常見的用法就是 friend or foe（是友是敵）。助憶句：I'm just wondering if he's a friend or foe.（我正在納悶他到底是友是敵。）

....

forgery /ˈfɔːr.dʒɚ.i/ *n.* something, for example a document, piece of paper money, etc., that has been copied in order to cheat people 偽造品；贗品；偽造

■ by **forgery** 藉由偽造方式

■ full of **forgeries** 充滿贗品

🔵 fake; copy; counterfeit

🔲 字形同 to pay for surgery（支付手術費）。助憶句：To pay for surgery, he resorted to forgery.（為了支付手術費，他訴諸偽造文件。）

🔄 **forge** *v.* 偽造；假冒

....

formidable /fɔːrˈmɪd.ə.bəl/ *adj.* causing fear, dread, or apprehension; having qualities that discourage approach or attack; tending to inspire awe or wonder 可怕的；令人敬畏的；難對付的

■ a **formidable** accomplishment 令人敬畏的成就

■ a **formidable** adversary 難對付的對手

🔵 intimidating; daunting

🔲 讀音類似 former（先前的）+ table（桌子）。助憶句：My former table, with its formidable strength, survived war and fire.（我之前的桌子，以它令人敬畏的力量，歷經戰爭與大火仍然倖存。）

fortify /ˈfɔːr.t̬ə.faɪ/ *v.* to make a place more able to resist attack, especially by building high walls 加強；增強

- *a fortified town* 已加強防禦的城鎮
- *to fortify the region against attack* 加強這個地區以對抗攻擊

㊀ reinforce; strengthen

㊐ 源自 fort（堡壘）。可以用汽車品牌 Ford 來記憶 fort。助憶句：I have equipped my Ford pickup truck with all the necessary gear for camping, transforming it into a mobile fort.（我已經把我的福特皮卡加裝露營所需的全部用具，把它打造成一個移動堡壘。）

㊁ **force** *n.* 力量
forte *n.* 強項；專長
fortress *n.* 堡壘；要塞
comfort *n.* 舒適；安慰；慰藉

fortuitous /fɔːrˈtuː.ə.t̬əs/ *adj.* happening by chance, especially a lucky chance that brings a good result 偶然發生的；碰巧的

- *the timing is fortuitous* 時機巧合
- *a fortuitous opportunity* 碰巧的機會

㊀ unexpected

㊐ 和 fortune（機會；運氣；財富）為同源字。

㊁ **fortune** *n.* 機會；運氣；財富

fossil /ˈfɑː.səl/ *n.* a remnant, impression, or trace of an organism of past geologic ages that has been preserved in the earth's crust 化石

- *the purchase of the fossil* 購買這個化石
- *fossil fuels* 化石燃料

㊀ relic; petrified remains

㊐ 「化石」就是 fossil 的音譯。

㊁ **fossil** *n.* 老人；老頑固；思想僵化的人

framework /ˈfreɪm.wɝːk/ *n.* the parts of a building or an object that support its weight and give it shape 框架；體系；結構

- *a metal framework* 金屬結構
- *its legal framework* 它的法律體系

㊀ frame; structure; skeleton

㊐ 源自 frame（框）和 work（工作；製品）。

frigid /ˈfrɪdʒ.ɪd/ *adj.* very cold 寒冷的；嚴寒的

- *frigid air* 寒冷的空氣

㊀ freezing; bitter; frosty

㊐ 和 refrigerator（冰箱）為同源字。

㊁ **frigid** *adj.* 冷淡的
fridge *n.* 冰箱

frivolous /ˈfrɪv.əl.əs/ *adj.* lacking in seriousness; of little weight or

importance 愚蠢輕浮的；不嚴肅的
- *frivolous* activities 輕浮的活動
- *frivolous suggestions* 愚蠢的建議
- flippant; glib; waggish
- 讀音類似 free lovers（自由戀人）。助憶句：The gathering was filled with free lovers, who were known for their frivolous approach to romantic relationships.（這次聚會充滿了自由戀人，他們以對戀愛採取輕浮態度而聞名。）

....

frontier /frʌnˈtɪr/ *n.* a line that separates two countries, etc.; the land near this line 國境；邊境；前沿地區
- *the frontier between the two countries* 兩國的邊境
- *to explore the western frontier* 探索西面的邊境
- border; boundary
- 讀音類似 from here（從這裡）。助憶句：The early settlers arrived, and from here they went into unexplored territory known as the frontier.（早期的移民抵達後，從這裡進入未被探索之地，就是所謂的邊境地區。）

- 源自 front（前面）。

....

frugal /ˈfruː.gəl/ *adj.* using only as much money or food as is necessary 節儉的；樸素的
- *a frugal life* 樸素的生活
- thrifty; sparing; economical
- 讀音類似 free gifts（免費禮品）。助憶句：The store offers free gifts to attract customers with a frugal mindset.（這家店提供免費禮品來吸引具有節儉心態的顧客。）
- **frugality** *n.* 節儉；樸素

....

frustrate /ˈfrʌs.treɪt/ *v.* to make somebody feel annoyed or impatient because they cannot do or achieve what they want 使灰心；使氣餒；阻撓；挫敗
- *to feel frustrated* 感到挫折
- *to frustrate their efforts* 阻撓他們的努力
- thwart; spoil; block
- 讀音類似 frosty state（霜凍的狀態）。助憶句：The frosty state of the roads will frustrate commuters as they face delays on their way to work.（馬路的霜凍狀態將會讓通勤者感到沮喪，因為他們在上班

的路上會遇到延誤。）

[衍] **frustration** *n.* 沮喪；令人沮喪的事物

fulminate /ˈfʊl.mə.neɪt/ *v.* to express vehement protest 憤怒抨擊；譴責

■ *to **fulminate** against the policy* 抨擊這個政策

[同] rail; rant

[記] 讀音類似 fool me not（別愚弄我）。助憶句：She fulminated in her voice message, "Fool me not! You suck!"（她在語音訊息中嚴厲譴責，「別愚弄我！你遜斃了！」）

fumigate /ˈfjuː.mə.geɪt/ *v.* to use chemicals, smoke, or gas to destroy the harmful insects or bacteria in a place 以煙燻消毒或殺蟲

■ *to have the room **fumigated*** 把房間煙燻消毒

[同] purify

[源] fumigate 的字源分析：<*fum*: fume, smoke + *ig*: do + *ate*: *v.*> 字源的意義是以煙燻消毒或殺蟲。

[衍] **fume** *n.* 煙氣；煙霧
perfume *n.* 香水；芳香
funk n. 霉味

fulsome /ˈfʊl.səm/ *adj.* too generous in praising or thanking somebody, or in saying sorry, so that you do not sound sincere 過分恭維的；諂媚的

■ *a **fulsome** apology* 一個諂媚的道歉

[同] profuse; lavish

[源] 和 full（充滿的；裝滿的）為同源字。fulsome 的字源分析：<*ful*: fill + *some*: *adj.*> 字源的意義是 "well fed, then arousing disgust"，使吃太飽然後引起反胃，即「過分恭維的；諂媚的」。

function /ˈfʌŋk.ʃən/ *n.* a special purpose of a person or thing 功能；用途；職責

■ *the **function** of blood* 血液的功用

■ *to perform different **functions*** 執行不同功能

[同] purpose; use; role

[記] 用 fiction（小說）來記憶 function。助憶句：Generally, the function of the fiction is to entertain readers and provide an escape into imaginary worlds.（一般而言，小說的功能是娛樂讀者，並帶領他們進入想像的世

界。）

㊀ **functional** *adj.* 功能性的；實用的

....

fundamental /ˌfʌn.dəˈmen.t̬əl/ *adj.*
serious and very important; affecting
the most central and important parts of
something 基礎的；基本的

■ *fundamental changes* 根本的改變
■ *the fundamental principle* 基本原則
則

㊀ basic; rudimentary; elemental
㊀ 和 foundation（基礎；基金會）
以及 fund（基金；專款）為同源
字。

....

fussy /ˈfʌs.i/ *adj.* very concerned about
small, usually unimportant details, and
difficult to please 過分挑剔的；難以
滿足的

■ *fussy clients* 挑剔的顧客
■ *to be fussy about pronunciation* 對
於發音很挑剔

㊀ finicky; particular; fastidious
㊀ 字形同 funny and bossy（風趣又
霸道）。助憶句：Mandy is funny
and bossy, and she knows how to
make fussy demands sound
interesting.（曼蒂很風趣也很霸
道，她知道怎麼讓挑剔的要求聽
起來很有趣。）

㊀ **fuss** *n.* 大驚小怪；過分激動

....

futile /ˈfjuː.t̬əl/ *adj.* having no purpose
because there is no chance of success 無
效的；徒勞的；不成功的

■ *a futile attempt* 徒勞的嘗試
㊀ fruitless; vain
㊀ 讀音類似 few（很少；幾個）。助

憶句：The farmer's previous
efforts in cultivating the plants had
been futile because only very few
flowers produced fruit.（這個農夫
之前培育植物的努力是徒勞的，
因為只有很少花朵結出果實。）

㊀ **futility** *n.* 無益；無效；徒勞

....

G

gainsay /ˌɡeɪnˈseɪ/ *v.* to say that something is not true 否認；反駁

■ *to **gainsay** the mayor* 反駁市長

[同] deny; disagree

[源] gainsay 的字源分析：<*gain*: against + *say*: say> 字源的意義是 “to say against”，說相反的話，即「否認；反駁」。

galaxy /ˈɡæl.ək.si/ *n.* any of the large systems of stars, etc. in outer space 星系

■ *the **Galaxy*** 銀河系

■ *nearby **galaxies*** 附近的星系

[同] star system; constellation

[記] 讀音類似 gallery exit（畫廊出口）。助憶句：In this futuristic theme park, the gallery exit is leading to a distant galaxy.（在這個未來主題樂園中，畫廊出口通往一個遙遠的星系。）

[衍] **galaxy** *n.* 眾星雲集；一群名人

gap /ɡæp/ *n.* a space where something is missing 缺口；裂口；差異；分歧

■ ***gaps** in their knowledge* 他們在知識上的缺口

■ *a **gap** in the fence* 籬笆的缺口

[同] hole; opening; crack

[源] 和 gum（牙齦）以及 chasm（裂隙；峽谷；深淵）為同源字。觀察這幾個字的發音，都很近似。

[衍] **gum** *n.* 牙齦

chasm *n.* 裂隙；峽谷；深淵

garbled /ˈɡɑːr.bəld/ *adj.* told in a way that confuses the person listening, usually by somebody who is shocked or in a hurry （話或資訊）含混不清的；引起誤解的

■ *a **garbled** message* 含混不清的訊息

■ *a **garbled** account* 易引起誤解的描述

[同] confused

[記] 讀音類似 the guard marveled（守衛感到驚訝）。助憶句：The guard marveled at the garbled messages received over the radio.（守衛對於無線電傳來的無法理解的訊息感到驚訝。）

garish /ˈɡer.ɪʃ/ *adj.* very brightly colored in an unpleasant way 過分鮮艷的；花哨的；炫目的

■ ***garish** clothes* 花哨炫目的衣服

[同] gaudy; glaring; lurid

[記] 用 garnish（加上飾菜；加以裝飾）來記憶 garish。助憶句：The chef decided to garnish the dessert with garish toppings to create an eye-catching presentation.（廚師決定用華麗的配料來裝飾甜點，打造一個引人注目的擺盤。）

generate /ˈdʒen.ə.reɪt/ *v.* to produce energy, especially electricity; to create something 造成；使存在；產生
- *to **generate** a lot of interest* 引起很大興趣
- *to **generate** electricity* 產生電
- 回 cause; bring about; produce
- 源 和 gene（基因）為同源字。
- 衍 **generation** *n.* 一代（人）；同代人；產生；發生
  gene *n.* 基因

genetic /dʒəˈneṭ.ɪk/ *adj.* connected with genes 基因的；遺傳訊息的
- *genetic factors* 基因因素
- *genetic research* 基因研究
- 回 hereditary
- 源 源自 gene（基因）。
- 衍 **genetics** *n.* 遺傳學

genre /ˈʒɑːn.rə/ *n.* a particular type or style of literature, art, film or music that you can recognize because of its special features 風格；類型；體裁
- *a literary **genre*** 一種文學類型
- *musical **genres*** 音樂風格
- 回 category; class
- 源 和 genus（屬）以及 gene（基因）為同源字。
- 衍 **generic** *adj.* 一般的；通用的；（尤指藥品）無專利的
  gene *n.* 基因
  genus *n.* 屬
  gender *n.* 性別

germ /dʒɜːm/ *n.* a very small living thing that can cause infection and disease 病菌；細菌
- *a breeding ground for **germs*** 細菌的溫床
- *to spread **germs*** 傳播細菌
- 回 microbe; virus; bacterium
- 源 和 generate（產生）以及 gene（基因）為同源字。細菌常被視為疾病產生的來源。
- 衍 **germinate** *v.* 發芽；萌芽；（使）開始形成

germinate /ˈdʒɜː.mə.neɪt/ *v.* to start to grow 發芽；萌芽；（使）開始形成
- *to **germinate** in my mind* 在我心中開始萌芽
- *to start to **germinate*** 開始發芽
- 回 sprout; grow
- 記 字形類似 German（德國的）。助憶句：These seeds can germinate only in German soil, due to the specific climate conditions.（因為特定的氣候條件，這些種子只能在德國的土壤中萌芽。）

- 源 見 germ（細菌）條目。

gibe /dʒaɪb/ *n.* an unkind or offensive remark about somebody 嘲諷；嘲弄
- *cheap **gibes*** 低級的嘲諷
- 回 taunt; sneer

㊤ 用 gibberish（胡言亂語；胡扯）來記憶 gibe。助憶句：What gibberish are you uttering? Are you indulging in cheap gibes?（你在說什麼胡言亂語？你開始講起低級的嘲諷嗎？）

gigantic /ˌdʒaɪˈɡæn.tɪk/ *adj.* extremely large 巨大的；龐大的
- *a gigantic machine* 巨大的機器
- *gigantic cost* 龐大的花費
㊂ huge; enormous
㊥ 和 giant（巨大的）為同源字。

gingerly /ˈdʒɪn.dʒɚ.li/ *adv.* in a careful way, because you are afraid of being hurt, of making a noise, etc. 謹慎地；小心翼翼地；輕手輕腳地
- *to open the door gingerly* 小心翼翼地打開門
㊂ cautiously
㊤ 字形類似 ginger（薑）。助憶句：Jane is holding the delicate teacup containing ginger tea and drinking it gingerly.（珍正拿著裝有薑茶的精緻茶杯，小心地喝著。）

glamor /ˈɡlæm.ɚ/ *n.* the attractive and exciting quality that makes a person, a job or a place seem special, often because of wealth or status 魅力；誘惑力；魔力；魔法
- *the glamor of Hollywood* 好萊塢的誘惑
- *the glamor of the transatlantic liner* 跨大西洋客輪的迷人魅力
㊂ allure; attraction; charm
㊥ glamor 曾經是 grammar（文法）的另一種拼法。在以前，語言的文法幾乎等同一種神祕的魔法，因為懂文法的人可以隨時召喚出各種句子。glamor 的常見字義是「魅力；吸引力」，就是源自魔法的概念。
㊦ **glamorous** *adj.* 有魅力的；令人嚮往的

glib /ɡlɪb/ *adj.* using words that are clever, but are not sincere, and do not show much thought 油嘴滑舌的；花言巧語的；信口開河的
- *a glib man* 一個花言巧語的男人
- *glib explanations* 信口開河的解釋
㊂ fluent; slick
㊥ glass（玻璃）、glow（發光）和 glib 為同源字。油嘴滑舌的人講的話語就是想要像玻璃表面般細緻，而且還閃閃發光。

glut /ɡlʌt/ *n.* a situation in which there is more of something than is needed or can be used 供應過剩；充斥；過多
- *gluts of fish* 魚供應過剩
- *a glut of imported goods* 進口貨物充斥
㊂ surfeit; excess; surplus

128

🔑 字形類似 a good lot of（很多）。助憶句：We have a good lot of food, or a glut of food.（我們有很多的食物，或者說是過多的食物。）

🔧 **glutton** *n.* 饕餮；吃得過多的人；暴食者
gluttonous *adj.* 暴飲暴食的；貪吃的

....

gourmet /ˈɡʊr.meɪ/ *n.* a person who knows a lot about good food and drink and who enjoys choosing, eating and drinking them 美食家；講究飲食的人；美食品嚐家

■ *a renowned gourmet* 一個知名的美食家

📖 gastronome; epicure; connoisseur

🔑 讀音類似 gold medal（金牌）。助憶句：The chef won the gold medal at the competition, establishing himself as a true gourmet.（這位廚師在比賽中贏得金牌，使他成為名副其實的美食家。）

🔧 **gourmet** *adj.* 優質的；提供美食的

....

grandiose /ˈɡræn.di.oʊs/ *adj.* seeming very impressive but too complicated, large, expensive, etc. to be practical or possible 誇大的；不切實際的；華而不實的

■ *grandiose ideas* 不切實際的想法

■ *a grandiose scheme* 誇大的計畫

📖 ambitious; flamboyant

🔑 字形類似 grand rose（巨大玫瑰）。助憶句：The mayor wanted to erect a monument resembling a grand rose in the square, but the public thought it was a grandiose idea.（市長想要在廣場上立起巨大玫瑰形狀的紀念碑，但大眾認為這是一個不切實際的想法。）

🔧 **grand** *adj.* 大的；宏偉的

....

gratis /ˈɡræt̬.ɪs/ *adj. adv.* done or given without having to be paid for 免費的（地）；無償的（地）

■ *this is offered gratis* 這是免費提供

■ *The food is gratis!* 食物免費！

📖 complimentary; for nothing

🔑 讀音類似 greatest（最棒的）。助憶句：The greatest thing about the grand opening of the mall is that every customer will get a gift gratis on that day.（這個購物中心盛大

開幕最棒的一點就是，每個顧客當天都能免費獲得一份禮物。）

---

gratuitous /grəˈtuː.ə.t̬əs/ *adj.* with no cause, or not necessary 不必要的；無謂的；無理由的

- ***gratuitous** violence on TV* 電視節目中不必要的暴力

[同] unnecessary; redundant

[記] 讀音類似 greet the toys（跟玩具打招呼）。助憶句：Hey, kids, there's no need to greet the toys. It's a gratuitous act.（嗨，孩子們，沒有必要跟玩具打招呼。這是一個不必要的行為。）

---

gregarious /grɪˈger.i.əs/ *adj.* liking to be with other people 愛交際的；喜群居的

- *a **gregarious** person* 喜歡交際的人
- ***gregarious** instincts* 喜愛交際的本能

[同] sociable; outgoing

[記] 記憶法見 egregious 條目。

[衍] **egregious** *adj.* 極其嚴重的；很壞的；令人震驚的

aggregate *v.* 使聚集；使積聚

---

grotesque /groʊˈtesk/ *adj.* strange in a way that is unpleasant or offensive 怪誕的；荒謬的；奇形怪狀的；醜陋的

- *a **grotesque** situation* 怪誕的情境
- *a **grotesque** party costume* 怪異的派對服裝

[同] distorted; monstrous

[記] 讀音類似 grow（生長）+ desk（桌子）。助憶句：The tree is grotesque. It is growing like a desk.（這棵樹很怪誕。它長得像一張桌子。）

H

habitat /ˈhæb.ə.tæt/ *n.* the place where a particular type of animal or plant is normally found 棲息地；（動植物的）生長地
- ■ *a natural habitat* 自然棲息地
- ■ *its preferred habitat* 牠最喜歡的棲息地
- 同 natural environment; home; abode
- 源 habit（習慣）和 habitat（生長地；棲息地）為同源字。*hab* 字根的意義是 have。「習慣」是個人擁有的固定行為，而「棲息地」則是生物擁有的生活處所。
- 衍 **habitation** *n.* 居住
  inhabit *v.* 居住於

hackneyed /ˈhæk.nid/ *adj.* used too often and therefore boring 陳腐的；老套的
- ■ *a hackneyed plot* 老套的情節
- ■ *a hackneyed phrase* 老掉牙的片語
- 同 cliched; banal; overused
- 記 讀音類似 hackers' need（駭客的需求）。助憶句：In films, hackers' need for inventive skills often contrasts sharply with the hackneyed defenses implemented by organizations.（在電影中，駭客對於創新技能的需求，時常與組織實施的陳腐防禦手段形成鮮明對比。）

haphazard /ˌhæpˈhæz.ə-d/ *adj.* with no particular order or plan; not organized well 無秩序的；無計劃的；隨意的
- ■ *in a haphazard fashion* 隨意的方式
- ■ *a haphazard process* 隨意的過程
- 同 random; unplanned
- 源 和 happen（發生）為同源字。

harangue /həˈræŋ/ *v.* to speak loudly and angrily in a way that criticizes somebody or something or tries to persuade people to do something 長篇大論的訓斥；斥責
- ■ *to harangue the audience* 長篇大論的訓斥觀眾
- 同 lecture; berate
- 記 讀音類似 her anger（她的憤怒）。助憶句：With her anger growing, she started to harangue everyone around her.（隨著她的憤怒漸增，她開始對周圍的每個人激烈的抨擊。）
- 衍 **harangue** *n.* 長篇大論的訓斥；斥責

harbinger /ˈhɑːr.bɪn.dʒə-/ *n.* something that foreshadows a future event（尤指壞事的）先兆；預兆
- ■ *harbingers of spring* 春天的預兆
- ■ *a harbinger of nanotechnology* 奈米科技的先驅
- 同 sign; indicator; prelude
- 記 字形同 harbor singer（港口歌手）。助憶句：In the ancient tales, the appearance of a harbor singer was seen as a harbinger of mystical events.（在古老的故事中，港口歌手的出現被視為神秘事件的先兆。）

131

harsh /hɑːrʃ/ *adj.* cruel, severe and unkind 令人不快的；嚴酷的；嚴厲的
- *harsh criticism* 嚴厲的批評
- *the harsh realities of life* 生命的嚴酷的現實
- 🔄 severe; ruthless; unrelenting
- 🔖 字形類似 hard（困難的）。助憶句：It is hard to deal with such harsh criticism.（很難應對這麼嚴厲的批評。）

hasty /ˈheɪ.sti/ *adj.* said, made or done very quickly, especially when this has bad results 倉促的；輕率的
- *hasty decisions* 倉促的決定
- *hasty words* 輕率的話語
- 🔄 hurried; brisk; cursory
- 🔘 源自 haste（匆忙；倉促）。

hazard /ˈhæz.ɚ.d/ *n.* something that can be dangerous or cause damage 危險物；危害物
- *a fire hazard* 火災的隱憂
- 🔄 danger; menace
- 🔖 讀音類似 has heard（聽說；得知）。助憶句：Since the recent incident, everybody has heard about the hazard of hiking alone in the wilderness.（自從最近的事件之後，大家都聽說過獨自在荒野中行走的危險。）
- 🔗 **hazardous** *adj.* 危險的

hegemony /hɪˈdʒem.ə.ni/ *n.* control by one country, organization, etc. over other countries, etc. within a particular group 霸權；支配權；領導權
- *regional hegemony* 地區霸權
- *political hegemony* 政治領導權
- 🔄 dominance; supremacy; mastery
- 🔖 讀音類似 huge（大的）+ money（錢）。助憶句：His business empire controlled huge amounts of money, establishing his hegemony over various sectors.（他的商業帝國控制著龐大的金錢，建立了他在各個領域的霸權地位。）

herbicide /ˈhɝː.bɪ.saɪd/ *n.* a chemical that is poisonous to plants, used to kill plants that are growing where they are not wanted 除草劑
- *herbicide applications* 除草劑的應用
- 🔄 defoliant
- 🔘 和 herb（香草；藥草）以及 suicide（自殺）為同源字。
- 🔗 **insecticide** *n.* 殺蟲劑

herbivore /ˈhɝː.bə.vɔːr/ *n.* any animal that eats only plants 食草動物；草食動物
- *the gentle herbivores* 溫和的草食動物
- 🔄 a herbivorous animal
- 🔖 讀音類似 have heard before（聽說

過）。助憶句：Have you ever heard before that this fierce-looking dinosaur is in fact a herbivore?（你聽說過這種外表兇猛的恐龍實際上是一種草食動物嗎？）

[衍] **herbivorous** *adj.* 食草的
carnivore *n.* 食肉動物

herd /hɝːd/ *n.* a group of animals of the same type that live and feed together 獸群；牧群

■ *a* ***herd*** *of elephants* 一群大象
[同] flock; group
[記] 用 heard（聽到）來記憶 herd。助憶句：I heard a herd of elephants stomping by.（我聽到一群大象重重踩踏過去。）

heyday /ˈheɪ.deɪ/ *n.* the time when somebody or something had most power or success, or was most popular 全盛期

■ *the* ***heyday*** *of folk rock* 民謠搖滾的全盛期
[同] prime; zenith
[源] 可能源自 high day（節日）。

hiatus /haɪˈeɪ.t̬əs/ *n.* a break in activity when nothing happens 間斷；間隙

■ *a three-month* ***hiatus*** 中斷三個月
■ *a brief* ***hiatus*** 短暫的間斷
[同] break; interval; interruption
[記] 讀音類似 highway dust（公路上的灰塵）。助憶句：With highway dust obscuring our vision on the way, we encountered a three-hour hiatus of traffic.（在行程中，公路上的灰塵遮擋了我們的視線，我們遭遇了三小時的交通中斷。）

hierarchy /ˈhaɪ.rɑːr.ki/ *n.* a system in which members of an organization or society are ranked according to relative status or authority 等級制度；層級

■ *the social* ***hierarchy*** 社會等級
■ *strict* ***hierarchies*** 嚴格的等級制度
[同] ranking
[記] 讀音類似 higher rock（更高的岩石）。想像猴子具有等級制度，爬得越高，等級越高。助憶句：In this hierarchy, every monkey wants to find a higher rock to stand on.（在這個等級制度中，每隻猴子都想找到更高的岩石來站上去。）字源見 archaic 條目。

[衍] **hierarchical** *adj.* 按等級劃分的；等級制度的

hilarious /hɪˈler.i.əs/ *adj.* extremely amusing 非常滑稽的；引人發笑的

■ *a* ***hilarious*** *show* 滑稽的表演
■ ***hilarious*** *photos* 引人發笑的照片
[同] funny; farcical
[記] 讀音類似 hill area（斜坡區）。助憶句：It's hilarious watching penguins slide down the snowy hill area.（看企鵝滑下雪地的斜坡區是很滑稽的。）

hindrance /ˈhɪn.drəns/ *n.* a person or thing that makes it more difficult for somebody to do something or for something to happen 阻礙；障礙

- ■ *a great hindrance to buyers* 對於買方是很大的障礙
- 回 impediment; obstacle; obstruction
- 源 和 behind（在……的後面）為同源字。
- 衍 **hinder** *v.* 阻礙；妨礙

histrionic /ˌhɪs.triˈɑː.nɪk/ *adj.* histrionic behavior is emotional and is intended to attract attention in a way that does not seem sincere 做作的；裝腔作勢的；演戲似的

- ■ *histrionic personality disorder* 做作型人格障礙症
- ■ *a histrionic display of grief* 裝腔作勢表現出悲傷的樣子
- 回 affected; dramatic
- 記 字形接近 history（歷史；經歷）。助憶句：She has a history of histrionic personality disorder.（她有做作型人格障礙症的病史。）

holistic /hoʊlˈɪs.tɪk/ *adj.* considering a whole thing or being to be more than a collection of parts 整體的；全面的

- ■ *a holistic approach* 全面性的方法
- ■ *holistic investigations* 全面性的調查
- 回 entire; integrated; total
- 記 讀音類似 whole（全部的；整個的）。助憶句：A holistic approach to environmental conservation aims to protect the whole planet.（全面性的環保方法目的是在保護整個地球。）

hollow /ˈhɑː.loʊ/ *adj.* having a hole or empty space inside 空的；空心的

- ■ *a hollow tube* 空心管子
- ■ *a hollow trunk* 中空的樹幹
- 回 empty; unfilled
- 源 和 hole（洞；孔）為同源字。
- 衍 **hollow** *adj.* 無價值的；空洞的；虛偽的

horror /ˈhɔːr.ɚ/ *n.* a feeling of great shock or fear 恐懼；震驚；恐怖性

- ■ *to cry out in horror* 驚恐尖叫
- ■ *to his horror* 使他很震驚
- 回 fright; fear
- 源 和 hair（頭髮；毛髮）為同源字。助憶句：A chilling feeling of horror made my hair stand on end.（一陣令人不寒而慄的恐懼感讓我的毛髮聳立起來。）᛫：字根 hir/hor 的意思是 hair; bristle＝毛髮；毛髮直立。
- 衍 **horrible** *adj.* 可怕的；令人震驚的 <hor(ror): bristle + ible: adj.> 字源的意義是"bristle with fear"，

因恐懼而毛髮聳立，即「令人震驚的；可怕的」。

abhor v. 厭惡；憎恨 <ab: away + hor: bristle with fear> 字源的意義是"to shrink back with fear"，因恐懼而遠離，即「厭惡」。

hirsute adj. 多毛的 <hir/hor: bristle, hair + sute: adj.>

urchin n. 街頭頑童；流浪兒；海膽 <(h)ur: bristle, hair + chin: n.> 字源的意義是"hedgehog"，即「豪豬」。海膽的外型近似豪豬，而流浪兒身上衣物襤褸破爛，也有幾分神似。

....

hostile /ˈhɑː.stəl/ adj. aggressive or unfriendly and ready to argue or fight 不友好的；敵對的

■ *a hostile reception* 不友善的對待

■ *hostile threats* 有敵意的威脅

回 antagonistic; aggressive

記 讀音同 hostel（旅社；旅館）。助憶句：The atmosphere in the youth hostel turned hostile when an argument broke out.（當爭執爆發時，青年旅館的氛圍變得充滿敵意。）

源 hostile（敵對的）和 host（主人）是同源字，而 guest（客人）和 host 也是同源字。所謂主客是相對的概念，今日是主人，明日到了他處就成為客人。一個處於主人位置的人，如果惡意對待陌生人，就會充滿敵意（hostility）。如果善意對待陌生人，就會充滿熱情好客（hospitality）。

衍 **host** n. 主人

hostility n. 敵意

hostage n. 人質

hospitality n. 熱情好客；殷勤

....

hue /hjuː/ n. a color; a particular shade of a color 顏色；色彩；色調

■ *the subtle hues* 微妙的色調

回 color; tone; tint

記 讀音類似 hi, you（嗨，你）。助憶句：As the sun set and the sky transformed into a stunning view, we couldn't help but say, "Hi, you, look at the golden hue!"（當太陽落下，天空轉變成令人驚嘆的景象，我們情不自禁地說：「嗨，你看這金黃色調！」）

....

hurricane /ˈhɝː.ɹ.kən/ n. a violent storm with very strong winds, especially in the western Atlantic Ocean 颶風

■ *a powerful hurricane* 威力強大的颶風

回 cyclone; typhoon

記 字形類似 hurry（催促）+ can（可以）。助憶句：The sudden announcement of an approaching hurricane can hurry everyone home to seek shelter.（突如其來的颶風來襲宣告可以讓每個人都急忙回家尋求庇護。）

....

hybrid /ˈhaɪ.brɪd/ n. an animal or plant that has parents of different species or varieties; something heterogeneous in origin or composition 雜交種；混合種；混合

■ *a hybrid of a horse and a donkey* 馬和驢的混合種

■ *a hybrid of two genres* 兩種文類的

混合

回 cross; mixed-breed

記 讀音類似 hi, bird（嗨，小鳥）。助憶句：During our birdwatching trip, we spotted an unusual-looking bird and couldn't help but say, "Hi, bird, are you a hybrid?"（在賞鳥的途中，我們發現了一隻不尋常的鳥，情不自禁地說：「嗨，小鳥，你是混種的小鳥嗎？」）

衍 **hybrid** *adj.* 混合的；雜種的

....

hypocrisy /hɪˈpɑː.krə.si/ *n.* behavior in which someone pretends to have moral standards or opinions that they do not actually have 虛偽；偽善

■ *to expose the **hypocrisy** of these politicians* 揭露這些政治人物的偽善

回 cant; insincerity

記 讀音類似 the hippo cries（河馬哭泣）。助憶句：In the fable, the hippo cries for the crocodile, but it is hypocrisy because in fact hippos often attack crocodiles.（在寓言故事中，河馬為了鱷魚而哭泣，但這是偽善，因為事實上河馬常常攻擊鱷魚。）

衍 **hypocrite** *n.* 偽善者
hypocritical *adj.* 偽善的

....

hypothesis /haɪˈpɑː.θə.sɪs/ *n.* an idea or explanation of something that is based on a few known facts but that has not yet been proved to be true or correct 假設；假說

■ *several **hypotheses*** 幾個假設
■ *to bolster the **hypothesis*** 支持這個假說

回 theory; assumption

源 和 thesis（論文）為同源字。記憶法見 thesis 條目。

衍 **hypothetical** *adj.* 假定的；假設的
antithesis *n.* 正相反；對立；對照

....

I

iconic /aɪˈkɑː.nɪk/ *adj.* being a famous person or thing that people admire and see as a symbol of a particular idea, way of life, etc. 非常出名的；受歡迎的
- ■ *iconic status* 偶像的地位
- ■ *an iconic building* 非常知名的建築
- 回 legendary; prominent
- 源 源自 icon（偶像；聖像；圖示）。常見字 emoticon（表情符號）就是 emotion（情感；情緒）和 icon 的組合字。
- 衍 **icon** *n.* 偶像；聖像；圖示

....

identical /aɪˈden.tɪ.kəl/ *adj.* similar in every detail 完全相同的；極為相似的
- ■ *virtually identical* 幾乎完全相同
- ■ *identical rooms* 完全相同的房間
- 回 exact; double; equivalent
- 源 源自 identity（身分）。確認一個人的「身分」，就是確認他的各種特徵是「完全相同的」。
- 衍 **identity** *n.* 身分
  identify *v.* 認出；識別

....

ignominious /ˌɪg.nəˈmɪn.i.əs/ *adj.* embarrassing because of being a complete failure 恥辱的；丟臉的
- ■ *an ignominious defeat* 一個恥辱的挫敗
- 回 humiliating; shameful
- 記 字形類似 ignore the minority（忽視少數群體）。助憶句：In a just society, it is ignominious to ignore the minority.（在一個公正的社會中，忽視少數群體是可恥的。）
- 回 shameful; humiliating
- 衍 **ignominy** *n.* 恥辱；侮辱

....

ignominy /ˈɪg.nə.mɪ.ni/ *n.* public embarrassment 恥辱；侮辱
- ■ *the ignominy of total defeat* 徹底挫敗的恥辱
- 回 stigma; humiliation
- 記 記憶法見 ignominious 條目。
- 衍 **ignominious** *adj.* 恥辱的；丟臉的

....

illiterate /ɪˈlɪt.ɚ.ət/ *adj.* unable to read and write 文盲的；不會讀寫的
- ■ *a mainly illiterate society* 一個大多數人是文盲的社會
- 回 unlettered
- 源 和 letter（字母；信）為同源字。
- 衍 **illiterate** *n.* 文盲
  letter *n.* 字母；信
  literature *n.* 文學
  literary *adj.* 文學的

....

illustrate /ˈɪl.ə.streɪt/ *v.* to make the meaning of something clearer by using examples, pictures, etc. 說明；闡明
- ■ *to illustrate his theory* 說明他的理論
- ■ *to illustrate the need for more capital* 說明了更多資金的需求
- 回 clarify; illuminate
- 記 字形類似 I will straighten（我將澄清）。助憶句：During the presentation, I will straighten the key points and illustrate them with relevant examples.（在演講中，我將澄清關鍵要點，並用相關例

子來說明它們。）

源 字源分析及更多同源字見 pellucid 條目。

衍 **illustrate** *v.* 給（書籍、雜誌等）畫插圖

illustration *n.* 插圖；圖示；例證

....

immoral /ɪˈmɔːr.əl/ *adj.* not considered to be good or honest by most people 不道德的；道德敗壞的

- *an **immoral** war* 不道德的戰爭
- ***immoral** behavior* 不道德的行為
- 同 corrupt; indecent
- 源 源自 moral（道德）。
- 衍 **moral** *n.* 道德；寓意 *adj.* 道德的
  morale *n.* 士氣；精神面貌
  morality *n.* 道德體系；道德觀

....

immunity /ɪˈmjuː.nə.ti/ *n.* the body's ability to avoid or not be affected by infection and disease 免疫；免除；豁免

- *innate **immunity*** 先天免疫
- ***immunity** against flu* 對於流感免疫
- 同 protection from; exception
- 記 用 community（社區）來記憶 immunity。助憶句：Due to the collective efforts, the <u>community</u> members built up <u>immunity</u> against the disease in a short period of time.（由於社區成員的共同努力，他們在短時間內建立了對這種疾病的免疫力。）
- 衍 **immune** *adj.* 免疫的

....

impact /ˈɪm.pækt/ *n.* the powerful effect that something has on somebody or something 影響；強大作用；衝擊

- *a huge **impact*** 巨大的影響
- *the **impact** on the environment* 對於環境的衝擊
- 同 effect; influence; aftermath
- 記 讀音類似 <u>I'm</u> <u>packed</u> with confidence（我充滿信心）。助憶句：The athlete took a deep breath, whispering, "<u>I'm</u> <u>packed</u> with confidence to make a powerful <u>impact</u> in the race."（這個運動員深深吸一口氣，低語著：「我充滿信心，要在比賽中產生強大的作用。」）

....

impair /ɪmˈper/ *v.* to damage something or make something worse 損害；削弱

- *to **impair** his chances of winning* 削弱他獲勝的機會
- 同 damage; reduce
- 記 字形同 an <u>impossible</u> <u>pair</u>（難對付的一對）。助憶句：In the ring stood an <u>impossible</u> <u>pair</u> of boxers, each having the power to <u>impair</u> even a wild boar.（拳擊場上站著一對極難對付的拳擊手，任何一位的力量甚至都強大到足以損傷一頭野豬。）

㊉ **impairment** *n.* 損傷；損害

⋯⋯⋯⋯⋯⋯⋯⋯⋯⋯⋯⋯⋯⋯⋯

impeccable /ɪmˈpek.ə.bəl/ *adj.* without mistakes or faults 完美的；無瑕疵的

■ *a man of **impeccable** integrity* 一個品格毫無瑕疵的人

■ ***impeccable** taste* 無可挑剔的品味

㊂ perfect

㊐ 讀音類似 <u>impact</u>（影響）+ <u>able</u>（能夠）。助憶句：In healthcare, the <u>impact</u> of AI is <u>able</u> to provide <u>impeccable</u> diagnostic accuracy.（在醫療領域中，人工智慧的影響能夠提供完美無瑕的診斷準確度。）

㊟ impeccable 的字源分析：<*im*: not + *pecca*: sin + *able*: *adj.*> 字源的意義是"not capable of sin"，不會犯罪的，即「完美的」。

㊉ **peccant** *adj.* 犯罪的 <*pec*: sin + (c)*ant*: *adj.*>
　　peccadillo *n.* 小過失；小罪

⋯⋯⋯⋯⋯⋯⋯⋯⋯⋯⋯⋯⋯⋯⋯

impecunious /ˌɪm.pəˈkju:.ni.əs/ *adj.* having very little money 沒錢的；貧窮的

■ *an **impecunious** painter* 一個貧窮的畫家

㊂ penniless; indigent; destitute

㊐ 讀音類似 I'm picking onions（我正在摘洋蔥）。助憶句：In my dream, <u>I'm</u> <u>picking</u> <u>onions</u> and crying, which reflects my <u>impecunious</u> situation in reality.（在夢中，我正一邊哭一邊摘洋蔥，這反映出我在現實中的貧困狀況。）

⋯⋯⋯⋯⋯⋯⋯⋯⋯⋯⋯⋯⋯⋯⋯

impermeable /ɪmˈpɜ-:.mi.ə.bəl/ *adj.* not allowing liquid or gas to go through 不可滲透的；不透氣的

■ *an **impermeable** membrane* 防滲薄膜

㊂ impervious; sealed

㊐ 記憶法見 permeable 條目。

㊉ **permeable** *adj.* 可滲透的；透水的

⋯⋯⋯⋯⋯⋯⋯⋯⋯⋯⋯⋯⋯⋯⋯

implacable /ɪmˈplæk.ə.bəl/ *adj.* that cannot be changed 堅定的；無法改變的；不饒人的

■ ***implacable** hatred* 無法化解的憎恨

■ *an **implacable** enemy* 死敵

㊂ unforgiving; unappeasable

㊟ 記憶法見 placate 條目。

㊉ **placate** *v.* 平息；安撫

⋯⋯⋯⋯⋯⋯⋯⋯⋯⋯⋯⋯⋯⋯⋯

implement /ˈɪm.plə.ment/ *v.* to make something that has been officially decided start to happen or be used 實施；貫徹；實現

■ *to **implement** the policy* 貫徹這個政策

㊂ carry out; execute

㊐ 在 a <u>simple</u> judge<u>ment</u>（簡單的判

139

斷）中找到 implement。助憶
句：With a simple judgement, she
decided to implement the new
policy.（運用簡單的判斷，她決
定實施新政策。）
⑰ implement n. 工具；器具

....

implicit /ɪmˈplɪs.ɪt/ adj. suggested but
not communicated directly 不明言的；
含蓄的
■ an implicit message 含蓄的訊息
⑥ implied; indirect
㊙ implicit 的字源分析：<im: in +
plicit: fold> 字源的意義是"to fold
into"，折疊進去，即「不明言
的」。更多同源字見 explicit 條
目。
⑰ imply v. 暗示；暗指 <im: in +
ply: fold>

....

imply /ɪmˈplaɪ/ v. to suggest that
something is true or that you feel or
think something, without saying so
directly 暗指；暗示
■ not mean to imply any criticism 沒
有暗示任何的批評
■ to imply agreement 暗示同意
⑥ hint; suggest
㊙ imply 的字源分析：<im: in +
ply: fold> 字源的意義是"to fold
into"，折疊進去，即「暗示」。
更多同源字見 explicit 條目。
⑰ implication n. 含意；暗指；暗示

....

impose /ɪmˈpoʊz/ v. to introduce a new
law, rule, tax, etc.; to order that a rule,
punishment, etc. be used 推行；強制實
行

■ to impose sanctions 實施制裁
■ to impose a fine 處以罰款
⑥ force; inflict
㊙ 字形類似 I'm boss（我是老大）。
助憶句：As the leader of the
expedition, she proudly stated, "I'm
boss and I'm prepared to impose
necessary rules for safety."（身為
遠征隊的領袖，她有自信地說：
「我是老大，我準備對安全實施
必要的規定。」）

....

impoverished /ɪmˈpɑː.və.ɪʃt/ adj. very
poor 赤貧的
■ impoverished villages 赤貧的村莊
⑥ poverty-stricken; penurious;
destitute
㊙ 和 poverty（貧窮）為同源字。

....

improvise /ˈɪm.prə.vaɪz/ v. to make out
of what is conveniently on hand; to
invent music, the words in a play, a
statement, etc. while you are playing or
speaking, instead of planning it in
advance 臨時做；即興做；即興表演
■ to improvise a tune 即興表演一個
曲子
■ to improvise a bucket 臨時做出一
個桶子
⑥ extemporize
㊙ 字形類似 I'm professional and
wise（我既專業又明智）。助憶
句：As a seasoned explorer, I'm
professional and wise enough to
improvise creative solutions while
navigating the wilderness.（作為
一名經驗豐富的探險家，我足夠
專業且明智，能夠在穿越荒野時

臨時想出有創意的解決方案。）

㊟ improvise 的字源分析：*<in*: not + *pro*: forward + *vid*/*vis*: see> 字源的意義是"not look ahead"，沒有事先看，即「即興表演」。♭：字根 *vid*/*vis* 的意思是 see＝看。

㊟ **improvisation** *n.* 即興創作；即興創作 *<in*: not + *pro*: forward + *vis*: see + *ation*: *n.*>

evidence *n.* 證據；證明 *<ex*: out + *vid*: see + *ence*: *n.*> 字源的意義是 "plainly seen"，可明顯看出，即「證據」。

envision *v.* 想像；展望 *<en*: make + *vision*: see> 字源的意義是 "endowed with vision"，具有視野，即「展望」。

provide *v.* 提供；預做準備 *<pro*: forward + *vide*: see> 字源的意義是"look ahead"，事先看，即「預做準備」。

supervise *v.* 監督；管理；指導 *<super*: over + *vise*: see> 字源的意義是"to look over, oversee"，在上方看，即「監督；管理」。

visible *adj.* 可以看見的 *<vis*: see + *ible*: *adj.*>

visage *n.* 臉龐 *<vis*: see + *age*: *n.*>

....

impugn /ɪmˈpjuːn/ *v.* to express doubts about whether something is right, honest, etc. 抨擊；質疑

■ *to impugn his competence* 質疑他的能力

■ *to impugn the decision* 質疑這個決定

㊀ challenge; dispute; query

㊂ 字形類似 impure（不純的）。助

憶句：The lawyer impugned the company's credibility, saying that their butter was impure.（律師指責該公司的信譽，指出他們的奶油不純。）

....

incentive /ɪnˈsen.tɪv/ *n.* something that encourages you to do something 激勵；刺激；鼓勵

■ *a strong incentive* 強烈的激勵

■ *a lack of incentive* 缺乏刺激

㊀ spur; stimulus

㊂ 讀音類似 insane（瘋狂的）。助憶句：The team found their incentive and they started to work like insane.（這個團隊找到了激勵的動力，開始瘋狂地努力。）

㊟ **incense** *n.* 香 *v.* 激怒

....

incessant /ɪnˈses.ənt/ *adj.* never stopping 連續不斷的；沒完沒了的

■ *incessant rain* 連續不斷的雨

■ *the incessant noise* 沒完沒了的噪音

㊀ ceaseless; constant

㊂ 讀音類似 in season（當季）。助憶句：Since the fruits and vegetables are in season, we have

141

an <u>incessant</u> supply of fresh produce.（因為水果和蔬菜正處於當季，我們擁有不斷供應的新鮮農產品。）

....

incidental /ˌɪn.sɪˈden.t̬əl/ *adj.* happening in connection with something else, but not as important as it, or not intended 次要的；附帶的；伴隨的
- ■ *incidental* music 背景音樂
- ■ *incidental* details 次要的細節問題
- 圓 auxiliary; peripheral
- 源 源自 incident（事件）。
- 衍 **incident** *n.* 事件

....

incite /ɪnˈsaɪt/ *v.* to encourage somebody to do something violent, illegal or unpleasant, especially by making them angry or excited 鼓動；煽動
- ■ *to incite racial hatred* 鼓動種族仇恨
- ■ *to incite the crowd* 煽動群眾
- 圓 fuel; kindle; ignite
- 記 用 excite（使激動；使興奮）來記憶 incite。助憶句：The announcement of Taylor Swift's concert certainly will <u>excite</u> the fans and <u>incite</u> them to buy tickets immediately.（泰勒絲演唱會的宣佈肯定會讓歌迷們興奮不已，並且激發他們立刻購票。）
- 衍 **cite** *v.* 舉例；引證

....

inclination /ˌɪn.klɪˈneɪ.ʃən/ *n.* a feeling that makes you want to do something 傾向；愛好；意向
- ■ *natural inclination* 天生傾向
- ■ *by inclination* 天性

圓 tendency; proneness

記 讀音類似 in cool nations（在很酷的國家）。助憶句：<u>In cool nations</u>, students are encouraged to discover their natural <u>inclinations</u> and talents.（在很酷的國家，學生受到鼓勵，去發掘自己的傾向和天賦。）

衍 **inclined** *adj.* 傾向於……的

....

incompetent /ɪnˈkɑːm.pə.t̬ənt/ *adj.* not having the skill or ability to do your job or a task as it should be done 無能力的；不勝任的
- ■ *an incompetent teacher* 不稱職的教師
- ■ *the incompetent handling of the event* 對於這個事故不稱職的處理
- 圓 inept; bungling
- 源 和 competent（有能力的；稱職的）以及 compete（競爭）為同源字。
- 衍 **incompetent** *n.* 無能力的人；不稱職的人
  compete *v.* 競爭
  competent *adj.* 有能力的；稱職的

....

incongruent /ɪnˈkɑː.ŋ.gru.ənt/ *adj.* not in agreement with something 不協調的；不和諧的；不一致的
- ■ *incongruent with our goals* 和我們的目標不一致
- 圓 incompatible; contrary
- 記 和 congruent（一致的；適合的）為同源字。記憶法見 congruent 條目。

....

inconsistent /ˌɪn.kənˈsɪs.tənt/ *adj.* not staying the same; tending to change too often 易變的;反覆無常的

- ■ *inconsistent* parents 反覆無常的父母

- (同) changeable; capricious

- (源) 源自 consistent(一貫的;始終如一的)。記憶法見 consistent 條目。

- (衍) *inconsistent* *adj.* 不一致的;不協調的

....

incorporate /ɪnˈkɔːr.pəˌeɪt/ *v.* to include something so that it forms a part of something 包含;將……包括在內

- ■ to *incorporate* the idea into the design 把這個想法包含在這個設計中

- ■ to *incorporate* the province into the empire 把這個省併入帝國之中

- (同) include; encompass

- (源) incorporate 的字源分析:<*in*: into + *corp*: body + *orate*: *v.*> 字源的意義是"to put into the body of",即「放入某個物體中」。和 incorporated(組成公司的)為同源字。incorporated 的縮寫為 "Inc.",常出現在美國企業的正式名稱上,如 Apple Inc.(蘋果)與 Tesla Inc.(特斯拉)。♭:字根 *corp* 的意思是 body, form = 主體;體;形式。

- (衍) **corporal** *adj.* 身體的;肉體的 <*corporal*: body>
  corporation *n.* 大公司;大集團 <*corpora*: body + *tion*: *n.*> 字源的意義是"persons united in a body",即「眾人聚合成一體」。
  corporeal *adj.* 物質的;有形的;

身體的 <*corpore*: body + *al*: *adj.*> 字源的意義是"of the nature of a body",即「身體的特質」。
  corpulent *adj.* 肥胖的 <*corp*: flesh + *ulent*: full of> 字源的意義是 "full of flesh",即「胖的」。
  corps *n.* 特種部隊;軍(團) <*corps*: body>
  corpse *n.* 屍體 <*corps*: body>

....

incorrigible /ɪnˈkɔːr.ə.dʒə.bəl/ *adj.* having bad habits that cannot be changed or improved 無可救藥的;難以矯正的;無法改正的

- ■ an *incorrigible* liar 屢教不改的說謊者

- ■ *incorrigible* optimism 無可救藥的樂觀

- (同) incurable; hopeless

- (源) incorrigible 的字源分析:<*in*: not + *corrig*: correct + *ible*: *adj.*> 字源的意義是"not to be corrected",無法修正的,即「無法改正的」。更多同源字見 regulate 條目。

- (衍) **correct** *adj.* 正確的 <*com*: intensive + *rect*: straight>

....

incubate /ˈɪŋ.kjə.beɪt/ *v.* (of a bird) to sit on its eggs in order to keep them warm until they hatch 孵(卵);孵化

- ■ to *incubate* the eggs 孵卵

- (同) brood

- (記) 字形類似 in(在……裡)+ cube(立方體)。助憶句:The mother bird will incubate her eggs in a cube-shaped space.(母鳥會在一個立方體空間裡孵蛋。)

indefatigable /ˌɪn.dɪˈfæt̬.ɪ.gə.bəl/ *adj.*
never giving up or getting tired of doing
something 不倦的；不屈不撓的

- ■ *an indefatigable campaigner* 一個
  不屈不撓的運動倡導者
- Ⓢ untiring; unflagging
- Ⓔ 和 fatigue（疲憊；勞累）為同源
  字。indefatigable 的字源分析：
  <*in*: not + *de*: utterly + *fatig*:
  tired + *able*: adj.> 字源的意義是
  "not tire out"，即「不疲倦的」。
- Ⓓ **fatigue** *n.* 疲憊；勞累

indigenous /ɪnˈdɪdʒ.ə.nəs/ *adj.* growing,
produced, living, or occurring natively
or naturally in a particular region or
environment 當地的；本土的；土生土
長的

- ■ *indigenous to this island* 這個島特
  有的
- ■ *the indigenous people* 原住民
- Ⓢ native; domestic
- Ⓜ 讀音類似 in the genes（在基因
  裡）。助憶句：Experts explained
  that certain traits were in the genes
  of the indigenous people.（專家解
  釋，某些特徵就在這些原住民的
  基因裡。）

indisputable /ˌɪn.dɪˈspjuː.t̬ə.bəl/ *adj.*
that is true and cannot be disagreed with
or denied 不容置疑的；無可爭辯的

- ■ *indisputable skill* 不容置疑的技藝
- ■ *an indisputable fact* 無可爭辯的事
  實
- Ⓢ undeniable; irrefutable
- Ⓜ 讀音類似 in the stable（在馬廄
  裡）。助憶句：The legendary king
  was born in the stable, and this fact
  is considered indisputable among
  historians.（這個傳奇的國王出生
  在馬廄裡，這個事實歷史學家都
  視為無可爭議的。）
- Ⓓ **dispute** *n.* 爭執；爭端；糾紛

indomitable /ɪnˈdɑː.mə.t̬ə.bəl/ *adj.* not
willing to accept defeat, even in a
difficult situation; very determined and
brave 不屈不撓的；勇敢堅定的

- ■ *indomitable determination* 勇敢堅
  定的決心
- ■ *an indomitable spirit* 不屈不撓的
  精神
- Ⓢ invincible; impregnable
- Ⓔ indomitable 的字源分析：<*in*: not
  + *domit*: tame, rule + *able*: adj.>
  字源的意義是"that cannot be
  tamed"，無法馴服的，即「不屈
  不撓的」。更多同源字見 domestic
  條目。
- Ⓓ **dome** *n.* 圓頂 <*dome*: house>
  dominion *n.* 控制；統治；支配
  <*dome*: rule>

induction /ɪnˈdʌk.ʃən/ *n.* the process of
introducing somebody to a new job,

skill, organization, etc.; a ceremony at which this takes place 就任；入門；接納會員；就職儀式

■ *an **induction** program* 入門指導計畫

■ *the bishop's **induction*** 主教的就任

[同] introduction; inauguration

[記] 在 introduction（介紹；引見）中找到 induction 這個字。助憶句：The host began the induction ceremony with a brief introduction.（主持人以簡短的介紹開始入職儀式。）

[衍] **induction** *n.* 誘發；歸納法

induce *v.* 誘使；導致

industrious /ɪnˈdʌs.tri.əs/ *adj.* working hard 勤勞的；勤奮的

■ ***industrious** workers* 勤奮的工人

[同] diligent; assiduous; hard-working

[源] 源自 industry（工業；產業；勤奮）。

ineffective /ˌɪn.ɪˈfek.tɪv/ *adj.* not having any effect; not achieving what you want to achieve 不起作用的；無效果的；不奏效的

■ ***ineffective** management* 無效管理

[同] abortive; futile

[源] 源自 effect（效果；影響）。

[衍] **effective** *adj.* 有效的

inevitable /ˌɪnˈev.ə.t̬ə.bəl/ *adj.* that you cannot avoid or prevent 不可避免的；必然發生的

■ *the **inevitable** outcome* 必然的結果

■ *it is **inevitable** that* 某件事情是必然發生的

[同] unavoidable; certain

[記] 讀音類似 in every timetable（在每個時間表中）。助憶句：For students, there lies the inevitable challenge of balancing academics and extracurricular activities in every timetable.（對學生而言，在每個時間表中，都存在著必然的挑戰，必須平衡學業與課外活動。）

infamous /ˈɪn.fə.məs/ *adj.* well known for being bad or evil 臭名昭著的；聲名狼藉的

■ ***infamous** for his cruelty* 他因殘暴而聲名狼藉

[同] notorious

[源] 源自 famous（著名的；出名的）。

infectious /ɪnˈfek.ʃəs/ *adj.* (of a disease) able to be passed from one person, animal, or plant to another （人或動植物）傳染的；具傳染性的

■ ***infectious** laughter* 具有傳染力的笑聲

■ *an **infectious** disease* 傳染病

[同] contagious; transmittable

[記] 讀音類似 in fact, she is（事實上，她是）。想像一個尚未完全康復的病人。助憶句：In fact, she is still infectious.（事實上，她仍然是有傳染性的。）

[衍] **infect** *v.* 傳染；感染

infer /ɪnˈfɜːr/ *v.* to reach an opinion or decide that something is true on the basis of information that is available 推

斷；推論；推理

- *to **infer** his motives from the context* 從脈絡推論他的動機

[同] deduce; surmise

[記] 讀音類似 in for（即將遭遇）。助憶句：With the storm clouds gathering, I can infer that we are in for a rough night.（隨著暴風雲的聚集，我可以推斷我們即將遭遇一個艱難的夜晚。）

[衍] **inference** *n.* 推斷；推論
inferential *adj.* 推論的；推論上的；推理的

inferior /ɪnˈfɪr.i.ɚ/ *adj.* not good or not as good as somebody or something else 差的；比……不如的

- *to feel **inferior** to her friend* 覺得比她的朋友差
- *socially **inferior*** 社會地位低下的

[同] lower

[源] 字源分析見 infrastructure 條目。

[衍] **inferiority** *n.* 下等；劣勢
infrastructure *n.* 基礎建設

inflate /ɪnˈfleɪt/ *v.* to fill something or become filled with gas or air （使）充氣；(使）膨脹

- *to **inflate** the balloon* 把汽球充氣
- *to **inflate** one's ego* 膨脹自我

[同] pump up

[記] 讀音類似 in-flight（飛行的）。助憶句：In preparation for the in-flight journey, the crew started to inflate the hot-air balloon.（為了做好飛行的準備，工作人員開始將熱氣球充氣。）

[衍] **inflation** *n.* 通貨膨脹

influence /ˈɪn.flu.əns/ *n.* the effect that somebody or something has on the way a person thinks or behaves or on the way that something works or develops 影響；作用；有影響的人或物

- *to exercise **influence*** 發揮影響力
- *to have a good **influence** on kids* 對孩子有好的影響

[同] effect; impact

[源] 和 fluid（液體）以及 flow（流；流動）為同源字。influence 的字源分析：<*in*: in + *flu*: flow + *ence*: *n.*> 字源的意義是“a flowing in”，星體空靈的能量流入一個人的身體中，即「影響」。

[衍] **fluid** *n.* 液體
flow *n.* 流；流動
influenza *n.* 流行性感冒

infrastructure /ˈɪn.frəˌstrʌk.tʃə/ *n.* the basic systems and services that are necessary for a country to run smoothly, for example buildings, transport and water and power supplies 基礎建設

■ the *country's* **infrastructure** 這個國家的基礎建設

圓 base; groundwork

源 infrastructure 的字源分析：<*infra*: under, below + *structure*: building, order> 字源的意義是 "the installations that form the basis"，即「基礎設施」。

衍 **inferior** *adj.* 差的；比……不如的 <*infra*: under, below>
superstructure *n.* 上部結構；上層建築物 <*super*: over, above + *structure*: building, order>

infringe /ɪnˈfrɪndʒ/ *v.* to break a law or rule 違反；違背

■ *to* **infringe** *the regulations* 違反規章

圓 transgress; violate

記 讀音類似 in French（講法文）。助憶句：The French teacher jokingly told the students, "In the classroom, your response must be in French. Otherwise, you infringe the rules of this class."（法文老師開玩笑告訴學生，「在這個教室裡，你們只能講法文。否則，你們就是違反這堂課的規定。」）

衍 **infringement** *n.* 違反；違背

ingenious /ɪnˈdʒiː.ni.əs/ *adj.* very suitable for a particular purpose and resulting from clever new ideas 靈巧的；精巧的；巧妙的

■ *an* **ingenious** *device* 巧妙的裝置

圓 inventive; original

記 字形同 oh, the Indian genius（噢，這個印度天才）。記得把 oh 的 o 放到 genius 中。助憶句：Oh, the Indian genius introduced an ingenious device.（噢，這個印度天才展示了一個精巧的裝置。）

衍 **gene** *n.* 基因
genus *n.*（動植物的）屬

ingenuous /ɪnˈdʒen.ju.əs/ *adj.* honest, innocent and willing to trust people 天真的；坦率的

■ *an* **ingenuous** *smile* 天真的微笑

圓 naïve; innocent

記 把 ingenuous（天真的；坦率的）和 ingenious（精巧的；巧妙的）一起記憶。這樣記：ingenuous（天真的；坦率的）= genuine（真誠的）。ingenious 的記憶法見 ingenious 條目。

ingratiate /ɪnˈɡreɪ.ʃi.eɪt/ *v.* to do things in order to make somebody like you, especially somebody who will be useful to you 討好；奉承

- *to **ingratiate** himself with his boss*
  他討好他的老闆
- 回 toady to; fawn over
- 記 字形類似 in gray attire（穿灰色服
  裝）。助憶句：The reason why
  they are all dressed in gray attire is
  that they want to ingratiate
  themselves with their boss, Mr.
  Gray.（他們穿灰色服裝的原因是
  希望討好他們的老闆，格雷先
  生。）

....

inhabit /ɪnˈhæb.ɪt/ *v.* to live in a place
居住於
- *to **inhabit** the area* 住在這個地區
- 回 occupy; live in; reside in
- 記 讀音類似 in happy hearts（在快樂
  的心靈裡）。助憶句：In happy
  hearts, joy and contentment inhabit
  every corner.（在快樂的心靈裡，
  喜悅和滿足定居在每一個角
  落。）

....

inherent /ɪnˈhɪr.ənt/ *adj.* existing as a
natural or basic part of something 內在
的；固有的；生來就有的
- *__inherent__ flaws* 天生的缺陷
- 回 intrinsic; innate
- 記 字形類似 in here（在這裡）。想

像冰棒彼此間的對話。助憶句：
The popsicle told his friends, "The
reason why it is cold in here is that
we have an inherent coldness."（冰
棒告訴他的朋友：「這裡為什麼
這麼冷，是因為我們天生就寒
冷。」）♭：字根 her 的意思是
stick = 黏附。

- 衍 **coherent** *adj.* 一致的；連貫的
  <*co*: together + *herent*: stick>
  cohesion *n.* 凝聚力；團結 <*co*:
  together + *hes*: stick + *ion*: *n.*>
  adhere *v.* 黏附；遵守 <*ad*: to +
  here: stick>

....

inheritance /ɪnˈher.ɪ.təns/ *n.* the
reception of genetic qualities by
transmission from parent to offspring 遺
傳特徵；遺傳
- *the **inheritance** of traits* 特徵遺傳
- 回 legacy
- 記 用 inherent（固有的；生來就有
  的）來記憶 inheritance。記憶法
  見 inherent 條目。
- 衍 **inheritance** *n.* 繼承的遺產
  inherit *v.* 繼承；經遺傳而得到

....

inhibit /ɪnˈhɪb.ɪt/ *v.* to prevent something
from happening or make it happen more

slowly or less frequently than normal; to prevent someone from doing something 抑制;約束;使……有顧忌

- ■ *to **inhibit** future research* 抑制未來的研究
- ■ *to **inhibit** people from talking about the matter* 使人們有所顧忌而不敢談論此事
- 圓 hinder; obstruct
- 記 讀音類似 in his pit of self-doubt（他的自我懷疑的洞穴中）。助憶句：Tom was trapped in his pit of self-doubt, which really inhibited his creativity.（湯姆受困在他的自我懷疑的洞穴中，這的確抑制了他的創造力。）
- 衍 **inhibition** *n.* 拘束;顧忌

....

initial /ɪˈnɪʃ.əl/ *adj.* happening at the beginning 開始的;最初的

- ■ *initial reports* 最初的報導
- ■ *his **initial** reaction* 他一開始的反應
- 圓 beginning; embryonic
- 記 讀音類似 in itself（本身）。助憶句：The technology, in itself, was unprecedented, showing the initial signs of success.（這個科技本身是前所未見的，這顯示了初步的成功跡象。）
- 衍 **initiate** *v.* 開始;創始

....

innate /ɪˈneɪt/ *adj.* (of a quality, feeling, etc.) that you have when you are born 天生的;固有的

- ■ *her **innate** kindness* 她天生的仁慈
- ■ *the **innate** ability* 天生的能力
- 圓 inborn; natural; inherent

源 和 native（土生土長的）以及 nature（天性;性格;大自然）為同源字。ᕲ：字根 *nat* 的意思是 birth = 出生。

衍 **native** *adj.* 土生土長的;本地的;土著的 *n.* 本地人;土著;土生植物;本地的動物
nature *n.* 天性;性格;大自然
nation *n.* 國家;民族

....

innovation /ˌɪn.əˈveɪ.ʃən/ *n.* the introduction of new things, ideas or ways of doing something 新觀念;新方法;創新

- ■ *the latest **innovations*** 最新的發展
- ■ *creative **innovations*** 創意的新方法
- 圓 invention; creation
- 源 和 nova（新星）以及 novel（新穎的;新奇的）為同源字。
- 衍 **innovative** *adj.* 創新的;革新的;新穎的
novel *adj.* 新穎的 *n.* 小說

....

inordinate /ɪˈnɔːr.dən.ət/ *adj.* far more than is usual or expected 過度的

- ■ *an **inordinate** amount of time* 太多時間
- ■ *inordinate protection* 過度保護
- 圓 excessive
- 源 和 order（整齊有序;）以及 ordinary（普通的;平常的）為同源字。inordinate 的字源分析：<*in*: not + *ordinate*: order> 字源的意義是"not ordered"，沒有次序的，即「過度的」。
- 衍 **ordinary** *adj.* 普通的;平常的

....

inquiry /ˈɪŋ.kwɚ.i/ *n.* a request for information about somebody or something; a question about somebody or something 詢問;打聽

■ *to make* **inquiries** *about the cost* 詢問價格

回 query

記 讀音類似 inner quest（內在的追求）。助憶句：The young scholar was going on an <u>inner quest</u>, driven by the desire to seek truth through deep <u>inquiry</u>.（這個年輕學者被尋求真理的渴望所驅使，正透過深入的探究來進行內在的追求。）

衍 **inquiry** *n.* 調查;查究

....

inscrutable /ɪnˈskruː.t̬ə.bəl/ *adj.* impossible to understand or interpret 不可測度的;難以捉摸的

■ *an* **inscrutable** *smile* 難以捉摸的微笑

回 enigmatic; impenetrable

記 記憶法見 scrutinize 條目。

衍 **scrutiny** *n.* 細看;仔細審查

....

insidious /ɪnˈsɪd.i.əs/ *adj.* proceeding in a gradual, subtle way, but with very harmful effects 潛伏的;隱伏的;暗中危害的

■ *an* **insidious** *problem* 一個潛伏的問題

回 cunning; stealthy

源 和 inside（內部的）為同源字。insidious 的字源分析：<*in*: in + *sid*: sit + (*i*)*ous*: adj.> 字源的意義是"to sit on"，坐著，即「潛伏的」。♭：字根 *sed/sid* 的意思是 sit = 坐。

㊙ **assiduous** *adj.* 勤奮的;勤勉不懈的 <*ad*: to + *sidu*: sit + *ous*: adj.> 字源的意義是"to sit down"，坐下來專注於工作，即「勤奮的」。

besiege *v.* 圍攻;圍困;煩擾 <*be*: by + *siege*: sit>

dissident *n.* 異議人士;持不同意見者 <*dis*: apart + *sid*: sit + *ent*: n.> 字源的意義是"to sit apart"，分開坐，即「持不同意見者」。

sedulous *adj.* 勤勉的;專注的 <*sed*: sit + *ulous*: adj.>

sedentary *adj.* 久坐的;坐著工作的 <*sed*: sit + *entary*: adj.>

session *n.* 會議;開庭;一段時間 <*ses*: sit + *sion*: n.>

subside *v.* 平息;緩和;下陷 <*sub*: under + *side*: sit, settle>

....

insinuate /ɪnˈsɪn.ju.eɪt/ *v.* to suggest indirectly that something unpleasant is true 含沙射影地說;影射;暗指

■ *an* **insinuating** *smile* 意味深長的微笑

■ *to* **insinuate** *that* 暗指某件事

回 imply; hint

記 讀音類似 <u>insi</u>de the <u>news</u>（在新聞中）。助憶句：We should pay attention to the tone used <u>insi</u>de the <u>news</u> as sometimes journalists may <u>insinuate</u> more than they explicitly state.（我們應該注意新聞中使用的語氣，因為有時記者可能比明確陳述的還暗指更多東西。）

衍 **insinuating** *adj.* 含沙射影的

....

insurmountable /ˌɪn.sɚˈmaʊn.t̬ə.bəl/ *adj.* (of difficulties, problems, etc.) that cannot be dealt with successfully 難以克服的；不可逾越的

- ■ *insurmountable difficulties* 難以克服的困難
- ■ *an insurmountable barrier* 一個不可逾越的障礙
- 回 unconquerable; invincible
- 源 和 mountain（山）為同源字。insurmountable 的字源分析：<*in*: not + *sur*: beyond + *mount*: go up + *able*: adj.> 字源的意義是"cannot go beyond"，無法爬過去，即「不可逾越的」。
- 衍 **surmount** v. 克服（困難）；解決
  mount v. 騎上（馬或腳踏車）；登上

....

integral /ˈɪn.tə.grəl/ *adj.* being an essential part of something 必需的；不可或缺的；構成整體所必要的

- ■ *an integral part of the theme park* 這個主題公園不可或缺的部份
- ■ *integral to their social life* 他們的社交生活中必不可少的
- 回 essential; fundamental; vital
- 源 字源分析見 tangible 條目。

....

integration /ˌɪn.təˈgreɪ.ʃən/ *n.* the act or process of combining two or more things so that they work together 融和；整合

- ■ *political integration* 政治融合
- ■ *to encourage racial integration* 鼓勵種族融合
- 回 combination; merger
- 源 integration 的字源分析：<*in*: not + *tegr*: touch + *ation*: n.> 字源的意義是"untouched"，未被接觸的，

即「完整」。更多同源字見 tangible 條目。

....

integrity /ɪnˈteg.rə.ti/ *n.* the quality of being honest and having strong moral principles 正直；誠實

- ■ *a man of integrity* 正直的人
- 回 honesty; uprightness
- 記 integrity 的字源分析：<*in*: not + *tegr*: touch + *ity*: n.> 字源的意義是 "untouched"，未被碰觸的，即「正直」。更多同源字見 tangible 條目。
- 衍 **integral** *adj.* 必需的；不可或缺的；構成整體所必要的

....

intelligible /ɪnˈtel.ə.dʒə.bəl/ *adj.* that can be easily understood （言語、文章）明白易懂的

- ■ *barely intelligible* 幾乎無法理解
- ■ *intelligible even to young children* 甚至小孩也能懂
- 回 understandable; comprehensible
- 源 和 intelligence（智力；智慧）為同源字。智力（intelligence）可以理解的文章或語言就是明白易懂的（intelligible）。

....

intensity /ɪnˈten.sə.ti/ *n.* the state or quality of being intense; the strength of something, for example light, that can be measured 強烈；劇烈；強度

- ■ *to increase in intensity* 強度增加
- ■ *the intensity of the attacks* 這些攻擊的強度
- 回 strength; power; potency
- 源 見 tenuous 條目。

....

intercept /ˌɪn.tɚˈsept/ *v.* to stop somebody or something that is going from one place to another from arriving 攔截；截住

- ■ *to intercept his pass* 攔截他的傳球
- ■ *to intercept several missiles* 攔截數枚飛彈
- 回 seize; grab
- 題 和 accept（接受）為同源字。intercept 的字源分析：<*inter*: between + *cept*: seize, take> 字源的意義是 "to seize between"，在中間抓住，即「攔截」。

....

intermittent /ˌɪn.tɚˈmɪt.ənt/ *adj.* stopping and starting often over a period of time, but not regularly 間歇的；斷斷續續的

- ■ *intermittent rain* 陣雨
- ■ *the intermittent light* 斷斷續續的光線
- 回 sporadic; fitful; disconnected
- 題 讀音類似 into my tent（進入我的帳篷中）。助憶句：The fireflies are dancing in the dark, casting intermittent flashes of light into my tent.（螢火蟲在黑暗中飛舞，間歇性的閃光投射到我的帳篷之中。）

interpret /ɪnˈtɜː.prɪt/ *v.* to explain the meaning of something 理解；解釋；闡釋

- ■ *to interpret the poem* 詮釋這首詩
- ■ *to interpret the figures* 解說這些數字
- 回 explain; elucidate; illuminate
- 題 讀音類似 in her pit（在她的坑洞裡）。助憶句：The geologist stayed in her pit for a few days, trying to interpret the geological significance of the rock formations.（地質學家在她的坑洞裡待了幾天，試著解釋這些岩石構成的地質意義。）

- 衍 **interpretation** *n.* 解釋；闡釋；詮釋

....

intervene /ˌɪn.tɚˈviːn/ *v.* to take part in something so as to prevent or alter a result or course of events 干涉；調停；介入

- ■ *to intervene in a dispute* 調停爭端
- 回 intercede
- 題 字形類似 internal conflicts between（之間的內部衝突）。助憶句：He said he would intervene to solve the internal conflicts

between the members.（他說他會介入調停成員之間的內部衝突。）☞：字根 *ven* 的意思是 come, go = 來；去。

[衍] **convention** *n.* 傳統；大會 <*con*: together + *ven*: come + *tion*: *n.*>
advent *n.* 出現 <*ad*: to + *vent*: come>
circumvent *v.* 逃避；規避；繞過 <*circum*: circle, around + *vent*: go>
adventure *n.* 冒險；歷險 <*ad*: to + *vent*: go + *ure*: *n.*>
avenue *n.* 大街；林蔭大道 <*ad*: to + *venue*: come>

....

intrepid /ɪnˈtrep.ɪd/ *adj.* characterized by resolute fearlessness, fortitude, and endurance 勇猛的；無畏的

■ ***intrepid** explorers* 無畏的探險者

[同] fearless; undaunted

[記] 讀音類似 in his triple-A debut（在他的 3A 聯盟初登場中）。助憶句：With an intrepid spirit, the young pitcher showed his talent in his triple-A debut.（憑藉無畏的精神，這個年輕投手在他的 3A 聯盟初登場中展現了他的天賦。）

....

intricate /ˈɪn.trə.kət/ *adj.* having a lot of different parts and small details that fit together 錯綜複雜的；複雜精細的；難理解的

■ *an **intricate** network* 錯綜複雜的網絡

■ ***intricate** patterns* 複雜精細的圖案

[同] complicated; labyrinthine

[記] 字形類似 in a trick（在一個詭計之中）。助憶句：The detective found herself caught in a trick as she tried to solve the intricate puzzle left by the cunning criminal.（這名偵探在試圖解開狡猾罪犯留下的複雜謎題時，發現自己陷入了一個詭計之中。）

[衍] **extricate** *v.* 使擺脫；解救

....

invariable /ɪnˈver.i.ə.bəl/ *adj.* staying the same and never changing 不變的；始終如一的

■ *an **invariable** principle* 不變的原則

[同] unchanging; consistent

[源] 和 various（各式各樣的）為同源字。

[衍] **vary** *v.* 改變；呈現差異；使不同
various *adj.* 各式各樣的

....

invasive /ɪnˈveɪ.sɪv/ *adj.* tending to spread especially in an aggressive manner 侵襲的；侵入的

■ ***invasive** species* 侵入的物種

■ ***invasive** diagnostic techniques* 侵入性的診斷技術

[同] intrusive

[記] 讀音類似 in vast caves（在巨大的洞穴中）。助憶句：They found

invasive species in vast caves.（他們在巨大的洞穴中發現了入侵的物種。）

㊂ **invade** *v.* 入侵；侵略

....

investigate /ɪnˈves.tə.geɪt/ *v.* to examine the facts of a situation, an event, a crime, etc. carefully to find out the truth about it or how it happened 調查；審查

■ to **investigate** the murder 調查這個謀殺案

㊋ inquire into; probe

㊏ 字形類似 invest（投資）。助憶句：Before you invest in any venture, you should investigate the market thoroughly.（在你投資任何事業之前，你應該徹底調查市場。）

....

inveterate /ɪnˈvet̬.ɚ.ət/ *adj.* (of a person) always doing something and unlikely to stop; (of a bad feeling or habit) done for a long time and unlikely to change 積習難改的；根深蒂固的

■ an **inveterate** liar 積習難改的說謊者

■ **inveterate** notions 根深蒂固的觀念

㊋ ingrained; incurable; deep-rooted

㊏ 讀音類似 in the Victorian era（在維多利亞時期）。助憶句：In the Victorian era, the cult of the home was an inveterate force shaping the culture of the time.（在維多利亞時期，家庭崇拜是塑造當時的文化的一股根深蒂固的力量。）

....

invidious /ɪnˈvɪd.i.əs/ *adj.* likely to arouse or incur resentment or anger in others 可能招致不滿的；易引起反感的

■ in an **invidious** position 置身招人反感的景況

㊋ unpleasant; awkward

㊏ 字形類似 insidious（潛伏的；隱伏的；暗中危害的）。助憶句：Since his comments were regarded as insidious sexism, he is now in an invidious position.（因為他的話被視為隱含性別歧視，所以他現在置身招人反感的景況。）記憶法見 insidious 條目。

....

invincible /ɪnˈvɪn.sə.bəl/ *adj.* too strong to be defeated or changed 無敵的；不可征服的；無法阻擋的

■ **invincible** optimism 無法阻擋的樂觀

■ to look **invincible** 看起來戰無不勝

㊋ unconquerable

㊐ 記憶法見 vanquish 條目。

....

invoke /ɪnˈvoʊk/ *v.* to make someone have a particular feeling or remember something 喚起；引起；使記起

■ to **invoke** passion 引發熱情

㊋ beget; induce

㊏ 讀音類似 in vogue（流行）。助憶句：Since nostalgia is back in vogue, many cafes play the music of the Beatles and the Beach Boys to invoke the memories of the 1960s.（因為懷舊風再度流行，很多咖啡廳播放披頭士和海灘男孩的音樂來喚起 1960 年代的回憶。）

㊙ **invoke** *v.* 援引（法律）；借助於（神靈）

....

irascible /ɪˈræs.ə.bəl/ *adj.* becoming angry very easily 易怒的；性情暴躁的
■ *an irascible manager* 性情暴躁的經理
㊀ irritable; testy
㊚ 字形類似 I raise my voice（我大聲地說）。助憶句："I raise my voice now and without fear," said the speaker, revealing his irascible nature during the debate.（「我現在大聲地說，毫無懼色，」演講者說道，在辯論中展現出他易怒的本性。）

....

irksome /ˈɜːk.səm/ *adj.* annoying 令人厭倦的；使人不耐煩的
■ *irksome habits* 討人厭的習慣
■ *an irksome journey* 令人厭倦的旅程
㊀ irritating; annoying; vexing
㊚ 讀音類似 the earth's hum（地球的嗡嗡聲）。助憶句：The residents of the town found the constant vibration of the Earth, known as the Earth's hum, to be incredibly irksome.（這個城鎮的居民發現地球的持續震動，也就是人們知道的地球的嗡嗡聲，極度令人討厭。）
㊙ **irk** *v.* 使厭煩；使惱火

....

irony /ˈaɪ.rə.ni/ *n.* the funny or strange aspect of a situation that is very different from what you expect; a situation like this 諷刺；反語；令人啼笑皆非的事

情
■ *the irony is that* 令人啼笑皆非的是
■ *the irony of the title* 標題的諷刺
㊀ sarcasm; satire
㊚ 用 iron（鐵）來記憶 irony。助憶句：He declared himself "the iron man" of punctuality, but he arrived late to every meeting, creating a sense of irony among his colleagues.（他自稱「準時的鐵人」，卻每次參加會議都遲到，這讓同事們感到一絲諷刺。）
㊙ **ironic** *adj.* 具有諷刺意味的；令人啼笑皆非的

....

irreplaceable /ˌɪr.əˈpleɪ.sə.bəl/ *adj.* too valuable or special to be replaced 不可替代的；獨一無二的
■ *an irreplaceable contribution* 無可取代的貢獻
㊀ invaluable
㊐ 和 place（放置）以及 replace（取代）為同源字。
㊙ **replace** *v.* 取代；代替

....

irresolute /ɪˈrez.əl.uːt/ *adj.* not able to decide what to do 猶豫不決的；優柔寡斷的
■ *an irresolute reply* 猶豫不決的回答
㊀ indecisive; hesitant; vacillating
㊐ 源自 resolute（堅決的；有決心的）。記憶法見 resolve 條目。
㊙ **resolve** *v.* 決心；決定 *n.* 決心；堅定的信念

....

irreversible /ˌɪr.əˈvɜː.sə.bəl/ *adj.* that

cannot be changed back to what it was before 不可逆轉的；不可改變的

- ■ *irreversible damage* 不可逆轉的傷害
- 🔄 irreparable; unalterable
- 🧠 記憶法見 adversity 條目。

....

irrigate /ˈɪr.ə.ɡeɪt/ *v.* to supply water to land or crops to help growth, typically by means of channels 灌溉

- ■ *irrigated land* 已經灌溉的土地
- 🔄 water
- 🧠 讀音類似 it rained（下雨）。助憶句：It rained and the plants were irrigated.（下雨了，植物得到灌溉。）

....

itinerary /aɪˈtɪn.ə.rer.i/ *n.* a plan of a journey, including the route and the places that you visit 行程；旅行計畫；路線

- ■ *a detailed itinerary* 詳細的旅行計畫
- 🔄 diary; journal; route
- 🧠 字形類似 it（它）+ new literary work（新的文學作品）。想像某個旅行社的旅行計畫表寫得像是個文學作品。助憶句：The

itinerary is creative. We almost consider it a new literary work.（這個旅行計畫表很有創意。我們幾乎把它當成新的文學作品了。）

- 🏷 **itinerant** *adj.* 巡迴的 <*it*: go + *inerant*: *adj.*> 字源的意義是"to go"，走，即「巡迴的」。
  sedition *n.* 煽動叛亂的言論（或行為）<*se(d)*: apart + *it*: go + *ion*: *n.*> 字源的意義是"going apart"，分離，即「煽動叛亂的言論」。
  transience *n.* 短暫 <*trans*: across, beyond + *i*: go + *ence*: *n.*> 字源的意義是"going across"，通過某處而未停留，即「短暫」。

....

J

jargon /ˈdʒɑːr.gən/ *n.* expressions or words that are used by a particular profession or group of people, and are difficult for others to understand 行話；行業術語

- ■ *technical **jargon*** 技術的術語
- 🔄 terminology
- 🔖 讀音類似 jar tycoon（罐子大亨）。助憶句：He is a jar tycoon, and he knows all the jargon of the jar industry.（他是罐子大亨，他熟知罐子產業中全部的行業術語。）

jaundiced /ˈdʒɔːn.dɪst/ *adj.* not expecting somebody or something to be good or useful, especially because of experiences that you have had in the past 有偏見的；狹隘的

- ■ *a **jaundiced** view* 狹隘的觀點
- ■ *with a **jaundiced** eye* 以一種有偏見的眼光
- 🔄 cynical; disillusioned
- 🔖 讀音類似 join（加入）+

prejudiced（有偏見的）。助憶句：He advised the beginning reporters not to join the prejudiced side and to avoid any jaundiced reporting.（他建議初出茅廬的記者，不要加入偏見的一方，避免任何褊狹的報導。）
- 🔄 **jaundiced** *adj.* 患黃疸病的

jeopardy /ˈdʒep.ɚ.di/ *n.* hazard or risk of or exposure to loss, harm, death, or injury 危險

- ■ *in **jeopardy*** 處於危險之中
- 🔄 danger; precariousness
- 🔖 jeopardy 和 leopard（豹）的字形部分相同。助憶句：These leopards are in jeopardy of losing their habitat.（這些豹正處於失去棲地的危險。）

- 🔄 **jeopardize** *v.* 危及；損害

jettison /ˈdʒet.ə.sən/ *v.* to throw something out of a moving plane or ship to make it lighter 拋棄；扔掉；投棄（貨物、燃料或裝備）

- ■ *to **jettison** the fuel* 投棄燃料
- 🔄 discard; dump
- 🔄 jettison 的字源分析：*<jet: throw>*

字源的意義是"throw"，即「拋出；丟」。🔖：用 jet plane（噴射機）來記憶 *jet* 字根。噴射機是拋飛出去的飛機，所以字根 *jet* 的意思是 throw = 拋；丟。

🔖 **abject** *adj.* 卑躬屈膝的；下賤的；可憐的 <*ab*: away + *ject*: throw> 字源的意義是"to throw away"，可丟掉的，即「下賤的；可憐的」。

dejected *adj.* 沮喪的；失意的 <*de*: down + *ject*: throw + *ed*: adj.> 字源的意義是"to throw or cast down"，被丟棄，即「沮喪的」。

reject *v.* 拒絕接受；拒收；不錄用；不相信 <*re*: back + *ject*: throw> 字源的意義是"to throw back"，丟回去，即「拒絕接受」。

project *n.* 方案；研究 <*pro*: forward + *ject*: throw> 字源的意義是"something thrown forth"，先拋出的東西，即「方案」。

inject *v.* 注射 <*in*: in + *ject*: throw>

interjection *n.* 插話；感嘆詞 <*inter*: between + *jection*: throw>

ejaculate *v.* 突然說出；射精 <*ex*: out + *jacul*: throw + *ate*: v.>

object *n.* 實體；目標；客體；受詞 <*ob*: against + *ject*: throw>

·····

jibe /dʒaɪb/ *n.* an unkind or offensive remark about somebody 嘲諷；嘲弄

■ *cheap jibes* 低級的嘲諷

🔄 taunt; sneer

📖 也拼成 gibe，見 gibe 條目。

·····

judicious /dʒuːˈdɪʃ.əs/ *adj.* careful and

sensible; showing good judgement 明智而審慎的；明斷的

■ *the judicious use of antibiotics* 審慎使用抗生素

■ *a judicious policy* 明智的政策

🔄 sensible; prudent

📖 和 judge（法官）為同源字。

🔖 **judge** *n.* 法官；裁判
jurisdiction *n.* 司法權；管轄權；審判權
prejudice *n.* 偏見

·····

juggernaut /ˈdʒʌg.ə.nɔːt/ *n.* a very large lorry; a large and powerful force or institution that cannot be controlled 重型貨車；不可抗拒的強大力量或組織

■ *technological juggernauts* 科技巨擘

🔄 campaign; enterprise; drive

📝 讀音類似 Jungle Nuts（叢林堅果，肯亞的一家堅果公司）。助憶句：Jungle Nuts has emerged as a juggernaut in the macadamia industry.（叢林堅果公司已經成為堅果業中不可抗拒的強大力量。）

·····

jurisdiction /ˌdʒʊr.ɪsˈdɪk.ʃən/ *n.* the

authority that an official organization has to make legal decisions about somebody or something 司法權；管轄權；審判權

- *to exercise its **jurisdiction*** 實施其管轄權
- *to fall within their **jurisdiction*** 屬於他們的管轄權

(同) authority; dominion; administration

(記) 讀音類似 jury's decision（陪審團的判決）。助憶句：The court's <u>jurisdiction</u> determines the validity of the <u>jury's</u> <u>decision</u>.（法院管轄權決定陪審團判決的有效性。）

(衍) **judicious** *adj.* 明智而審慎的
prejudice *n.* 偏見

....

juxtapose /ˌdʒʌk.stəˈpoʊz/ *v.* to put people or things together, especially in order to show a contrast between them 把（不同的事物）並置；把……並列

- *to **juxtapose** paintings by different artists* 把不同藝術家的畫作並置

(同) mix; contrast

(記) 讀音類似 just a pose（只是一個姿勢）。助憶句：Sometimes it is <u>just</u> <u>a</u> <u>pose</u> by the models, but it can create the effect of <u>juxtaposition</u> of very different fashion styles.（有

時候這只是模特兒的一個姿勢，但它可以產生不同的時尚風格並置的效果。）

(源) juxtapose 的字源分析：<*juxta*: beside, join + *pose*: put, place> 字源的意義是 "place side by side"，放在旁邊，即「並置」。更多同源字見 expose 條目。

(衍) **pose** *n.* （為拍照、畫像等擺出的）樣子；姿勢 *v.* 擺姿勢
expose *v.* 暴露；露出；揭發 <*ex*: out + *pose*: place> 字源的意義是 "to put forth, to lay open"，對外展示，即「暴露；露出；揭發」。

....

159

K

keen /kiːn/ *adj.* quick to understand 敏銳的；敏捷的

■ *a keen mind* 敏銳的心智

■ *a keen sense of smell* 靈敏的嗅覺

◎ acute; sensitive

記 用 queen（女王）來記憶 keen。助憶句：As a <u>queen</u>, she has always demonstrated a <u>keen</u> awareness of her surroundings.（身為女王，她總是展現出對周圍環境的敏銳意識。）

衍 **keen** *adj.* 渴望的；強烈的

ken /ken/ *n.* range of knowledge 知識範圍

■ *beyond my ken* 超出我的知識範圍

◎ knowledge; perception

源 ken 的字源分析：<*ken*: know> 字源的意義是「知道」。♭：字根 *ken/can/gno/kno* 的意思是 know = 知道。

衍 **acknowledge** *v.* 認知；承認 <*ac*: on + *knowledge*: know> 字源的意義是 "to confess knowledge of"，

即「承認知道某事」。

agnostic *n.* 不可知論者 <*a*: not + *gnost*: know + *ic*: n.>

cognition *n.* 認識；認知 <*co*: intensifier + *gni*: know + *tion*: n.>

cunning *adj.* 狡猾的；狡詐的 <*canny*: can, know>

diagnosis *n.* 診斷 <*dai*: between + *gno*: know + *sis*: condition> 字源的意義是 "to know thoroughly"，即「知道全部的狀況」。

ignorant *adj.* 無知的；愚昧的；不了解的 <*i*: not + *gno(r)*: know + *ant*: adj.>

ignoble *adj.* 卑鄙的；可恥的 <*i*: not + *gno*: know + *ble*: adj.> 字源的意義是 "not well-known"，無名聲的，即「可恥的」。

kith *n.* 親屬 <*kith*: know> 字源的意義是 "to know"，即「知道或熟悉的人」。

notorious *adj.* 聲名狼藉的 <*not*: know + *orious*: adj.>

noble *adj.* 高尚的；高貴的 <*noble*: well-known>

notify *v.* 通知；告知 <*not*: know + *ify*: v.> 字源的意義是 "to make known"，即「告知」。

kismet /ˈkɪz.met/ *n.* the idea that everything that happens to you in your life is already decided and that you cannot do anything to change or control control it 命運；天命

■ *to feel some sort of kismet* 覺得有點命運的安排

◎ fate; destiny

記 字形同 <u>kiss</u>（親吻）＋ <u>met</u>（遇

見）。助憶句：It must have been kismet. They kissed goodbye and then they met again many years later at the same place.（這一定是命運的安排。他們吻別分手後，多年後又在同一個地方相遇。）

knack /næk/ *n.* a special skill or ability that you have naturally or can learn 技能；本領；技巧
- *to display his **knack*** 展現他的才能
- *the **knack** of remembering names* 記名字的本領
- flair; faculty; talent
- 字形同 know（知道）+ track（追蹤）。助憶句：The detective had a knack for finding crucial evidence and seemed to know how to track suspects effortlessly.（這個偵探對於尋找重要證據有著天賦的本領，似乎知道如何輕鬆追蹤嫌疑犯。）

kudos /ˈkuː.doʊs/ *n.* the praise and honor that goes with a particular achievement or position 榮譽；榮耀
- ***kudos** to everyone* 榮耀歸給大家
- honor; praise
- 讀音類似 coolest noodles（最酷

的麵）。助憶句：They served the coolest noodles in town, which in turn brought them the culinary kudos.（他們在城裡供應最酷的麵食，這也為他們帶來了廚藝上的讚譽。）

L

label /ˈleɪ.bəl/ *n.* a word or phrase that is used to describe somebody or something in a way that seems too general, unfair or not correct 稱號；綽號
- *to be given a **label*** 被取一個綽號
- ⓘ epithet; nickname
- ⓘ 字形同 Lazy Abel（懶惰的亞伯）。助憶句：He seems to be stuck with the label of "Lazy Abel."（他似乎被貼上了「懶惰的亞伯」的綽號。）

- ⓘ **label** *n.* 標籤；標牌；公司標誌 *v.* 貼標籤

labor /ˈleɪ.bɚ/ *n.* the people who work or are available for work in a country or company 勞工；工人
- *a shortage of **labor*** 勞工短缺
- *skilled **labor*** 熟練的工人
- ⓘ workers
- ⓘ 更多同源字見 collaborate 條目。
- ⓘ **labor** *n.* 勞動

labyrinth /ˈlæb.ə.rɪnθ/ *n.* a complicated series of paths, which it is difficult to find your way through 迷宮；曲徑
- *a **labyrinth** of alleys* 迷宮般的巷弄
- ⓘ maze; entanglement
- ⓘ 讀音類似 Leibniz（萊布尼茨，德國哲學家與數學家）。助憶句：For those new to mathematics, Leibniz's integral rule is like a labyrinth.（對於數學初學者來說，萊布尼茨的積分規則就像一個迷宮。）

lachrymose /ˈlæk.rɪ.moʊs/ *adj.* tending to cry easily; making you cry 悲傷的；愛哭的；易落淚的
- *a **lachrymose** song* 一首令人悲傷的歌曲
- ⓘ tearful; weeping; crying
- ⓘ 讀音類似 lack（缺乏）＋ most（大部分）。助憶句：The poor family unfortunately lacks most of the necessities, which often makes them lachrymose.（這個可憐的家庭很不幸地缺乏大部分必需品，這常常讓他們感到傷心欲絕。）

lag /læg/ *v.* to move or develop slowly or more slowly than other people, organizations, etc. 緩慢移動；掉隊；

落後

- *to **lag** behind* 落後
- (同) fall behind
- (記) 用 leg（腿）來記憶 lag。助憶句：He tried to catch up, but his injured leg caused him to lag behind the group.（他試著趕上，但他受傷的腿導致他落隊。）
- (衍) **lag** *n.* 間隔；延遲

....

laissez-faire /ˌleɪ.seɪˈfer/ *n.* unwillingness to get involved in or influence other people's activities; the policy of allowing private businesses to develop without government control 不管不問；自由放任；自由放任主義

- *the **laissez-faire** attitude* 自由放任的態度
- *a triumph of **laissez-faire*** 自由放任主義的勝利
- (同) free hand; individualism
- (記) 讀音類似 a lazy affair（懶散的行為）。助憶句：When it comes to parenting, adopting a laissez-faire style might be perceived as a lazy affair.（在育兒方面，採用自由放任主義可能被認為是懶散的行為。）

....

lambaste /læmˈbæst/ *v.* to attack or criticize somebody or something very severely, especially in public 痛罵；嚴責

- *to be **lambasted** on social media* 在社群媒體上受到責罵
- (同) excoriate; berate; castigate
- (記) 讀音類似 lame（彆腳的；爛的）＋ bassist（貝斯手）。助憶句：

The band's lead singer couldn't help but lambaste the lame bassist for missing cues again.（樂隊的主唱忍不住痛斥這個彆腳的貝斯手節拍又錯了。）

....

lament /ləˈment/ *v.* to have very sad feelings about somebody or something 對……感到悲痛；哀悼；痛惜

- *to **lament** her fate* 對她的命運感到悲痛
- (同) mourn
- (記) 讀音類似 lemon（檸檬）。助憶句：After the hurricane struck, the farmer couldn't help but lament the once-thriving lemon orchard.（颶風侵襲後，農夫不禁為那座曾經繁盛的檸檬果園感到痛惜。）

- (衍) **lament** *n.* 輓歌；哀詩；悼文
  lamentation *n.* 悲歎；傷感；惋惜

lampoon /læmˈpuːn/ *v.* to criticize somebody or something publicly in a humorous way that makes them or it look silly 諷刺；嘲諷

- ■ *to lampoon politicians* 諷刺政治人物
- ■ *to lampoon heroic romances* 嘲諷英雄式浪漫
- 回 satirize; ridicule
- 記 字形類似 lamp on his desk（他桌上的燈）。助憶句：The comedian would often lampoon the lamp on his desk, finding endless humor in its hotdog shape.（這個喜劇演員常常嘲弄他桌上的燈，對它的熱狗形狀感到無窮的樂趣。）

- 衍 **lampoon** *n.* 諷刺文章；諷刺漫畫

languish /ˈlæŋ.gwɪʃ/ *v.* to be forced to stay somewhere or suffer something unpleasant for a long time 受苦；經歷苦難；受煎熬

- ■ *to languish in jail* 在監獄中受盡苦難
- 回 suffer; grieve
- 記 用 anguish（極度痛苦）來記憶 languish。助憶句：The illness left him in a state of physical anguish, causing him to languish in bed for a long time.（這個疾病讓他的身體受到極大痛苦，導致他臥床受盡煎熬好久。）記憶法見 anguish 條目。

larceny /ˈlɑːr.sən.i/ *n.* the crime of stealing something from somebody; an occasion when this takes place 盜竊；盜竊罪

- ■ *petit larceny* 輕盜竊罪
- 回 theft; pilfering
- 記 讀音類似 a large sum of money（一大筆錢）。助憶句：This daring larceny involved a large sum of money.（這次大膽的盜竊行動涉及了一筆巨款。）

latent /ˈleɪ.tənt/ *adj.* existing, but not yet clear, active or well developed 潛伏的；隱性的

- ■ *latent disease* 潛在疾病
- 回 dormant; hidden
- 記 把 latent 的字母重組後可以得到 talent（天賦）。助憶句：The workshop aims to help you uncover your latent talent.（這個工作坊的目的是幫助你發掘你潛在的天賦。）

launch /lɔːntʃ/ *n.* an event to celebrate or introduce something new 發佈會；啟動儀式；發表會

- ■ *a new product launch* 新產品發表會
- 回 introduction
- 記 字形類似 lunch（午餐）。助憶句：Don't forget, the big product

launch is scheduled right after lunch!（不要忘記，盛大的產品發表會安排在午餐後進行！）

[衍] **launch** *v.* 啓動；推出；發起；發射

lease /liːs/ *n.* a contract by which one conveys real estate, equipment, or facilities for a specified term and for a specified rent 租約；租契

■ *to sign a **lease*** 簽下租約

■ *a long-term **lease*** 長期租約

[同] rent; charter

[記] 字形同 please（請）。想像你請房東再延長租約。助憶句：Extend the lease, please.（請延長租約。）

[衍] **lease** *v.* 租借；租用

lecture /ˈlek.tʃɚ/ *n.* a talk that is given to a group of people to teach them about a particular subject, often as part of a university or college course （尤指面向學生的）講座；課；演講

■ *a **lecture** on art history* 藝術史講座

■ *to deliver a **lecture*** 發表演講

[同] address

[源] select（挑選）、elect（選舉）和 lecture（講座；演講）都是同源字。lecture 在字源上的意義是“to pick out words”，挑選字詞，即「講座；演講」。更多同源字見 select 條目。

[衍] **select** *v.* 選擇；挑選 <*se: apart* + *lect*: choose, gather> 字源的意義是“choose out”，即「挑選」。

intelligence *n.* 智力；智慧 <*inter*: between + *lig*: choose, collect + *ence*: *n.*> 字源的意義是“ability to choose words”，能夠挑選字詞，即「智力；智慧」。

elect *v.* 選舉 <*ex*: out + *lect*: choose> 字源的意義是“to pick out”，挑選出，即「選舉」。

leery /ˈlɪr.i/ *adj.* careful about something or somebody because you suspect that there may be a danger or problem 不信任的；戒備的；防備的

■ *to be **leery** of strangers* 小心陌生人

[同] wary

[源] leery 源自 learn（得知；學習）。當一個人得知（learn）狀況時，就會變得謹慎（leery）。

legitimate /ləˈdʒɪt̬.ə.mət/ *adj.* for which there is a fair and acceptable reason 合法的；法律允許的；合理的

■ *the **legitimate** government* 合法政府

■ *a **legitimate** claim* 合理的主張

[同] valid; justifiable

[源] 和 legal（合法的）為同源字。

[衍] **legal** *adj.* 合法的

illegal *adj.* 不合法的；違法的

lenient /ˈliː.ni.ənt/ *adj.* not as strict as expected when punishing somebody or when making sure that rules are obeyed 寬容的；寬大的；從輕的

■ *a **lenient** sentence* 寬大的判決

[同] merciful; clement

[記] 字形同 lend a helping hand（伸出援手）+ convenient（方便的）。助憶句：With her lenient nature,

Anna is always willing to <u>lend</u> a helping hand and make everything conven<u>ient</u> for those around her. （安娜有著寬容的天性，總是樂意伸出援手，為身邊的人提供方便。）

----

lethargic /ləˈθɑː.dʒɪk/ *adj.* without any energy or enthusiasm for doing things 萎靡不振的；無精打采的；懶散的

- ■ *to feel **lethargic*** 覺得無精打采
- 🔄 listless; sluggish; inert
- 📝 讀音類似 leather jacket（皮夾克）。助憶句：Wearing a <u>leather jacket</u> under the scorching sun made him <u>lethargic</u>.（在炎熱的陽光下穿著皮夾克，讓他感到無精打采。）

- 🔁 **lethargy** *n.* 無精打采；倦怠
  lethal *adj.* 致命的

----

leviathan /ləˈvaɪə.θən/ *n.* something very large and strong; a very large sea animal 利維亞桑；強者；海中巨獸

- ■ *an economic **leviathan*** 經濟巨獸
- 🔄 titan; behemoth
- 📝 字形同 <u>Levi</u>'s lives <u>a</u> lot longer <u>than</u> its peers（Levi's 比它的同行還要活得更久）。助憶句：<u>Levi's</u>

managed to live <u>a</u> lot longer <u>than</u> most of its peers, finally growing into a jeans <u>leviathan</u>.（Levi's 成功地比大多數同行存活更久，最終成為牛仔褲業界的巨獸。）

----

lexicon /ˈlek.sɪ.kən/ *n.* a book containing an alphabetical arrangement of the words in a language and their definitions （某語言或學科的）全部辭彙；詞典

- ■ *a Japanese **lexicon*** 日文詞典
- 🔄 dictionary; glossary
- 📝 和 collect（收集）為同源字。
  👓：觀察 collect 和 lexicon 畫底線的部分，均源自字根 *leg*，意思是 collect, gather, choose = 收集；挑選。辭典是一種收集、挑選後的成果。
- 🔁 **eligible** *adj.* 有資格的；合適的 <*ex*: out + *lig*: choose + *ible*: adj.>
  legend *n.* 傳說；傳奇故事 <*leg*: choose + *end*: n.>
  lexicography *n.* 字典編纂 <*lexico*: collect + *graphy*: writing>
  dyslexia *n.* 閱讀困難症 <*dys*: bad + *lex*: word + *ia*: n.>

----

liability /ˌlaɪ.əˈbɪl.ə.t̬i/ *n.* the state of being legally responsible for something

（法律上對某事物的）責任；義務

- *to assume **liability** for the accident* 對這個意外事故負有責任
- 回 responsibility; onus
- 記 讀音類似 lie（在於）。助憶句：The blame must <u>lie</u> with your services, so you have <u>liabilit</u>y for the damage caused.（這件事一定是歸咎於你們的服務，所以你們有責任負擔所造成的傷害。）
- 衍 **liable** *adj.* 負有責任的；很可能發生的

....

limpid /ˈlɪm.pɪd/ *adj.* transparent and clear; clearly expressed 透明的；清澈的；清晰易懂的

- *a **limpid** liquid* 一種透明液體
- ***limpid** prose* 明白易懂的散文
- 回 transparent; lucid
- 源 limpid 和 lymph（淋巴）為同源字。淋巴是 lymph 的音譯，定義就是「無色的體液」。
- 衍 **lymph** *n.* 淋巴

....

litigator /ˈlɪt.ə.geɪ.t̬ɚ/ *n.* a person who takes a disagreement or claim to court 訴訟律師；訴訟代理人

- *a civil rights **litigator*** 民權訴訟律師
- 回 plaintiff
- 記 字形同 <u>little</u> all<u>igator</u>（小鱷魚）。助憶句：With a quick thinking, the <u>litigator</u> navigated the complex legal terrain like a clever <u>little</u> all<u>igator</u>.（這個訴訟律師憑藉著敏捷的思維，就像一隻聰明的小鱷魚，穿越複雜的法律地形。）

- 衍 **litigation** *n.* 訴訟

....

litter /ˈlɪt̬.ɚ/ *n.* small pieces of rubbish such as paper, cans and bottles, that people have left lying in a public place 小塊垃圾；廢棄物

- *to drop **litter*** 丟垃圾
- 回 junk; rubbish
- 記 字形類似 letter（信）。助憶句：He found the letter he wrote to the girl was in the garbage dump, so in a sense, this painstakingly finished <u>letter</u> became <u>litter</u> now.（他發現他寫給那個女孩的信在垃圾堆裡，所以從某種意義上來說，這封費盡心思完成的信如今變成垃圾了。）
- 衍 **litter** *v.* 四處亂扔；到處亂丟

....

loathe /loʊð/ *v.* to dislike somebody or something 恨；憎恨；厭惡

- *to **loathe** each other* 彼此憎恨
- *to **loathe** the new policy* 厭惡新的政策
- 回 detest; abhor; abominate
- 記 字形類似 <u>low</u> cut <u>clothes</u>（低胸衣服）。助憶句：She <u>loathed</u> the dress code of wearing <u>low</u> cut

clothes to the party.（她厭惡參加這個派對必須穿低胸衣服的服裝規定。）

her _lucrative_ business.（這位女士表示，使用外貌吸引人的美女照片是她生意獲利豐厚的關鍵。）

lucid /ˈluː.sɪd/ _adj._ clear to the understanding 清晰的；明瞭的；說話清楚的
- ■ _to write in a **lucid** style_ 以清晰明瞭的風格寫作
- ■ _a **lucid** dream_ 清楚的夢
- 🔄 clear; articulate
- 📝 記憶法見 pellucid 條目。
- 🔗 **lucidity** _n._ 清晰；明白
  elucidate _v._ 說明清楚；解釋 <_e_: out + _lucid_: light + _ate_: _v._>
  lucent _adj._ 光亮的；透亮的 <_lucent_: light>
  illustrate _v._ 說明；闡明 <_in_: into + _lustr_: light + _ate_: _v._>
  luster _n._ 光澤 <_luster_: light>

lucrative /ˈluː.krə.tɪv/ _adj._ producing a large amount of money; making a large profit 賺錢的；盈利的
- ■ _a **lucrative** business_ 賺錢的生意
- 🔄 profitable; productive
- 📝 讀音類似 looker（美女）。助憶句：The lady said using photos of attractive lookers was the key to

ludicrous /ˈluː.də.krəs/ _adj._ completely unreasonable, stupid, or wrong 愚蠢可笑的；荒謬的
- ■ _a **ludicrous** idea_ 荒謬的想法
- 🔄 ridiculous
- 📝 把 ridiculous 這個字重組就是 I, Ludicrous（我，荒謬）。♪：I, Ludicrous 是一個英國樂團。

luminary /ˈluː.mə.ner.i/ _n._ a person of prominence or brilliant achievement 專家；權威；知名人士
- ■ _a jazz **luminary**_ 爵士樂名家
- ■ _**luminaries** in sports_ 運動界名人
- 🔄 master; celebrity
- 📝 記憶法見 pellucid 條目。
- 🔗 **luminary** _n._ 發光體
  elucidate _v._ 說明清楚；解釋 <_e_: out + _lucid_: light + _ate_: _v._>
  luster _n._ 光澤 <_luster_: light>

lunar /ˈluː.nɚ/ _adj._ connected with the moon 月亮的；月球的
- ■ _a **lunar** eclipse_ 月蝕

168

ⓘ moony

ⓢ 源自月亮女神 Luna（露娜）。

···

luscious /ˈlʌʃ.əs/ *adj.* having a strong, pleasant taste 美味的；可口的

■ *luscious fruit* 美味的水果

ⓘ delicious

ⓢ luscious 就是 delicious（美味的）的短寫形式。

ⓘ **luscious** *adj.* 成熟性感的

···

luxury /ˈlʌk.ʃɚ.i/ *n.* the fact of enjoying expensive things, particularly food and drink, clothes and places 奢華；奢侈；豪華

■ *to live in luxury* 過著奢華的生活

■ *a luxury hotel* 豪華旅館

ⓘ opulence; sumptuousness

ⓡ 用 Lux 香皂來記憶 luxury。助憶句：Lux Beauty Bar Soap gives you the sensation of pure luxury.（Lux 美容香皂帶給您純粹奢華的體驗。）

ⓘ **luxurious** *adj.* 奢侈的；豪華的；奢華的

···

lynch /lɪntʃ/ *v.* to put to death by mob action without legal approval 以私刑處死

■ *to lynch someone* 私刑處死某人

ⓘ murder

ⓡ lynch 這個字也音譯為「凌遲」。

ⓢ 源自美國革命期間，軍官威廉・林區（William Lynch）的名字。據說他曾經在維吉尼亞州私設警團，維持社會秩序。

···

M

macabre /məˈkɑ:.brə/ *adj.* unpleasant and strange because connected with death and frightening things （與死亡或暴力有關而）恐怖的；可怕的；令人毛骨悚然的

- *the **macabre** details* 恐怖的細節
- *a **macabre** presentation* 令人毛骨悚然的呈現
- 同 gruesome; grisly; morbid
- 記 讀音類似 mock the bird（嘲笑這隻鳥）。助憶句：As these young people continued to mock the bird, they were not aware that their act would lead them into a macabre event.（當這群年輕人繼續嘲笑這隻鳥時，他們不知道他們的行為將導致他們捲入一場恐怖的事件。）

macrocosm /ˈmæk.roʊ.ˌkɑ:.zəm/ *n.* the great world or universe; the entire complex structure of something 宏觀世界；大世界；整體

- *the social **macrocosm*** 社會整體
- 同 cosmos; totality
- 源 macrocosm 的字源分析：<*macro*: large, long, thin + *cosm*: order, world> 字源的意義是"the great world"，即「大世界」。👌：字根 *macro* 的意思是 big, large = 大。可以利用 Big Mac（大麥克）來記憶 macro 字根。

- 衍 **macroscopic** *adj.* 肉眼可見的
  macroeconomy *n.* 宏觀經濟

mainstream /ˈmeɪn.stri:m/ *n.* the ideas and opinions that are thought to be normal because they are shared by most people; the people whose ideas and opinions are most accepted 主流

- *the literary **mainstream** in America* 美國的文學主流
- *the mainstream of European politics* 歐洲政治主流
- 同 tendency
- 源 mainstream 的字源分析：<*main*: large + *stream*: flow> 字源的意義是"principal current of a river"，即「河的主流」。
- 衍 **mainstream** *adj.* 主流的

maintain /meɪnˈteɪn/ *v.* to make something continue at the same level, standard, etc. 維持；保持

- *to **maintain** law and order* 維持法律秩序
- *to **maintain** close relations* 保持緊密關係
- 同 preserve; continue
- 源 maintain 的字源分析：<*main*: hand + *tain*: hold> 字源的意義是

"to hold fast"，緊抓住，即「維持；保持」。更多同源字見 sustain 條目。

㊗ **maintenance** *n.* 維護；保養

....

malaise /mælˈeɪz/ *n.* a general feeling of discomfort, illness, or unease whose exact cause is difficult to identify 身體不適；萎靡；心神不寧

■ *malaise* and weakness 委靡虛弱
■ the economic *malaise* 經濟委靡不振
㊀ uneasiness; disquiet
㊐ 讀音類似 mayonnaise（美乃滋）。助憶句：After swallowing some spoiled mayonnaise, he had malaise.（吃了一些壞掉的美乃滋之後，他覺得身體不適。）

㊚ malaise 的字源分析：<*mal*: bad + *aise*: ease> 字源的意義是"ill-ease"，即「不舒服」。🔑：字根 *mal* 的意思是 bad, ill, wrong = 壞；病；錯誤。

㊗ **dismal** *adj.* 陰沉的；陰暗的 <*dis*: days + *mal*: bad>
malady *n.* 病；疾病 <*malady*: ill>
malaria *n.* 瘧疾 <*mal*: bad + *aria*: air>

malice *n.* 惡意；害人之心 <*mal*: bad> 字源的意義是"ill will"，即「惡意」。
malefactor *n.* 作惡者；壞人；罪犯 <*mal*: bad, ill + *fact*: do + *or*: *n.*> 字源的意義是"to do evil"，即「作惡者」。

....

malefactor /ˈmæl.ə.fæk.tɚ/ *n.* a person who does wrong, illegal or very bad things 作惡者；壞人；罪犯

■ a sinister *malefactor* 陰險的壞人
㊀ criminal; culprit; wrongdoer
㊚ 字源分析見 malaise 條目。

....

malice /ˈmæl.ɪs/ *n.* a desire to harm somebody caused by a feeling of hate 惡意；害人之心

■ without *malice* 沒有惡意
■ out of *malice* 出於惡意
㊀ spite; malevolence; animosity
㊚ 字源分析見 malaise 條目。
㊗ **malicious** *adj.* 惡意的；惡毒的

....

malleable /ˈmæl.i.ə.bəl/ *adj.* (of metal, etc.) that can be hit or pressed into different shapes easily without breaking or cracking 可鍛造的；可延展的；易變形的

■ *malleable* metals 具延展性的金屬
㊀ supple; pliable
㊐ 字形類似 mall（商場）+ able（能夠）。助憶句：With its malleable roof structure, the mall is able to open and close its top in a few minutes.（由於具有易變形的屋頂結構，這個商場能夠在幾分鐘內開關屋頂。）

ⓒ **malleability** *n.* 可鍛性；延展性；
可塑性

....

mammal /ˈmæm.əl/ *n.* any animal that
gives birth to live young, not eggs, and
feeds its young on milk. Cows, humans
and whales are all mammals 哺乳動物
- ■ *marine* **mammals** 海洋哺乳動物
- ⓘ creature
- ⓡ 把 mammoth（猛獁象）和
  mammal（哺乳動物）一起記
  憶。助憶句：Just like modern
  elephants, the mammoth was a
  herbivorous mammal.（就像現代
  的大象一樣，猛獁象也是一種草
  食性哺乳動物。）

....

manifest /ˈmæn.ə.fest/ *adj.* plain and
easy to see 明顯的；顯而易見的
- ■ *manifest confusion* 明顯的混亂
- ⓘ obvious; apparent
- ⓡ 字形類似 many festivals（許多節
  日）。助憶句：The city hosts
  many festivals every year. Its
  marketing strategies prove to be a
  manifest success.（這個城市每年
  舉辦很多節慶。它的城市行銷策
  略明顯大獲成功。）
- ⓢ manifest 的字源分析：<*mani*:
  hand + *fest*: seize> 字源的意義
  是"caught by hand"，拿在手上
  的，即「明顯的」。ᕯ：字根 *man*
  的意思是 hand = 手。
- ⓔ **manifest** *v.* 顯示；表明 <*mani*:
  hand + *fest*: seize>
  manual *adj.* 手做的；手工的；體
  力的 <*manual*: hand>
  manacle *n.* 手銬 <*manacle*: hand>

mandatory *adj.* 強制的；義務的
<*man*: hand + *dat*: give + *ory*: adj.>
maintain *v.* 維持；保持；維修
<*main*: hand + *tain*: hold>
manipulate *v.* 操縱；控制 <*mani*:
hand + *pul/ple*: fill + *ate*: v.> 字源
的意義是"to handle skillfully by
hand"，用手靈活控制，即「操
縱；控制」。
manufacture *v.* 製造；加工；大
量製造 <*manu*: hand + *fact*: make
+ *ure*: v.>

....

manifesto /ˌmæn.əˈfes.toʊ/ *n.* a written
statement in which a group of people
explain their beliefs and aims, especially
one published by a political party to say
what they will do if they win an election
宣言
- ■ *an election* **manifesto** 競選宣言
- ⓘ statement; declaration
- ⓡ 讀音類似 many facts（許多事
  實）。助憶句：In their manifesto,
  the group outlined many facts about
  the environmental crisis, urging
  immediate action for a sustainable
  future.（在他們的宣言中，這個
  團體列舉了許多有關環境危機的
  事實，力促立即採取行動，為永
  續的未來而努力。）

....

manifold /ˈmæn.ə.foʊld/ *adj.* many; of
many different types 繁多的；多種多
樣的
- ■ *manifold examples* 繁多的例子
- ⓘ numerous; multiple; multifarious
- ⓢ manifold 的字源分析：<*mani*:
  many + *fold*: fold> 字源的意義是

"many times magnified"，很多倍，即「繁多的」。

....

manipulate /məˈnɪp.jə.leɪt/ *v.* to control or influence somebody or something, often in a dishonest way so that they do not realize it; to control, use or change something with skill 操縱；控制

- ■ to **manipulate** the device 控制這個裝置
- ■ to **manipulate** the media 操控媒體
- 回 control; influence; orchestrate
- 源 字源分析見 manifest 條目。
- 衍 **manipulation** *n.* 操縱；控制

....

mar /mɑːr/ *v.* to damage something or make something less good or successful 破壞；損毀

- ■ the camping was **marred** by the downpour 露營活動被暴雨毀了
- ■ to **mar** the play's overall value 毀掉這齣戲的整體價值
- 回 blight; ruin
- 記 用 mark（痕跡；汙點）來記憶 mar。助憶句：This brand name bag was marred by the mark on its surface.（這個名牌包已經被表面這個汙跡損壞了。）

....

margin /ˈmɑːr.dʒɪn/ *n.* the empty space at the side of a written or printed page; the extreme edge or limit of a place 頁邊空白；白邊；邊；邊緣

- ■ in the **margin** 頁邊空白處
- ■ on the **margins** of society 在社會邊緣
- 回 edge; brink; bound
- 記 用 Martin（馬丁）＋ gin（琴酒）

來記憶。助憶句：Martin relaxed with a glass of gin, starting to write notes in the margin of his book.（馬丁輕鬆地拿著一杯琴酒，開始在書的邊緣寫筆記。）

- 衍 **margin** *n.* 利潤；差額

....

martyr /ˈmɑːr.tə/ *n.* a person who is killed because of their religious or political beliefs 烈士；殉道者；殉教者

- ■ a religious **martyr** 宗教殉道者
- ■ a **martyr** to the cause of freedom 自由志業的烈士
- 回 sacrifice
- 記 讀音類似 smarter（更聰明的）。助憶句：In the pursuit of knowledge, he chose to be a smarter scholar rather than a martyr, as he knew that an honored deceased person was not entitled to any knowledge.（在追求知識的過程中，他選擇成為一個更聰明的學者，而不是烈士，因為他知道，一個受尊敬的死者並無法享有任何知識。）

㊟ **martyrdom** *n.* 殉難；犧牲

....

marvelous /ˈmɑːr.vəl.əs/ *adj.* extremely good 絕妙的；好極的

■ *a marvelous feeling* 很棒的感覺

■ *a marvelous prospect* 很好的展望

㊀ amazing; remarkable; stupendous

㊞ 源自 marvel（奇跡；令人感到驚奇的人或事物）。當然，漫威電影宇宙（Marvel Cinematic Universe）裡絕對充滿令人感到驚奇的元素。

....

massive /ˈmæs.ɪv/ *adj.* very large, heavy and solid 巨大的；大量的

■ *a massive trunk* 巨大的樹幹

㊀ huge; enormous; colossal; gigantic

㊙ 源自 mass（大量；大批；眾多）。

....

masterpiece /ˈmæs.tə.piːs/ *n.* a work of art such as a painting, film, book, etc. that is an excellent, or the best, example of the artist's work 傑作；（個人）最傑出的作品

■ *a masterpiece of pop art* 普普藝術的一件傑作

㊀ masterwork; magnum opus

㊙ masterpiece 的字源分析：

<*master*: great + *piece*: example> 字源的意義是 "work by which a craftsman attains the rank of master"，一個工匠所做出能躋身大師等級的作品，即「傑作」。

㊟ **master** *n.* 大師；名家

....

maternal /məˈtɜː.nəl/ *adj.* received or inherited from one's female parent; of or relating to a mother 母親的；母系的；母親般的

■ *maternal instincts* 母親的天性

㊀ motherly

㊙ 和 mother（母親）以及 mama（媽媽）為同源字。見 paternal 條目。

㊟ **maternity** *n.* 母性
matrimony *n.* 婚姻；婚姻生活
matrix *n.* 母體；基礎；矩陣

....

maudlin /ˈmɔːd.lɪn/ *adj.* talking in a silly, emotional way, often feeling sorry for yourself 感情脆弱的；傷感的

■ *to get maudlin* 變得傷感

㊀ sentimental; tearful; lachrymose

㊙ 讀音類似 mud land（泥濘地）。助憶句：In the pouring rain, the once green field turned into a sea of <u>mud</u> land, and the farmers' spirits became <u>maudlin</u>.（在傾盆大雨中，一度是綠色的農田變成一片泥濘地，農夫們的心情變得感傷。）

....

maximum /ˈmæk.sə.məm/ *n.* used after amounts to show that the amount is the highest possible 最大限度；最大量；最大值

■ *a maximum of 98 miles* 最高達 98

英里

■ *to achieve the **maximum*** 達到最大值

㊀ limit; extreme; peak

㊞ 和 much（多）以及 magnificent（壯麗的；極好的）為同源字。男子名 Max（麥斯）在字源上的意義就是 "greatest"。

㊟ **maximum** *adj.* 最大的；最高的；頂點的
maximize *v.* 使最大化；充分利用

....

mayhem /ˈmeɪ.hem/ *n.* fear and a great lack of order, usually caused by violent behaviour or by some sudden terrible event 混亂狀態

■ *there was complete **mayhem*** 非常混亂的狀態

㊀ chaos; havoc

㊚ 讀音類似 may harm us（可能傷害我們）。助憶句：We must get away from this emerging mayhem, which may harm us at any moment.（我們一定要遠離這個不斷升高的混亂，這情況隨時有可能傷害我們。）

....

meandering /miˈæn.də.ɪŋ/ *adj.* moving slowly in no particular direction or with no clear purpose 蜿蜒的；曲折的；不著邊際的

■ *a **meandering** river* 蜿蜒曲折的河流

㊀ winding; twisting

㊚ 字形同 me（我）+ wander（遊蕩）。助憶句：As I stroll through the forest, it's just me and my thoughts, free to wander along these meandering trails.（當我散步穿越這片森林，只有我和我的思緒，自由地漫遊在這些蜿蜒的小徑上。）

㊟ **meander** *v.* 漫步；閒逛；徘徊

....

mechanized /ˈmek.ə.naɪzd/ *adj.* using a machine to do something that used to be done by hand 機械化的

■ ***mechanized** agriculture* 機械化農業

㊀ automatic; mechanical

㊞ 和 mechanic（技師；機械師）以及 machine（機器；機械）為同源字。

㊟ **mechanic** *n.* 技師；機械師
machine *n.* 機器；機械

....

meddle /ˈmed.əl/ *v.* to involve yourself in something that should not really involve you 干涉；干預

■ *to **meddle** in his affairs* 干預他的事情

㊀ interfere

㊚ 讀音類似 middle（中間；中央）。助憶句：He came to the middle of conflicts in the village, using his experience to meddle.（他進入村莊爭端的中心，運用自己的經驗來干預。）

....

mediate /ˈmiː.di.eɪt/ *v.* to intervene in a dispute in order to bring about an agreement or reconciliation 調解；調停；斡旋

■ *to **mediate** between the two sides* 在雙方之間斡旋

㊀ conciliate

源 和 middle（中間；中央）以及 medium（媒介；手法；靈媒）為同源字。ᐂ：字根 *mid/med* 的意思是 middle = 中間。

衍 **milieu** *n.* 社會背景；周圍環境；出身背景 <*mid*: middle + *lieu*: place>

mediocre *adj.* 中庸的；平庸的 <*medi*: middle + *ocre*: rise>

amid *prep.* 在⋯⋯中間 <*a*: in + *mid*: middle>

medieval *adj.* 中古時代的 <*medi*: middle + *eval*: life, age>

....

mediocre /ˌmiː.diˈoʊ.kɚ/ *adj.* not very good; of only average standard 中庸的；平庸的

■ *mediocre grades* 普通的成績

同 ordinary; average

記 讀音類似 medium score（中等分數）。助憶句：The restaurant received a medium score from the food critic, who found the quality of the dishes rather mediocre.（這家餐廳得到了這個美食評論家的中等評分，他認為菜餚的品質相當普通。）

源 mediocre 的字源分析：<*medi*: middle + *ocre*: rise> 字源的意義是 "halfway up a mountain"，登山半途，衍伸意義即「平庸的」。

源 更多同源字見 mediate 條目。

....

Mediterranean /ˌmed.ə.tərˈeɪ.ni.ən/ *adj.* of or characteristic of the Mediterranean Sea 地中海的

■ *the Mediterranean diet* 地中海飲食

同 enclosed or nearly enclosed with land

源 Mediterranean 的字源分析：<*medi*: middle + *terra(n)*: land, earth, dry + *ean*: adj.> 字源的意義是 "in the middle of the earth"，即「在陸地中央；被大片土地包圍的」。

衍 **the Mediterranean** *n.* 地中海

territory *n.* 領土 <*territ*: earth + *ory*: place>

terrestrial *adj.* 地球的；陸地的 <*terrestri*: earth + *al*: adj.>

inter *v.* 入土；下葬 <*in*: in + *ter*: earth>

subterranean *adj.* 地下的；秘密的 <*sub*: under + *terra(n)*: earth, land + *ean*: adj.> 字源的意義是 "underground"，即「地下的」。

terrain *n.* 地形；地勢 <*terrain*: earth>

extraterrestrial *n.* 外星人 *adj.* 地球外的；外星球的 <*extra*: outside of + *terrestrial*: earth>

....

memorandum /ˌmem.əˈræn.dəm/ *n.* a record of a legal agreement that has not yet been formally prepared and signed; an official note from one person to another in the same organization 協議備忘錄；備忘錄；備忘便條

■ *to sign a memorandum* 簽訂協議備忘錄

同 notice; memo

源 memorandum 和 memory（記憶）為同源字。

衍 **remember** *v.* 記得 <*re*: again + *member*: remember>

memo *n.* 備忘錄；備忘便條
<*memo*: remember>

memoir *n.* 回憶錄；傳記
<*memoir*: remember>

memorial *n.* 紀念物；紀念碑
<*memor*: remember + *ial*: *n.*>

commemorate *v.* 紀念；緬懷
<*com*: intensifier + *memor*: remember + *ate*: *v.*>

....

mend /mend/ *v.* to repair something that has been damaged or broken so that it can be used again 修理；修補；縫補

■ to **mend** the pipe 修理水管
■ to **mend** relations 修補關係
回 repair; restore
源 和 amend 為同源字。記憶法見 amend 條目。
衍 **amendment** *n.* 修改；修訂；修正案

....

merchant /ˈmɝː.tʃənt/ *n.* a buyer and seller of commodities for profit 批發商；商人

■ a wine **merchant** 酒商
回 trader
源 merchant 源自 market（市場）。運用格林法則，可以觀察到 merchant 和 market 的關聯性：m = m，e = a（a, e, i, o, u 等母音可互換），r = r，ch = k（兩者有時發音相同）。
衍 **commerce** *n.* 商業；商務 <*com*: together + *merce*: buy>
mart *n.* 市場；購物中心 <*mart*: buy>
mercenary *n.* 傭兵 <*mercen*: trade + *ary*: *n.*>

mercantile *adj.* 貿易的；商業的
<*mercant*: buy + *ile*: *adj.*>

....

mercurial /mɝːˈkjʊr.i.əl/ *adj.* often changing or reacting in a way that is unexpected 多變的；反覆無常的

■ a **mercurial** industry 多變的行業
■ **mercurial** moods 情緒反覆無常
回 volatile; capricious; variable
源 源自 mercury（水銀）。

....

meretricious /ˌmer.əˈtrɪʃ.əs/ *adj.* seeming attractive, but in fact having no real value 華而不實的；金玉其外的

■ a **meretricious** performance 一個華而不實的表演
回 flashy; pretentious
記 讀音類似 a mere trick（只是個把戲）。助憶句：The politician's promise proved to be meretricious. It was nothing but a mere trick to impress voters.（這個政治家的承諾結果是華而不實的。那只不過是一個為了給選民留下印象的小把戲。）

....

merge /mɝːdʒ/ *v.* to combine or make two or more things combine to form a single thing （使）合併；（使）融合

■ to **merge** with another department 和另一個部門合併
■ to **merge** the two programs into one 把這兩個計畫合併成一個
回 combine; incorporate
記 在 emergency（緊急情況）中找到 merge。助憶句：The two companies decided to merge their operations in response to the

177

financial <u>emergency</u> they are facing.（面對財務緊急情況，這兩家公司決定合併他們的業務。）

- ㊙ merge 的字源分析：<*merge*: dip, sink> 字源的意義是"sink in"，沉入，即「融合」。♭：字根 *merge* 的意思是 sink＝浸入；沉入。
- ㊚ **merger** *n*.（公司、企業等的）合併

  submerge *v*. 浸入；淹沒 <*sub*: under＋*merge*: sink>

  emerge *v*. 出現；浮現 <*ex*: out＋*merge*: sink>

....

metaphor /ˈmet̬.ə.fɔːr/ *n*. a figure of speech in which a word or phrase literally denoting one kind of object or idea is used in place of another to suggest a likeness or analogy between them 隱喻；暗喻

- ■ *to employ a* **metaphor** 運用一個隱喻
- ㊀ figurative language
- ㊟ 讀音類似 met her（見到她）。助憶句：The poet used the sunrise as a <u>metaphor</u> to describe the first time he <u>met her</u>.（這個詩人用日出的隱喻，形容初次見到她的時刻。）
- ㊚ **metaphorical** *adj*. 隱喻的；比喻性的

....

meteor /ˈmiː.t̬i.ɔːr/ *n*. a piece of rock from outer space that makes a bright line across the night sky as it burns up while falling through the earth's atmosphere 流星

- ■ *a* **meteor** *shower* 流星雨

- ㊀ shooting star
- ㊟ 字形類似 meter（公尺）。助憶句：The <u>meteor</u> is about one <u>meter</u> in diameter.（這顆流星的直徑大約一公尺。）
- ㊚ **meteorite** *n*. 隕石

....

method /ˈmeθ.əd/ *n*. a particular way of doing something 方法；方式

- ■ *traditional* **methods** 傳統方式
- ㊀ procedure; means
- ㊙ method 的字源分析：<*meta*: by means of, after＋*hod*: a way> 字源的意義是"way of going"，即「方式」。♭：字首 *meta* 具有許多意義，現實世界中的 Meta 名氣更大，稱為「元宇宙」，舊稱是 Facebook。
- ㊚ **meteor** *n*. 流星 <*meta*: by means of＋*or*: hovering in air>

  metaphysics *n*. 形上學 <*meta*: higher, beyond＋*phys*: physical, exist＋*ics*: science> 字源的意義是"beyond the physical"，在物理世界之外的，即「形上學」。

  metamorphosis *n*. 變形；變態；徹底的變化 <*meta*: change＋*morph*: form＋*osis*: n.>

  metabolism *n*. 新陳代謝 <*meta*: change＋*ball*/*bol*: throw＋*ism*: n.>

  metaphor *n*. 隱喻；暗喻 <*meta*: over, across＋*phor*/*fer*: carry> 字源的意義是"a carrying over, transfer"，把詞意帶過去，即「隱喻」。

....

meticulous /məˈtɪk.jə.ləs/ *adj*. marked by extreme or excessive care in the consideration or treatment of details 嚴謹的；一絲不苟的；非常注意細節的

- ■ *a **meticulous** researcher* 一個非常注意細節的研究者
- 同 careful; scrupulous
- 記 讀音類似 met a cool ass（遇到一個酷傢伙）。助憶句：At COMPUTEX Taipei, I met a cool ass, whose meticulous attention to detail really impressed me.（在台北國際電腦展，我遇到了一個酷傢伙，他對細節一絲不苟的專注真的讓我印象深刻。）

....

mettle /ˈmet̬.əl/ *n.* the ability and determination to do something successfully despite difficult conditions 精神；勇氣；才能

- ■ *to show his **mettle*** 展現他的勇氣
- 同 spirit; fortitude; tenacity
- 記 讀音同 metal（金屬）。助憶句：The marathon runner's unwavering mettle was as strong as the hardest metal.（這個馬拉松選手堅定不移的勇氣就像最堅硬的金屬一樣強大。）

....

miasma /miˈæz.mə/ *n.* a mass of air that is dirty and smells unpleasant 瘴氣；臭氣；毒霧

- ■ *a **miasma** of pollution* 汙染物形成的毒霧
- 同 stench; odor
- 記 讀音類似 my asthma（我的氣喘）。助憶句：The miasma posed a serious threat to my asthma.（這股毒霧對我的氣喘構成嚴重威脅。）
- 衍 **miasma** *n.* 不良氣氛

....

microcosm /ˈmaɪ.kroʊˌkɑː.zəm/ *n.* a thing, a place or a group that has all the features and qualities of something much larger 縮影；微觀世界

- ■ *a **microcosm** of society* 社會的縮影
- 同 representative; prototype
- 記 微軟公司的英文是 Microsoft，其中包含了 *micro* 字根。♭：字根 *micro* 的意思是 small, little = 小。
- 衍 **microscope** *n.* 顯微鏡 <*micro*: small + *scope*: look>
  microbe *n.* 微生物；細菌 <*micro*: small + *bio*: life>
  microphone *n.* 擴音器；麥克風 <*micro*: small + *phone*: sound>

....

migratory /ˈmaɪ.grə.tɔːr.i/ *adj.* relating to the migration of animals, birds, or people 遷徙的；移居的；遷居的

- ■ *migratory birds* 候鳥
- ■ *a **migratory** route* 迴游路線
- 同 roving; wandering; nomadic
- 記 讀音類似 my great story（我的偉大故事）。想像有個在美洲大陸四處遷移的工人，正在訴說他的故事。助憶句：This is the

....

179

beginning of <u>my</u> <u>great</u> <u>story</u>. One day, I became a <u>migratory</u> worker. （這是我的偉大故事的開端。有一天，我成為一個四處遷徙的工人。）👄：字根 *mi/mu/mo* 的意思是 move, change = 移動；改變。

衍 **migration** *n.* 遷徙；遷居；移棲 <*mi(gra)*: move + *tion*: n.>

emigrate *v.* 移居國外；移民 <*ex*: out + *mi(grate)*: move>

immigrate *v.* 移居入境；移民 <*in*: into + *mi(grate)*: move>

migrant *n.* 移民 *adj.* 遷徙的；遷移的 <*mi(gr)*: move + *ant*: n.>

immune *adj.* 免疫的 <*in*: not + *mune*: change>

immutable *adj.* 不變的 <*in*: not + *mut*: change + *able*: adj.>

molt *v.* 換毛；脫皮 <*mo*: change>

permeate *v.* 滲透；瀰漫 <*per*: through + *me*: move + *ate*: v.>

transmute *v.* 變化；變形 <*trans*: across + *mute*: change>

....

milieu /miːˈljɜː/ *n.* a person's social environment 社會背景；周圍環境；出身背景

■ *the cultural milieu* 文化環境

同 environment

源 milieu 的字源分析：<*middle*: middle + *lieu*: place> 字源的意義是"middle place"，即「中間位置」。更多同源字見 mediate 條目。

....

minimum /ˈmɪn.ə.məm/ *n.* used after amounts to show that the amount is the lowest possible 最小值；最少量；最低

限度

■ *a minimum of three people* 最少三個人

■ *to fall below the minimum* 落在最低值以下

同 base; nadir

源 和 mini（小型的；迷你的）為同源字，反義字為 maximum（最大值）。

衍 **minimum** *adj.* 最低的；最小的；最低限度的

mini *adj.* 小型的；迷你的

miniature *adj.* 微型的；小型的；微小的

....

miraculous /məˈræk.jə.ləs/ *adj.* like a miracle; completely unexpected and very lucky 奇跡般的；令人驚奇的；不可思議的

■ *a miraculous recovery* 奇蹟般的復原

■ *miraculous events* 不可思議的事件

同 extraordinary; phenomenal

源 源自 miracle（奇蹟）。

衍 **miracle** *n.* 奇蹟；令人驚歎的事

....

mirage /mɪˈrɑːʒ/ *n.* an image, produced by very hot air, of something that seems to be far away but does not really exist; something illusory and unattainable like a mirage 海市蜃樓；幻象；幻想

■ *a distant mirage* 遙不可及的幻想

同 hallucination; vision

記 和 mirror（鏡子）為同源字。鏡子能反射影像，而海市蜃樓則源自遠方事物的反射。

㊀ **mirror** n. 鏡子

miracle n. 奇蹟；令人驚嘆的事

....

misgiving /ˌmɪsˈɡɪv.ɪŋ/ n. feelings of doubt or worry about what might happen, or about whether or not something is the right thing to do （對未來事件的）疑慮；擔憂

■ *a sense of **misgiving*** 憂慮感

■ *her only **misgiving*** 她唯一的擔憂

㊂ qualm; trepidation

㊃ 字形同 miss（未做到；錯失）+ giving（給予）。助憶句：My only misgiving is that I might miss giving enough attention to my family.（我唯一的擔憂是我可能錯失給予家人足夠的關注。）

....

misleading /ˌmɪsˈliː.dɪŋ/ adj. giving the wrong idea or impression and making you believe something that is not true 誤導的；引入歧途的；讓人產生錯誤觀念的

■ ***misleading** information* 誤導的訊息

■ *a **misleading** impression* 一個讓人誤解的印象

㊂ deceptive; confusing; fallacious

㊃ misleading 的字源分析：<mis:

wrong + *lead*: guide + *ing*: adj.> 字源的意義是"to lead or guide wrongly"，錯誤引導，即「誤導的」。

㊀ **mislead** v. 誤導；把……引入歧途

....

mitigate /ˈmɪt̬.ə.ɡeɪt/ v. to cause to become less harmful, serious, etc. 減輕；使緩和

■ *to **mitigate** the effects of the disaster* 減輕這個災難的影響

㊂ mollify; alleviate; extenuate

㊃ 讀音類似 medicate（對……用藥）。助憶句：We will medicate the patient at once to mitigate the impact of his back pain.（我們將立即為病人施予藥物治療，以減輕他背部疼痛的影響。）

㊀ **unmitigated** adj.（常指壞事或不成功的事）完全的；徹底的；十足的

....

modify /ˈmɑː.də.faɪ/ v. to change something slightly, especially in order to make it more suitable for a particular purpose （稍作）修改；改造；改變

■ *to **modify** your behavior* 改變你的行為

■ *a **modified** project* 修改過的計畫

㊂ adapt; alter; adjust

㊃ 和 mode（方式）以及 model（型號；典型；模特兒）為同源字。

㊀ **mode** n. 方法；方式

model n. 型號；典型；模特兒

....

molecule /ˈmɑː.lɪ.kjuːl/ n. a group of atoms that forms the smallest unit that a substance can be divided into without a change in its chemical nature 分子

- ■ *a **molecule** of water* 一個水分子
- 回 particle; iota
- 記 讀音類似 my love capsule（我的愛情膠囊）。助憶句：The art installation *My Love Capsule* is made from a unique carbon molecule.（《我的愛情膠囊》這個裝置藝術是由一種獨特的碳分子製成的。）

- 衍 **molecular** *adj.* 分子的

....

mollify /ˈmɑː.lə.faɪ/ *v.* to make someone feel less angry or upset 撫慰；使平靜

- ■ *to **mollify** the mother* 撫慰這個母親
- 回 placate; alleviate; ameliorate
- 記 讀音類似 the mellow sky（溫柔的天空）。助憶句：As the sun began to set, the hue of the mellow sky worked to mollify everyone's worries.（當太陽開始落下，溫柔的天空的顏色撫慰了每個人的煩惱。）
- 衍 **ameliorate** *v.* 使變好；改善；改進

....

momentous /məˈmen.təs/ *adj.* very

important or serious, especially because there may be important results 重大的；重要的

- ■ *the **momentous** news* 重大新聞
- ■ *a **momentous** decision* 一個重大決定
- 回 historic; significant
- 記 源自 moment（片刻；瞬間）。一個被注意到的瞬間必定具有其重要性。

....

monetary /ˈmɑːnɪteri/ *adj.* connected with money, especially all the money in a country 貨幣的；金融的

- ■ ***monetary** policy* 金融政策
- 回 financial; fiscal
- 記 源自 money（錢）。

....

monumental /ˌmɑːn.jəˈmen.t̬əl/ *adj.* very big 巨大的

- ■ *a **monumental** misunderstanding* 極大的誤解
- 回 enormous; gigantic
- 源 源自 monument（紀念碑；紀念館）。
- 衍 **monument** *n.* 紀念碑；紀念館

....

morose /məˈroʊs/ *adj.* unhappy, in a bad mood and not talking very much 陰鬱的；脾氣不好的；孤僻的

- ■ *a **morose** expression* 陰鬱的表情
- ■ *to look **morose*** 看起來脾氣不好的
- 回 gloomy; sullen; dour
- 記 讀音類似 more rows（更多排）。助憶句：With more rows of houses burnt down, the mayor's expression became morose.（隨著更多排的房屋被燒毀，市長的表

情變得陰鬱。）

....

mortal /ˈmɔːr.t̬əl/ *adj.* causing death 致命的

■ *a **mortal** wound* 致命傷

🔄 fatal; lethal

🔵 mortal 和 murder（謀殺）為同源字。🔹：字根 *mur/mort* 的意思是 die, harm = 死；傷害。

🔶 **mortal** *adj.* 終有一死的 *n.* 凡人；普通人 <*mortal*: die>
mordant *adj.* 尖酸的 <*mord*: harm + *ant*: adj.>
mortality *n.* 必死性；死亡率 <*mort*: die + *ality*: n.>
mortgage *n.* 抵押貸款 <*mort*: death + *gage*: pledge> 字源的意義是"death pledge"，即「死亡的誓約」。指債務清償後，或是債務償還違約時，合約自動終結或消亡。
murder *v.* 謀殺 <*murder*: death>
postmortem *n.* 驗屍；驗屍解剖 <*post*: after + *mortem*: death>
remorse *n.* 懊悔；悔恨；自責 <*re*: again + *morse*: rub, harm> 字源的意義是"to bite again"，再咬一次，即「後悔」。

....

mosaic /moʊˈzeɪ.ɪk/ *n.* a picture or pattern made by placing together small pieces of glass, stone, etc. of different colors 馬賽克；鑲嵌圖案；鑲嵌畫；混合體

■ *a design in **mosaic*** 馬賽克設計

■ *a **mosaic** of ethnic groups* 一個多種族的混合體

🔄 patchwork; montage

🔵 mosaic 的音譯是「馬賽克」。

....

muddle /ˈmʌd.əl/ *n.* an untidy or confused state 混亂狀態；糟糕局面

■ *in a **muddle*** 一團亂

🔄 chaos; confusion

🔵 讀音類似 model（模特兒）。助憶句：The <u>model</u>'s fall on the catwalk turned the fashion show into a state of <u>muddle</u>.（這個模特兒在伸展台上跌倒，把優雅的時裝秀變成一團混亂。）

....

multitude /ˈmʌl.tə.tuːd/ *n.* an extremely large number of things or people 許多；眾多

■ *a **multitude** of choices* 許多選擇

■ ***multitudes** of people* 很多人

🔄 a lot; swarm

🔵 讀音類似 <u>many</u> <u>to-do</u> lists（許多待辦清單）。助憶句：The CEO has a <u>multitude</u> of projects, so he relies on <u>many</u> <u>to-do</u> lists to keep track of them.（這個執行長有眾多的專案，因此他依賴許多待辦清單來追蹤這些事項。）

....

mundane /mʌnˈdeɪn/ *adj.* not exciting or interesting 平凡的；世俗的；單調

的
- ■ *a **mundane** task* 一個單調的工作
- ■ ***mundane** matters* 瑣事
- 圓 worldly; ordinary; boring
- 記 讀音類似 me and Dane（我和丹恩）。助憶句：On that lazy afternoon, it was <u>me</u> <u>and</u> <u>Dane</u> in the park, observing the <u>mundane</u> routines of city life.（在那個悠閒的下午，我和丹恩在公園裡，觀察著都市生活的平凡日常。）

....

mural /ˈmjʊr.əl/ *n.* a painting or other work of art executed directly on a wall 壁畫
- ■ *traditional **murals*** 傳統壁畫
- 圓 painting
- 記 字形同 <u>miss</u> <u>ur</u> <u>wall</u>（想念你的牆）。助憶句：I can't help but <u>miss</u> <u>ur</u> <u>wall</u>; that <u>mural</u> you painted is awesome.（我忍不住想念你的牆；你畫的那個壁畫真是太棒了。）

....

murky /ˈmɝː.ki/ *adj.* not clear; dark or dirty with mud or another substance 不清楚的；混濁的；黑暗的
- ■ *the **murky** bottom of the lake* 混濁不清的湖底
- ■ *the **murky** sky* 黑暗的天空
- 圓 cloudy; dull; bleak
- 記 用 muddy（泥濘的）來記憶 murky，兩個字押頭韻。助憶句：He dived into the <u>muddy</u> and <u>murky</u> underwater caves.（他潛入了泥濘且昏暗的水下洞穴中。）

....

myopic /maɪˈɑː.pɪk/ *adj.* unable to see

things clearly when they are far away 近視的
- ■ ***myopic** students* 近視的學生
- 圓 short-sighted
- 記 字形同 <u>my</u> <u>old</u> <u>pic</u>（我的舊照片）。助憶句：As I glanced at <u>my</u> <u>old</u> <u>pic</u>, I recalled how <u>myopic</u> my vision used to be because I needed to wear glasses all the time.（當我瞥了一眼我的舊照片，我想起我過去近視多麼嚴重，因為我永遠要戴著眼鏡。）

- 衍 **myopic** *adj.* 目光短淺的；缺乏深謀遠慮的

....

myriad /ˈmɪr.i.əd/ *n.* a very large number of something 無數；極大數量
- ■ *a **myriad** of choices* 無數的選擇
- ■ ***myriads** of vendors* 無數的小販
- 圓 multitude; throng
- 記 讀音類似 period（時期）。助憶句：It was a <u>period</u> of intellectual enlightenment, with a <u>myriad</u> of great thinkers advocating for reason and liberty.（這是一個知識啟蒙的時期，有無數偉大的思想家倡導理性和自由。）

....

N

nadir /ˈneɪ.də/ n. the worst moment of a particular situation 最糟糕的時刻；最消沉的時刻；最低點

- ■ *the nadir of his acting career* 他的戲劇生涯的最低點
- 🔲 bottom
- 🔳 讀音類似 not her（不是她）。助憶句：When it was revealed that the new manager was <u>not</u> <u>her</u>, Diana felt like she was at the <u>nadir</u> of her career.（當宣佈新經理不是她的時候，黛安娜感到自己正處於職業生涯的低谷。）

nascent /ˈneɪ.sənt/ adj. beginning to exist; not yet fully developed 新生的；萌芽的

- ■ *a nascent industry* 一個剛萌芽的行業
- 🔲 emerging; dawning
- 🔳 nascent 的字源分析：<nas/nat: born + cent: adj.> 字源的意義是 "to be born"，即「新生的；萌芽的」。
- 🔳 **nation** n. 國家 <nat: birth, race +

tion: n.> 字源的意義是 "a race of people"，同一族的人，即「國家」。

renascent adj. 新生的；復興的 <re: again + nascent: born> 字源的意義是 "to be born again"，即「再生」。

Renaissance n. 文藝復興 <re: again + nais: born + sance: n.> 字源的意義是 "born again; rise again"，再度升起，即「文藝復興」。

innate adj. 與生俱來的；天賦的 <in: in + nate: born> 字源的意義是 "inborn"，即「與生俱來」。

naïve adj. 天真的；無知的 <naïve: nature> 字源的意義是 "nature"，天性，即「天真的；無知的」。

nausea /ˈnɔː.zə/ n. the feeling that you have when you want to vomit, for example because you are sick or are shocked or frightened by something 噁心；嘔吐感

- ■ *a wave of nausea* 一陣噁心感
- 🔲 sickness; vomiting
- 🔳 讀音類似 <u>no</u> <u>sea</u> again（不要又是大海）。助憶句：Having experienced seasickness on a previous voyage, Nanny hesitated to board the boat, saying, "Oh, <u>no</u> <u>sea</u> again! I don't want to suffer from <u>nausea</u>!"（在之前的航程中經歷過暈船，奶奶猶豫著是否上船，說道：「哎呀，不要又是大海！我不想再受到噁心的折磨了！」）
- 🔳 **nautical** adj. 航海的；海員的；

185

船舶的 <*nautic*: ship + *al*: adj.>

navy *n.* 海軍 <*navy*: ship>

navigate *v.* 航行；導航；橫渡
<*nav*: boat + *ig*: drive + *ate*: v.>

astronaut *n.* 太空人；航天員
<*astra*: star + *naut*: sailor>

....

nebulous /ˈneb.jə.ləs/ *adj.* not clear 模
糊不清的；含糊的

- ■ *a nebulous idea* 模糊的想法
- 🔵 vague
- 🔖 字形同 never（從不）+ fabulous
  （很好的；出色的）。助憶句：
  The project she planned was never
  that fabulous; in fact, it remained
  nebulous and unclear.（她規畫的
  專案從來不是那麼出色；事實
  上，這個專案依然模糊不清。）

....

nefarious /nəˈfer.i.əs/ *adj.* criminal;
extremely bad 邪惡的；不道德的

- ■ *nefarious activities* 不道德的活動
- 🔵 wicked; evil
- 🔖 讀音類似 new ferry（新的渡
  輪）。助憶句：The passengers
  observed nefarious activities on the
  new ferry.（乘客們在新的渡輪上
  目睹了邪惡的活動。）

....

negligent /ˈneg.lə.dʒənt/ *adj.* failing to
give somebody or something enough
care or attention, especially when this
has serious results 疏忽的；失職的

- ■ *negligent mistakes* 疏忽的錯誤
- ■ *a negligent pilot* 失職的飛行員
- 🔵 careless; heedless
- 🔖 和 negative（否定的；負面的；
  陰性的）為同源字。

....

negotiation /nəˌgoʊ.ʃiˈeɪ.ʃən/ *n.* formal
discussion between people who are
trying to reach an agreement 談判；磋
商；洽談

- ■ *a series of negotiations* 一系列的
  談判
- ■ *be under negotiation* 正在磋商
- 🔵 discussion; compromise; arbitration
- 🔖 讀音類似 Nicole, the Asian
  Department manager（妮可，亞洲
  部門經理）。助憶句：Nicole, the
  Asian Department manager, is
  known for being skilled at
  negotiation.（妮可，亞洲部門經
  理，以其在談判方面的技巧而聞
  名。）
- 🔄 **negotiate** *v.* 談判；就……談判；
  磋商

....

neophyte /ˈniː.oʊ.faɪt/ *n.* a person who
has recently started an activity 新手

- ■ *a political neophyte* 一個政治新手
- 🔵 beginner; novice; tyro
- 🔖 讀音類似 new fighter（新的格鬥
  首）。助憶句：Despite being a
  neophyte, this MMA new fighter
  exhibited impressive technique and
  fearlessness.（儘管是新手，這位

MMA 新格鬥手展現出令人印象深刻的技巧和無畏精神。）

nerd /nɝːd/ *n.* a person who is boring, stupid and not fashionable 討厭的人；笨蛋

■ *a real **nerd*** 超級笨蛋

[同] geek

[記] 用 heard（聽過）來記憶 nerd。助憶句：I have never heard a nerd like him.（我沒聽說過像他這樣的傻瓜。）

[衍] **nerd** *n.* 對（尤指電腦）入迷的人

nettle /ˈnet̬.əl/ *v.* to make someone annoyed or slightly angry 激怒；惱怒

■ *to **nettle** the waiter* 激怒這個服務生

[同] annoy; irritate; vex

[記] 用 mettle（勇氣）來記憶 nettle。助憶句：The haters tried to nettle him, but he showed them his mettle by winning the game.（酸民想激怒他，但他贏得比賽，由此展現他的勇氣。）

[源] nettle 也指蕁麻，和 net（網）為同源字。字源的意義也許是指蕁麻表面的細刺就像網子般能夠縛綁住其他物品。

[衍] **nettle** *n.* 蕁麻

noble /ˈnoʊ.bəl/ *adj.* having or showing fine personal qualities that people admire, such as courage, honesty and care for others 高尚的；偉大的；崇高的

■ ***noble** ideals* 崇高的理想

■ *a **noble** cause* 崇高的志業

[同] virtuous; worthy

[記] 用 Nobel Prize（諾貝爾獎）來記憶 noble。助憶句：The recipients of the Nobel Prize are celebrated for their noble achievements.（諾貝爾獎得主因其崇高的成就而受到讚譽。）

[衍] **noble** *adj.* 貴族的
nobility *n.* 高尚；偉大；貴族
ignoble *adj.* 卑鄙的；可恥的
notorious *adj.* 臭名昭著的；聲名狼藉的

nocturnal /nɑːkˈtɝː.nəl/ *adj.* happening in or active during the night, or relating to the night 夜間發生的；夜間的；夜行性的

■ ***nocturnal** wanderings* 夜遊

■ ***nocturnal** animals* 夜行性動物

[同] night-time

[記] 法文 *bonne nuit* 的意思是晚安。法文 *nuit* 和英文 night 均源自字根 *noct* = 夜。相對於 nocturnal 的單字是 diurnal（在一天之間發生的；日間的；日行性的）。

[衍] **nocturia** *n.* 夜尿症 <*noct*: night + *uria*: urine>

nomad /ˈnoʊ.mæd/ *n.* a member of a community that moves with its animals from place to place 遊牧民族的一員

■ *tribes of **nomads*** 遊牧民族部落

[同] migrant; wanderer

[記] 用 no matter where（不論何處）來記憶 nomad。助憶句：As a nomad, he embraced the freedom of wandering, no matter where his journey took him.（作為遊牧民

族的一員，他追求漫遊的自由，不論他的旅程帶他去何處。）

[衍] **nomadic** *adj.* 游牧的；流浪的

nonchalant /ˌnɑːn.ʃəˈlɑːnt/ *adj.* behaving in a calm and relaxed way; giving the impression that you are not feeling worried 若無其事的；漠不關心的；毫不在乎的

■ *to appear **nonchalant*** 表現得漠不關心

[同] aloof; detached

[記] 讀音類似 nonetheless（然而；但是）。助憶句：Despite facing a lot of challenges, she remained nonchalant nonetheless.（儘管面臨著許多挑戰，然而她仍然表現得若無其事。）

nonplussed /ˌnɑːnˈplʌst/ *adj.* unsure about what to say, think, or do 驚慌的；迷惑的；不知所措的

■ *to feel **nonplussed*** 感到迷惑

[同] perplexed; bewildered; baffled

[記] 讀音類似 none plus none（零加零）。助憶句：None plus none equals nothing. Oh, I'm nonplused.（全無加上全無等於全無。噢，我感到困惑。）

notorious /noʊˈtɔːr.i.əs/ *adj.* well known for being bad 臭名昭著的；聲名狼藉的

■ *a **notorious** producer* 一個聲名狼藉的製作人

[同] infamous; scandalous

[源] 和 noted（著名的；眾所周知的）為同源字。noted 是好名聲的知名，notorious 是壞名聲的知名。

[衍] **notoriety** *n.* 臭名昭著；聲名狼藉

nourishment /ˈnɝː.ɪʃ.mənt/ *n.* food that is needed to stay alive, grow and stay healthy 營養；養分

■ *to obtain enough **nourishment*** 得到足夠的養分

■ *a great source of **nourishment*** 很棒的營養來源

[同] nutrition

[源] 和 nurture（培養；培育）以及 nurse（護士；保姆）為同源字。

novel /ˈnɑː.vəl/ *adj.* different from anything known before; new, interesting and often seeming slightly strange 新穎的；新奇的

■ *a **novel** feature* 新的特色

■ *a **novel** idea* 新穎的觀念

[同] new; original

[源] novel 也是名詞，意思是「小說」，字源的意義是“new story, new things”。作為文學史上很晚近才出現的文學類型，當時的小說被視為一種新穎的東西。

[衍] **novel** *n.* 小說
novelty *n.* 新穎；新奇

noxious /ˈnɑːk.ʃəs/ *adj.* poisonous, harmful, or very unpleasant 有害的；討厭的；令人不快的

- ■ *noxious* fumes 有害的煙霧
- ■ *noxious* behavior 令人不快的行為
- 圓 toxic; virulent; poisonous
- 記 讀音類似 <u>knock</u> <u>us</u> down（擊倒我們）。助憶句：These <u>noxious</u> gases will <u>knock</u> <u>us</u> down.（這些有害氣體會擊倒我們。）

---

nuance /ˈnuː.ɑːns/ *n.* a subtle difference in meaning, expression, or sound 細微差別

- ■ *the nuances* of the dialect 這個方言中的細微差異
- 圓 shade; nicety
- 記 讀音類似 knew（知道）＋ ounce（盎司；少量；少許）。助憶句：As an agent, he <u>knew</u> every <u>ounce</u> of the player's ability. His secret lay in understanding the <u>nuances</u> of talent.（身為經紀人，他知道這個球員的每一分能力。他的秘訣在於理解天賦的細微差別。）

---

nucleus /ˈnuː.kli.əs/ *n.* the central and most important part of an object, movement, or group 核心；原子核；細胞核

- ■ *the nucleus* of a cell 細胞核
- ■ *the comet's nucleus* 彗星核
- 圓 core; center
- 源 和 nuclear（核能的）為同源字。
- 衍 **nuclear** *adj.* 核能的

---

nurture /ˈnɜː.tʃə/ *v.* to care for and protect somebody while they are growing and developing 養育；培養

- ■ *to nurture* young talent 培養有才華的年輕人
- 圓 foster; cultivate
- 源 和 nurse（奶媽；保姆；護士）為同源字。♭：字根 *nur/nour/nutria* 的意思是 food, feed＝食物；餵養。
- 衍 **nurture** *n.* 教育；培養
  nutrient *n.* 營養物；養分 <*nutri*: food ＋ *ent*: *n.*>
  nourish *v.* 滋養；培養 <*nour*: feed ＋ *ish*: *v.*>
  nourishment *n.* 營養；營養品 <*nourish*: feed ＋ *ment*: *n.*>
  nursery *n.* 育嬰室 <*nurs*: feed, food ＋ *ery*: *n.*>
  malnourished *adj.* 營養不良的 <*mal*: bad ＋ *nour*: feed ＋ *ished*: *adj.*>

O

obdurate /ˈɑːb.dʊr.ɪt/ *adj.* refusing to change your mind or your actions in any way 頑固的；執拗的

■ *an **obdurate** attitude* 頑固的態度

🔄 stubborn; obstinate

📝 和 obstinate（固執的；倔強的；頑固的）為同義字，兩者字形接近。見 obstinate 條目。

obesity /oʊˈbiː.sə.t̬i/ *n.* the condition or state of being very fat 肥胖

■ *childhood **obesity*** 兒童肥胖

🔄 plumpness; heaviness

📝 讀音類似 ABC（入門；基礎知識）。助憶句：*The ABC of Obesity* is worth reading.（《肥胖基礎知識》這本書值得一讀。）

🔀 **obese** *adj.* 肥胖的；臃腫的

obey /oʊˈbeɪ/ *v.* to do what you are told or expected to do 服從；順從；遵守

■ *to **obey** the law* 遵守法律

🔄 abide by; conform

📝 讀音類似 a bay（一個海灣）。助憶句：The ship sailed into a bay, and the crew were rewarded with its tranquil waters, which served as a reminder of how important it was for them to obey navigation rules.（這艘船駛入了一個海灣，船員得到這片寧靜的水域作為回報，這也提醒著他們遵守航行規則是多麼重要。）

🔀 **obedience** *n.* 服從；聽話；馴服

obfuscate /ˈɑːb.fə.skeɪt/ *v.* to throw into shadow 使糊塗；使困惑

■ *to **obfuscate** the issue* 使這個議題變得混亂

🔄 obscure; confuse

📝 字形類似 O'Brian made a fuss about the cat（歐布萊恩對於貓這件事小題大作）。助憶句：O'Brian made a fuss about the cat, trying to obfuscate the situation.（歐布萊恩對於貓這件事小題大作，想要混淆整個情況。）

obligation /ˌɑː.bləˈɡeɪ.ʃən/ *n.* the state of being forced to do something because it is your duty, or because of a law, etc. 義務；責任；職責

■ *under no **obligation*** 沒有義務

■ *to have an **obligation** to do it* 有義務做這件事

🔄 duty; commitment; responsibility

📝 讀音類似 oh, big situation（哦，大問題）。助憶句：The super hero cried, "Oh, big situation! It's my obligation!"（超級英雄大喊：「哦，大問題來了！這是我的責任！」）

㊇ **oblige** *v.* 責成；強迫；迫使

....

oblivious /əˈblɪv.i.əs/ *adj.* not aware of something 毫不在意的；毫無知覺的；未察覺的

■ to be **oblivious** *of the surroundings* 對於環境毫未察覺

㊀ unaware; heedless

㊉ 字形類似 obvious（明顯的；清楚的）。助憶句：It was obvious to everyone at the party that Sarah was upset, but her husband John seemed completely oblivious.（在派對上，每個人都明顯看出莎拉心情不好，但她的丈夫約翰似乎毫不知情。）

㊇ **oblivion** *n.* 被遺忘；湮沒

....

obnoxious /əbˈnɑːk.ʃəs/ *adj.* very rude or unpleasant 可憎的；令人討厭的；粗魯無禮的

■ an **obnoxious** *smell* 討厭的味道

㊀ loathsome; nasty

㊉ 字形同 obviously（顯然地）＋ noxious（討厭的；令人不快的）。助憶句：The behavior is obnoxious. It is obviously noxious.（這種行為很可憎，很明顯地令人感到厭惡。）見 noxious 條目。

....

obscure /əbˈskjʊr/ *adj.* not well known; not clear or difficult to understand 無名的；晦澀的；模糊的；不清楚的

■ for some **obscure** *reason* 因為某個不清楚的原因

㊀ unknown

㊉ 字形同 obesity's cure（肥胖症的療法）。助憶句：Obesity's cure still remains obscure due to our limited understanding of it.（肥胖症的療法依然很不清楚，因為我們對其了解仍然有限。）

㊇ **obscurity** *n.* 無名；鮮為人知；默默無聞

....

obsequious /əbˈsiː.kwi.əs/ *adj.* trying too hard to please somebody, especially somebody who is important 巴結的；諂媚的；卑躬屈膝的

■ an **obsequious** *smile* 諂媚的微笑

■ **obsequious** *comments* 極盡諂媚的評論

㊀ servile

㊉ 讀音類似 obedient, seeking to kiss anyone's ass（很順從，尋求拍馬屁的機會）。助憶句：He is obedient, always seeking to kiss anyone's ass. In a word, he's obsequious.（他非常順從，總是尋求拍馬屁的機會。總之，他很諂媚。）

....

obsolete /ˌɑːb.səlˈiːt/ *adj.* no longer in use or no longer useful 被淘汰的；過時的

■ an **obsolete** *industry* 一個過時的行業

㊀ outdated; archaic; passé

㊉ 字形同 obvious（明顯的）＋ so（所以）＋ delete（刪除）。助憶句：This word is obsolete. It's an obvious tendency, so you can delete it.（這個字已經過時了。這是明顯的趨勢，所以你可以將它刪去。）

obstinate /'ɑːb.stə.nət/ *adj.* refusing to change your opinions, way of behaving, etc. when other people try to persuade you to 固執的；倔強的；頑固的

■ *an **obstinate** boy* 一個倔強的男孩

🔁 stubborn; headstrong; obdurate

🔍 obstinate 的字源分析：<*ob*: in the way, against + *stin*: stand + *ate*: *adj.*> 字源的意義是"stand in the way of"，站立著阻擋，即「固執的；倔強的；頑固的」。

obstreperous /ɑːbˈstrep.ə-.əs/ *adj.* noisy and difficult to control 喧鬧的；吵鬧不服管束的；難駕馭的

■ ***obstreperous** children* 喧鬧的孩子

🔁 unruly; uncontrollable

🔁 讀音類似 Oh boy! Street boys! （噢，街頭男孩！）助憶句：Oh boy! Street boys! They are playing their obstreperous games again. （噢，街頭男孩！他們又玩起那些喧鬧的遊戲了。）

obtain /əbˈteɪn/ *v.* to get something, especially by making an effort 得到；獲得

■ *to **obtain** permission* 獲得許可

■ *to **obtain** data* 得到資訊

🔁 acquire; come by

🔁 讀音類似 oh, bet then （噢，那麼賭注下去）。助憶句：Oh, bet then what you have in talent and determination, and you'll obtain success. （噢，那麼把你所擁有的才華和決心都賭注下去，你將會獲得成功。）

obtrusive /əbˈtruː.sɪv/ *adj.* easy to notice in an unpleasant way 顯眼的；引人注目的

■ *an **obtrusive** feature* 明顯的特色

🔁 noticeable; protruding

🔁 讀音類似 objective truth （客觀的事實）。助憶句：The objective truth is that his motive is obtrusive. （客觀的事實是，他的動機很明顯。）

🔁 **unobtrusive** *adj.* 不引人注目的；不張揚的；不惹眼的

obtuse /ɑːbˈtuːs/ *adj.* slow or unwilling to understand something 愚笨的；遲鈍的；遲緩的

■ *to be deliberately **obtuse*** 故意表現遲鈍的樣子

🔁 dull; doltish

🔁 讀音類似 odd shoes （怪異的鞋子）。助憶句：She showed up to the party wearing odd shoes, and her sense of fashion was really obtuse. （她穿著怪異的鞋子出現在派對上，她的時尚品味確實很遲鈍。）

obviate /'ɑːb.vi.eɪt/ *v.* to remove a

problem or the need for something 排除；消除；使無必要

- ■ *to obviate* the need for surgery 排除手術的必要
- 回 preclude; prevent
- 記 用 obvious（明顯的）來記憶 obviate。助憶句：The financial burden is an obvious weight on our shoulders, and we should find ways to obviate its impact on our future. （經濟負擔對我們而言是明顯的重荷，我們應該尋找方法來避免它對我們的未來的影響。）

....

obvious /ˈɑːb.vi.əs/ *adj.* easy to see or understand 清楚的；顯然的；明顯的；明白的

- ■ *for obvious* reasons 因為很明顯的理由
- ■ *with obvious* pleasure 顯然很快樂
- 回 clear
- 記 讀音類似 over us（籠罩我們）。助憶句：As the expert explained the concept, a sense of clarity washed over us, making the solution seem so obvious.（當專家解釋這個概念時，一股清晰感籠罩我們，使得解決方案顯得如此明顯。）

....

ocular /ˈɑː.kjə.lɚ/ *adj.* connected with the eyes 眼睛的；視力的；看得到的

- ■ *ocular muscles* 眼部肌肉
- 回 optical; visual
- 源 ocular 的字源分析：<*ocul*: eye + *ar*: adj.> 字源的意義是"of the eye"。◊：可以用 O, cool（噢，好酷）來記憶 *ocul* 字根。想像你

第一次看到倫敦之眼（London Eye），你大喊一聲："O, cool! What an eye!"

- 衍 **oculus** *n.* 眼
- **inoculate** *v.* 接種疫苗；打預防針 <*in*: in + *ocul*: eye + *ate*: v.> 字源的意義是"to implant a bud or eye of one plant into another"，即「將芽眼移植至另一株植物」，衍伸的意義為「把病毒疫苗植入身體」。
- **binocular** *adj.* 同時用雙目的；雙目並用的 <*bi*: two + *ocular*: eye>

....

odyssey /ˈɑː.dɪ.si/ *n.* a long journey during which somebody has a lot of interesting and exciting experiences 漫長而驚險的旅程；探索

- ■ *a space odyssey* 太空歷險旅程
- ■ *a spiritual odyssey* 精神的探索
- 回 journey; trek
- 源 源自荷馬的史詩《奧德賽》（Odyssey）。這首史詩的主角是伊色加國王（king of Ithaca）奧德修斯（Odysseus）。

....

oeuvre /ˈɜː.vrə/ *n.* all the works of a writer, artist, etc. 全部作品；作品全集

- ■ *the musician's oeuvre* 這個音樂家的全部作品
- 回 opus; work
- 記 the Louvre（羅浮宮）的部分字形類似 oeuvre。助憶句：You can find all of his oeuvre in the Louvre（你可以在羅浮宮找到他的全部作品。）

....

official /əˈfɪʃ.əl/ *adj.* agreed to, said,

done, etc. by somebody who is in a position of authority 官員的；公職的

■ ***official** figures* 官方數字

■ *the **official** language* 官方語言

[同] formal

[源] 源自 office（官職；辦公室）。

[衍] **official** *n.* 官員；高級職員

offspring /ˈɔːf.sprɪŋ/ *n.* a child of a particular person or couple; the young of an animal or plant 後代；子女；子嗣

■ *two adult **offspring*** 兩個成年子女

[同] children; progeny

[源] offspring 的字源分析：<*off*: away + *spring*: spring> 字源的意義是 "those who spring off someone"，源自某人的，即「後代」。

omen /ˈoʊ.mən/ *n.* a sign of what is going to happen in the future 預兆；徵兆；兆頭

■ *a good **omen*** 好兆頭

[同] portent

[記] 字形同 old men（老人）。助憶句：The sight of soldiers, all old men, marching off to war was seen as an ill omen for the country.（一群老人當兵走向戰場，這景象被視為這個國家的不祥預兆。）

onus /ˈoʊ.nəs/ *n.* the responsibility for something 責任；義務

■ *the **onus** of proof* 舉證責任

■ *the **onus** is on the landlord* 房東負有責任

[同] responsibility; duty

[記] 字形同 on us（在我們身上）。助憶句：The onus is on us.（責任在我們身上。）

[衍] **onerous** *adj.* 繁重的；麻煩的
exonerate *v.* 解除（罪、責任、債務等）；使免罪 <*ex*: out + *oner*: burden + *ate*: *v.*>

opaque /oʊˈpeɪk/ *adj.* not clear enough to see through or allow light through 不透明的；晦澀的；難理解的

■ ***opaque** glass* 不透明玻璃

■ *an **opaque** poem* 一首晦澀的詩

[同] non-transparent; hazy

[記] 讀音類似 OPEC（石油輸出國組織）。助憶句：OPEC has faced criticism for its opaque oil policy.（石油輸出國組織因其不透明的石油政策而受到批評。）

opponent /əˈpoʊ.nənt/ *n.* a person that you are playing or fighting against in a game, competition, argument, etc. 反對者；對手

■ *a political **opponent*** 政治對手

[同] adversary; rival

[記] 讀音類似 open it（打開門）。助憶句：He shouted at his rival on the other side of the fighting cage, "Open it, my worthy opponent!"（他在格鬥籠另一邊對著他的對

手大喊，「打開門吧，我可敬的對手！」）

㊀ 源自 oppose（反對）。

㊂ **oppose** *v.* 反對

……………………………………

oppress /əˈpres/ *v.* to treat somebody in a cruel and unfair way, especially by not giving them the same freedom, rights, etc. as other people 壓迫；壓制；欺壓

■ *to **oppress** minorities* 欺壓少數族群

■ *to **oppress** the people* 壓迫人民

㊁ persecute; repress; subjugate

㊀ 和 press（按；壓）為同源字。

㊂ **oppression** *n.* 壓迫；壓制；欺壓
press *v.* 按；壓 *n.* 報刊；報導；新聞界

……………………………………

opulent /ˈɑː.pjə.lənt/ *adj.* made or decorated using expensive materials 奢華的；豪華的；奢侈的

■ *an **opulent** lifestyle* 奢華的生活方式

㊁ sumptuous; lavish; luxurious

㊄ 字形類似 opal pendant（蛋白石吊墜）。助憶句：Look at this opal pendant, a piece of opulent jewelry.（看這枚蛋白石吊墜，一件奢華的珠寶。）

㊂ **opulence** *n.* 奢華；豪華

……………………………………

orbit /ˈɔːr.bɪt/ *n.* a curved path followed by a planet or an object as it moves around another planet, star, moon, etc. 軌道

■ *to put into **orbit*** 放入軌道

■ *in a stable **orbit*** 在穩定的軌道上

㊁ course; circuit

㊄ 讀音類似 a bit（一點點）。助憶句：Generally, the orbit of a satellite should be a bit different from that of another to avoid the risk of collision.（一般而言，一顆衛星的軌道應該與另一顆衛星的軌道有一點不同，以避免碰撞的風險。）

……………………………………

ordeal /ɔːrˈdiəl/ *n.* a severe trial or unpleasant experience 苦難；嚴峻考驗；煎熬

■ *a horrible **ordeal*** 可怕的苦難

■ *quite an **ordeal*** 令人煎熬的事情

㊁ tribulation; trial

㊄ 用 deal（處理；動手解決）來記憶 ordeal。助憶句：The company went bankrupt, and the employees had to deal with the ordeal of job loss.（公司破產了，員工們必須處理失業的嚴峻考驗。）

……………………………………

organic /ɔːrˈɡæn.ɪk/ *adj.* produced or practiced without using artificial chemicals 不使用化肥的；有機的

■ *organic farming* 無化肥耕作

■ *organic vegetables* 有機蔬菜

㊁ natural

㊀ 源自 organ（器官）。organic 的字源分析：<*worg*: work, do + *ic*: *adj.*> 字源的意義是"relating to the body"，與身體運作相關的，即「有機物的」。進一步衍伸的意義是不影響有機物系統的運作，即「不使用化肥的；有機的」。

㊂ **organic** *adj.* 有機物的
organ *n.* 器官；管風琴 <*worg*: work, do> 字源的意義是"tool for

195

making or doing"，使身體運作的工具，即「器官」。organ 也衍伸為產生音樂的工具，即「管風琴」。

originate /əˈrɪdʒ.ən.eɪt/ *v.* to happen or appear for the first time in a particular place or situation 起源；開始；產生

- *to have **originated** in Asia* 起源於亞洲
- 🔄 arise; stem; emerge
- 🔵 和 oriental（東方的；東亞的；東南亞的）為同源字。originate 的字源分析：<*origin*: rise + *ate*: *v.*> 字源的意義是"to rise, start"，太陽升起，即「起源；開始」。
- 🔶 **origin** *n.* 起源；源頭；起因
  original *adj.* 起初的；原作的；有創意的
  aboriginal *adj.* 土著的；原始的 <*ab*: away from + *origin*: rise + *al*: *adj.*> 字源的意義是"from the beginning"，最早的起源，即「土著的；原始的」。
  oriental *adj.* 東方的；東亞的；東南亞的 <*orient/origin*: rise + *al*: *adj.*> 字源的意義是"to rise"，太陽升起之處，即「東方的」。

oscillate /ˈɑː.səl.eɪt/ *v.* to keep changing from one extreme of feeling or behavior to another, and back again 搖擺；猶豫

- *her **oscillating** moods* 她的搖擺不定的情緒
- *to **oscillate** between depression and hope* 在沮喪與希望之間搖擺
- 🔄 vacillate; waver; fluctuate
- 🔵 讀音類似 <u>Oh</u>, it's <u>so</u> <u>late</u>（噢，這

麼晚了）。助憶句："<u>Oh</u>, it's <u>so</u> <u>late</u>, and my thoughts begin to <u>oscillate</u> between staying up a bit longer or not."（「噢，這麼晚了，我的思緒開始猶豫是否再多熬夜一會兒。」）

- 🔶 **oscillate** *v.* 搖擺不定；擺動；震盪

ostracize /ˈɑː.strə.saɪz/ *v.* to exclude from a society or group 故意避開；排擠；排斥

- *to **ostracize** someone* 排擠某個人
- 🔄 exclude; shun
- 🔵 字形類似 ostrich（鴕鳥）。助憶句：The duckling was <u>ostracized</u> because it was almost as giant as an <u>ostrich</u>.（這隻小鴨被排斥，因為牠幾乎和鴕鳥一樣大。）

- 🔶 **ostracism** *n.* 排擠；排斥；流放

overcome /ˌoʊ.vəˈkʌm/ *v.* to succeed in dealing with or controlling a problem that has been preventing you from achieving something 克服；戰勝；攻克；解決

- *to **overcome** fatigue* 克服疲倦
- *to **overcome** the fear* 戰勝恐懼
- 🔄 control; master; conquer

源 overcome 的字源分析：<*over*: beyond, across + *come*: come> 字源的意義是"pass over, prevail over"，跨過，即「克服；戰勝」。

....

overt /oʊˈvɜːt/ *adj.* done in an open way and not secretly 公開的；明顯的；毫不隱瞞的

■ ***overt** criticism* 公開批評

■ ***overt** support* 毫不隱瞞的支持

回 undisguised; apparent; conspicuous

記 在 <u>covert</u>（隱蔽的；隱秘的；秘密的）中找到 overt。記憶法見 covert 條目。助憶句：His job is to take <u>covert</u> pictures and then to show them in an <u>overt</u> presentation.（他的工作是拍隱密的照片，然後公開展示出來。）

....

overwhelm /ˌoʊ.vəˈwelm/ *v.* to have such a strong emotional effect on somebody that it is difficult for them to resist or know how to react （強烈的感情）充溢；使難以承受；使不知所措；征服

■ *be **overwhelmed** by grief* 悲痛欲絕

■ *be totally **overwhelmed*** 完全不知所措

回 overpower; inundate

記 讀音類似 R<u>over</u>（路華，一種四輪傳動車）+ <u>realm</u>（領域）。助憶句：Within R<u>over</u>'s <u>realm</u>, the stunning landscapes can quickly <u>overwhelm</u> your senses.（在路華的領域中，令人驚艷的風景很快會讓您感到不知所措。）

....

oxymoron /ˌɑːk.sɪˈmɔːr.ɑːn/ *n.* a phrase that combines two words that seem to be the opposite of each other, for example a deafening silence 矛盾修辭法；逆喻

■ ***oxymoron** and hyperbole* 矛盾修辭法與誇張法

回 a combination of incongruous words

記 讀音類似 <u>excellency</u>（閣下）+ <u>moron</u>（白癡）。助憶句：This sounds like an <u>oxymoron</u>: "His <u>Excellency</u> is a <u>moron</u>."（這個講法聽起來像是矛盾修辭法：「大使閣下是個白癡。」）

....

P

pacify /ˈpæs.ə.faɪ/ *v.* to make somebody who is angry or upset become calm and quiet 使平靜；平息；安撫
- ■ *to **pacify** the crying kid* 安撫這個哭鬧的孩子
- ■ *to **pacify** the crowd* 安撫群眾
- 同 placate
- 源 和 peace（和平；太平）為同源字。the Pacific Ocean（太平洋）也是同源字。
- 衍 **pacific** *adj.* 和平的；求和的

painstaking /ˈpeɪnzˌteɪ.kɪŋ/ *adj.* done with a lot of care, effort and attention to detail 費盡心思的；認真仔細的
- ■ ***painstaking** research* 費盡心思的研究
- ■ *a **painstaking** worker* 認真仔細的工人
- 同 thorough; assiduous; meticulous
- 源 和片語 take great pains to do something（不辭勞苦的做某事）的意思接近。

palatable /ˈpæl.ə.t̬ə.bəl/ *adj.* agreeable to the palate or taste 可口的；味美的；可以接受的
- ■ *a **palatable** meal* 美味的一餐
- 同 tasty; appetizing
- 記 字形類似 plate（盤子；碟子）。助憶句：I enjoyed a <u>plate</u> of <u>palatable</u> salad.（我享用了一盤美味的沙拉。）
- 衍 **palate** *n.* 顎；（對於美食的）鑑賞

力
unpalatable *adj.* （食物）不可口的；（事實）令人難以接受的

palaver /pəˈlæv.ɚ/ *n.* talk that does not have any meaning 廢話；空話
- ■ *to talk **palaver*** 講廢話
- 同 nonsense
- 記 讀音類似 pull over（駛到路邊）。助憶句：I saw the truck drivers <u>pull over</u> and then they started to talk <u>palaver</u>.（我看到卡車司機們駛到路邊，然後開始閒聊。）更多同源字見 parliament 條目。

- 衍 **palaver** *n.* 不便；麻煩

palette /ˈpæl.ət/ *n.* a thin board with a hole in it for the thumb to go through, used by an artist for mixing colors on when painting 調色盤
- ■ *on the **palette*** 在調色盤上
- 同 board
- 記 讀音類似 pilot（飛行員）。想像特技飛行員劃過天空，留下彩色軌跡。助憶句：The sky is the <u>pilot</u>'s <u>palette</u>.（天空是這個飛行員的調色盤。）

㊟ **palette** *n.* 用色風格

………………………………………………

pamper /ˈpæm.pɚ/ *v.* to take care of somebody very well and make them feel as comfortable as possible 呵護;縱容;寵愛

■ *a pampered kid* 一個被寵壞的孩子

■ *to pamper yourself* 寵愛你自己

㊐ spoil; cosset

㊙ Pampers diapers（幫寶適尿片）是同一個字。

………………………………………………

panacea /ˌpæn.əˈsiː.ə/ *n.* a solution or remedy for all difficulties or diseases 萬靈藥;萬能之計

■ *a panacea for all the problems* 所有問題的萬靈丹

㊐ cure-all; elixir

㊙ 讀音類似 pain（痛苦）+ seeya（=see you 再見）。助憶句：All my pain, seeya, cuz I have found my panacea.（我全部的痛苦再見,因為我已經找到我的萬靈藥。）

………………………………………………

panache /pəˈnæʃ/ *n.* the quality of being able to do things in a lively and confident way that other people find attractive 瀟灑;氣派;神氣十足

■ *with great panache* 非常瀟灑地

㊐ flair; style

㊙ 字形同 Panama hat（巴拿馬帽）+ Porsche（保時捷）。助憶句：In his Panama hat, the actor got out of his Porsche with great panache.（這個演員戴著巴拿馬帽,瀟灑地踏出保時捷。）

………………………………………………

pandemic /pænˈdem.ɪk/ *n.* a disease that spreads over a whole country or the whole world 大流行病;傳染病

■ *a global pandemic* 全球大流行病

㊐ epidemic

㊌ pandemic 的字源分析：<*pan*: all + *dem(o)*: people + *ic*: n.> 字源的意義是"pertaining to all people",即「大流行病」。♭:字根 *demo* 的意思是 people = 人。

㊟ **epidemic** *n.* 流行病;傳染病 <*epi*: among + *dem(o)*: people + *ic*: n.> 字源的意義是"to stay among people",在眾人之間,即「流行病」。

endemic *adj.* (尤指疾病)地方性的;(在某地或某些人中)特有的 <*en*: in + *dem*: people + *ic*: adj.> 字源的意義是"particular to a people or locality"，特屬一群人或一地，即「地方性的」。

democracy *n.* 民主 <*demo*: people + *cracy*: rule>

....

pandemonium /ˌpæn.dəˈmoʊ.ni.əm/ *n.* a situation in which there is a lot of noise because people are confused, angry or frightened 大混亂；騷動；群魔殿

■ *absolute* **pandemonium** 徹底的大騷動

■ *the ensuing* **pandemonium** 隨後而來的混亂局面

⊜ turmoil; havoc

㊟ pandemonium 的字源分析：<*pan*: all + *demon*: demon + *(i)um*: place> 本字出自約翰‧彌爾頓（John Milton）的史詩《失樂園》（*Paradise Lost*）。Pandemonium 是位處地獄的一座宮殿，是撒旦與眾魔群聚之地。

....

panegyric /ˌpæn.əˈdʒɪr.ɪk/ *n.* a public speech or published text in praise of someone or something 讚頌；讚辭；頌詞

■ *a* **panegyric** *on the poet* 獻給這個詩人的讚辭

⊜ eulogy; tribute

㊟ 讀音類似 pen（寫）+ lyrics（歌詞）。助憶句：Let's pen lyrics for the princess. She deserves our panegyrics.（讓我們為公主寫下歌詞。她值得我們獻上頌詞。）

....

pantomime /ˈpæn.tə.maɪm/ *n.* a method of performing using only actions and not words, or a play performed using this method 啞劇；默劇；默劇表演

■ *a* **pantomime** *artist* 默劇藝術家

⊜ mime; dumbshow

㊟ 字形類似 pan（平底鍋）+ to（去）+ mine（地雷）。助憶句：In the satirical pantomime, the actor has to use a pan to clear the mine.（在這部諷刺默劇中，這個演員必須用平底鍋來清除地雷。）

㊐ **mime** *n.* 啞劇；默劇 <*mime*: imitator>

meme *n.* 迷因；文化基因 <*mime*: imitator> mime 和 gene 兩個概念的組合字。

mimic *v.* 模仿；作滑稽模擬 <*mimic*: imitate>

mimosa *n.* 含羞草 <*mime*: imitator> 有些含羞草一經碰觸會合上葉子，就像是在模仿動物的動作。

....

paradigm /ˈper.ə.daɪm/ *n.* a typical example or pattern of something 範例；示例；典範

■ *traditional* **paradigms** 傳統的範例

■ *a* **paradigm** *for young people* 年輕人的典範

⊜ model; example; prototype

㊟ 讀音類似 a pair of diamonds（一對鑽石）。助憶句：This latest handbag is adorned with a pair of diamonds, redefining the paradigm of luxury.（這個最新的手提包裝飾一對鑽石，重新定義了奢華的典範。）

parasite /ˈper.ə.saɪt/ *n.* a small animal or plant that lives on or inside another animal or plant and gets its food from it 寄生生物；寄生動物；寄生植物

- *an intestinal* ***parasite*** 腸道寄生蟲
- *a common* ***parasite*** 常見的寄生蟲

[同] bloodsucker

[記] 讀音類似 pair of tights（緊身褲）。助憶句：Don't be deceived by the girl's appearance and her fashionable pair of tights. In fact, she is a societal parasite.（不要被這個女孩的外表和時尚的緊身褲欺騙。事實上，她是一個社會寄生蟲。）

parliament /ˈpɑːr.lə.mənt/ *n.* the group of people who are elected to make and change the laws of a country 議會；國會

- *the French* ***parliament*** 法國國會
- *a* ***parliament*** *official* 一個國會官員

[同] congress; assembly

[記] 讀音類似 partly meant（部分意在）。助憶句：The prime minister's speech in parliament was partly meant to address key issues and garner support from all members.（總理在國會的演講部分意在解決重要問題，並獲得所有成員的支持。）

[源] parliament 的字源分析：<*parley*: speak + *ment*: *n.*> 字源的意義是 "a speaking"，即「談話折衝的地方」。

[衍] **parley** *n.* 和談；會談 <*parley*: speak>

parole *n.* 假釋 <*parole*: word of honor> 原意指戰俘承諾獲釋後會遵守約定，不再拿起武器對抗。

palaver *n.* 胡扯；閒談 <*palaver*: speech>

parsimony /ˈpɑːr.sə.moʊ.ni/ *n.* the fact of being extremely unwilling to spend money 吝嗇；小氣

- *ridiculous* ***parsimony*** 荒謬的吝嗇

[同] meanness; stinginess; frugality

[記] 讀音類似 purse money（獎金）。助憶句：Known for his parsimony, he saved every penny of the purse money he won in the games.（他以小氣出名，把比賽贏得的每一分獎金都存起來。）

[衍] **parsimonious** *adj.* 吝嗇小氣的；

過度節儉的

....

partake /pɑːrˈteɪk/ *v.* to take part in something 參加；參與

- ■ *to **partake** in many festive events* 參加很多節日活動
- 🔄 take part in
- 🔊 即 take part in（參加）。
- 🔗 **partake** *v.* 吃；喝

....

partial /ˈpɑːr.ʃəl/ *adj.* not complete or whole 部份的；不完全的

- ■ *a **partial** success* 部份成功
- 🔄 limited; imperfect
- 🔊 源自 part（部分）。

....

particle /ˈpɑːr.tə.kəl/ *n.* a very small piece of something 微粒；粒子；極少量

- ■ *particles of gold* 金的微粒
- 🔄 iota; bit
- 🔊 和 part（部分）為同源字。

....

patent /ˈpæt.ənt/ *n.* an official right to be the only person to make, use or sell a product or an invention; a document that proves this 專利權

- ■ *patent laws* 專利權法
- 🔄 copyright; right
- 🔊 字形類似 parent（父；母）。助憶句：A pa<u>rent</u> cannot apply for a pa<u>tent</u> on his or her own child because children are not inventions or products.（父母不能為自己的孩子申請專利，因為孩子不是發明或產品。）

....

paternal /pəˈtɝː.nəl/ *adj.* received or inherited from one's male parent; of or relating to a father 父親的；父系的；父親般的

- ■ *paternal grandparents* 父親方的祖父母
- 🔄 fatherly
- 🔊 和 father（父親）以及 papa（爸爸）為同源字。見 maternal 條目。
- 🔗 **patriot** *n.* 愛國者 <*patri*: father + *ot*: *n.*>

  patriarch *n.* 家長；族長 <*patri*: father + *arch*: rule>

  patron *n.* 贊助者；主顧 <*patr*: father + *on*: *n.*>

  expatriate *n.* 旅居國外的僑民 <*ex*: out + *patri*: father + *ate*: *n.*>

....

pathetic /pəˈθet.ɪk/ *adj.* making you feel sad 可憐的；令人憐憫的

- ■ *a **pathetic** sight* 可憐的景象
- 🔄 pitiful; plaintive
- 🔊 字形同 <u>pa</u>lace（宮殿）+ a<u>esthetic</u>（美感的）。想像一個四不像的醜陋宮殿。助憶句：They wanted to make the <u>palace</u> a<u>esthetic</u>, but the outcome was <u>pathetic</u>.（他們想要讓宮殿變得有美感，但是結果卻很悲慘。）
- 🔊 pathetic 的字源分析：<*path(e)*: suffer + *tic*: *adj.*> 字源的意義是 "to suffer"，因為受苦，所以衍伸的意義是「可憐的」。ㆍ：字根 *path* 的意思是 suffering, disease, feeling = 受苦；疾病；感受。
- 🔗 **pathology** *n.* 病理學 <*path(o)*: suffering, disease + *logy*: study>

  pathogen *n.* 病原體 <*path(o)*:

202

disease + *gen*: producing>

sympathy *n.* 同情 <*syn*: together + *pathy*: feel> 字源的意義是 "affected by like feelings"，即「相同的情感」。

pathos *n.* 感染力 <*pathos*: feel>

passion *n.* 激情 <*passion*: feel>

empathy *n.* 同理心 <*en*: in + *pathy*: feeling> 字源的意義是 "share the feeling of another"，相同的情感，即「同理心」。

antipathy *n.* 反感；厭惡；憎惡 <*anti*: against + *pathy*: feel>

apathy *n.* 無興趣；冷淡；漠不關心 <*a*: without + *pathy*: feel>

....

pathogen /ˈpæθ.ə.dʒən/ *n.* a thing that causes disease 病原體

■ *an unknown pathogen* 不知名的病原體

㊂ microbe; virus

㊐ 讀音類似 pat the chin（拍打下巴）。助憶句：The nursery staff reiterated, "Don't pat the baby on the chin, as adults' hands may be full of pathogens."（保育室的工作人員一再重申：「不要拍嬰兒的下巴，因為成年人的手可能充滿病原體。」）

㊙ 記憶法見 pathetic 條目。

㊀ **pathology** *n.* 病理學

....

patrol /pəˈtroʊl/ *n.* the act of going to different parts of a building, an area, etc. to make sure that there is no trouble 巡邏；巡查

■ *a highway patrol* 公路巡邏

㊂ guard; monitoring

㊐ 字形同 pat（拍）+ control（控制）。助憶句：The officer set out on his patrol, patting his gun and being ready to establish control.（警官展開巡邏任務，拍拍他的槍，準備好控制任何情況。）

㊀ **patrol** *v.* 巡邏；巡查

....

paucity /ˈpɔː.sə.ti/ *n.* less than enough of something; a very small amount of something 缺乏；匱乏

■ *a paucity of information* 資訊不足

■ *the paucity of evidence* 證據不足

㊂ dearth; shortage

㊐ 讀音類似 poor city（貧窮的城市）。助憶句：Despite its grand history, this poor city suffered from a paucity of budget.（儘管有著豐富的歷史，這個貧窮的城市卻面臨預算匱乏。）

....

peak /piːk/ *n.* the point when somebody or something is best, most successful, strongest, etc. 最高點；高峰

■ *to reach the peak* 抵達最高點

■ *at the peak of his career* 他的事業的巔峰

㊂ height

㊐ 在 speak（演講）裡找到 peak。助憶句：Being invited to speak at the UN to the whole world was a milestone for BTS, marking the peak of their singing career.（受邀在聯合國向全世界演講對於 BTS 來說是一個里程碑，標誌著他們歌唱事業的巔峰。）

就是指專屬於某一個人的特質。同樣地，「金錢的」也是指專屬於某一個人的財產。

㊀ **impecunious** *adj.* 貧窮的；一文不名的

peculiar *adj.* 獨特的；特有的

....

pedantic /pəˈdæn.tɪk/ *adj.* too worried about small details or rules 過度講究細節或規則的；學究式的

■ *pedantic points of view* 太過著重細節的觀點

■ *a pedantic person* 一個太注重規則的人

㊀ scrupulous

㊚ 字形類似 Pete's romantic act（彼特的浪漫行動）。助憶句：Pete's romantic act was carried out with precision and attention to detail, reflecting his pedantic nature.（彼特的浪漫行動執行時非常精準細緻，展現他講究細節的天性。）

㊙ **pedant** *n.* 學究；書呆子

....

peccadillo /ˌpek.əˈdɪl.oʊ/ *n.* a minor sin 小過失；小罪

■ *to overlook these peccadilloes* 忽視這些小過失

㊀ infraction

㊚ 讀音類似 pick a decaying melon（摘了一顆腐爛的甜瓜）。助憶句：The kids picked a decaying melon, which I consider a peccadillo.（這些孩子摘了一顆腐爛的甜瓜。我認為這是小過失。）更多同源字見 impeccable 條目。

....

pecuniary /pɪˈkjuː.ni.er.i/ *adj.* relating to or consisting of money 錢的；金錢上的

■ *pecuniary aid* 金錢上的幫助

■ *pecuniary advantage* 金錢上的優勢

㊀ financial; monetary

㊚ 讀音類似 pick any area（挑選任何領域）。助憶句：The expert advised me to pick any area that is related to pecuniary matters.（這個專家建議我選擇任何與金錢事務相關的領域。）

㊙ 和 peculiar（獨特的）為同源字。當我們說「獨特的」，意思

....

peddle /ˈped.əl/ *v.* to try to sell goods by going from house to house or from place to place 兜售；巡迴銷售

■ *to peddle flowers on the street* 在街上兜售花朵

■ *to peddle detergents* 巡迴銷售清潔劑

㊀ sell; vend

㊙ 和 pedestrian（行人）為同源字。♭：字根 *ped* 的意思是 foot = 腳。運用格林法則，觀察 *ped* 字根和 foot 的關聯性：p = f（b, p, m, f, v 等唇音、唇齒音可互換），e = oo（a, e, i, o, u 等母音可互換），*t* =

d（兩者的差別只在於有聲與無聲）。

㋫ **expedite** *v.* 加速 <*ex*: out + *ped*: foot + *ite*: *v.*> 字源的意義是"free the foot"，鬆開腳，即「加速」。

impede *v.* 障礙；阻礙 <*in*: into + *pede*: foot>

octopus *n.* 章魚；八爪魚 <*octo*: eight + *pus*: foot>

centipede *n.* 蜈蚣 <*centi*: hundred + *pede*: foot>

pedal *n.* 踏板 <*pedal*: foot>

pedestrian *n.* 行人 <*ped*: foot + *estrian*: *n.*>

---

pellucid /pəˈluː.sɪd/ *adj.* translucently clear 清澈的；清晰的；透明的；易懂的

■ *the **pellucid** water* 清澈的水

■ ***pellucid** prose* 清晰易讀的散文

㊀ limpid; transparent; lucid

㋻ 和 lucid（清晰的）以及女子名 Lucy（露西）為同源字。*luc/lux* 字根的意義是 light = 光。運用格林法則，可以觀察到 *luc* 字根和 light 的關聯性：*l* = l，*u* = i，*c* = gh。

㋫ **lucid** *adj.* 清晰的；明瞭的；說話清楚的 <*lucid*: light>

elucidate *v.* 說明清楚；解釋 <*e*: out + *lucid*: light + *ate*: *v.*>

lucent *adj.* 光亮的；透亮的 <*lucent*: light>

illustrate *v.* 說明；闡明 <*in*: into + *lustr*: light + *ate*: *v.*>

lumen *n.* （光的單位）流明 <*lumen*: light>

illuminate *v.* 照亮；闡明 <*in*: into + *lumin*: light + *ate*: *v.*>

Lucifer *n.* 路西法；撒旦 <*Lucifer*: morning star>

luster *n.* 光澤 <*luster*: light>

luminary *n.* 權威；名人；發光體 <*lumin*: light + *ary*: *n.*>

---

penetrate /ˈpen.ə.treɪt/ *v.* to go into or through something 穿透；進入；滲入

■ *to **penetrate** the skin* 穿透皮膚

■ *to **penetrate** to all corners of the building* 滲透到這棟建築的每個角落

㊀ pierce; enter

㊞ 用 pen（筆）來記憶 penetrate。助憶句：The agent is equipped with a diamond-tipped <u>pen</u> that was designed to effortlessly <u>penetrate</u> even the toughest materials.（這個情報人員配備了一支鑲有鑽石尖端的筆，特別為了能輕鬆穿透最堅固的材料而設計。）

㋫ **penetrate** *v.* 到達；影響；成功成為某機構的成員

---

penury /ˈpen.jʊr.i/ *n.* the state of being extremely poor 赤貧

■ *in **penury*** 非常貧困

近 poverty

記 讀音類似 no penny in your name
（你的名下沒有一分錢）。助憶
句：You have reached a point of
penury since there is no penny in
your name.（你已經陷入赤貧的
境地，因為你的名下沒有一分
錢。）

衍 **penurious** *adj.* 赤貧的

....

perceive /pəˈsiːv/ *v.* to understand or
think of somebody or something in a
particular way 察覺；理解；看待；視
為

■ *to be **perceived** to be a threat* 被視
為威脅

■ *to be **perceived** as incompetent* 被
視為無能的

近 discern; observe

記 讀音類似 purse（皮包）+ thief
（小偷）。助憶句：Understanding
how to catch the purse thief
requires developing the ability to
perceive the wrongdoer's slightest
hand movements.（想理解如何抓
皮包小偷，就要發展察覺罪犯輕
微手部動作的能力。）

源 perceive 的字源分析：<*per*:
thoroughly + *ceive*: take, hold> 字
源的意義是 "to grasp entirely"，
全部掌握，即「察覺」。更多同
源字見 deceive 條目。

衍 **perception** *n.* 察覺；感知；洞察
力；見解

....

perceptible /pəˈsep.tə.bəl/ *adj.* great
enough for you to notice it 可察覺到
的；可感知的

■ *barely **perceptible*** 幾乎無法察覺
到的

■ *a **perceptible** improvement* 可察覺
到的改善

近 noticeable; discernable

源 記憶法見 perceive 條目。

....

peremptory /pəˈremp.tə.i/ *adj.*
expecting to be obeyed immediately and
without questioning or refusing 不容置
辯的；強制的

■ *a **peremptory** request* 強制要求

■ ***peremptory** instructions* 強制性指
令

近 imperious; dictatorial

記 讀音類似 parliamentary（議會
的；國會的）。可以想像國會的
決議具有強制性質。助憶句：
The parliamentary committee
issued a peremptory order.（議會
委員會發佈一個強制命令。）

....

peripheral /pəˈrɪf.ə.əl/ *n.* a piece of
equipment that is connected to a
computer （電腦的）周邊設備（如印
表機等）

■ *computers and other **peripherals***
電腦與其他週邊設備

近 equipment; accessory

記 讀音類似 the pair of earphones
（這對耳機）。助憶句：The pair
of earphones, along with the
keyboard and the printer, are called
peripherals.（這對耳機以及鍵盤
和印表機等裝置被稱為電腦週邊
設備。）

[衍] **peripheral** *adj.* 次要的；附帶的；邊緣的

perish /ˈper.ɪʃ/ *v.* to die; to become destroyed or ruined 喪生；死亡；湮滅；毀滅

- *to **perish** in the earthquake* 在地震中死去
- *many languages have **perished*** 很多語言已經滅亡

[同] die; decease; expire

[記] 字形同 perfect wish（完美的願望）。助憶句：The genie granted the king a perfect wish that his kingdom would flourish and not perish in the face of adversity.（這個精靈准予國王一個完美的願望，讓他的王國即使遭逢逆境仍能夠蓬勃發展，不會滅亡。）

permeable /ˈpɝː.mi.ə.bəl/ *adj.* allowing a liquid or gas to pass through 可滲透的；可滲入的

- ***permeable** rocks* 透水岩石
- *a **permeable** membrane* 可滲透的薄膜

[同] porous; pervious; penetrable

[記] 字形類似 perfect meatball（完美的肉丸）。助憶句：The secret to a perfect meatball lies in making the mixture permeable, allowing the cooking juices to be absorbed.（製作完美肉丸的秘訣在於製造可滲透的混料，讓烹調的汁液得以被吸收。）

[衍] **impermeable** *adj.* 不可滲透的
permeate *v.* 滲透；瀰漫；遍佈；充滿

perplexed /pɚˈplekst/ *adj.* confused and anxious because you are unable to understand something 困惑的；迷惑不解的

- *a **perplexed** expression* 困惑的表情
- *to look **perplexed*** 看起來很困惑

[同] baffled; confounded

[記] 讀音類似 a pair of legs（一雙腿）。助憶句：As she examined the painting, she found the clouds in the background seemed like a pair of legs in a lively ballet, which made her totally perplexed.（當她仔細檢視這幅畫時，她發現背景中的雲彷彿一雙在歡快跳著芭蕾的腿，讓她感到非常困惑。）

[衍] **perplex** *v.* 使困惑；使茫然

persist /pɚˈsɪst/ *v.* to continue to do something despite difficulties or opposition, in a way that can seem unreasonable 堅持不懈；執意；持續

- *to **persist** in doing nothing* 堅持不作為
- *to **persist** with this behavior* 持續他的行為

[同] persevere; carry on

[記] 讀音類似 pursue it（追求它）。助憶句：In order to succeed, he knows he needs to persist in his chosen field, so he will wholeheartedly pursue it as a career.（為了成功，他知道他須要在自己所選的領域堅持下去，因此他將全心全意地追求它作為一個職業。）

[衍] **persistence** *n.* 持續存在；堅持不懈
persistent *adj.* 堅持不懈的；執意的；持續存在的

persnickety /pɚˈsnɪk.ə.t̬i/ *adj.* worrying too much about details that are not important 吹毛求疵的；愛挑剔的

- *to be **persnickety** about food* 對食物很挑剔

[同] fussy; fastidious

[記] 讀音類似 person（人）＋picky（挑剔的）。助憶句：When it comes to food, the person is picky and has developed a reputation for being persnickety about the dining choices.（談到食物，這個人非常挑剔，因此他對於食物吹毛求疵的風評早有所聞。）

pertain /pɝːˈteɪn/ *v.* to exist or to apply in a particular situation or at a particular time 與……有關；涉及

- *things that **pertain** to his interests* 與他的利益有關的事情

[同] relate

[記] 字形同 per train（每輛火車）。助憶句：The instructions per train are clear and directly pertain to the safety guidelines for passengers.（每輛火車的指示都很清楚明確，直接與乘客的安全指南相關。）

peruse /pəˈruːz/ *v.* to read something, especially in order to find the part you are interested in 隨便翻閱；瀏覽

- *to **peruse** the files* 瀏覽檔案

[同] browse; scan

[記] 讀音類似 pure news（純粹的新聞）。助憶句：During her lunch break, she decided to peruse the online magazine for some pure news and interesting stories.（在午餐時間，她決定瀏覽線上雜誌，尋找一些純粹的新聞和有趣的故

事。）

[衍] **perusal** *n.* 閱讀；瀏覽

pervasive /pɚˈveɪ.sɪv/ *adj.* existing in all parts of a place or thing; spreading gradually to affect all parts of a place or thing 瀰漫的；充滿的；遍佈的

■ *a **pervasive** smell of vinegar* 到處瀰漫的酸醋味

■ ***pervasive** corruption* 遍佈的腐敗

[同] prevalent; ubiquitous

[記] 字形類似 persuasive（有說服力的）。助憶句：Aa a persuasive thinker, his influence is pervasive in many fields.（作為一個很有說服力的思想家，他的影響遍佈在許多領域中。）

[衍] **pervade** *v.* 滲透；瀰漫；充滿

pesticide /ˈpes.tə.saɪd/ *n.* a chemical used for killing pests, especially insects 殺蟲劑；農藥

■ *the use of **pesticide*** 使用殺蟲劑

[同] insecticide

[記] 讀音類似 the pastor's site（牧師的場所）。助憶句：The pastor's site was like a wonderful workshop, where we not only found spiritual inspiration but also learned how to make ecological pesticide.（牧師的場所就像一個美好的工作坊，我們不僅尋得性靈的啟發，還學會了如何製作環保的農藥。）

[源] pesticide 的字源分析：<*pest*: pest, troublesome thing + *cide*: cutter, killer> 字源的意義是“substance for destroying pests”，即「殺蟲劑」。

phase /feɪz/ *n.* a stage in a process of change or development 階段；時期

■ *the initial **phase*** 起步階段

■ *a religious **phase*** 一個篤信宗教的時期

[同] stage; period

[記] 讀音類似 face（臉）。助憶句：The alien's growth in the film occurs in different phases, and in each phase, its face undergoes continuous transformation.（在這部電影中，外星生物的成長有不同的階段。在每一個階段裡，牠的臉都持續變化。）

phlegmatic /flegˈmæt̬.ɪk/ *adj.* not easily made angry or upset 冷靜的；沉著的；鎮定的

■ *a **phlegmatic** official* 冷靜的官員

[同] calm; cold-blooded

[記] 讀音類似 flag magic（旗子魔術）。助憶句：The audience was thrilled by the magician's flag magic, while the magician remained phlegmatic.（觀眾因為魔術師的旗子魔術而激動不已，但是魔術師保持非常冷靜。）

源 photosynthesis 的字源分析：
<*photo*: light + *syn*: together + *the*: place + *sis*: state, process> 字源的意義是"the synthetical process in plants"，即「光合作用」。
衍 **synthetic** *adj.* 合成的
synthesis *n.* 合成；綜合

photosynthesis /ˌfoʊ.toʊˈsɪn.θə.sɪs/ *n.* the process by which green plants turn carbon dioxide and water into food using energy obtained from light from the sun 光合作用

■ the process of ***photosynthesis*** 光合作用的過程

記 讀音類似 fought to the death（拚死一戰）。助憶句：In the forest, the towering trees stood as a testament to nature's ceaseless drive, as if they had fought to the death for their place in the canopy in order for photosynthesis to unfold.（在森林裡，高聳的樹木是大自然不懈的奮鬥的證明，彷彿為了讓光合作用展開，它們曾經拚死一戰，就為了在樹冠中找到自己的位置。）

picaresque /ˌpɪk.ərˈesk/ *adj.* relating to a type of story in which the main character travels from place to place and has a series of adventures 以流浪人物的冒險事蹟為題材的

■ a ***picaresque*** tale 一個流浪冒險故事

同 wandering; anecdotal

記 讀音類似 pick a risk（挑個有風險的事）。助憶句：In the picaresque novel, the hero and his dog pick a risk and then start their journey.（在這本流浪冒險小說中，主角和他的狗挑個有風險的事，然後開始他們的旅程。）

piracy /ˈpaɪr.ə.si/ *n.* the crime of attacking ships in order to steal from them; the act of making illegal copies of DVDs, computer programs, books, etc. 海盜搶劫；非法複製行為；盜版行為

■ software ***piracy*** 軟體盜版

■ the ***piracy*** of intellectual property 智慧財產盜版

同 copying; infringement; plagiarism

記 把 privacy（隱私）和 piracy 一起記憶。助憶句：To protect the rights of individuals and content creators, the police are now aiming at combating piracy and the

infringement of people's <u>privacy</u>.
（為了保護個人和内容創作者的
權益，警方現在正致力於打擊盜
版和侵犯隱私的行為。）

㊟ **pirate** *n.* 海盜；非法複製者；侵
犯版權者

．．．．．．．．．．．．．．．．．．．．．．．．．．．．．

piscatorial /ˌpɪskəˈtɔːriəl/ *adj.* relating
to fishing or to fishermen 捕魚的；漁業
的；釣魚的 （也拼成 piscatory）

■ *piscatorial* tribes 捕魚的部落

㊁ piscatory

㊐ piscatorial 的字源分析：
<*piscator*: fish + *ial*: *adj.*> 字源的
意義是"pertaining to fishing or
fishermen"，即「捕魚的；釣魚
的」。ᔆ 運用格林法則，觀察
pisc 字根和 fish 的關聯性：p = f
（b, p, m, f, v 等唇音、唇齒音可
互換），i = i，s = sh。

㊟ **fish** *n.* 魚
Pisces *n.* 雙魚座
piscivorous *adj.* 吃魚的；習慣食
用魚的 <*pisci*: fish + *vorous*:
eating>

．．．．．．．．．．．．．．．．．．．．．．．．．．．．．

placate /ˈpleɪ.keɪt/ *v.* to make somebody
feel less angry 平息；安撫

■ to *placate* the customers 安撫顧客

㊁ pacify

㊎ 字形類似 <u>play</u> with the <u>cat</u>（和貓
玩）。助憶句：The kids were
getting noisy, but the entertainer
managed to <u>placate</u> them by
inviting them to <u>play</u> with the <u>cat</u>.
（小朋友們變得很吵鬧，但表演
者成功地讓他們安靜下來，邀請
他們和貓咪一起玩耍。）

㊐ 源自 please（取悅；使滿意）。字
形和字義類似 pacify（使平靜；
平息；安撫）。見 pacify 條目。

㊟ **implacable** *adj.* 堅定的；無法改
變的；不饒人的 <*in*: not + *plac*:
please + *able*: *adj.*> 字源的意義是
"that can't be pleased"，無法取悅
的，即「堅定的；不饒人的」。
placid *adj.* 溫和的；平靜的；靜
謐的
placebo *n.* 安慰劑 <*plac*: please +
ebo: *n.*>

．．．．．．．．．．．．．．．．．．．．．．．．．．．．．

placid /ˈplæs.ɪd/ *adj.* not easily excited
or annoyed 寧靜的；平靜的

■ a *placid* lake 一個寧靜的湖

■ a *placid* child 一個安靜的孩子

㊁ calm; tranquil

㊐ 和 placate（平息；安撫）為同源
字。見 placate 條目。

．．．．．．．．．．．．．．．．．．．．．．．．．．．．．

platitude /ˈplæt̬.ə.tuːd/ *n.* a comment or
statement that has been made very often
before and is therefore not interesting
陳腔濫調；老生常談

■ *full of platitudes* 充滿陳腔濫調

㊁ banality; bromide

㊎ 字形同 a <u>play</u>er's at<u>titude</u>（球員的
態度）。助憶句：The coach said,

"I know it's a platitude, but a player's attitude is everything."（教練說：「我知道這是老生常談，但球員的態度最重要。」）

....

plethora /ˈpleθ.ɚ.ə/ *n.* an amount that is greater than is needed or can be used 過多；過剩
- ■ *a plethora of books* 許多書
- 🔄 excess; surfeit
- 📝 讀音類似 plenty（許多）＋ etcetera（等等）。助憶句：We indulged in a plethora of food options, savoring plenty of mouthwatering steak, pizza, fried chicken, etcetera.（我們盡情享用很多美食，品嚐美味的牛排、披薩、炸雞等等。）

....

poll /poʊl/ *n.* the process of questioning people who are representative of a larger group in order to get information about the general opinion 民意測驗；民意調查
- ■ *the latest opinion poll* 最新民意調查
- ■ *to conduct a poll* 進行民意調查
- 🔄 survey
- 📝 Gallup poll 的音譯就是「蓋洛普民調」。

....

ponderous /ˈpɑːn.dɚ.əs/ *adj.* moving slowly and heavily; able to move only slowly 遲緩笨重的
- ■ *its ponderous body* 牠那笨重的身體
- 🔄 clumsy; cumbersome
- 📝 讀音類似 pound（磅）。助憶句：

The hippo is ponderous, carrying a lot of pounds with its massive frame.（河馬遲緩笨重，肩負龐大身軀很多磅的重量。）

- 🔄 **ponderous** *adj.*（書、講話或寫作風格）嚴肅而乏味的

....

porcelain /ˈpɔːr.səl.ɪn/ *n.* a hard, white, shiny substance made by baking clay and used for making delicate cups, plates and other objects; objects that are made of this 瓷；瓷器
- ■ *oriental porcelain* 東方瓷器
- 🔄 ceramic
- 📝 讀音類似 poor ceiling（破舊的天花板）。助憶句：As I entered the old abandoned mansion, I noticed the poor ceiling, with the porcelain decorations on it broken.（當我走進那座古老的廢棄大宅時，我注意到破舊的天花板，上面的瓷器裝飾品都碎裂了。）

....

portion /ˈpɔːr.ʃən/ *n.* a part of something larger 一部分；一份；一客
- ■ *a small portion of the population* 人口的一小部份
- 🔄 part; section; fragment
- 🔄 和 part（部分）為同源字。

Ⓓ　**proportion** *n.* 比率；比例

....

posthumous /ˈpɑːs.tʃə.məs/ *adj.* done, happening, published, etc. after a person has died 死後發生的

■　*a posthumous award for bravery* 死後獲頒勇氣嘉獎

Ⓢ　post mortem

Ⓜ　讀音類似 pasta house（義大利麵屋）。助憶句：The renowned chef was awarded a posthumous honor for the contributions that his former restaurant, known as the pasta house, made to the culinary world.（這位著名的廚師因為他之前的餐廳，也就是眾所熟知的「意大利麵屋」，對烹飪界所做出的貢獻，獲得了一個死後追贈的榮譽。）

Ⓔ　posthumous 的字源分析：<*post*: after + *hum*: earth, bury + *ous*: *adj.*> 字源的意義是"after death; after being buried"，即「死後發生的」。◊：字根 *hum* 的意思是 earth = 土。

Ⓓ　**exhume** *v.* 挖掘；從土中或墓中挖出 <*ex*: out + *humus*: earth>
　　humiliate *v.* 羞辱 <*hum*: earth, on the ground + *iliate*: *v.*>
　　humid *adj.* 潮濕的 <*humid*: earth, wet>
　　human *adj.* 人類的 <*human*: earth, earthly> 字源的意義是"earthly being"。相對於神祇，人是塵世間的生命體。而根據聖經，人是土做成的。
　　humus *n.* 腐植質 <*humus*: earth, soil>

....

potable /ˈpoʊ.tə.bəl/ *adj.* safe to drink 可飲用的

■　*potable water* 可飲用水

Ⓢ　drinkable

Ⓜ　用 pot（罐子）來記憶 potable。助憶句：The water in the pot is potable.（罐子裡的水是可飲用的。）

....

potent /ˈpoʊ.tənt/ *adj.* having a strong effect on your body or mind 有力的；強大的；有效力的

■　*a potent drug* 很有效的藥

■　*a potent argument* 有力的論點

Ⓢ　strong; robust

Ⓔ　和 potential（潛力；潛能）以及 power（力量）為同源字。

Ⓓ　**potential** *n.* 潛力；潛能
　　power *n.* 力量
　　omnipotent *adj.* 全能的；萬能的；無所不能的

....

poultry /ˈpoʊl.tri/ *n.* chickens, ducks and geese, kept for their meat or eggs 家禽

■　*poultry farms* 家禽飼養場

■　*the poultry industry* 家禽業

Ⓢ　domestic fowl

Ⓜ　讀音類似 pool（水塘）+ tree（樹）。助憶句：In the yard, there is a pool and a tree, providing a great setting for raising poultry.（院子裡有一個池塘和一棵樹，為飼養家禽提供很好的環境。）

pragmatic /præɡˈmæt̬.ɪk/ *adj.* solving problems in a practical and sensible way rather than by having fixed theories or ideas 講究實際的；重實效的；實用主義的

- ■ *a **pragmatic** approach* 講究實效的方法
- ■ *a **pragmatic** leader* 講究實際的領導者
- 🔲 realistic; practical; down-to-earth
- 🔲 和 practical（實際的；有實際經驗的）為同源字。
- 🔲 **pragmatism** *n.* 實用主義；務實思想

praise /preɪz/ *v.* to say you approve of and admire somebody or something 讚揚；表揚

- ■ *to **praise** him for his honesty* 表揚他的誠實
- ■ *to be highly **praised*** 受到高度讚揚
- 🔲 compliment
- 🔲 用 raise（提升）來記憶 praise。助憶句：Teachers should praise students more often because it is an act that will raise their confidence.（老師應該更常讚美學生，因為這種作為會提升他們的信心。）

precarious /prɪˈker.i.əs/ *adj.* not safe or certain; dangerous 危險的；不穩的；不牢靠的

- ■ *in a **precarious** position* 身處危險的狀況
- ■ *in **precarious** health* 健康不佳
- 🔲 dangerous; hazardous
- 🔲 字形類似 pretty careless（相當粗心）。助憶句：These workers are pretty careless, which will put all of us in a precarious position.（這些工人相當粗心，這會讓我們都置身危險。）

precede /priːˈsiːd/ *v.* to happen before something or come before something or somebody in order 處在……之前；先於

- ■ *the years **preceding** the war* 戰爭前那幾年
- ■ *to **precede** Tom in the job* 在湯姆之前擔任這個職務
- 🔲 preexist; predate
- 🔲 源自常用的字首 pre，意思是 before = 先；前。像 prepare（準備）、predict（預言）、prevent（預防）、preheat（預先加熱）、prefix（字首）以及 preview（預

習）等字，都包含「預先；前面」的字意。

---

precipitation /prɪˌsɪp.əˈteɪ.ʃən/ *n*. rain, snow, etc. that falls; the amount of this that falls （雨或雪的）降落；降水
- ■ *different types of precipitation* 不同的降水形式
- ■ *annual precipitation* 年降水量
- 回 rainfall; snow
- 記 讀音類似 press（新聞界）+ anticipation（期盼；期待）。助憶句：The meteorologists' forecast of precipitation had the press in eager anticipation. （氣象學家對於降雨的預測讓整個新聞界熱切期待。）
- 衍 **precipitate** *v*. 促成；使突如其來地發生；加速……的發生

---

prestigious /presˈtɪdʒ.əs/ *adj*. respected and admired as very important or of very high quality 有威望的；有聲望的；受尊敬的
- ■ *a prestigious award* 一個聲望卓著的獎項
- ■ *a prestigious university* 一流大學
- 回 distinguished; esteemed
- 記 讀音類似 precious gems（珍貴的寶石）。助憶句：These hard-working professors, some of whom are Nobel Prize winners and renowned writers, are the precious gems of this prestigious university. （這些孜孜矻矻的教授有些是諾貝爾獎得主和著名作家，他們是這所傑出大學的珍寶。）
- 衍 **prestige** *n*. 威信；聲望；魅力

---

presumptuous /prɪˈzʌmp.tʃuː.əs/ *adj*. (of a person or their behavior) failing to observe the limits of what is permitted or appropriate 冒昧的；僭越的；自以為是的
- ■ *presumptuous arrogance* 僭越的傲慢
- ■ *a presumptuous person* 一個自以為是的人
- 回 brazen; arrogant
- 記 字形同 pretty sumptuous（相當奢華的）。助憶句：The student drove a pretty sumptuous car to school, which was considered presumptuous by many. （這個學生開一輛相當奢華的車到學校，很多人認為他這麼做太過自以為是。）記憶法見 sumptuous 條目。
- 源 presumptuous 的字源分析：<pre: before + sum(ptu): take + ous: adj.> 字源的意義是"to take beforehand"，未得許可就先拿，即「僭越的」。⬧：字根 sum 的意思是 take＝拿；取。
- 衍 **presume** *v*. 假定；推定；越權做事 <pre: before + sume: take>
  assume *v*. 假定；推定；冒充；承擔 <ad: to + sume: take>
  consume *v*. 消耗；花費；吃；喝 <con: intensifier + sume: take>
  sumptuous *adj*. 奢侈的；豪華的；奢華的 <sum(ptu): take + ous: adj.>

---

prevalent /ˈprev.əl.ənt/ *adj*. that exists or is very common at a particular time or

215

in a particular place 流行的；盛行的；普遍的

- *a **prevalent** view* 普遍的觀點
- *to be **prevalent** among teenagers* 在青少年中很流行
- ㊂ common; widespread
- ㊕ 用 prevent（預防）來記憶 prevalent。助憶句：Regular exercise can help prevent the prevalent health issues of obesity. （定期運動可以幫助預防普遍存在的肥胖健康問題。）
- ㊐ prevalent 的字源分析：<*pre*: before + *val*: strong + *ent*: adj.> 字源的意義是"have greater power"，較大的力量，即「盛行的」。見 equivalent 條目。
- ㊗ **prevail** *v.* 佔優勢；佔上風

....

primary /ˈpraɪ.mer.i/ *adj.* basic; most important 首要的；主要的

- *his **primary** concern* 他最擔心的事
- *the **primary** reason* 主要的原因
- ㊂ dominant; elementary; main
- ㊐ 和 prime minister（首相）以及 primary school（小學）為同源字。
- ㊗ **prime** *adj.* 首要的；主要的；基本的
  primate *n.* 靈長類動物

....

primate /ˈpraɪ.meɪt/ *n.* any animal that belongs to the group of mammals that includes humans, apes and monkeys 靈長類動物

- *home to a lot of **primates*** 很多靈長類動物的棲息地
- ㊂ anthropoid
- ㊕ 字形同 <u>primary mate</u>（主要的伙伴）。助憶句：In his youth, much like the novel character Robinson Crusoe, he lived for several months on a deserted island, where his <u>primary mate</u> was a <u>primate</u>, more precisely, a monkey.（在他年輕時，就像小說角色魯賓遜一樣，曾在荒島上生活了好幾個月。他在那裡的主要伙伴是一隻靈長類動物，更確切地說，是猴子。）

- ㊐ primate 的字源分析：<*prime*: first + *ate*: n.> 字源的意義是"of the first rank"，哺乳類中最高階的，即「靈長類」。
- ㊗ **prime** *adj.* 首要的；主要的；基本的

....

prior /praɪr/ *adj.* earlier in time or order 在先的；在前的

- *prior knowledge of French* 先前學過法文
- *prior to the banquet* 在這個宴會之前
- ㊂ previous; anterior
- ㊐ 和 priority seat（博愛座）為同源字。
- ㊗ **priority** *n.* 優先考慮的事
  pristine *adj.* 嶄新的；狀況良好的

216

proceed /proʊˈsiːd/ *v.* to continue doing something that has already been started 繼續進行；繼續做
- ■ *to proceed with the sale* 繼續銷售
- ■ *the best way to proceed* 繼續進行的最佳方式
- 〔同〕 advance
- 〔源〕 proceed 的字源分析：<*pro*: forward + *ceed*: go> 字源的意義是"go forward"，向前走，即「繼續進行」。更多同源字見 accede 條目。

prodigious /prəˈdɪdʒ.əs/ *adj.* very large or powerful and causing surprise 強大的；巨大的
- ■ *a prodigious memory* 強大的記憶力
- ■ *a prodigious number of cars* 很多車輛
- 〔同〕 colossal; enormous
- 〔記〕 字形類似 profound genius（深奧的天賦）。助憶句：The scientist's prodigious output of research can be attributed to his profound genius.（這個科學家的豐碩研究成果可以歸功於他的深奧的天賦。）
- 〔衍〕 **prodigy** *n.* 奇才；天才

profuse /prəˈfjuːs/ *adj.* produced in large amounts 極其豐富的；充沛的
- ■ *profuse bleeding* 大量出血
- ■ *profuse apologies* 一再致歉
- 〔同〕 ample; copious
- 〔記〕 字形同 proficient use（熟練的使用）。助憶句：The proficient use

of AI is profuse in the electronics industry.（電子業中，人工智慧的熟練使用十分普遍。）
- 〔衍〕 **profusion** *n.* 豐富；充沛；大量

progeny /ˈprɑː.dʒə.ni/ *n.* a person's children; the young of animals and plants 後代；後裔
- ■ *his numerous progeny* 他的眾多後裔
- 〔同〕 breed; posterity
- 〔記〕 讀音類似 Proud Genie（驕傲的精靈）。助憶句：Proud Genie is full of pride because his progeny is scattered all over the world.（驕傲的精靈充滿自豪，因為他的後代散佈在世界各地。）
- 〔源〕 progeny 的字源分析：<*pro*: forward + *gene*: birth> 字源的意義是"produce"，生育，即「後代」。

proliferate /prəˈlɪf.ə.reɪt/ *v.* to increase a lot and suddenly in number 激增；增生
- ■ *the ability to proliferate* 迅速增生的能力
- 〔同〕 mushroom; burgeon
- 〔記〕 用 pro-life（支持生命）來記憶 proliferate。助憶句：Since the pro-life movement extends its compassion beyond human life, stray dogs naturally start to proliferate.（由於「支持生命運動」的關愛也擴及人類之外的生命，所以流浪狗自然開始大量激增。）
- 〔衍〕 **prolific** *adj.* 作品豐富的；多產的

prolix /ˈproʊ.lɪks/ *adj.* containing or using too many words 冗長的；囉嗦的；好長篇大論的

■ *her prolix style* 她的冗長的寫作風格

⊜ lengthy; prolonged

㊟ 運用 proliferate（激增）來記憶 prolix。這樣記：proliferate 指某事物的數量增加很多，而 prolix 則是指言談或文章中贅語很多。見 proliferate 條目。

....

promote /prəˈmoʊt/ *v.* to help sell a product, service, etc. or make it more popular by advertising it or offering it at a special price 促進；促銷；推廣

■ *to promote products* 促銷產品

■ *to promote human rights* 促進人權

⊜ advance; foster

㊟ 和 motion picture（電影）為同源字。promote 的字源分析：<*pro*: forward + *mote*: move> 字源的意義是"move forward"，往前移動，即「促進；促銷」。

㊂ **promotion** *n.* 促銷；推銷；宣傳 <*pro*: forward + *motion*: move>
motion *n.* 動；運動；移動 <*motion*: move>
remote *adj.* 遙遠的；久遠的 <*re*: away + *mote*: move> 字源的意義是"to move away"，遠離，即「遙遠的」。
motif *n.* 主題；基調 <*mot*: move + *if*: *n.*>
mob *n.* 暴民 <*mob*: move>
mobile *adj.* 行動的；可移動的 <*mob*: move + *ile*: adj.>
immobilize *v.* 使不能動彈 <*in*: not

+ *mob*: move + *ilize*: *v.*>
mutiny *n.* 叛變；反抗 <*mut*: movement + *y*: *n.*>

....

promulgate /ˈprɑː.məl.geɪt/ *v.* to make (an idea, belief, etc.) known to many people by open declaration 傳播；宣揚

■ *to promulgate his doctrine* 宣揚他的學說

⊜ propagate; spread

㊟ 讀音類似 <u>promote</u> Colgate（促銷高露潔）。助憶句：Our objective is to <u>promote</u> Colgate and at the same time <u>promulgate</u> the benefits of brushing teeth.（我們的目標是推廣高露潔牙膏，同時宣揚刷牙的好處。）

....

propaganda /ˌprɑː.pəˈgæn.də/ *n.* ideas that may be false or present only one side of an argument that are used in order to gain support for a political leader, party, etc. 宣傳；鼓吹

■ *government propaganda* 政府宣傳

⊜ promotion; publicity

㊟ 字形類似 <u>propose</u>（提議）+ <u>agenda</u>（議程）。助憶句：The president said he aimed to <u>propose</u> a peaceful <u>agenda</u>, rather than resorting to divisive <u>propaganda</u> tactics.（總統表示，他的目標是提出一個和平的議程，而不是採取具有分裂性的宣傳策略。）

㊟ **propagate** *v.*（使）繁衍；繁殖；傳播；散播

---

propensity /prəˈpen.sə.t̬i/ *n.* a natural desire or need that makes you tend to behave in a particular way 傾向；嗜好；癖好

■ *a **propensity** to exaggerate* 誇大的傾向

■ *a **propensity** for music* 喜愛音樂的傾向

㊀ tendency; proclivity

㊚ 讀音類似 <u>property</u> in the <u>city</u>（城市裡的房產）。助憶句：With his <u>propensity</u> for investment, he sought to own <u>property</u> in the <u>city</u>.（憑著他對投資的傾向，他努力想在城市裡擁有房產。）

---

property /ˈprɑː.pɚ.t̬i/ *n.* a thing or things that are owned by somebody; a possession or possessions 所有物；財產；資產

■ *personal **property*** 個人財產

■ *company **property*** 公司資產

㊀ belongings; estate; capital

㊞ 和 private（私人的）為同源字。觀察 <u>private</u> 和 <u>property</u> 在拼字上的近似。

㊟ **proper** *adj.* 適合的；適當的；恰當的

improper *adj.* 違法的；違規的；不正當的

propriety *n.* 端正；得體；合宜

---

prosperity /prɑːˈsper.ə.t̬i/ *n.* the state of being successful, especially in making money 成功；（尤指經濟上的）繁榮；昌盛

■ *a period of peace and **prosperity*** 一段和平繁榮的時期

■ *the future **prosperity*** 未來的繁榮

㊀ affluence; boom

㊚ 用 property（房地產；財產）來記憶 prosperity。助憶句：His ownership of a lot of <u>properties</u> in New York is a clear sign of his <u>prosperity</u>.（他在紐約擁有許多房地產，這是他成功昌盛的明確標誌。）

㊟ **prosper** *v.* 成功；繁榮；昌盛

---

prostrate /ˈprɑː.streɪt/ *adj.* lying on the ground and facing downwards; so upset, shocked, etc. that you cannot do anything 俯臥的；匍匐的；拜倒的；一蹶不振的

■ *to be **prostrate** with grief* 因悲傷而一蹶不振

㊀ prone; recumbent

㊚ 字形同 <u>problem</u>（問題）＋ fru<u>strate</u>（挫折）。助憶句：I was <u>prostrate</u> with sadness as all the problems frustrated me.（我難過地一蹶不振，因為全部的問題使我挫折。）

....

proverbial /prəˈvɜː.bi.əl/ *adj.* referring to a particular proverb or well-known phrase 諺語的；俗話所說的

- ■ *the **proverbial** cloud of dust* 俗話說的滾滾塵土
- 回 accepted; axiomatic
- 源 源自 proverb（諺語；格言）。
- 衍 **proverb** *n.* 諺語；格言

....

proximity /prɑːkˈsɪm.ə.ţi/ *n.* the state of being near somebody or something in distance or time 接近；鄰近

- ■ *its **proximity** to the college* 鄰近這所大學
- 回 closeness; contiguity
- 記 讀音類似 Protest City（抗議之都）。助憶句：Living in Portland, often referred to as Protest City, places one in close proximity to the center of social change.（住在被稱為抗議之都的波特蘭，讓人非常接近社會變革的核心。）
- 衍 **proximate** *adj.* 接近的
  approximately *adv.* 大約；大概

....

punctilious /pʌŋkˈtɪl.i.əs/ *adj.* very careful to behave correctly or to perform your duties exactly as you should 一絲不苟的；嚴謹的

- ■ *a **punctilious** butler* 嚴謹的管家
- 回 ceremonious; exact
- 記 字形類似 punctual（準時的）。助憶句：Being punctual all the time has earned David a reputation

as a punctilious entrepreneur.（大衛每次都準時的作風使他在商界贏得了嚴謹的企業家的美譽。）

- 衍 **punch** *n.* 一拳；一擊
  puncture *n.*（尤指輪胎上被刺出的）小孔

....

pungent /ˈpʌn.dʒənt/ *adj.* having a strong taste or smell; direct and having a strong effect 刺鼻的；（味道）強烈的；（話語或文章）尖刻的

- ■ *a **pungent** smell* 刺鼻的味道
- ■ *pungent criticism* 尖刻的批評
- 回 sharp; biting
- 記 字形同 pun（雙關語）＋ gentle（溫和的）。助憶句：The pun is by no means gentle. It's pungent.（這個雙關語一點都不溫和。非常辛辣。）
- 衍 **poignant** *adj.* 痛苦的；深刻的 <*poign*: prick + *ant*: *adj.*> 字源的意義是"to prick"，即「刺」。
  punctuate *v.* 加上標點符號 <*punctu*: point, prick + *ate*: *v.*> 字源的意義是"to point out"，即「標示出來」。

....

purge /pɜːdʒ/ *v.* to make someone or something free of something evil or harmful; to remove a group of undesirable people from an organization in an abrupt or violent way 使潔淨；使滌罪；清除

- ■ *to **purge** themselves from sin* 滌除他們自己的罪
- ■ *to **purge** hard-liners* 清除主張強硬路線的人
- 回 cleanse; purify

[源] 和 pure（純潔的）為同源字。

[衍] **purify** *v.* 使純淨；淨化

puritanical *adj.* 清教主義的；道德上非常拘謹的

……………………………………………

purport /pɝːˈpɔːrt/ *n.* the general meaning of someone's words or actions 大意；主旨

■ *the **purport** of the letter* 信的主旨

[同] substance; gist

[記] 字形同 purpose（目的）+ report（報告）。助憶句：The purpose of the report is stated clearly in the purport.（本報告的目的清楚說明於主旨中。）

……………………………………………

puzzle /ˈpʌz.əl/ *n.* something that is difficult to understand or explain 令人費解的情況；難題；謎

■ *to remain a **puzzle*** 仍然是個謎團

■ *to solve the **puzzle*** 解決這個謎團

[同] mystery

[記] 讀音類似 pause（停止）。助憶句：The sudden pause of the train left everyone in a puzzle.（火車突然停下來，讓眾人如置身於謎團之中。）

[衍] **puzzle** *n.* 測驗智力的遊戲

……………………………………………

pyromania /ˌpaɪ.roʊˈmeɪ.ni.ə/ *n.* a mental illness that causes a strong desire to set fire to things 縱火狂；放火癖

■ *to suffer from **pyromania*** 患縱火癖

[同] torching

[源] pyromania 的字源分析：<*pyro*: fire + *mania*: madness> 字源的意義是"a mania for destroying things by fire"，即「縱火狂」。☝：運用格林法則，觀察 *pyro* 字根和 fire 的關聯性：*p* = f（b, p, m, f, v 等唇音、唇齒音可互換），*y* = i，*r* = r。

[衍] **pyre** *n.* 火葬用的柴堆 <*pyre*: fire>

……………………………………………

Q

陷入困境，因為他們的實驗結果和量子理論的預測互相矛盾。）

quack /kwæk/ *n.* a person who dishonestly claims to have medical knowledge or skills 冒牌醫生；庸醫；江湖郎中

■ *a fraudulent **quack*** 意圖詐欺的冒牌醫師

⟲ charlatan; mountebank

記 字形類似 quick（反應快的）。助憶句：The police said the <u>quack</u> was <u>quick</u> and sly.（警方表示，那個冒牌醫生反應很快，很狡猾。）

qualitative /ˈkwɑː.lə.teɪ.t̬ɪv/ *adj.* connected with what something is like or how good it is, rather than with how much of it there is 品質上的；質量上的；性質上的

■ ***qualitative*** *differences* 品質的差異

■ *a **qualitative** change* 性質上的改變

⟲ substantive

源 源自 quality（品質）。

衍 **quality** *n.* 品質

quandary /ˈkwɑːn.dri/ *n.* the state of not being able to decide what to do in a difficult situation 困境；猶豫不決

■ *in a **quandary*** 身處困境

⟲ dilemma; predicament

記 讀音類似 quantum（量子）。助憶句：The scientists were in a <u>quandary</u> when the experimental results contradicted the predictions of <u>quantum</u> theory.（這些科學家

quarrel /ˈkwɔːr.əl/ *n.* an angry argument or disagreement between people, often about a personal matter 爭吵；不和

■ *a bitter **quarrel*** 激烈的爭吵

■ *to end the **quarrel*** 結束這次爭吵

⟲ altercation; argument

記 讀音類似 coral（珊瑚）。助憶句：The newly found <u>coral</u> reef led to an anticipated <u>quarrel</u> over its ownership.（最新發現的珊瑚礁引發一場預料中的所有權爭端。）

衍 **quarrel** *v.* 爭吵；不合
quarrelsome *adj.* 愛爭吵的；好口角的

querulous /ˈkwer.jə.ləs/ *adj.* often complaining, especially in a weak high

voice 愛抱怨的；愛發牢騷的

- **querulous** *players* 愛抱怨的球員
- 回 peevish
- 記 讀音類似 <u>queer</u> sense of <u>loss</u>（奇特的失落感）。助憶句：After the defeat, the team experienced a <u>queer</u> sense of <u>loss</u>, leading to a <u>querulous</u> atmosphere in the locker room.（輸球之後，球隊經歷了一種奇特的失落感，導致更衣室裡產生一種愛發牢騷的氛圍。）
- 源 和 quarrel（爭吵）為同源字。

....

quest /kwest/ *n.* an act or instance of seeking 探索；尋求；追求

- *in* **quest** *of truth* 追求真理
- *in his* **quest** *for physical perfection* 他對於身體完美的追求
- 回 search; pursuit
- 源 和 question（問題）為同源字。所謂 quest（探索；追求），就是不斷地提出 question（問題）。
- 衍 **questionnaire** *n.* 問卷；調查表 <*question*: ask, seek + *(n)aire*: *n.*>
  acquire *v.* 獲得；購得 <*ad*: to + *quire*: ask, seek> 字源的意義是 "to seek to obtain"，設法得到。即「獲得；購得」。
  acquisition *n.* 獲得；習得 <*ad*: to + *quire*: ask, seek> 字源同 acquire。
  inquest *n.* 審訊 <*in*: into + *quest*: ask, seek>
  query *n.* 問題 *v.* 詢問；疑問；質問 <*query*: ask>
  quizzical *adj.* 質疑的；探詢的 <*quiz(zi)*: ask + *cal*: *adj.*>
  quiz *n.* 測驗；智力競賽 <*quiz*:

ask>
  require *v.* 要求；需要 <*re*: repeatedly + *quire*: ask> 字源的意義是 "to ask repeatedly"，一再探問，即「要求；需要」。
  perquisite *n.* 額外補貼；特權；利益 <*per*: thoroughly + *quisite*: ask>

....

quintessence /kwɪnˈtes.əns/ *n.* the perfect example of something 典型；典範

- *the* **quintessence** *of courage* 勇氣的典範
- 回 epitome; embodiment
- 記 讀音類似 <u>Queen's presence</u>（女王出現）。助憶句：The crowd were in awe of the <u>Queen's presence</u>. Without a doubt, she was the <u>quintessence</u> of royalty.（群眾對於女王的現身驚歎不已。毫無疑問，她是皇室的典範。）

- 源 quintessence 的字源分析：<*quint*: five + *essence*: to be> 字源的意義是 "fifth essence"，即「第五元素」。
- 衍 **quintessential** *adj.* 最典型的；最本質的

....

223

quirk /kwɝːk/ *n.* an aspect of someone's personality or behavior that is a little strange 怪癖；古怪之處

■ *quirks* and *foibles* 怪癖和小缺點

㊀ idiosyncrasy; peculiarity; foible

㊟ 讀音類似 queer（古怪的）＋ jerk（蠢人）。助憶句：He's a queer jerk with many a quirk.（他是一個古怪的蠢蛋，怪癖很多。）

....

quixotic /kwɪkˈsɑː.t̬ɪk/ *adj.* having or involving ideas or plans that show imagination but are usually not practical 不切實際的；異想天開的

■ *a quixotic effort* 異想天開的嘗試

㊀ idealistic; romantic; extravagant

㊐ 源自 Don Quixote（唐吉軻德）。

....

quorum /ˈkwɔːr.əm/ *n.* the smallest number of people who must be at a meeting before it can begin or decisions can be made 法定人數

■ *to have a quorum* 達到法定人數

㊀ legal minimum

㊐ 和 quantity（數量）以及 quotient（商；程度）為同源字。觀察這幾個字的字形，都很近似。

㊕ **quotient** *n.* 商；程度
quantity *n.* 數量
quota *n.* 配額；限額
quote *v.* 報價；引述；引用

....

R

rail /reɪl/ *v.* to revile or scold in harsh, insolent, or abusive language 譴責；抱怨

- *to **rail** at their service* 抱怨他們的服務
- *to **rail** against the injustices of the rules* 譴責規則不公平
- 圓 scold; criticize
- 記 rail 也表示「鐵路交通」。助憶句：Due to the train being delayed by thirty minutes, he railed at the railway service.（因為火車延遲了三十分鐘，他對鐵路服務加以譴責。）
- 衍 **rail** *n.* 鐵軌；欄杆；鐵路服務；鐵路交通系統

rampant /ˈræm.pənt/ *adj.* existing or spreading everywhere in a way that cannot be controlled 猖獗的；蔓延的；高漲的

- *rampant corruption* 猖獗的腐敗
- *the rampant crime* 四處蔓延的犯罪
- 圓 unchecked; widespread
- 記 讀音類似 rough pants（粗磨褲）助憶句：As streetwear continues to gain popularity, the demand for rough pants is rampant.（隨著街頭風格持續流行，對於粗磨褲的需求高漲。）

- 衍 **rampage** *n.* 橫衝直撞；撒野

rancor /ˈræn.kɚ/ *n.* feelings of hate and a desire to hurt other people, especially because you think that somebody has done something unfair to you 積怨；怨恨

- *without a trace of **rancor*** 沒有一絲怨恨
- *filled with **rancor*** 充滿積怨
- 圓 bitterness; hostility; feud
- 記 讀音類似 raw anger（激烈的憤怒。）助憶句：The rancor between the two families finally became raw anger.（兩個家族之間的怨恨最終變成激烈的憤怒。）
- 衍 **rancorous** *adj.* 怨恨的；記恨的

range /reɪndʒ/ *n.* a variety of things of a particular type; a set of products of a particular type 範圍；幅度；區域；批；類；系列

- *our product **range*** 我們的產品範圍
- *a **range** of options* 一系列的選擇
- 圓 scope; extent; variety
- 源 和 rank（等級；級別）以及 arrange（安排；排列）為同源

字。

囹 **range** *n.* 山脈

rapids /ˈræp.ɪdz/ *n.* part of a river where the water flows very fast, usually over rocks 急流；湍流

■ *to shoot the **rapids*** 渡過急流

回 whitewater

記 和 rape（強暴；破壞；糟蹋）為同源字。♭：字根 *rap* 的意思是 seize＝抓住。急流是一種會把人抓住、困住的地形。

衍 **rape** *v.* 強暴；破壞；糟蹋 <*rape*: seize>

rapid *adj.* 迅速的 <*rapid*: seize, hurry away>

ravishing *adj.* 迷人的；令人陶醉的 <*ravish*: seize + *ing*: *adj*.>

rapport /ræpˈɔːr/ *n.* a harmonious, friendly relationship 融洽；和諧；和睦的關係

■ *a good **rapport** between them* 他們之間的和睦關係

回 affinity; bond

記 字形類似 rapper（饒舌歌手）。助憶句：There is a good rapport between these rappers.（這些饒舌歌手彼此關係融洽。）

ratify /ˈræt̬.ə.faɪ/ *v.* to make an agreement officially or legally valid by voting for or signing it 正式批准；使正式生效；正式簽署

■ *to **ratify** the treaty* 正式簽署合約

回 approve; validate

源 和 rate（比率；費用；價格）為同源字。rate 是推估出來的合理價值，而 ratify 則是經過理性評估，再進行決定。

raucous /ˈrɔː.kəs/ *adj.* sounding loud and rough 刺耳的；尖厲的

■ ***raucous** laughter* 尖銳的笑聲

■ *a **raucous** voice* 一個刺耳的聲音

回 harsh; jarring

記 讀音類似 rock us（震撼我們）。助憶句：AC/DC is known for their raucous voices, which truly rock us.（AC/DC 樂團以他們喧鬧的聲音而聞名，真的震撼我們。）

ravenous /ˈræv.ən.əs/ *adj.* very eager for food, satisfaction, or gratification 極餓的；貪婪的；無法饜足的

■ *a **ravenous** appetite* 無法饜足的食慾

- *a ravenous lust for knowledge* 對於知識無法饜足的渴望
- 囘 starving; voracious
- 記 用 raven（大鴉）來記憶 ravenous。助憶句：The <u>raven</u>'s <u>ravenous</u> nature enables it to scavenge for any available food source.（大鴉貪婪的天性使牠四處覓食，尋找任何可用的食物來源。）

- 衍 **raptor** *n.* 猛禽；食肉鳥

---

rebuke /rɪˈbjuːk/ *v.* to criticize someone so as to correct a fault 斥責；指責；訓斥
- *to rebuke the clerk* 斥責這個職員
- *a rebuking voice* 斥責的聲音
- 囘 reprimand; reproach
- 記 讀音類似運動品牌 Reebok（銳跑）。助憶句：Mark decided it was time to <u>rebuke</u> his younger brother for wearing his <u>Reebok</u> sneakers without any form of approval.（馬克決定該是責罵他弟弟的時候了，因為他弟弟未經任何形式的允許就穿了他的 Reebok 運動鞋。）

recalcitrant /rɪˈkæl.sɪ.trənt/ *adj.* having an obstinately uncooperative attitude toward authority or discipline 桀驁不馴的；難以控制的；倔強的
- *a recalcitrant student* 一個桀驁不馴的學生
- *recalcitrant dogs* 難以控制的狗
- 囘 unruly; intractable
- 記 讀音類似 recall（召回）+ Citroen（雪鐵龍）。助憶句：They had to <u>recall</u> <u>Citroen</u> GT due to a <u>recalcitrant</u> problem in the braking system.（他們必須召回雪鐵龍 GT，因為煞車系統有個難以控制的問題。）

recapitulate /ˌriː.kəˈpɪtʃ.ə.leɪt/ *v.* to repeat or give a summary of what has already been said, decided, etc. 扼要重述；概括（recap 的完整拼法）

- *to **recapitulate** the main points* 概述重點
- *to **recap*** 簡要的說
- ㊌ summarize; reiterate
- ㊟ 用 red cap（紅色帽子）來記憶 recap。美國共和黨候選人傳統上喜歡戴紅色帽子。助憶句：Before the debate started, the Republican candidate glanced at his red cap, reminding himself to recap the key points.（辯論開始前，共和黨候選人瞥了一眼他的紅色帽子，提醒自己要複述關鍵要點。）
- ㊐ recapitulate 的字源分析：<*re*: again + *capit*: head + *ulate*: v.> 字源的意義是"restated by heads or chapters"，把標題再講一次，即「扼要重述；概括」。♭：字根 *cap* 的意思是 head = 頭。
- ㊏ **capital** *n.* 首都；大寫字母；資金 *adj.* 大寫字母的 <*capital*: head>
  captain *n.* 隊長 <*captain*: head> 字源的意義是"who stands at the head of"，即「隊長」。
  chapter *n.* 章 <*chapt*: head + *er*: n.> 字源的意義是"little head"，小標題，即「章節的開頭」。
  capitulate *v.* 投降 <*capit*: head + *ulate*: v.> 字源的意義是"to draw up in heads"，即「起草篇章標題，安排受降條件」。
  capsize *v.* 翻覆 <*capsize*: head> 源自西班牙文 *capuzar*，字源的意義是"sink a ship by the head"。
  precipitate *v.* 使突然發生；促

成；使急落直下 <*pre*: before, forth + *cipit/capit*: head + *ate*: v.> 字源的意義是"headfirst"，頭朝前倒栽蔥，即「使急落直下」。

....

recede /rɪˈsiːd/ *v.* to move back or away 後退；逐漸遠離

- *the water began to **recede*** 水開始後退
- ㊌ retreat; subside
- ㊐ recede 的字源分析：<*re*: back + *cede*: go> 字源的意義是"go back, move back"，即「向後走」。更多同源字見 accede 條目。
- ㊏ **recession** *n.*（經濟）衰退期

....

recommend /ˌrek.əˈmend/ *v.* to tell somebody that something is good or useful, or that somebody would be suitable for a particular job, etc. 推薦；介紹；建議

- *to **recommend** this medicine* 推薦這種藥物
- *to **recommend** that the game be cancelled* 建議取消這場比賽
- ㊌ endorse; suggest
- ㊟ 讀音類似 rare comment（罕見的評論）。助憶句：Among the flood of opinions, a rare comment from the critic stood out, highly recommending this book for its simplicity.（在眾多意見中，一位評論家的罕見評論脫穎而出，高度推薦這本書因其簡潔易懂之故。）
- ㊏ **commend** *v.* 讚揚；稱讚

....

recourse /ˈriː.kɔːrs/ *n.* the fact of having

228

to, or being able to, use something that can provide help in a difficult situation 依靠；依賴；求助

- *the only **recourse*** 唯一的依靠
- ***recourse** to litigation* 依賴訴訟
- 回 resort; remedy
- 記 字形同 <u>reading</u> <u>course</u>（閱讀課）。助憶句：Participating in a <u>reading</u> <u>course</u> is your only <u>recourse</u> to improving your reading skills.（參加閱讀課程是你唯一改善閱讀技巧的依靠。）

---

redolent /ˈred.əl.ənt/ *adj.* making you think of the thing mentioned or smelling strongly of the thing mentioned 散發出⋯⋯強烈氣味的；使人聯想起⋯⋯的

- ***redolent** of the 1960s* 使人聯想起 1960 年代
- ***redolent** of tobacco* 散發出菸草的味道
- 回 suggestive; evocative
- 記 讀音類似 ray doll（光線娃娃）。助憶句：The <u>ray</u> <u>doll</u> is <u>redolent</u> of the warmth of the spring sunshine in my childhood memories.（這個光線娃娃讓我想起童年記憶中春天陽光的溫暖。）

redundant /rɪˈdʌn.dənt/ *adj.* not needed or useful 多餘的；不需要的；累贅的

- *too much **redundant** detail* 太多不需要的細節
- 回 superfluous
- 記 讀音類似 done（已完成的）和 redone（重新再做的）。助憶句：The task has already been <u>done</u>. Getting it <u>redone</u> would be unnecessary and <u>redundant</u>.（這件事已經完成，重新再做一次是沒有必要的，而且是多餘的。）
- 衍 **redundant** *adj.* 被解雇的；被裁減的

---

reform /rɪˈfɔːrm/ *n.* change that is made to a social system, an organization, etc. in order to improve or correct it 改革；改進；改造

- *to cry out for **reform*** 急需改革
- *healthcare **reform*** 健保改革
- 回 improvement; amelioration
- 源 reform 的字源分析：<*re*: again + *form*: form> 字源的意義是"to form again"，即「再變化形式」。
- 衍 **reform** *v.* 改革；改進；改造
  form *n.* 類型；種類；形式
  transform *v.* 使徹底改觀；使大變樣 <*trans*: across + *form*: form>

---

refulgent /rɪˈfʌl.dʒənt/ *adj.* very bright 輝煌的；燦爛的

- *the **refulgent** splendor of the sky* 天空燦爛的光彩
- 回 brilliant; luminous; radiant
- 記 字形類似 <u>real</u>, <u>full</u>-sized <u>gem</u>（實際尺寸的真正寶石）。助憶句：

This real, full-sized gem is refulgent.（這個實際尺寸的真正寶石非常燦爛。）

[衍] **fulgent** *adj.* 光輝的；耀眼的
effulgent *adj.* 燦爛的；光輝的

regression /rɪˈɡreʃ.ən/ *n.* the process of going back to an earlier or less advanced form or state 後退；倒退；退化；回歸

■ *the **regression** to childish behavior* 退化到幼稚的行為

■ ***regression** to mediocrity* 退化到平庸的程度

[同] relapse; throwback

[源] 字源分析見 aggression 條目。

[衍] **progress** *n.* 進展；進步 <*pro*: forward + *gress*: go>
transgress *v.* 逾越；違反 <*trans*: across + *gress*: go>
digress *v.* 離題；岔開 <*di*: apart, aside + *gress*: go, walk>

regulate /ˈreɡ.jə.leɪt/ *v.* to control something by means of rules 控制；管理；調節；調整

■ *to be **regulated** by law* 受法律控制

■ *to **regulate** the temperature* 控制溫度

[同] control; adjust; manage

[源] 和 regular（經常的；固定的；有規律的）以及 correct（正確的）為同源字。♭：字根 *rec/reg* 的意思是 straight = 直的。

[衍] **regulation** *n.* 規則；條例；法規 <*regul*: right + *ation*: *n.*>
regular *adj.* 經常的；固定的；有規律的 <*regul*: right + *ar*: *adj.*>
irregular *adj.* 不合常規的；不正常的 <*ir*: not + *regul*: right + *ar*: *adj.*>
rectify *v.* 糾正；矯正 <*rect*(*i*): right + *fy*: make> 字源的意義是“to make right”，即「使變成正確」。
incorrigible *adj.* 無可救藥的；難以矯正的 <*in*: not + *corrig*: correct + *ible*: *adj.*> 字源的意義是“not to be corrected”，即「不可修正」。
resurrect *v.* 使復興；復活 <*re*: again + *sur*: up + *rect*: straight> 字源的意義是“to rise up again”，再度升起，即「復活」。

reign /reɪn/ *n.* the dominion, sway, or influence of one resembling a monarch 統治；當政；統治時期；主宰時期

■ *the **reign** of the king* 這個國王的統治時期

■ *his **reign** as manager* 他擔任經理的時期

[同] rule; sovereignty

[記] 在 foreign（外國的；外來的）這個字裡找到 reign。助憶句：During the foreign reign, the industrial production increased.（在外來統治時期，工業生產增加。）

[衍] **reign** *v.* 當政；統治；為王

reimburse /ˌriː.ɪmˈbɝːs/ *v.* to pay back money to somebody which they have spent or lost 償還；付還；補償

■ *to **reimburse** any expenses incurred* 補償任何因此而產生的費用

■ *to be **reimbursed** by the restaurant* 得到這家餐廳的補償

[同] compensate; refund

記 讀音類似 <u>return</u> <u>into</u> your <u>purse</u>
（返回你的皮包）。助憶句：
When you receive <u>reimbursement</u>
or get <u>reimbursed</u>, the money spent,
in a sense, <u>returns</u> <u>into</u> your <u>purse</u>.
（當你收到償還款或被償還時，
你所花費的錢在某種意義上回到
了你的錢包中。）

衍 **reimbursement** *n.* 償還；付還；
補償

....

reincarnation /ˌriː.ɪn.kɑːrˈneɪ.ʃən/ *n.* a
person or an animal whose body
contains the soul of a dead person 轉世
化身；輪迴轉世

■ *to believe in* **reincarnation** 相信輪
迴轉世說

■ *the* **reincarnation** *of Einstein* 愛因
斯坦轉世

同 rebirth

源 reincarnation 的字源分析：<*re*:
again + *in*: into + *carn*: flesh +
ation: *n.*> 字源的意義是"to make
into flesh again"，再次變成肉
身，即「轉世化身」。<u>carn</u>ation
（康乃馨）和 rein<u>carn</u>ation 為同
源字，都有 *carn* 字根，意思是
flesh = 肉；肉體。

衍 **carnation** *n.* 康乃馨花 <*carn*:
flesh + *ation*: *n.*> 字源的意義是
"color of human flesh"，可能因康
乃馨花多為粉紅色，類似人類肌
膚的顏色。

incarnation *n.* 化身 <*in*: into +
carn: flesh + *ation*: *n.*> 字源的意
義是"to make into flesh"，變成肉
身，即「化身」。

carnivore *n.* 肉食動物 <*carni*:
flesh + *vore*: devour, eat> 字源的
意義是"flesh-eating"，即「食肉
的」。

carnal *adj.* 肉體的；肉慾的
<*carnal*: flesh>

....

reinforce /ˌriː.ɪnˈfɔːrs/ *v.* to make an
idea, a feeling, etc. stronger 強化；加
固；使更結實

■ *to* **reinforce** *their prejudices* 強化
他們的偏見

■ *to* **reinforce** *his argument* 強化他
的論點

同 strengthen; fortify; bolster

源 reinforce 的字源分析：<*re*: again
+ *in*: put in + *force*: strong> 字源的
意義是"to add new force to"，添
加力量，即「加強」。◊：字根
fort 的意思是 strength = 力量。

231

㊸ **fort** *n.* 要塞；堡壘 <*fort*: strong>
forte *n.* 特長 <*forte*: strong>
fortify *v.* 強化 <*fort*(*i*): strong + *fy*: *v.*>
enforce *v.* 實施；強制執行 <*en*: put in + *force*: strength>

....

reject /rɪˈdʒekt/ *v.* to refuse to accept or consider something 拒絕接受；拒收；不錄用；不相信
■ *to **reject** the plan* 拒絕接受這個計劃
㊷ deny; refuse
㊙ 字源分析見 jettison 條目。
㊸ **project** *n.* 方案；研究 <*pro*: forward + *ject*: throw>
inject *v.* 注射 <*in*: in + *ject*: throw>

....

release /rɪˈliːs/ *v.* to let somebody come out of a place where they have been kept or stuck and unable to leave or move; to allow a substance to flow out 放走；放開；鬆開；釋出
■ *to **release** the hostages* 釋放人質
■ *to **release** hormones* 釋出賀爾蒙
㊷ let go; liberate
㊙ 和 relax（放鬆；使輕鬆；鬆弛）為同源字。
㊸ **release** *v.* 公開；公佈；發行；上映

....

relic /ˈrel.ɪk/ *n.* a survivor or remnant left after decay, disintegration, or disappearance 遺物；遺跡；遺俗；遺骨；聖物；文物
■ ***relics** from the Stone Age* 石器時代的遺跡
■ *the **relics** of a saint* 一個聖人的遺骨
㊷ antique; remains
㊐ 讀音類似 relatively unknown antique（比較不為人知曉的古董）。助憶句：This relic is a relatively unknown antique.（這個文物是一個比較不為人知曉的古董。）

....

rely /rɪˈlaɪ/ *v.* to be dependent 依賴；依靠；依仗
■ *to **rely** on somebody or something* 依賴某人或某物
㊷ depend; count
㊐ 把 ally（盟友）和 rely 一起記憶。助憶句：He's an ally that we can rely on.（他是一個我們可以信任的盟友。）
㊸ **reliance** *n.* 依賴；依靠；信任

....

remedy /ˈrem.ə.di/ *n.* a way of dealing with or improving an unpleasant or difficult situation 療法；治療；補救（辦法）
■ *a **remedy** for unemployment* 失業的解決辦法
■ *a **remedy** for headaches* 頭痛的治療法
㊷ solution; treatment; cure
㊙ remedy 和 medicine（醫學；藥物）為同源字。
㊸ **medication** *n.* 藥物；藥劑
medical *adj.* 醫學的；醫療的；醫用的

....

reminiscent /ˌrem.əˈnɪs.ənt/ *adj.* reminding you of somebody or something 使人回憶起……的；緬懷

的；回憶起的

- ***reminiscent** of my childhood* 使我想起我的童年
- *a style **reminiscent** of Hemingway* 這種風格讓人想到海明威
- 🔄 evocative; remindful
- 📝 讀音類似 remember the scent （想起這個味道）。助憶句：The smell of the old bookstore made me <u>remember</u> the <u>scent</u> of my grandmother's attic--it was so <u>reminiscent</u>.（這家舊書店的氣味讓我想起祖母家的閣樓的氣味——它真是令人緬懷。）
- 🔀 **reminiscence** *n.* 追憶往事；追憶；懷舊

....

remit /rɪˈmɪt/ *v.* to reduce a period of time that someone must spend in prison 減刑；減少服刑時間

- *to have his sentence **remitted*** 讓他的刑期減少
- 🔄 repeal
- 📖 remit 的字源分析：<*re*: back + *mit*: send> 字源的意義是 "send back to prison"，即「免除重刑，送回監獄」。更多同源字見 dismiss 條目。
- 🔀 **remit** *v.* 匯（款）；匯付

....

remorse /rɪˈmɔːrs/ *n.* the feeling of being extremely sorry for something wrong or bad that you have done 懊悔；悔恨；自責

- *full of **remorse*** 充滿懊悔
- 🔄 contrition; repentance; penitence
- 📖 remorse 的字源分析：<*re*: again + *morse*: rub, harm> 字源的意義是

"to bite again"，再咬一次，即「後悔」。更多同源字見 mortal 條目。

....

render /ˈren.dɚ/ *v.* to express or perform something 表演；表達；演繹

- *to **render** the song perfectly* 完美地表演這首歌
- 🔄 show; display
- 📝 用 <u>tender</u>（溫柔的）來記憶 <u>render</u>。助憶句：How do you <u>render</u> the role of a <u>tender</u> mother?（你如何演繹一個溫柔的母親的角色呢？）
- 🔀 **render** *v.* 使成為；使變為；翻譯

....

renegade /ˈren.ə.geɪd/ *n.* a person who leaves one political, religious, etc. group to join another that has very different views 叛徒；變節者；背叛者

- *a band of **renegades*** 一群叛變者
- 🔄 apostate; outlaw
- 📝 讀音類似 <u>rainy day</u>（下雨天）。助憶句：The <u>renegade</u> was caught by the authorities on a <u>rainy day</u>.（這個背叛者在一個雨天被當局逮捕。）

....

renounce /rɪˈnaʊns/ *v.* to state officially

233

that you are no longer going to keep a title, position, etc. 聲明放棄；宣佈放棄；棄絕

- ■ *to **renounce** the throne* 聲明放棄王位
- ■ *to **renounce** violence* 宣佈放棄暴力
- 同 relinquish; abdicate
- 記 用 announce（宣佈）來記憶 renounce。助憶句：The king decided to renounce his throne and officially announce his support for the new successor.（國王決定放棄他的王位，並正式宣佈他支持新的繼任者。）
- 衍 **announce** *v.* 宣佈；宣告
  pronounce *v.* 發（音）

....

repeal /rɪˈpiːl/ *v.* to put an end to something planned or previously agreed to 廢除；廢止；撤銷（法律）

- ■ *to **repeal** this provision* 撤銷這個條款
- 同 nullify; abrogate
- 記 用 appeal（呼籲；籲請；懇求）來記憶 repeal。助憶句：There is widespread public appeal to repeal the discriminatory policy.（公眾廣泛呼籲，要求廢除這項歧視性政策。）

....

reproach /rɪˈproʊtʃ/ *n.* criticism or blame for something you have done 責備；責怪；批評

- ■ *beyond **reproach*** 無可批評
- ■ *the look of **reproach*** 責備的神情
- 同 rebuke; reproof
- 記 字形同 reproduce（繁殖）+ roach（蟑螂）。助憶句：He wanted to reproduce the roach in the dorm, but his plan faced reproach from other students.（他想在宿舍內繁殖蟑螂，但他的計畫遭到其他學生的指責。）

- 衍 **reproach** *v.* 責備；責怪；批評

....

require /rɪˈkwaɪr/ *v.* to need something; to depend on somebody or something 需要；有賴於；要求；規定

- ■ *to **require** somebody to do something* 需要某人去做某事
- ■ *to **require** large amounts of capital* 需要大筆資金
- 同 need; lack
- 源 require 的字源分析：<re: repeatedly + quire: ask> 字源的意義是"to ask repeatedly"，一再詢問，即「需要」。更多同源字見 acquire 條目。
- 衍 **acquire** *v.* 取得；獲得；購得；學到 <ad: to + quire: ask, seek> 字源的意義是"to seek to obtain"，即「透過詢問而取得」。

....

rescind /rɪˈsɪnd/ *v.* to officially state that a law, contract, decision, etc. no longer has any legal force 廢除；取消；撤銷

- *to **rescind** the agreement* 撤銷協定

[同] revoke

[記] 讀音類似 resign（辭職）。助憶句：He had no choice but to resign after the management decided to rescind the promised promotion.（在管理階層取消承諾給他的升遷後，他不得不辭職。）

....

resent /rɪˈzent/ *v.* to feel bitter or angry about something, especially because you feel it is unfair 怨恨；不滿

- *to **resent** the fact that* 怨恨這件事情
- *to **resent** being treated like a child* 不滿被當作小孩般對待

[同] begrudge; dislike

[源] resent 的字源分析：<*re*: again + *sent*: feel> 字源的意義是“to feel again”，再度感覺，即「怨恨；不滿」。更多同源字見 consensus 條目。

[衍] **consent** *n.* 許可；允許；同意 <*con*: together + *sent*: feel>

....

reside /rɪˈzaɪd/ *v.* to live in a particular place 居住；定居

- *to **reside** abroad* 定居國外
- *to **reside** in California* 居住在加州

[同] occupy; inhabit; live in

[源] 和 resident（居民；住戶）為同源字。reside 的字源分析：<*re*: back, again + *side*: sit> 字源的意義是“sit down”，坐下來，待下來，即「居住」。☞：字根 *sid/sed/sit* 的意思是 sit = 坐

[衍] **assiduous** *adj.* 專心致志的；勤勉的 <*as*: to + *sid*: sit + *ous*: *adj.*> 字源的意義是“to sit down to”，坐下來忙著某事，即「勤勉的」。

preside *v.* 主持（會議或儀式）<*pre*: before + *side*: sit> 字源的意義是“to sit in front of”，坐在眾人前面，即「主持會議」。

sedentary *adj.* 缺乏運動的；少活動的 <*sedent*: sit + *ary*: *adj.*>

sediment *n.* 沉澱物 <*sedi*: sit + *ment*: *n.*>

subside *v.* 趨於平緩；平息 <*sub*: under + *side*: sit> 字源的意義是“sit down”，坐下，即「平息」。

....

resilient /rɪˈzɪl.jənt/ *adj.* able to recover quickly after something unpleasant such as shock, injury, etc. 有彈性的；能復原的；有復原力的；適應性強的

- *a **resilient** young man* 一個適應力強的年輕人
- ***resilient** material* 有彈性的物質

[同] bouncy; flexible

[記] 讀音類似 reset the mind（重新調整心態）。助憶句：During times of stress, it's important to stay resilient and reset the mind when necessary.（在壓力時刻，保持彈性並在需要時重新調整心態是非常重要的。）

[衍] **resilience** *n.* 復原力；恢復力；彈性

....

resist /rɪˈzɪst/ *v.* to refuse to accept something and try to stop it from happening 反抗；抵抗

- *to **resist** change* 抵抗改變
- *to **resist** buying clothes* 抵抗買衣服的誘惑

🔄 withstand; oppose

📝 讀音類似 racist（種族主義的）。助憶句：When faced with racist remarks, he would remind himself to resist others' negativity.（當面對種族主義的評論時，他會提醒自己要抵抗他人的負面情緒。）

🔤 **resistance** *n.* 抵抗；反抗；反對

....

resolve /rɪˈzɑ:lv/ *v.* to find an acceptable solution to a problem or difficulty 解決；解除；消除

■ *to resolve the crisis* 解決這個危機

■ *to resolve their differences* 消除他們的歧見

🔄 settle; solve

📝 把 solve（解決）和 resolve（解決）一起記憶。solve 通常用於解決數學問題或謎題（如 to solve a problem or a puzzle），而 resolve 通常涵蓋解決更廣泛的問題，包括衝突和爭端（如 to resolve a crisis）。助憶句：Before they are qualified to resolve the ultimate challenge, competitors usually have to solve one puzzle after another on the way.（在他們有資格解決終極挑戰之前，競爭者通常必須在途中解決一個又一個的謎題。）

🔤 **resolve** *v.* 決心；決定 *n.* 決心；堅定的信念
resolute *adj.* 堅決的；有決心的
resolution *n.* 決心；決定；正式決議

....

respiration /ˌres.pəˈreɪ.ʃn̩/ *n.* breathing 呼吸

■ *to stimulate respiration* 促進呼吸

🔄 breathing

📝 讀音類似 race preparation（比賽準備）。助憶句：During race preparation, the runners paid attention to their respiration.（在比賽準備期間，選手們特別專注在自己的呼吸。）

🏛 字源分析見 aspire 條目。

🔤 **respire** *v.* 呼吸
expire *v.* 到期；結束；死亡
inspire *v.* 激勵；鼓舞
perspire *v.* 出汗；流汗

....

resplendent /rɪˈsplen.dənt/ *adj.* brightly colored in an impressive way 輝煌的；燦爛的；華麗的

■ *the resplendent tail of the peacock* 孔雀燦爛的尾巴

🔄 gorgeous; dazzling; lustrous

📝 字形類似 really splendid（非常燦爛）。助憶句：The sunset over the ocean was really splendid, with its resplendent hues of orange painting the sky.（夕陽落在海洋上，非常燦爛，輝煌的橙色塗抹了整片天空。）

....

restrict /rɪˈstrɪkt/ *v.* to limit the amount, size or range of something 限制；限定；妨礙

■ *to restrict the number of tourists* 限定遊客人數

■ *to restrict his freedom* 限制他的自由

🔄 limit; moderate

🏛 和 strict（要求嚴格的；嚴厲的）為同源字，記憶法見 strict 條目。可以用 really strict（非常嚴格的）

來記憶 restrict。助憶句：The school has a really strict policy that restricts the use of cell phones during class hours.（這個學校有一個非常嚴格的政策，限制上課時間使用手機。）

[衍] **restriction** *n.* 限制；約束

....

resurrect /ˌrez.əˈrekt/ *v.* to bring back into use something such as a belief, a practice, etc. that had disappeared or been forgotten 使復興；復活；恢復

■ *to **resurrect** his coaching career* 重拾他的教練生涯

■ *to **resurrect** this ancient tradition* 使這個古老傳統復活

[同] revive; resuscitate

[記] 讀音類似 raise（抬起）+ erect（使直立；安置）。助憶句：The team managed to raise and erect each stone into place, thereby being able to resurrect the historic monument.（這個團隊成功地把每塊石頭抬高並安置到位，因此能夠使這個歷史古蹟復原。）

[源] resurrect 的字源分析：<*re*: again + *sur*: up + *rect*: straight> 字源的意義是"to rise up again"，即「再度筆直地升起」。更多同源字見 regulate 條目。

....

retain /rɪˈteɪn/ *v.* to keep something; to continue to have something 保持；保留；保有

■ *to **retain** control* 保有控制

■ *to **retain** his lead* 保有他的領先地位

[同] keep; preserve

[源] 字源分析見 sustain 條目。

....

retract /rɪˈtrækt/ *v.* to say something you have said earlier is not true or correct or that you did not mean it 撤銷；撤回；收回

■ *to **retract** his words* 撤銷他說的話

■ *to **retract** the claim* 撤銷聲明

[同] withdraw; rescind

[記] 字形同 review（審查）+ contract（合約）。助憶句：After he reviewed the draft of the contract, he decided to retract his earlier promise.（在審查了合約草案之後，他決定撤銷他早先的承諾。）

[源] retract 的字源分析：<*re*: back + *tract*: draw> 字源的意義是"draw back"，拉回去，即「撤銷」。

[衍] **retract** *v.* 縮回；收起

....

retreat /rɪˈtriːt/ *n.* a quiet, private place that you go to in order to get away from your usual life 退隱處；靜居處；僻靜處

■ *a country **retreat*** 一個鄉下的僻靜處

[同] asylum; sanctuary; haven

記 字形同 real treat（真正的享受）。
助憶句：The spa getaway was a
real treat--a relaxing retreat from
the stresses of daily life.（這次水
療度假是一個真正的享受，是從
日常生活的壓力中放鬆的一個僻
靜處。）

衍 **retreat** *v.* 退卻；撤退；躲避

retrieve /rɪˈtriːv/ *v.* to bring or get
something back, especially from a place
where it should not be; to find and get
back data or information that has been
stored in the memory of a computer 找
回；取回；挽回；檢索（資料）

■ to **retrieve** the ball 把球取回

■ to **retrieve** information 檢索資料

回 recover; fetch

記 讀音類似 re-tweet（轉推）。助
憶句：Please re-tweet my message,
which will help me retrieve my lost
account.（請轉推我的訊息，這將
有助於我取回遺失的帳號。）

衍 **retrieval** *n.* 找回；取回；挽回；
檢索資料

reveal /rɪˈviːl/ *v.* to make something
known to somebody 暴露；揭示；透露

■ to **reveal** the details 透露細節

回 disclose; divulge

記 讀音類似 really feel（真地感受
到）。助憶句：At that moment, I
could really feel the depth of what
she wanted to reveal.（那一刻，
我真的感受到她想要揭示的深
意。）

衍 **revelation** *n.* 暴露；被揭示的真
相；被揭露的內情

revere /rɪˈvɪr/ *v.* to admire and respect
somebody or something very much 尊
敬；崇敬

■ to be **revered** as a national hero 被
尊敬為國家英雄

回 idolize

記 用保羅‧瑞維爾（Paul Revere）
來記憶 revere。保羅‧瑞維爾是
美國獨立戰爭期間的一個愛國
者。他最知名的英勇事蹟就是夜
騎警告大家，英軍即將來襲。詩
人亨利‧沃茲沃斯‧朗費羅
（Henry Wadsworth Longfellow）
著有〈保羅‧瑞維爾騎馬來〉
（"Paul Revere's Ride"）一詩來
讚頌瑞維爾的英勇事蹟。

衍 **reverence** *n.* 尊敬；崇敬

revile /rɪˈvaɪl/ *v.* to criticize somebody
or something in a way that shows how
much you dislike them 謾罵；辱罵；痛
斥

■ to **revile** him for cheating 痛斥他作
弊

回 censure; condemn

源 和 vile（邪惡的；卑鄙的；可恥
的）為同源字。記憶法見 vile 條
目。

衍 **vile** *adj.* 邪惡的；卑鄙的；可恥
的

rhetorical /rɪˈtɔːrɪkəl/ *adj.* relating to
the art of rhetoric; expressed in terms
intended to persuade or impress 修辭
的；詞藻華麗的；浮誇的

■ **rhetorical** devices 修辭手法

回 stylistic; oratorical

[記] 字形同 right here（就在這裡）+ historical（歷史的）。助憶句：The speaker opened his speech with a powerful rhetorical statement: "Right here today, we find ourselves at a historical moment."（演講者以一個有力的修辭陳述開始他的演講：「就在今天，我們發現自己正處於一個歷史性的時刻。」）

[衍] **rhetoric** *n.* 修辭；修辭學；煽動性的語言

ridiculous /rɪˈdɪk.jə.ləs/ *adj.* silly or unreasonable 愚蠢的；荒唐的；可笑的

■ *Don't be so **ridiculous**!* 別這麼愚蠢！

■ *a **ridiculous** plan* 一個可笑的計畫

[同] absurd; ludicrous

[記] 讀音類似 read it closely（仔細閱讀）。助憶句：My boyfriend handed me the menu and asked me to read it closely, which I considered ridiculous.（我男朋友遞給我菜單，要我仔細閱讀，我認為這很荒謬。）

[衍] **ridicule** *v.* 嘲笑；奚落；戲弄

rigorous /ˈrɪg.ɚ.əs/ *adj.* done carefully and with a lot of attention to detail 嚴格的；縝密的；嚴謹的

■ *a **rigorous** analysis* 嚴謹的分析

■ ***rigorous** controls* 嚴格控制

[同] thorough; precise; scrupulous

[記] 用 vigorous（充滿活力的；有力量的；精力旺盛的）來記憶 rigorous。記憶法見 vigorous 條目。助憶句：The vigorous martial artist practices rigorous routines every day.（這位精力充沛的武術家每天都執行嚴格的訓練習慣。）

[衍] **rigid** *adj.* 僵硬的；固定的

robust /roʊˈbʌst/ *adj.* strong and healthy; able to survive being used a lot and not likely to break （人或動物）強壯的；（物品或系統）堅固的；耐用的

■ *a **robust** system* 堅固耐用的系統

■ ***robust** and healthy* 既強壯又健康

[同] vigorous; sturdy

[記] 讀音類似 robot（機器人）。助憶句：The robust design of the robot makes it ideal for heavy-duty tasks.（這款機器人堅固的設計使其非常適合執行重負荷任務。）

[源] robust 的字源分析：<*rob/rub*: red + *ust*: *adj.*> 字源的意義是“as strong as oak”，即「跟一種具有紅色心材的橡木一樣強壯」。☞：字根 *rob/rub/rud* 的意思是 red = 紅色。

[衍] **ruddy** *adj.* 健康紅潤的 <*rud*: red + *dy*: *adj.*>
ruby *n.* 紅寶石 <*ruby*: red>
rude *adj.* 粗魯的；粗野的 <*rude*: red> 字源的意義是“red meat; raw meat”，即「紅色生肉」，衍伸為「粗野的」。
rubric *n.* 標題；指示；說明

---

romantic /roʊˈmæn.t̬ɪk/ *adj.* connected with love or a sexual relationship 愛情的；情愛的

■ ***romantic** novels* 愛情小說

[同] amorous; passionate

[記] romantic 的音譯就是「浪漫的；羅曼蒂克的」。

[衍] **romantic** *adj.* 富於浪漫色彩的；充滿傳奇色彩的；不切實際的
romance *n.* 戀愛關係；羅曼史；愛情故事；(中古的)傳奇故事

---

rotate /ˈroʊ.teɪt/ *v.* to move or turn around a central fixed point; to make something do this （使）旋轉；(使)轉動

■ *to **rotate** the handle* 旋轉把手

■ *to **rotate** rapidly* 快速旋轉

[同] revolve; spin

[源] 和 roll（滾動）為同源字。

[衍] **rotary** *adj.* 旋轉式的
roll *v.* 滾動 *n.* 一捲；捲狀物

---

route /raʊt/ *n.* a way or course taken in getting from a starting point to a destination 路線；路途；航線；方法

■ *a scenic **route*** 一條風景優美的路線

[同] way; course

[記] 和 without（沒有）以及 doubt（疑問）押韻。助憶句：Without a doubt, this is the best route.（毫無疑問，這是最佳路線。）

---

rugged /ˈrʌɡ.ɪd/ *adj.* not level or smooth and having rocks rather than plants or trees 荒蕪崎嶇的；崎嶇難行的

■ ***rugged** cliffs* 崎嶇的懸崖

[同] rough; furrowed

[記] 讀音類似 rocky（多石的）。助憶句：The climber trekked through the rugged and rocky terrain.（這個登山者穿越了崎嶇多石的地形。）

---

ruminate /ˈruː.mə.neɪt/ *v.* to think about something deeply 沉思；長時間思考

■ *to **ruminate** for hours* 沉思好幾個小時

[同] contemplate; ponder

[記] 讀音類似 human trait（人類的特質）。助憶句：Being able to ruminate is a human trait.（有能力思考是人類的特質。）

[衍] **ruminate** *v.* 反芻；倒嚼

---

rummage /ˈrʌm.ɪdʒ/ *v.* to move things around carelessly while searching for something 翻找；翻尋；亂翻

■ *to **rummage** around the bag* 在袋子翻找

圓 ransack

記 讀音類似 luggage（行李）。助憶
句：Searching through her <u>luggage</u>,
she <u>rummaged</u> to find her passport.
（她在行李中搜索，翻找她的護
照。）

....

rupture /ˈrʌp.tʃɚ/ *n.* a situation when
something breaks or bursts 破裂；裂開

■ *a **rupture** of the pipeline* 管線破裂

圓 rift; break-up

記 字形類似 <u>rub</u>（摩擦）+ struc<u>ture</u>
（結構）。助憶句：Careless
actions that <u>rub</u> the glass struc<u>ture</u>
may bring about a <u>rupture</u> in its
framework.（粗心的行為可能會
對玻璃結構造成摩擦，進而導致
結構破損。）

源 rupture 的字源分析：<*rupt*: break
+ *ure*: n.> 字源的意義是"break,
burst"，即「破裂」。ᕃ：字根
rupt 的意思是 break = 破裂；散
開。

衍 **rupture** *v.* （使）破裂；裂開
erupt *v.* 爆發；噴發 <*ex*: out +
rupt: break> 字源的意義是"break
out"，即「爆發」。
corrupt *adj.* 腐敗的 *v.* 使腐化墮
落；使道德敗壞 <*con*: intensive +
rupt: break> 字源的意義是"break
out"，全部破裂，即「腐敗的」。
bankrupt *adj.* 破產的 *n.* 破產者
<*bank*: bench + *rupt*: break> 字源
的意義是"a broken bench"，破爛
的板凳（板凳意指放債者），即
「破產的」。
interrupt *v.* 打斷 <*inter*: between
+ *rupt*: break> 字源的意義是

"break into"，闖入，即「打斷」。

....

ruthless /ˈruːθ.ləs/ *adj.* hard and cruel;
determined to get what you want and not
caring if you hurt other people 無情的；
冷酷的；殘忍的

■ *a **ruthless** dictator* 冷酷的獨裁者

■ ***ruthless** determination* 冷酷無情的
決心

圓 brutal; callous

記 在 <u>truthless</u>（不真實的；虛假
的）中找到 ruthless。助憶句：
The <u>ruthless</u> politician shamelessly
spread <u>truthless</u> rumors.（這個無
情的政治家毫不顧忌地散播虛假
的謠言。）

....

S

sabotage /ˈsæb.ə.tɑːʒ/ *n.* the act of doing deliberate damage to equipment, transport, machines, etc. to prevent an enemy from using them, or to protest about something 蓄意破壞；故意妨礙

- ■ *an act of sabotage* 蓄意破壞的行為
- 圓 wrecking; vandalism
- 記 字形類似 Saab（紳寶汽車）+ damage（損傷）。助憶句：His new <u>Saab</u> suffered unexpected <u>damage</u>, which the policeman considered <u>sabotage</u>.（他那輛紳寶新車遭受意外損傷，警察認為那是某種蓄意破壞行為。）

- 衍 **sabotage** *v.* 毀壞；搗亂；蓄意破壞

safeguard /ˈseɪf.gɑːrd/ *v.* to protect something or somebody from loss, harm or damage 保護；保衛；維護；捍衛

- ■ *to safeguard jobs* 捍衛工作
- ■ *to safeguard against dangers* 避免危險
- 圓 protect; defend

- 源 由 safe（安全的）和 guard（保衛）組成。

salient /ˈseɪ.li.ənt/ *adj.* most important or easy to notice 顯著的；突出的

- ■ *the salient features* 顯著的特徵
- ■ *a salient example* 一個顯著的例子
- 圓 noteworthy; outstanding
- 源 <u>sali</u>ent 和 <u>sal</u>mon（鮭魚）為同源字。salient 的字源分析：<*sali*: jump + *ent*: adj.> 字源的意義是 "jump"，跳出來，即「顯著的；突出的」。而 salmon 在字源上的意義是 "leaper"，即「跳躍者」。

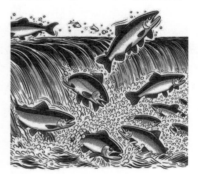

- 衍 **salmon** *n.* 鮭魚 <*salmon*: leaper>
  resilience *n.* 適應力；彈力；還原能力 <*re*: back + *sile*: jump + *ence*: n.>
  exult *v.* 歡欣鼓舞；興高采烈 <*ex*: out, upwards + *sult*: leap, jump> 字源的意義是 "to jump up"，跳起，即「興高采烈」。
  somersault *n.* 翻筋斗 <*somer*: over + *sault*: jump> 字源的意義是 "to jump over"，即「翻筋斗」。
  salacious *adj.* 淫穢的；色情的 <*sala*: leap + *cious*: adj.> 字源的意義是 "fond of leaping"，指雄性動物發情時，跳躍到雌性動物身

上的動作，由此產生「色情」的
字義。

....

salubrious /səˈluː.bri.əs/ *adj.* (of a
place) pleasant to live in; clean and
healthy 環境宜人且有益健康的；宜居
的

- ■ *a **salubrious** area* 適宜居住的地
  區
- ⓐ healthful; wholesome
- ⓚ 讀音類似 sell brews（販賣啤
  酒）。助憶句：They <u>sell</u> <u>brews</u>
  that are made with the ingredients
  in the most <u>salubrious</u> areas in
  Germany.（他們販賣的啤酒是在
  德國最宜居地區的原料所製造出
  來的。）

- ⓢ salubrious 的字源分析：<*sol*/*sal*:
  whole, good health + *ubrious*:
  adj.> 字源的意義是"favorable to
  health"，即「有益健康」。↷：字
  根 *sol*/*sal* 的意思是 whole, health
  ＝完整；健康。
- ⓣ **salute** *v.* 致敬；敬禮 <*salute*:
  whole, health> 字源的意義是
  "wish health to"。致敬有祝願對
  方身體健康之意。
  salutary *adj.* 有益的；有益健康

的 <*salut*: health + *ary*: *adj.*>
salvage *n.* 搶救；挽回；打撈 <*sal*:
whole, well-kept + *vage*: *n.*> 字源
的意義是"make safe"，使財產保
持完整，即「搶救」。

....

salutary /ˈsæl.jə.ter.i/ *adj.* favorable to
or promoting health; promoting or
conducive to some beneficial purpose 有
益的；有益健康的

- ■ *a **salutary** experience* 有益的經驗
- ⓐ beneficial; productive
- ⓢ 記憶法見 salubrious 條目。
- ⓣ **salute** *v.* 致敬；敬禮 <*salute*:
  whole, health>

....

salvage /ˈsæl.vɪdʒ/ *n.* the act of saving
things that have been, or are likely to be,
damaged or lost, especially in a disaster
or an accident 搶救；挽回；打撈

- ■ *a **salvage** company* 打撈公司
- ■ *marine **salvage*** 海上救援
- ⓐ rescue; salvation
- ⓚ 用 <u>salvation</u>（救贖）來記憶
  <u>salvage</u>。記憶法見 salvation 條目。
- ⓣ **salvage** *v.* 搶救；打撈

....

salvation /sælˈveɪ.ʃən/ *n.* a way of
protecting somebody from danger, loss,
disaster, etc. 救贖；救助（途徑）；解
救辦法

- ■ *beyond **salvation*** 無可挽回
- ■ *my **salvation*** 我的救贖
- ⓐ saving; redemption
- ⓚ 用 <u>Sally's</u> <u>vacation</u>（莎莉的度
  假）來記憶 salvation。助憶句：
  <u>Sally's</u> <u>vacation</u> to India led to her
  self-discovery and personal

salvation.（莎莉前往印度度假，引領她踏上了自我探索與個人救贖之旅。）

---

sanctuary /ˈsæŋk.tʃu.er.i/ *n.* refuge or safety from pursuit, persecution, or other danger 庇護；避難所；庇護所；聖殿

- ■ *to take **sanctuary** in a church* 在教堂尋求庇護
- ■ *to find **sanctuary*** 尋找避難處
- 囘 refuge; haven; asylum
- 源 讀音類似 saint（聖徒），兩者也是同源字。教堂是崇奉聖人的處所，根據中古教會法律，逃犯在某些教堂可免受追捕，這就是庇護所（sanctuary）的概念。此外 sanction（批准；制裁）也是源自神聖的概念。sanction 原指教會諭令，後衍伸為法令。
- 衍 **saint** *n.* 聖徒；聖者 <*saint*: holy>
  sanction *n.* 批准；許可；制裁 <*sant*: holy + *tion*: *n.*>
  sacrosanct *adj.* 神聖不可侵犯的 <*sacro*: sacred + *sanct*: holy>
  sacred *adj.* 神聖的 <*sacr*: holy + *ed*: *adj.*>

---

saturated /ˈsætʃ.ər.eɪ.t̬ɪd/ *adj.* completely wet 浸透的；飽和的

- ■ ***saturated** with water* 浸泡在水中
- ■ *be completely **saturated*** 濕透了
- 囘 soaked
- 記 用 sad-rated（劣質的）這個不存在的複合字來幫助記憶 saturated。助憶句：Always opt for top-rated meat rather than sad-rated one with saturated fats.（永遠選擇優質口碑的肉品，而非含有過多飽和脂肪的劣質肉品。）
- 衍 **saturate** *n.* 飽和脂肪（同 saturated fat）

---

saturnine /ˈsæt̬.ɚ.naɪn/ *adj.* looking serious and threatening 陰鬱的；嚴肅的

- ■ *a **saturnine** character* 陰鬱的性格
- 囘 gloomy; somber
- 源 源自 Saturn（土星）。saturnine 是用來形容人的性格受到這個星座的影響。

---

savage /ˈsæv.ɪdʒ/ *adj.* aggressive and violent; causing great harm 兇殘的；兇猛的；冷酷的

- ■ *a **savage** animal* 兇猛的動物
- ■ ***savage** criticism* 冷酷的批評
- 囘 brutal; ferocious
- 記 用 salvage（搶救；打撈）來記憶 savage。助憶句：The sailors faced a savage storm at sea, but they managed to salvage some goods from the ship.（水手們在海上遭遇猛烈的風暴，但他們成功地從船上搶救一些貨物。）

savant /sæv'ɑːnt/ *n.* a person with great knowledge and ability 博學之士；學者；專家

■ *musical **savants*** 音樂專家

[同] intellectual; scholar; sage

[記] 字形類似 servant（僕人）。助憶句：He is no servant. He is a savant.（他絕非僕人。他是個大學者。）

[衍] **sapient** *adj.* 有智慧的 <*sapi*: taste, know + *ent*: *adj.*>
savvy *n.* 常識；實際能力

---

scathe /skeɪð/ *v.* to hurt or injure someone 傷害；損害

■ *a country **scathed** by war* 深受戰爭之苦的國家

■ *to **scathe** the impotent official* 傷害這個無能的官員

[同] abuse; assail

[記] 字形類似 scar（傷痕；傷疤）。助憶句：It is a town scathed by bombardments and every building there bears the scar of war.（那是一個飽受轟炸傷害的城鎮，當地的每幢建築物都帶著戰爭的傷痕。）

[衍] **unscathed** *adj.* 毫髮無損的；無恙的

---

scintillating /ˈsɪn.t̬əl.eɪ.t̬ɪŋ/ *adj.* very clever, exciting and interesting 閃閃發光的；才華洋溢的；妙趣橫生的

■ *a **scintillating** speech* 一個妙趣橫生的演講

[同] sparkling; dazzling; brilliant

[記] 讀音類似 shine till late at night（一直照耀到深夜）。助憶句：In Norway, they experience the midnight sun, where the scintillating sun continues to shine till late at night.（挪威有子夜太陽。你可以看到閃閃發光的太陽一直照耀到深夜。）

[衍] **scintillate** *v.* 閃爍；發出火花

---

scrutinize /ˈskruː.t̬ən.aɪz/ *v.* to look at or examine somebody or something carefully 細看；仔細審查

■ *to **scrutinize** their faces* 仔細端詳他們的臉孔

■ *to **scrutinize** the contract* 仔細審查合約

[同] inspect; peruse

[記] 用 every screw is tightened nicely（每顆螺絲都被緊固得很好）來記憶 scrutinize。助憶句：During the aircraft maintenance, the technicians carefully scrutinize each component, ensuring every screw is tightened nicely.（在飛機維修期間，技術人員仔細審查每個零件，確保每顆螺絲都被緊固得很好。）

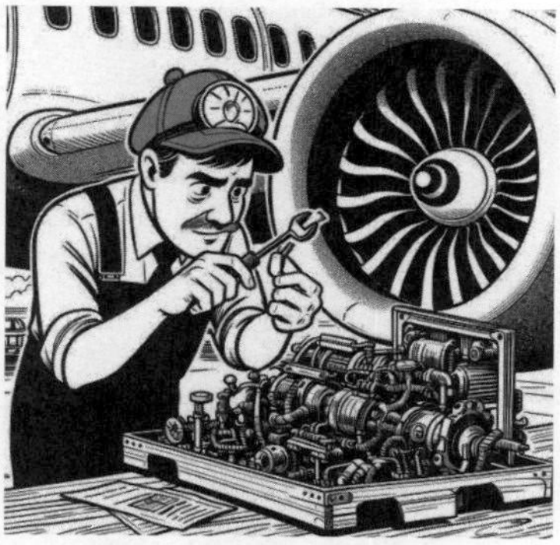

[衍] **scrutiny** *n.* 細看；仔細審查
inscrutable *adj.* 不可測度的；難以捉摸的

secession /sɪsˈeʃ.ən/ *n.* the fact of an area or group becoming independent from the country or larger group that it belongs to（國家、地區、機構等的）分裂；分離

- ■ *a new secession movement* 新的分裂運動
- ■ *the secession of the region* 這個地區的分離
- ㊁ withdrawal; separation
- ㊙ 讀音類似 succession（繼承）。助憶句：If secession occurs, there will be no succession for the new king.（如果發生了分裂，新國王將無法繼位。）
- ㊟ secession 的字源分析：<*se*: apart + *cess*: go + *ion*: n.> 字源的意義是"going away"，離開，即「分裂」。更多同源字見 accede 條目。
- ㊦ **access** *n.* 入口；路徑；機會；權利 <*ad*: to + *cess*: go>
  precede *v.* 先於 <*pre*: before + *cede*: go>
  proceed *v.* 繼續進行；繼續做 <*pro*: forward + *ceed*: go>
  recession *n.* 經濟衰退 <*re*: back + *cess*: go + *ion*: n.>

section /ˈsek.ʃən/ *n.* any of the parts into which something is divided 部分；片段

- ■ *the pop music section* 流行樂的部分
- ■ *section 6* 第六款
- ㊁ segment; part
- ㊟ 和 insect（昆蟲）為同源字。昆蟲的身體彷彿有一道道凹入的切

口，而 insect 這個字的構成體現了昆蟲身體的特徵。♭：字根 *sect* 的意思是 cut = 切。

- ㊦ **insect** *n.* 昆蟲 <*in*: in + *sect*: cut> 字源的意義是"cut into"，身體有切進去的痕跡，即「昆蟲」。
  sect *n.* 派別；宗派 <*sect*: cut> 字源的意義是"cut off from a main body"，從主體切下來的，即「宗派」。
  intersection *n.* 相交；交叉；十字路口 <*inter*: between + *section*: cut> 字源的意義是"cut asunder; cut between"，即「交叉」。
  segment *n.*（群體或事物的）部分

secular /ˈsek.jə.lɚ/ *adj.* not having any connection with religion 世俗的；非宗教的

- ■ *a secular society* 世俗的社會
- ㊁ worldly
- ㊙ 字形同 secretary（秘書）+ regular stuff（平常事物）。助憶句：Imagine a secretary dealing with regular stuff. There's something secular about it.（想像一個秘書在處理平常事物。這有些世俗的意味。）

segregation /ˌseg.rəˈgeɪ.ʃən/ *n.* the policy of separating people from different groups and treating them in a different way 隔離並差別對待

- ■ *racial **segregation*** 種族隔離
- 回 separation; alienation
- 記 字形類似 separation（分離；分隔；分開）。
- 源 segregation 的字源分析：<*se*: apart + *greg*: gather + *ation*: n.> 字源的意義是"to separate from the flock"，從群體分出，即「隔離並差別對待」。更多同源字見 egregious 條目。
- 衍 **gregarious** *adj.* 愛交際的；喜群居的 <*gre*: gather, flock + *garious*: adj.>

....

select /səˈlekt/ *v.* to choose somebody or something from a group of people or things, usually according to a system 選擇；挑選

- ■ *to **select** one of them* 挑選他們其中之一
- 回 choose; pick
- 源 和 elect（選舉）為同源字。ᄾ：字根 *lect/lig* 的意思是 choose, gather = 選；收集。
- 衍 **eclectic** *adj.* 兼容並蓄的；折衷的 <*ex*: out + *lect*: choose + *ic*: adj.> 字源的意義是"picking out"，把各式各樣適合的都挑選出來，即「兼容並蓄的」。
  eligible *adj.* 有資格的；合適的 <*ex*: out + *lig*: choose + *ible*: adj.> 字源的意義是"that may be chosen"，可被選的，即「有資格

的」。

intelligence *n.* 智力；智慧 <*inter*: between + *lig*: choose, collect + *ence*: n.> 字源的意義是"ability to choose words"，能夠挑選字詞，即「智力；智慧」。

elect *v.* 選舉 <*ex*: out + *lect*: choose> 字源的意義是"to pick out"，挑選出，即「選舉」。

lecture *n.*（尤指面向學生的）講座；課；演講 <*lect*: choose, gather + *ure*: n.> 字源的意義是"to pick out words"，挑選字詞，即「演講」。

legend *n.* 傳說；傳奇故事 <*leg*: choose, read + *end*: n.> 字源的意義是"things to be chosen; things to be read"，被挑選出來講述的故事，即「傳說」。

elite *n.* 上層集團；掌權人物；出類拔萃的人；精英 <*ex*: out + *leg*: choose> 字源的意義是"to choose out"，挑選出的，即「精英」。

....

seminal /ˈsem.ə.nəl/ *adj.* very important and having a strong influence on later developments 具有開拓性的；有深遠影響的

- ■ *a **seminal** book* 影響深遠的一本書
- ■ *a **seminal** moment* 一個具開拓性的時刻
- 回 creative; original
- 記 字形同 semi-final（半決賽）。助憶句：The team's experience in the semi-final match was a seminal moment in their journey to the championship.（這個球隊在半決賽的經驗是他們奪冠之旅中一個

247

具有深遠影響的時刻。）
源 源自 semen（精液）。
衍 **seminal** *adj.* 精液的

....

septic /ˈsep.tɪk/ *adj.* (of a wound or part of the body) containing harmful bacteria that cause infection 敗血症的；細菌感染的；膿毒性的
- ■ *a septic toe* 被細菌感染的腳趾
- 同 infected; festered
- 記 記憶法見 antiseptic 條目。

....

sequence /ˈsiː.kwəns/ *n.* a set of events, actions, numbers, etc. which have a particular order and which lead to a particular result 一系列；一連串；順序；次序
- ■ *a sequence of events* 一連串的事件
- 同 succession; series
- 源 sequence 的字源分析：<*sequ/sec*: follow + *ence*: *n.*> 字源的意義是 "a following"，跟著來的，即「一系列」。
- 衍 **second** *adj.* 第二的；僅次於第一的 <*second*: follow> 字源的意義是 "following, next in order"，跟隨前一個的，即「第二的」。
  consequence *n.* 結果；後果 <*con*: together + *sequence*: follow> 字源的意義是 "to follow after"，隨之而來的，即「結果」。
  subsequent *adj.* 隨後的；接著的；接踵而來的 <*sub*: up from under + *sequent*: follow> 字源的意義是 "follow up"，跟上，即「隨後的」。

....

serendipity /ˌser.ənˈdɪp.ə.t̬i/ *n.* the fact of something interesting or pleasant happening by chance （偶然發現有趣或珍貴之物的）機緣；幸運
- ■ *a moment of serendipity* 一個幸運的時刻
- 同 good luck; chance
- 記 字形類似 a <u>serene</u> <u>dip</u>（寧靜的游泳）。助憶句：I simply enjoyed a <u>serene</u> <u>dip</u> in the lake and stumbled upon a precious gem--a true <u>serendipity</u>!（我只是靜靜地在湖中游個泳，就發現了一顆寶石——真是幸運！）

....

severe /səˈvɪr/ *adj.* extremely bad or serious 非常嚴重的；劇烈的；慘重的
- ■ *a severe illness* 嚴重的疾病
- ■ *a severe pain* 劇烈疼痛
- 同 grave; grievous
- 記 字形類似 several（幾個）。助憶句：The island has experienced <u>several</u> <u>severe</u> storms this year.（這個島嶼在今年已經遭遇幾個劇烈的風暴。）
- 衍 **severe** *adj.* 嚴厲的；苛刻的

....

shallow /ˈʃæl.oʊ/ *adj.* not having much distance from the top to the bottom; not showing serious or careful thought 不深的；淺的；膚淺的
- ■ *a shallow river* 淺的河流
- ■ *a shallow film* 膚淺的電影
- 同 flat; skin-deep
- 記 讀音類似 hollow（空的；沒誠意的）。助憶句：He is both <u>hollow</u> and <u>shallow</u>.（他既沒誠意，又膚淺。）

shatter /ˈʃæt̬.ɚ/ *v.* to suddenly break into small pieces; to make something suddenly break into small pieces （使）破碎；粉碎；嚴重破壞

■ to ***shatter*** into pieces 變成碎片
■ to ***shatter*** the window 破壞窗戶
同 smash; ruin; crack
記 字形同 the <u>shade</u> of the ma<u>tter</u>（這件事情的陰影）。助憶句：The <u>shade</u> of the ma<u>tter</u> lingered in her mind, always ready to <u>shatter</u> her confidence.（這件事情的陰影縈繞在她的腦海裡，隨時會擊碎她的自信心。）

shelter /ˈʃel.t̬ɚ/ *n.* the fact of having a place to live or stay, considered as a basic human need 掩蔽（處）；遮蔽（處）

■ to find ***shelter*** 尋找掩蔽
■ without ***shelter*** 毫無遮蔽處
同 protection; sanctuary
記 用 shell（貝殼）來記憶 shelter。助憶句：The <u>shell</u> serves as the hermit crab's <u>shelter</u>, providing it with protection.（這個貝殼成為寄居蟹的遮蔽，為牠提供保護。）

shimmer /ˈʃɪm.ɚ/ *v.* to shine with a soft light that seems to move slightly 發出微弱的閃光；閃爍

■ to ***shimmer*** a metallic green 閃爍著金屬般的綠色
■ to ***shimmer*** in the sunlight 在陽光下閃爍
同 glimmer
源 和 shine（照耀）為同源字。

shrink /ʃrɪŋk/ *v.* to become smaller, especially when washed in water that is too hot; to make clothes, cloth, etc. smaller in this way （使）縮小；（使）變小

■ to ***shrink*** in size 規模縮小
■ to ***shrink*** the costs 縮減成本
同 reduce; diminish
記 用 drink（喝）來記憶 shrink。助憶句：The scientist told his colleague, "After you <u>drink</u> the magic potion, your body will <u>shrink</u>."（這個科學家告訴他的同事，「喝下這個魔法藥水後，你的身體會變小。」）

shun /ʃʌn/ *v.* to avoid somebody or

something 避開；避免

- *to **shun** publicity* 避開大眾的注意
- avoid; evade
- 用 shy（避開）來記憶 shun。助憶句：Though a famous player, he tends to shy away from the spotlight and shun attention.（儘管是一位著名的球員，他總是避開聚光燈，並避免引人注目。）

....

significant /sɪɡˈnɪf.ə.kənt/ *adj.* large or important enough to have an effect or to be noticed 重要的；顯著的

- *a **significant** loss* 重大的損失
- *a **significant** impact* 重要的影響
- notable; important
- 源自 sign（標誌）。
- **sign** *n.* 標誌；告示；手勢
  signify *v.* 表示；意味著

....

simper /ˈsɪm.pɚ/ *n.* a silly or affected smile 傻笑；癡笑

- *a girlish **simper*** 少女般的傻笑
- giggle
- 字形類似 simple（簡單的）。助憶句：The simper on her face shows she is a simple-minded person.（她臉上的傻笑顯示她是一個心思單純的人。）
- **simper** *v.* 傻笑；癡笑

....

simulation /ˌsɪm.jəˈleɪ.ʃən/ *n.* imitation of a situation or process 類比；模仿；模擬

- *simulation of a war* 戰爭模擬
- duplicate
- 和 same（相同的）以及 similar（相似的）為同源字。

simulate *v.* 類比；模仿；假裝 <*simul*: same + *ate*: *v.*> 字源的意義是"to make like"，即「模仿」。

simultaneous *adj.* 同時的 <*simul*: of the same time>

assimilate *v.* 加入；融入；（使）同化 <*ad*: to + *simil*: same + *ate*: *v.*> 字源的意義是"of the same kind"，同一類，即「同化」。

....

simultaneous /ˌsaɪ.məlˈteɪ.ni.əs/ *adj.* happening or done at the same time as something else 同時的；同步的

- *simultaneous translation* 同步翻譯
- *simultaneous attacks* 同步攻擊
- concurrent; synchronous
- 字源分析見 simulation 條目。

....

skepticism /ˈskep.tɪ.sɪ.zəm/ *n.* an attitude of doubt or a disposition to incredulity either in general or toward a particular object 懷疑態度；懷疑論

- *to express a bit of **skepticism*** 表達一點懷疑的態度
- doubt; distrust
- 和 telescope（望遠鏡）以及 microscope（顯微鏡）為同源字。運用格林法則，我們可以觀察 scope 和 skepticism 的關聯性：s = s，c = k，o = e（a, e, i, o, u 等母音可互換），p = p。♭：scope 常和其他字構成名詞，表示「觀察」用的儀器；skepticism 則是對於某事物一再「觀察」，就是表示懷疑。
- **skeptical** *adj.* 懷疑的 <*skept*: look, observe + (*i*)*cal*: *adj.*>

horoscope *n.* 星相；占星術
<*horo*: hour + *scope*: observe>
kaleidoscopic *adj.* 萬花筒式的；
變化多端的 <*kal*: beautiful +
eidos: shape + *scopic*: look>
microscope *n.* 顯微鏡 <*micro*:
small + *scope*: look>
telescope *n.* 望遠鏡 <*tele*: far +
scope: look>

....

skullduggery /ˌskʌlˈdʌg.ər.i/ *n.*
dishonest behavior or activities 欺騙行
為；詭計
■ *a new form of skullduggery* 新形態
的欺騙行為
回 trickery; swindling
記 讀音類似 skull（頭骨）+
discovery（發現）。想像有人發現
原始人頭骨，但證實是欺騙行為。
助憶句：The latest skull discovery
proved to be a skullduggery.（最近
的原始人頭骨的發現證實是一個
欺騙行為。）

....

snub /snʌb/ *v.* to show a lack of respect
for somebody, especially by ignoring
them when you meet 冷落；怠慢
■ *to snub someone* 冷落某個人
■ *to feel snubbed* 感覺受到冷落
回 cold-shoulder; affront; spurn
記 用 snack（小吃）+ pub（酒吧）
來記憶 snub。助憶句：The
bartender will snub you if you only
order snacks at the pub.（如果你
在這個酒吧只點一些小點心，酒
保會冷落你。）
衍 **snub** *n.* 冷落；怠慢

....

sober /ˈsoʊ.bə/ *adj.* not drunk; not
affected by alcohol 不喝酒的；清醒的
■ *as sober as a judge* 非常清醒
回 not drunk; teetotal
記 字形類似 sold（賣）+ beer（啤
酒）。助憶句：He sold all the beer
and became a sober guy.（他賣掉
全部的啤酒，成為一個不喝酒的
人。）
衍 **sober** *adj.* 嚴肅的；莊嚴的
sobriety *n.* 清醒；未醉

....

sobriquet /ˈsoʊ.brə.keɪ/ *n.* an informal
name or title that you give somebody or
something 封號；綽號
■ *to earn a sobriquet* 得到一個稱號
回 nickname; epithet; appellation
記 讀音類似 sober Kate（清醒的凱
特）。記憶法見 sober 條目。助
憶句：Following her decision to
stop drinking, she earned the
sobriquet "Sober Kate."（在她戒
酒之後，她得到一個「清醒的凱
特」的綽號。）

....

solecism /ˈsɑː.lə.sɪ.zəm/ *n.* an example
of bad manners or unacceptable
behavior; a mistake in the use of
language in speech or writing 失禮；
（文法）錯誤
■ *to be considered a solecism* 被視為
是失禮的行為
回 error; blunder; faux pas
記 讀音類似 shallow season（膚淺的
季節）。想像一個人在他人面前
大肆嘲諷聖誕假期。助憶句：
You committed a major solecism
when you described Christmas and

holidays as a shallow season.（當你把聖誕節日描述成膚淺的季節，你是大大的失禮了。）

[源] 源自古希臘地名 *Soloi*。雅典人認為此地的人不懂語法，也不知禮節。

solitary /ˈsɑː.lə.ter.i/ *adj.* done alone; without other people 獨自的；唯一的；單個的

- *a **solitary** building* 獨棟建築
- *a **solitary** life* 獨居的生活

[同] lone; reclusive

[源] 和 solo（獨奏；獨唱）為同源字。☝：字根 *sol* 的意思是 one, alone = 單一。

[衍] **solo** *n.* 獨奏；獨唱 *adj. adv.* 獨自的（地）；單獨的（地）
solitude *n.* 獨處；孤獨

somber /ˈsɑːm.bɚ/ *adj.* sad and serious 嚴肅的；陰鬱的

- *a **somber** atmosphere* 嚴肅的氣氛

[同] serious; grave

[記] 字形同 suicide bomber（自殺炸彈客）。助憶句：The police chief's face grew somber as soon as he heard the news of a suicide bomber.（聽到自殺炸彈客的新聞，這個警察局長表情嚴肅。）

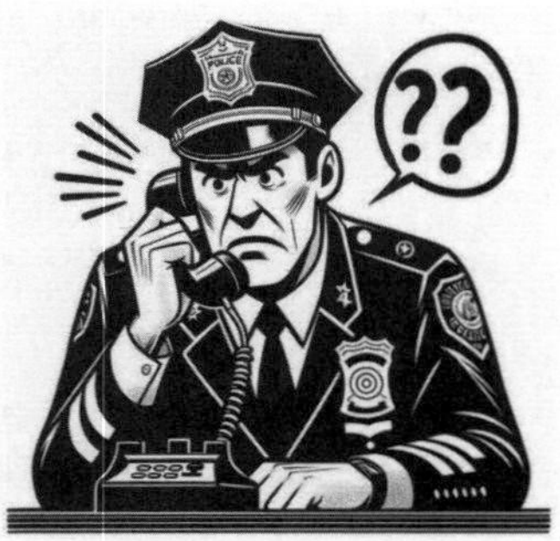

soothe /suːð/ *v.* to make somebody who is anxious, upset, etc. feel calmer 使平靜；安撫；減緩

- *to **soothe** the baby* 安撫這個嬰兒
- *to **soothe** her fears* 減緩她的恐懼

[同] calm

[記] 讀音類似 smooth（平滑的）。助憶句：The soft, smooth surface of the blanket will soothe the baby.（柔軟平滑的毛毯表面會安撫寶寶。）

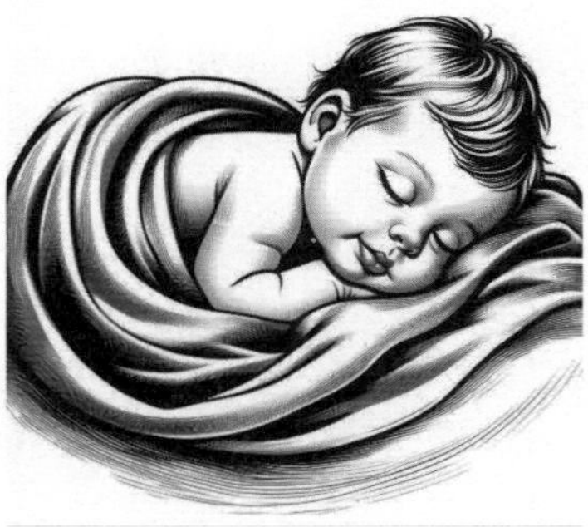

sophistication /səˌfɪs.təˈkeɪ.ʃən/ *n.* experience of the world and knowledge of fashion, culture and other things that people think are socially important; the quality of being complicated 世故；品味；老練；精密

- *an air of **sophistication*** 很有品味的樣子
- *the rocket's **sophistication*** 火箭的精密

[同] experience; refinement

[記] 讀音類似 Sophie's fascination with art（蘇菲對藝術的著迷）。助憶句：Sophie's fascination with art allowed her to develop a keen sense of sophistication.（蘇菲對藝術的

著迷讓她培養出敏銳的品味。）

[衍] **sophisticated** *adj.* 老於世故的；見多識廣的；有品味的

source /sɔːrs/ *n.* a place, person or thing that you get something from 來源；出處；起源；根源

- *a food **source*** 食物來源
- *the **source** of income* 收入來源

[同] origin; root

[記] 讀音類似 sauce（醬汁）。助憶句：The secret sauce is the centenarian's source of energy.（這個秘密醬汁是這個百年人瑞的精力來源。）

[衍] **resource** *n.* 資源

sovereignty /ˈsɑːv.rən.ti/ *n.* supreme power or authority; the authority of a state 主權；統治權

- *parliamentary **sovereignty*** 議會主權

[同] authority; supremacy

[記] 讀音類似 soul of the country（國家的靈魂）。助憶句：It can't be denied that sovereignty is the soul of the country.（不可否認，主權就是國家的靈魂。）

[源] 和 reign（統治）為同源字。sovereignty 的字源分析：<*sover*: super, over + *reign*: rule + *ty*: *n.*>。記憶法見 reign 條目。

[衍] **reign** *n.* 統治時期；主宰時期；統治；當政

sparse /spɑːrs/ *adj.* only present in small amounts or numbers and often spread over a large area 稀少的；稀疏的；零落的

- *a **sparse** population* 稀少的人口
- ***sparse** vegetation* 稀疏的植被

[同] scant; sporadic

[記] 讀音類似 sparks（火花）。助憶句：The unknown sparks in the night sky were a magnificent sight, but the data about them was sparse.（天空中未知的火花是壯觀的景象，但相關資料很稀少。）

spawn /spɔːn/ *v.* to lay eggs 產卵

- *to **spawn** in the nest* 在巢中產卵

[同] to lay eggs

[記] prawns（明蝦）的部分重組字就是 spawn。助憶句：The prawns are ready to spawn.（這些明蝦即將產卵。）

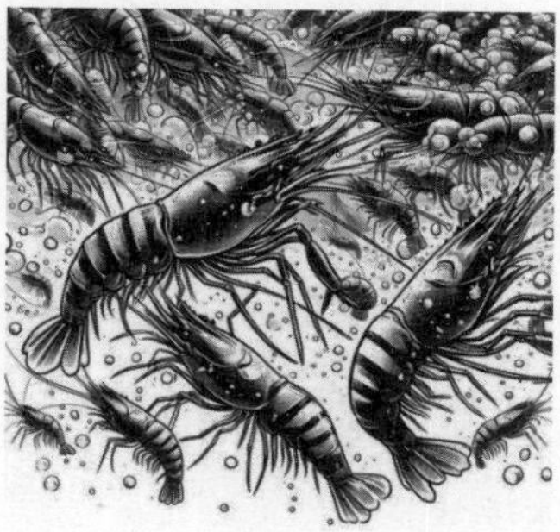

species /ˈspiː.ʃiːz/ *n.* a group into which animals, plants, etc. that are able to have sex with each other and produce healthy young are divided, smaller than a genus and identified by a Latin name 物種

- *an endangered **species*** 瀕臨危險物種
- *many **species** of insect* 很多種昆蟲

[同] type; breed

[源] special（特別的）和 species（物種）為同源字。所謂「特別

的」，就是一眼能讓人看出不同之處。至於特定的「物種」，就是指從外觀能夠辨識出來。👆：字根 *spec* 的意思是 look = 看。更多同源字見 specific 條目。

---

specific /spəˈsɪf.ɪk/ *adj.* relating to one thing and not others 特定的；特有的

- ***specific** plants* 特定的植物
- ***specific** purposes* 特定的目的

[同] particular

[源] 和 special（特別的）為同源字。所謂「特定的」，就是一眼能看出其獨特之處。👆：字根 *spec*/*sp* 的意思是 look = 看。

[衍] **aspect** *n.* 方面；面向 <*ad*: to + *spect*: look>
circumspect *adj.* 小心的；謹慎的；審慎的 <*circum*: circle, around + *spect*: look> 字源的意義是"look around"，周遭看一下，即「小心的」。
conspicuous *adj.* 顯著的；顯眼的 <*con*: intensive + *spic*(*u*): look + *ous*: *adj.*>
despise *v.* 鄙視；蔑視；厭惡 <*de*: down + *spise*: look>
expect *v.* 期待 <*ex*: out + *spect*: look>
inspect *v.* 檢查 <*in*: into + *spect*: look>
prospect *n.* 前景；展望 <*pro*: forward + *spect*: look>
perspective *n.* 透視圖法；觀點 <*per*: through + *spective*: look>
specimen *n.* 樣品；標本 <*speci*: look + *men*: *n.*>
species *n.* 物種 <*species*: look>
spectrum *n.* 光譜；頻譜；範圍 <*spectr*: look + *um*: *n.*>
specious *adj.* 似是而非的；錯誤的 <*speci*: look + *ous*: *adj.*>
specify *v.* 具體說明；明確指出 <*speci*: look + *fy*: *v.*>
speculate *v.* 猜測；推測 <*specul*: look + *ate*: *v.*> 字源的意義是"to view mentally"，在心中觀察，即「猜測」。
suspicious *adj.* 可疑的；引起懷疑的 <*sub*: up from under, up to + *spic*: look + *ious*: *adj.*> 字源的意義是"look upward"，斜眼由下往上看，即「懷疑的」。
retrospective *adj.* 回顧的 <*retro*: return + *spect*: look + *ive*: *adj.*>

---

specify /ˈspes.ə.faɪ/ *v.* to say something, especially by giving an exact time, measurement, exact instructions, etc. 具體說明；明確指出

- *the **specified** date* 明確標訂的日期
- *to **specify** your purpose* 具體說明你的目標

[同] state; detail

[源] 字源分析見 specific 條目。

---

spectrum /ˈspek.trəm/ *n.* a band of colors, as seen in a rainbow, produced by separation of the components of light by their different degrees of refraction according to wavelength 光譜；頻譜；範圍

- *the colors of the **spectrum*** 光譜中的顏色
- *the social **spectrum*** 社會的全部階層

ⓘ range; stretch

ⓔ 字源分析見 specific 條目。

....

speculate /ˈspek.jə.leɪt/ *v.* to form an opinion about something without knowing all the details or facts 猜測；推測

■ *to speculate about something* 猜測某事

ⓘ conjecture; hypothesize

ⓔ 字源分析見 specific 條目。

ⓕ **speculate** *v.* 投機；做投機買賣 **speculation** *n.* 猜測；推測；投機；投機買賣

....

spurious /ˈspjʊr.i.əs/ *adj.* outwardly similar or corresponding to something without having its genuine qualities 虛假的；偽造的

■ *spurious claims* 虛假的主張

■ *a spurious impression* 一個虛假的印象

ⓘ fake; bogus; specious

ⓡ 字形同 spot（地點）+ curious（奇怪的）。助憶句：The spot has given me a curious feeling. Perhaps it is spurious.（這個地點給我一種奇怪的感覺。也許是虛假的。）

....

squalid /ˈskwɑː.lɪd/ *adj.* extremely dirty and unpleasant, especially as a result of poverty or neglect 極其髒亂的；汙穢的

■ *squalid conditions* 汙穢的環境

■ *squalid streets* 髒亂的街道

ⓘ sordid; dirty

ⓡ 字形同 square（廣場）+ lid（蓋）。助憶句：The square is littered with bottle lids and cigarette butts. It is squalid.（這個廣場到處都是瓶蓋和菸蒂，很髒亂。）

....

stable /ˈsteɪ.bəl/ *adj.* fixed or steady; not likely to move, change or fail 穩定的；穩固的；牢固的

■ *a stable relationship* 穩固的關係

■ *the condition is stable* 情況穩定

ⓘ steady; firm; solid

ⓡ 字形同 solid（堅固的）+ table（桌子）。助憶句：The solid table takes pride in its own stable presence.（這個堅固的桌子以自身穩固的存在感而感到自豪。）

ⓕ **stability** *n.* 穩固；穩定

....

stagnant /ˈstæg.nənt/ *adj.* stagnant water or air is not moving and therefore smells unpleasant; not developing, growing or changing （水或空氣）不流動的；汙濁的；停滯的

■ *the stagnant waters* 不流動的水域

■ *a stagnant economy* 停滯的經濟

ⓘ still; static; stationary

ⓡ 字形類似 stuck（被黏住；被固定住）+ magnet（磁鐵）。助憶

句：It's a <u>stagnant</u> economy, like metal <u>stuck</u> on a m<u>agnet</u>.（經濟停滯不前，就像金屬被黏在磁鐵上。）

㊣ **stagnate** *v.* 停滯不前；不發展

....

stigmata /stɪɡˈmɑ:.t̬ə/ *n.* marks that look like the wounds made by nails on the body of Jesus Christ, believed by some Christians to have appeared as holy marks on the bodies of some saints 聖傷；聖痕

■ *to have the **stigmata*** 身上有聖痕

㊀ scar

㊟ 記憶法見 stigmatize 條目。

㊚ **sticker** *n.* 貼紙 <*sticker*: mark>

....

stigmatize /ˈstɪɡ.mə.taɪz/ *v.* to describe or regard as worthy of disgrace or great disapproval 汙衊；烙上汙點；使背負惡名

■ *to **stigmatize** someone* 污衊某人

㊀ label; vilify

㊟ 和 sticker（貼紙）為同源字。貼紙是一種標記（mark）。同理，汙衊也是在別人身上留下一個標記。

㊚ **sticker** *n.* 貼紙 <*sticker*: mark>
stigmata *n.* 聖傷；聖痕
<*stigmata*: mark>

....

stipulate /ˈstɪp.jə.leɪt/ *v.* to state clearly and definitely that something must be done, or how it must be done 規定；約定；明確說明

■ *the law **stipulates** that* 法律規定

■ *as **stipulated** in the regulations* 根據條文規定

㊀ require; prescribe

㊟ 把 stimulate（刺激）的 m 改成 p 就是 stipulate。助憶句：As <u>stipulated</u> in the guidelines, the government will introduce new policies to <u>stimulate</u> economic growth.（根據指引的規定，政府將推出新的政策，以刺激經濟成長。）

....

stolid /ˈstɑ:.lɪd/ *adj.* not showing much emotion or interest; remaining always the same and not reacting or changing 不動感情的；淡漠的；無動於衷的

■ *to remain **stolid*** 保持無動於衷

■ *to sit **stolid** and silent* 不動聲色，安靜坐著

㊀ impassive; phlegmatic

㊟ 字形類似 stoic（斯多葛哲學派的人）。助憶句：Despite the chaos around him, he remained calm and <u>stolid</u>, handling the situation like a <u>stoic</u>.（儘管身處混亂，他仍然保持冷靜、無動於衷，像是個斯多葛哲學派的人一樣處理事情。）

....

strain /streɪn/ *n.* pressure on a system or relationship because great demands are being placed on it 壓力；拉力；作用力

- *under great* ***strain*** 承受很大壓力
- *to put a bigger* ***strain*** 施加更大的壓力

[同] pressure; stress

[記] 用 speedy train（高速行駛的火車）來記憶 strain。助憶句：The sudden jolt of the speedy train put a strain on every passenger's nerves.（高速火車突然搖動，使得每個乘客的神經飽受壓力。）

[衍] **strain** *n.* 品系；株；類型；個性特點；品質

---

strategy /ˈstræt̬.ə.dʒi/ *n.* a plan of action designed to achieve a long-term or overall aim 戰略；策略；策畫；佈署

- *military* ***strategy*** 軍事戰略
- marketing **strategies** 行銷策略

[同] scheme; approach

[記] 讀音類似 straight message（直接的訊息）。想像一個行銷大師講解他的策略。助憶句：My strategy is that I always give my customers a very straight message in the beginning.（我的策略是，一開始我總是給顧客很直接的訊息。）

[衍] **strategic** *adj.* 戰略的；策略的；有助於計畫成功的

---

strict /strɪkt/ *adj.* that must be obeyed exactly 要求嚴格的；嚴厲的

- ***strict*** *controls* 嚴厲的控制
- ***strict*** *with his children* 嚴格要求他的孩子

[同] stern; harsh

[記] 讀音類似 street（街道）。助憶句：The city's strict policy on waste management ensures that every street is clean and tidy.（這個城市嚴格的廢物管理政策確保每條街道都很整潔乾淨。）

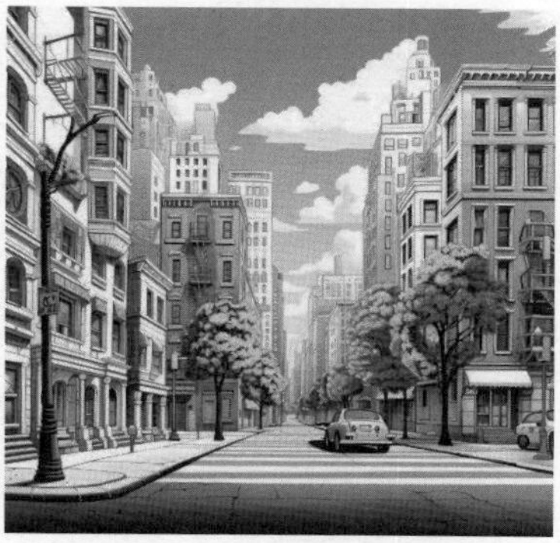

---

stupendous /stuːˈpen.dəs/ *adj.* very large or impressive, especially greater or better than you expect 令人驚嘆的；了不起的；大得驚人的

- ***stupendous*** *plans* 令人讚嘆的計畫
- ***stupendous*** *costs* 驚人的花費

[同] astounding; extraordinary

[記] 讀音類似 stunning pandas（漂亮的熊貓）。助憶句：The stunning pandas in the zoo are a stupendous sight to behold.（動物園裡漂亮的熊貓是一個令人驚嘆的景象。）

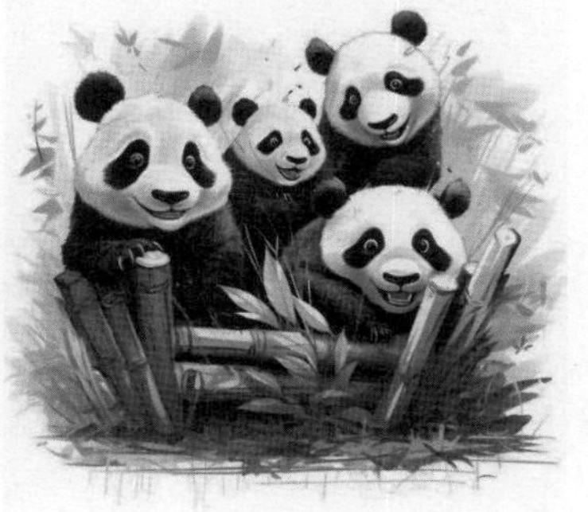

---

sublime /səˈblaɪm/ *adj.* of high quality

or great beauty 極好的；極美的；令人極度愉悅的

- ■ *sublime beauty* 令人讚嘆的美
- ■ *sublime music* 很棒的音樂
- 圓 supreme; elevated
- 記 讀音類似 sunlight（陽光）。我們可以想像聖潔的陽光。助憶句：The painter skillfully captured the <u>sublime</u> beauty of <u>sunlight</u>.（這個畫家巧妙地捕捉到陽光的崇高之美。）

- 衍 **sublime** *adj.* 非常大的；極強的

....

submit /səbˈmɪt/ *v.* to give a document, proposal, etc. to somebody in authority so that they can study or consider it 提交；呈遞

- ■ *to submit a report* 繳交報告
- 圓 present; proffer
- 源 記憶法見 dismiss 條目。
- 衍 **submit** *v.* 順從；屈服

....

subsequent /ˈsʌb.sɪ.kwənt/ *adj.* coming or happening after something else 隨後的；接著的；接踵而來的

- ■ *subsequent events* 隨後的事件
- ■ *in subsequent months* 接著幾個月
- 圓 following; ensuing
- 記 讀音類似 some secret（某個祕

密）。助憶句：In the movie, after the intern was entrusted with <u>some secret</u>, he was entangled in a series of <u>subsequent</u> thrilling events.（在這部電影中，這個實習生被託付了某個秘密，之後就捲入了一連串接踵而來的刺激事件中。）

- 源 更多同源字見 sequence 條目。
- 衍 **sequence** *n.* 一系列；一連串；順序；次序

....

subsidy /ˈsʌb.sə.di/ *n.* money given as the cost of something, to encourage or help it to happen 補助金；津貼

- ■ *a government subsidy* 政府津貼
- 圓 grant; aid
- 源 subsidy 的字源分析：<*sub*: under + *sidy*: sit, settle> 字源的意義是 "to sit under"，即「坐在下方」。原指"reserved troops"，即坐在下方等待的預備部隊，以備增援補助之用。後來字義衍伸為補助的金錢。更多同源字見 subtle 條目。

....

substitute /ˈsʌb.stə.tuːt/ *n.* a person or thing that you use or have instead of the one you normally use or have 代替物；代替品；代替者；替補球員

- ■ *a meat substitute* 肉的代替品
- 圓 replacement; surrogate
- 源 常見的口語 sub（代理教師）就是源自 substitute teacher。
- 衍 **substitute** *v.* 用……代替；代之以
  substitution *n.* 換人；代替

....

subtle /ˈsʌt.əl/ *adj.* not loud, bright, noticeable, or obvious in any way 隱約

的；暗淡的；不易察覺的；微妙的

■ *a **subtle** difference* 不易察覺的差異

■ *a **subtle** shade of blue* 很淡的藍色

㊂ fine; indistinct

㊟ subtle 包含字首 *sub*，意思是 under = 下方。

㊔ **subtlety** *n.* 微妙；巧妙；隱約難辨；隱晦

substance *n.* 物質；本質 <*sub*: under + *sta*: stand + *ance*: *n.*> 字源的意義是 "stand or be under"，穩定存在的東西，即「本質」。

subjugate *v.* 征服 <*sub*: under + *jug*: yoke + *ate*: *v.*>

submerge *v.* 浸入；淹沒 <*sub*: under + *merge*: sink>

subordinate *adj.* 附屬的；次要的 <*sub*: under + *ordinate*: order>

subside *v.* 平息；緩和；下陷 <*sub*: under + *side*: sit>

subsidy *n.* 補助金；津貼 <*sub*: under + *sidy*: sit, settle> 字源的意義是 "to sit under"，即「坐在下方」。

subterranean *adj.* 地下的 <*sub*: under + *terran*: earth + *ean*: *adj.*>

....

succulent /ˈsʌk.jə.lənt/ *adj.* (of fruit, vegetables and meat) containing a lot of juice and tasting good 多汁的

■ *a **succulent** fruit* 多汁的水果

㊂ juicy

㊟ 源自 suck（吸；吸吮）。

㊔ **succulent** *n.* 肉質植物

....

sufficient /səˈfɪʃ.ənt/ *adj.* enough for a particular purpose; as much as you need

足夠的；充足的

■ *to have **sufficient** time* 有足夠的時間

■ *to be **sufficient** for five people* 足夠五個人（食用或使用等）

㊂ enough; adequate; abundant

㊙ 讀音類似 serve fish（供應魚）。助憶句：They <u>serve</u> <u>fish</u> in every meal, thanks to a <u>sufficient</u> supply from nearby fishing boats.（他們每餐都供應魚，多虧了附近漁船提供充足的供應。）

㊔ **suffice** *v.* 足夠；滿足要求

....

summarize /ˈsʌm.ə.raɪz/ *v.* to give a summary of something 總結；概述；概括

■ *to **summarize*** 總之

■ *can be **summarized** as follows* 可以總結如下

㊂ sum up; recap

㊟ 和 summary（總結；摘要）以及 sum（總數；金額）為同源字。

㊔ **summary** *n.* 總結；摘要

....

sumptuous /ˈsʌmp.tʃu.əs/ *adj.* luxurious and showing you are rich 奢侈的；豪華的；奢華的

■ *a **sumptuous** wedding* 豪華婚禮

[同] lavish; luxurious

[記] 字形類似 sum（總金額） + to us（對我們）。想像你聽到一個超級富豪花費在婚禮上的金額。助憶句：It was a sumptuous wedding. The sum spent on it was a shocking blow to us.（那是個奢華的婚禮。花費的金額使我們震驚。）

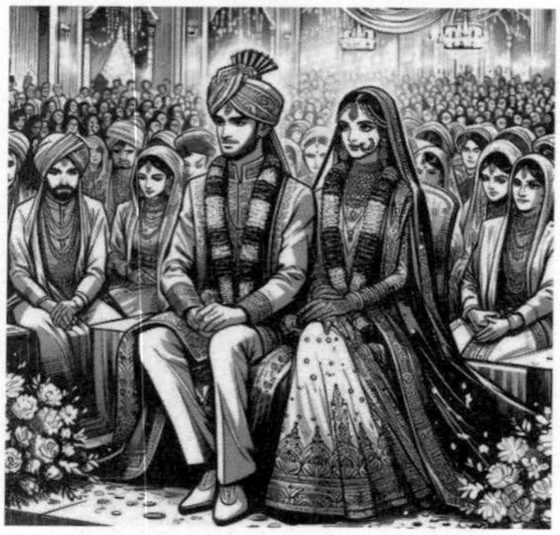

---

supercilious /ˌsuː.pɚˈsɪl.i.əs/ *adj.* behaving toward other people as if you think you are better than they are 傲慢自大的；目中無人的

■ ***supercilious** remarks* 傲慢的評論

[同] superior; arrogant; conceited

[記] 讀音類似 this super silly ass（超級大傻瓜）。助憶句：This super silly ass's supercilious attitude masked his own insecurities.（這個超級大傻瓜的自大態度掩蓋了他自身的不安全感。）

[衍] **superciliousness** *n.* 傲慢自大

---

superfluous /suːˈpɝː.flu.əs/ *adj.* unnecessary or more than you need or want 過剩的；多餘的；過多的

■ ***superfluous** detail* 過多的細節

[同] extra

[源] 記憶法見 affluent 條目。

---

supervise /ˈsuː.pɚ.vaɪz/ *v.* to be in charge of somebody or something and make sure that everything is done correctly 監督；管理；指導

■ *to **supervise** a team* 管理一個團隊

■ *to **supervise** the elections* 監督選舉

[同] oversee; administer

[源] supervise 的字源分析：<*super*: over + *vise*: see> 字源的意義是 "to look over, oversee"，在上方看，即「監督；管理」。更多同源字見 improvise 條目。

[衍] **improvise** *v.* 臨時做；即興做；即興表演

visible *adj.* 可以看見的 <*vis*: see + *ible*: *adj.*>

---

supplant /səˈplænt/ *v.* to replace 取代

■ *to be **supplanted*** 被取代

[同] replace

[記] 字形同 super plant（超級植物）。助憶句：The researchers found a super plant that has the potential to supplant traditional medicine in certain treatments.（研究人員發現了一種超級植物，它具有潛力，能取代傳統醫藥的某些治療。）

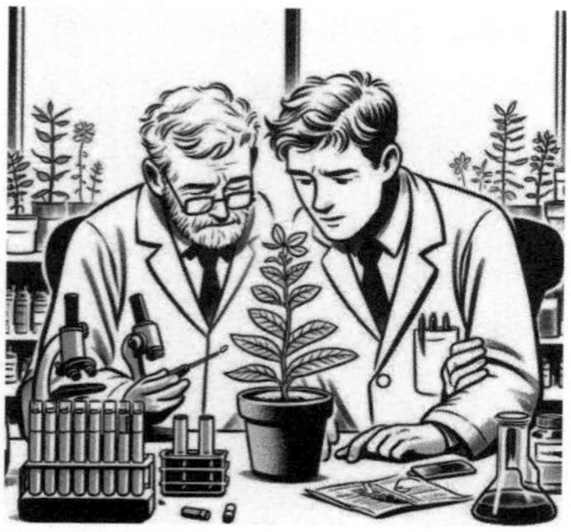

surreptitious /ˌsɝ·ːəpˈtɪʃ.əs/ *adj.* done secretly or quickly, in the hope that other people will not notice 秘密的；偷偷摸摸的；鬼鬼祟祟的

- ■ *surreptitious* motivations 偷偷摸摸的動機
- 回 furtive; sneaky
- 記 讀音類似 <u>serpent</u>（蛇）＋ <u>reptile</u>（爬蟲類）＋ <u>tissues</u>（衛生紙）。助憶句：I discovered <u>serpents</u> and other <u>reptiles</u> beneath the <u>tissues</u>. They moved about <u>surreptitiously</u>（我在衛生紙下方發現蛇和其他爬蟲。牠們鬼鬼祟祟地行動。）

susceptible /səˈsep.tə.bəl/ *adj.* very likely to be influenced, harmed or affected by something 易受影響的；容易受傷害的；易受感動的

- ■ *susceptible* to infection 易受感染
- ■ *susceptible* teenagers 易受感動的青少年
- 記 讀音類似 <u>Sue set</u> the <u>table</u>（蘇佈置餐桌）。助憶句：As <u>Sue set</u> the <u>table</u> with crystal dishes, she knew they were <u>susceptible</u> to cracking.（當蘇拿水晶碗盤佈置餐桌時，她知道它們易破裂。）

- 回 vulnerable; prone
- 源 記憶法見 deceive 條目。

---

suspend /səˈspend/ *v.* to officially stop something for a time 暫停；中止

- ■ *to suspend* the service 暫停服務
- ■ *to suspend* the constitution 中止憲法
- 回 postpone; dissolve
- 記 字形同 <u>such spending</u>（這樣的支出）。助憶句：In order to regain financial stability, we must <u>suspend</u> <u>such spending</u>.（為了恢復財務的穩定，我們一定要暫停這樣的支出。）
- 衍 **suspend** *v.* 懸掛；漂浮

---

suspicious /səˈspɪʃ.əs/ *adj.* making you feel that something is wrong, illegal or dishonest; feeling that somebody has done something wrong, illegal or dishones 可疑的；引起懷疑；懷疑的

- ■ *a suspicious* nature 懷疑的天性
- 回 doubtful; skeptical
- 記 讀音類似 the <u>soup is fishy</u>（這個湯可疑）。助憶句：The detective grew more <u>suspicious</u>, saying, "The <u>soup is fishy</u>."（警探愈來愈懷疑，說道，「這個湯可疑。」）

⑨ 字源分析見 specific 條目。

....

sustain /səˈsteɪn/ *v.* to provide enough of what somebody or something needs in order to live or exist 支持；維持；供養；使繼續

- *to **sustain** a large population* 供養大量人口
- *to **sustain** the economic growth* 維持經濟成長

回 assist; bolster

⑨ sustain 的字源分析：<*sub*: up from under + *tain*: hold> 字源的意義是"to hold up"，即「支持」。

ᔧ：字根 *tain* 的意思是 hold = 抓住。

㊟ **abstain** *v.* 節制；戒絕 <*abs*: away + *tain*: hold> 字源的意義是"hold oneself back"，使自己遠離，即「節制」。

contain *v.* 包含；控制 <*con*: with, together + *tain*: hold> 字源的意義是"to hold together"，全部抓住，即「包含」。

continent *n.* 大陸 <*con*: together + *tin*: hold + *ent*: n.> 字源的意義是"holding together; continuous land"，即「連續的陸地」。

countenance *n.* 面容；臉色；面

部表情 <*con*: together + *ten*: hold + *ance*: n.> 字源的意義是"to hold together"，全部抓住。指一個人掌握自己之後所呈現出的樣子，即「面容」。

detain *v.* 使留下；拘留；扣押；耽擱 <*de*: down + *tain*: hold> 字源的意義是"to hold down"，抓住，即「拘留」。

maintain *v.* 維持；保持 <*main*: hand + *tain*: hold> 字源的意義是"to hold fast"，手抓住，即「維持；保持」。

pertinent *adj.* 有關的；直接相關的 <*per*: through + *tinent*: hold> 字源的意義是"to hold, to stretch"，伸手掌握，即「直接相關的」。

retain *v.* 保持；保留；保有 <*re*: back + *tain*: hold> 字源的意義是"to hold back"，扣住，不往前，即「保留；保有」。

sustenance *n.* 食物；營養；支持 <*sub*: up from below + *ten*: hold + *ance*: n.>

tenacious *adj.* 緊握的；頑固的；固執的 <*ten*: hold + *acious*: adj.> 字源的意義是"holding fast"，抓緊，即「緊握的」。

tenet *n.* 原則；信條 <*ten*: hold + *et*: n.> 字源的意義是"a thing held to be true"，掌握且確信的東西，即「信條」。

....

sustenance /ˈsʌs.tən.əns/ *n.* the food and drink that people, animals and plants need to live and stay healthy; the process of making something continue to exist 食物；營養；支持

- *the only **sustenance*** 唯一的食物
- *spiritual **sustenance*** 精神糧食
- 🔄 nourishment; aliment
- 📖 sustenance（食物）和 sustain（支持；維持；供養；使繼續）為同源字。食物的目的就是維持生命，使之持續下去。更多同源字見 sustain 條目。

---

sycophant /ˈsɪk.ə.fænt/ *n.* a person who praises important people too much and in a way that is not sincere, especially in order to get something from them 諂媚者；馬屁精；阿諛奉承的人

- *hypocritical **sycophants*** 偽善的諂媚者
- 🔄 toady; flatterer; fawner
- 📝 讀音類似 sick fan（讓人不快的粉絲）。助憶句：The singer said that she sometimes had to deal with both sick fans and sycophants.（這個歌手說，有時候她得同時應付讓人不快的粉絲和馬屁精。）

---

sylvan /ˈsɪl.vən/ *adj.* connected with forests and trees 森林的；有森林的

- *sylvan surroundings* 森林的環境
- 📖 女子名 Sylvia（希爾維亞）源自 sylvan。美國賓夕法尼亞州（Pennsylvania）也和 sylvan 相關。以下是 Pennsylvania 的字源分析：<*penn*: Penn + *sylvania*: woods> 字源的意義是 "Penn's woods"，即「賓的林地」。威廉·賓為英國移民，其父親當年曾借錢給英國國王。英國國王為了償還這筆錢，就把一大片林地授予威廉·賓，也就是今日的賓

州。

---

symbol /ˈsɪm.bəl/ *n.* a person, an object, an event, etc. that represents a more general quality or situation 象徵；標誌

- *a **symbol** of hope* 一個希望的象徵
- *the **symbol** of life* 生命的象徵
- 🔄 sign; emblem
- 📝 讀音類似 simple（簡單的）。助憶句：In graphic design, sometimes a simple symbol can convey a more powerful message.（在平面設計中，有時候一個簡單的符號可以傳達更加強烈的訊息。）
- 🔀 **symbolic** *adj.* 代表的；象徵的

---

symptom /ˈsɪmp.təm/ *n.* a change in your body or mind that shows that you are not healthy; a sign that something exists, especially something bad （疾病的）徵狀；徵兆；徵候

- *symptoms of illness* 疾病的徵兆
- *to alleviate the **symptoms*** 減緩徵狀
- 🔄 indication; evidence
- 📝 讀音類似 system（系統）。助憶句：The recurrent outbreaks of violence are a symptom of the collapse of its social system.（持續不斷爆發暴力事件是這個社會體系崩潰的一個徵候。）

---

synonym /ˈsɪn.ə.nɪm/ *n.* a word or expression that has the same or nearly the same meaning as another in the same language 同義詞；近義詞

- *a **synonym** list* 一個同義詞表
- 🔄 equivalent

記 讀音類似 sign them in（幫他們登記簽到）。助憶句：Please <u>sign them in</u> and then lead them to the venue for the <u>synonym</u> contest.（請幫他們登記簽到，並帶領他們前往同義字比賽的場地。）

源 synonym 的字源分析：<*syn*: same + *onym/nom/nomen*: name> 字源的意義是"having the same name as"，相同的名字，「同義詞」。℥：字根 *onym/nom/nomen* 的意思是 name = 名字。

衍 **synonymous** *adj.* 同義的；等同的 <*syn*: same + *onym*: name + *ous*: *adj.*>

acronym *n.* 首字母略縮字；縮寫字 <*acro*: at the end, at the top + *onym*: name>

anonymous *adj.* 匿名的；不知姓名的；名字不公開的 <*an*: without + *onym*: name + *ous*: *adj.*>

antonym *n.* 反義字；相反詞 <*ant(i)*: opposite + *onym*: name>

eponym *n.* 名祖（指其姓名被用來命名某事物或活動的人）<*epi*: upon + *onym*: name> 字源的意義是"to put the name upon"，加上名字，即「名祖」。

nominate *v.* 提名；推薦 <*nomin*: name + *ate*: *v.*>

nominal *adj.* 名義上的 <*nomin*: name + *al*: *adj.*>

onomatopoeia *n.* 擬聲法；擬聲字 <*onoma*: name, word + *poeia*: compose, make> 字源的意義是"the making of a word in imitation of a sound associated with the thing being named"，造字時模仿欲指

涉的事物的聲音，即「擬聲」。

……………………………………………

synopsis /sɪˈnɑːp.sɪs/ *n.* a summary of a piece of writing, a play, etc.（電影、書籍等的）概要；梗概；摘要

■ *a brief synopsis* 簡短的摘要

同 summary; outline

記 讀音類似 I <u>sing of us</u>（我歌頌我們）。助憶句：The message "I <u>sing of us</u>" is the <u>synopsis</u> of this long poem.（「我歌頌我們」這句話就是這一首長詩的概要。）

……………………………………………

synthesis /ˈsɪn.θə.sɪs/ *n.* the natural chemical production of a substance in animals and plants; a combination or mixture or of ideas, beliefs, styles, etc. 綜合；合成；綜合體

■ *a synthesis of two different values* 兩種不同價值的綜合

同 amalgam; blend; mixture

源 synthesis 的字源分析：<*syn*: together + *thesis*: put> 字源的意義是"to put together"，放在一起，即「綜合；合成；綜合體」。記憶法見 thesis 條目。

衍 **synthetic** *adj.* 人造的；合成的

……………………………………………

T

tacit /ˈtæs.ɪt/ *adj.* that is suggested indirectly or understood, rather than said in words 默示的；不明言的

■ *a tacit agreement* 默契

⊜ implicit; implied

㊀ 用 take it（接受）來記憶 tacit。想像根據默契給某個人一筆錢，盡在不言中。助憶句：Based on our tacit agreement, take it, and say no more.（根據我們的默契，收下吧，不用說什麼。）

㊂ **taciturn** *adj.* 沉默寡言的 <*tacit*: silent + *urn*: *adj.*>

tackle /ˈtæk.əl/ *v.* to make a determined effort to deal with a difficult problem or situation 對付；處理；與……交涉

■ *to tackle the problem* 處理這個問題

■ *to tackle the key issues* 處理重大議題

⊜ address

㊄ 源自 take（拿；取；接受；從事）。

㊂ **tackle** *n.* 阻截；鏟球；擒抱

talisman /ˈtæl.ɪz.mən/ *n.* an object that is thought to have magic powers; a person regarded as representing a particular group 護身符；法寶；避邪物

■ *to wear a talisman* 戴著護身物

⊜ charm; amulet

㊀ 讀音類似 tallest man（最高的人）。想像一個籃球隊中有一個很高的球員，有他這個法寶出場就是贏球的保證。助憶句：He is our talisman because he is our tallest man.（他是我們的法寶，因為他是我們隊上最高的人。）

tame /teɪm/ *v.* to reduce from a wild to a domestic state; to bring under control 馴化；馴服（動物）；控制

■ *to tame horses* 馴服馬匹

■ *to tame his temper* 控制他的脾氣

⊜ domesticate; subdue

㊀ 用 time（時間）來記憶 tame。助憶句：It takes time to tame a wild horse.（馴服野馬需要時間。）

㊂ **tame** *adj.* 溫順的；馴化的

tangible /ˈtæn.dʒə.bəl/ *adj.* perceptible by touch 可觸摸的；可感知的；有實體的

■ *tangible evidence* 實在的證據

⊜ palpable

㊄ 和 tangent（正切）以及 touch（接觸）為同源字。♭：字根 tag/tang/tact/tach 的意思是 touch = 接觸。讀音也類似 touch。

㊂ **intangible** *adj.* 無實體的；難以確定的 <*in*: not + *tang*: touch + *ible*:

adj.>

contagious *adj.* 接觸性傳染的；患傳染病的；有傳染力的 <*con*: together + *tag*: touch + *ious*: *adj.*>

contiguous *adj.* 鄰接的 <*con*: with, together + *tig*: touch + *uous*: *adj.*>

contaminate *v.* 汙染 <*con*: with + *tag*/*tamin*: touch + *ate*: *v.*>

intact *adj.* 毫髮無損的 <*in*: not + *tact*: touch>

integer *n.* 整數 <*in*: not + *teger*: touch> 字源的意義是"untouched"，未被接觸的，即「整數」。

integral *adj.* 必需的；不可或缺的；構成整體所必要的 <*in*: not + *tegr*: touch + *al*: *adj.*> 字源同 integer。

integration *n.* 融和；整合 <*in*: not + *tegr*: touch + *ation*: *n.*> 字源的意義是"untouched"。

integrity *n.* 正直；誠實 <*in*: not + *tegr*: touch + *ity*: *n.*> 字源的意義是"untouched"。

tactile *adj.* 觸覺的 <*tact*: touch + *ile*: *adj.*>

syntax *n.* 句法 <*syn*: together + *tax*: touch, arrange>

....

tautology /tɔːˈtɒl.ə.dʒi/ *n.* needless repetition of an idea, statement, or word 同義反覆；贅述

- ■ *an example of* **tautology** 同義反覆的例子
- 🔲 repetition; redundancy
- 🔖 讀音類似 totality（整體）。助憶句：The phrase "the whole totality" is a <u>tautology</u> as "whole" and "totality" convey similar

meanings of completeness.（片語「全部的整體」是同義反覆，因為「全部的」和「整體」都傳達了類似的含義。）

- 📖 **tautological** *adj.* 同義反覆的；贅述的

....

technical /ˈtek.nɪ.kəl/ *adj.* connected with the practical use of machines, methods, etc. in science and industry 技術的；技巧的；專門的

- ■ *technical* education 技術教育
- ■ *technical* issues 專業的議題
- 🔲 professional; specialized
- 🔖 源自 technology（技術；工業技術）。
- 📖 **technology** *n.* 技術；工業技術
  high-tech *adj.* 高科技的

....

tenuous /ˈten.ju.əs/ *adj.* extremely thin and easily broken; so weak or uncertain that it hardly exists 脆弱的；單薄的；稀薄的；微弱的

- ■ *a tenuous* connection 微弱的關聯
- ■ *tenuous* threads 脆弱的絲線
- 🔲 fragile; vague; nebulous
- 🔖 tenuous 的字源分析：<*ten*: thin + *ous*: *adj.*> 字源的意義是"stretch, to make thin"，即「伸展；使變薄」。♭：字根 ten 的意思是 thin, stretch = 薄的；伸展。運用格林法則，觀察 ten 字根和 thin 的關聯性：*t* = th（t 和 th 為齒音），*e* = i（a, e, i, o, u 母音可以互換），*n* = n。
- 📖 **attenuate** *v.* 稀釋；減弱；縮小 <*ad*: to + *ten*: make thin + *ate*: *v.*>
  tendon *n.* 肌腱 <*ten*: stretch + *don*:

n.>

tender *adj.* 軟的；嫩的 <*tender*: stretched, thin> 字源的意義是指從主幹上剛剛伸展出來的嫩芽。

tendency *n.* 傾向；趨勢 <*tend*: stretch + *ency*: *n.>*

extend *v.* 擴大；擴展 <*ex*: out + *tend*: stretch> 字源的意義是"to stretch out"，向外伸展，即「擴大」。

intensity *n.* 強烈；劇烈；強度 <*in*: toward + *tens*: stretch + *ity*: *n.>* 字源的意義是"to stretch toward"，極度伸展，即「強烈」。

....

terminal /ˈtɜː.mə.nəl/ *adj.* (of a disease or illness) gradually leading to death 晚期的；末期的

- ■ **terminal** *cancer* 末期癌症
- 圓 fatal
- 源 和 term（學期；期限；期間）為同源字。♭：字根 *term* 的意思是 end, boundary = 終點；界線。
- 衍 **terminal** *n.* 月台；航廈；碼頭 <*terminal*: end>

  exterminate *v.* 滅絕；根除 <*ex*: out + *termin*: boundary + *ate*: *v.>*

  terminus *n.* 終點站 <*terminus*: end>

  coterminous *adj.* 相鄰的；有共同邊界的 <*co*: together + *termin*: boundary + *ous*: *adj.>*

....

territory /ˈter.ə.tɔːr.i/ *n.* land that is under the control of a particular country; an area that one person, group, animal, etc. considers as their own and defends against others who try to enter it 領土；

土地；活動範圍

- ■ *foreign* **territory** 外國領土
- ■ *to fly across enemy* **territory** 飛越敵國領空
- 圓 region; domain
- 源 更多同源字見 Mediterranean 條目。
- 衍 **territorial** *adj.* 領土的；土地的

  terrestrial *adj.* 與地球有關的

  extraterrestrial *adj.* 地球外的

....

thaw /θɔː/ *v.* (of ice and snow) to turn back into water after being frozen （使）融化；（使）解凍

- ■ *it's beginning to* **thaw** 雪融開始
- ■ *the sun* **thawed** *the ice* 太陽讓冰融化
- 圓 melt
- 記 用 that's awesome（太棒了）來記憶 thaw。助憶句：It's starting to thaw. That's awesome!（雪開始融化了，太棒了！）
- 衍 **thaw** *v.* 變得友好

....

thesis /ˈθiː.sɪs/ *n.* a long piece of writing completed by a student as part of a university degree, based on their own research 論文

- ■ *a* **thesis** *for a master's degree* 碩士論文
- 圓 dissertation; treatise
- 記 字形同 the sister（這位修女）。助憶句：The sister proofread my thesis and offered valuable feedback.（這位修女幫我校對論文，提供寶貴的建議。）

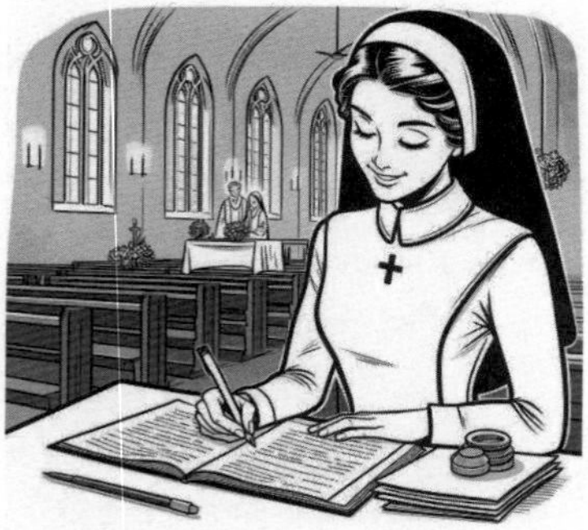

[衍] **antithesis** *n.* 正相反；對立；對照

tolerate /ˈtɑː.lə.reɪt/ *v.* to allow someone to do something that you do not agree with or like 寬容；容忍

■ *to **tolerate** this kind of behavior* 容忍這種行為

[同] allow; endure; put up with

[記] 字形類似 total rate（整體的速度）。助憶句：When it comes to their progress, the total rate is slow, but as a team, we have to tolerate the pace and provide support.（談到他們的進展，整體的速度是緩慢的，但作為一個團隊，我們必須容忍這種步調並提供支援。）

[衍] **tolerance** *n.* 寬容；忍受；容忍

trailblazer /ˈtreɪlˌbleɪ.zɚ/ *n.* a person who is the first to do something and so makes it possible for others to follow 先驅；開拓者；開路人

■ *a **trailblazer** in the field* 這個領域的先驅

[同] pioneer

[源] trailblazer 的字源分析：<*trail*: path, road + *blaze*: mark; marks cut on tree trunks + *er*: person> 字源的意義是"to mark a tree, to mark a trail"，砍除樹幹上部分樹皮以作為指示路徑的標記，即「開拓者」。

[衍] **blaze** *n.* 大火；烈火；（動物面部的）白斑 *v.* 閃耀；發光；熊熊燃燒

transcend /trænˈsend/ *v.* to be or go beyond the usual limits of something 超越；超過；超出（界限）

■ *to **transcend** cultural barriers* 超越文化障礙

■ *to **transcend** national boundaries* 超越國界

[同] exceed

[記] Transcend Information, Inc.就是高科技跨國企業，專門製造記憶卡、隨身碟與固態硬碟的「創見資訊股份有限公司」。

[源] transcend 的字源分析：<*trans*: across + *scend*: climb> 字源的意義是"climb across"，即「越過」。♭：字首 *trans* 的意思是 across, to go beyond = 橫跨；到另一邊。

[衍] **transfer** *v.* 轉移；調動；轉乘；搬；移動 <*trans*: across + *fer*: carry> 字源的意義是"to carry across"，即「帶過去」。

transfigure *v.* 使變樣；使改觀 <*trans*: across + *figure*: form> 字源的意義是"to change the form"，改變形狀，即「使變樣」。

transform *v.* 徹底改變；轉化 <*trans*: across + *form*: form> 字源的意義是"to change the form"，即「徹底改變；轉化」。

transgress *v.* 逾越；違反 <*trans*: across + *gress*: go> 字源的意義是

"to go across"，即「跨過去」。

transitory *adj.* 短暫的；轉瞬即逝的 <*trans*: across + *it*: go + *ory*: *adj.*>

transmit *v.* 播送；發射；傳遞 <*trans*: across + *mit*: send> 字源的意義是"send across"，送到另一邊，即「播送；傳遞」。

transparent *adj.* 透明的；淺顯易懂的 <*trans*: across + *parent*: visible> 字源的意義是"seen through"，看透，即「透明的」。

trespass *v.* 擅自進入；侵入 <*tres*: across, beyond + *pass*: go by> 字源的意義是"go beyond"，超出範圍，即「擅自進入；侵入」。

---

transfigure /træns'fɪg.jɚ/ *v.* to change the appearance of a person or thing so that they look more beautiful 使變樣；使改觀

- *his face was **transfigured*** 他的表情改變
- *to **transfigure** the current view* 改變當前的觀點

[同] transform; alter; change

[源] 字源分析見 transcend 條目。

---

transform /træns'fɔːrm/ *v.* to change the form of something; to change in form 徹底改變；轉化

- *to **transform** the industry* 徹底改變這個行業
- *to be completely **transformed*** 徹底被改變

[同] convert

[源] 字源分析見 transcend 條目。

[衍] **transformation** *n.* 徹底改變；轉化

---

transgress /trænz'gres/ *v.* to go beyond the limits of what is morally, socially, or legally acceptable 逾越；違反

- *to **transgress** an unwritten social law* 逾越一個不成文的社會規範
- *to **transgress** the rules* 違反規則

[同] infringe; trespass; violate

[源] 和 progress（進步；進展）為同源字。更多同源字見 aggression 和 transcend 條目。

---

transitory /'træn.sə.tɔːr.i/ *adj.* lasting for only a short time 短暫的；轉瞬即逝的

- *the **transitory** nature of life* 生命轉瞬即逝的本質

[同] temporary; transient

[記] 讀音類似 the train's story（這輛火車的故事）。助憶句：The tour guide told the train's story, highlighting the transitory moments between destinations.（導遊講述這輛火車的故事，強調站與站之間短暫的片刻。）

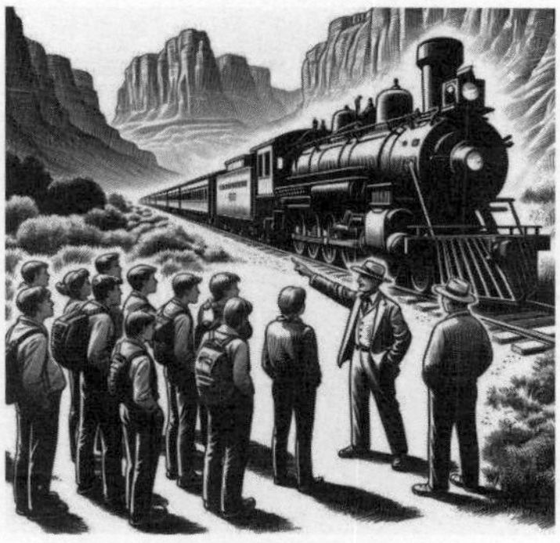

[源] 字源分析見 transcend 條目。

[衍] **transition** *n.* 轉變；過渡

transient *adj.* 短暫的；轉瞬即逝的；暫時的

....

transmit /trænsˈmɪt/ *v.* to send an electronic signal, radio or television broadcast, etc.; to pass something from one person to another 播送；發射；傳遞

- ■ *to be **transmitted** from a satellite* 透過衛星播送
- ■ *to **transmit** malaria* 傳播瘧疾
- 圓 broadcast; air
- 源 transmit 的字源分析：<*trans*: across, beyond + *mit*: send> 字源的意義是 "send across"，即「送到另一邊」。更多同源字見 dismiss 與 transcend 條目。

....

transparent /trænˈsper.ənt/ *adj.* allowing you to see through it 透明的

- ■ *a **transparent** plastic bag* 一個透明塑膠袋
- 圓 translucent
- 源 和 apparent（顯然的；明顯的）為同源字。更多同源字見 transcend 條目。
- 衍 **transparent** *adj.* 淺顯易懂的；簡單明瞭的
  transparency *n.* 透明度；透明；幻燈片

....

tremendous /trɪˈmen.dəs/ *adj.* very great 巨大的

- ■ *a **tremendous** problem* 很大的問題
- ■ ***tremendous** achievements* 很大的成就
- 圓 huge; enormous

記 讀音類似 <u>trim endless</u> trees（修剪無數的樹）。助憶句：It was a <u>tremendous</u> orchard, and we had to <u>trim endless</u> trees all the year round.（那是一個很大的果園，我們全年都要修剪無數的果樹。）

衍 **tremendous** *adj.* 很棒的

....

trendy /ˈtren.di/ *adj.* very fashionable 時髦的；新潮的

- ■ ***trendy** clothes* 新潮的衣服
- 圓 fashionable; chic
- 記 讀音類似 <u>tend to be</u>（傾向於）。助憶句：As they are <u>trendy</u> New Yorkers, they <u>tend to be</u> open to new fashion experiences.（由於他們是時髦的紐約客，他們對於時尚的體驗傾向於開放的態度。）

衍 **trend** *n.* 時尚；趨勢；趨向

....

trespass /ˈtres.pæs/ *v.* to enter land or a building that you do not have permission or the right to enter 擅自進入；侵入

■ *no trespassing* 禁止擅自進入

■ *to trespass on private land* 侵入私人土地

同 invade; infringe

源 trespass 的字源分析：<*tres/trans*: across, beyond + *pass*: go by> 字源的意義是"go beyond"，超出範圍，即「擅自進入；侵入」。更多同源字見 transcend 條目。

衍 **trespass** *n.* 擅自進入；侵入
transgress *v.* 逾越；違反 <*trans*: across + *gress*: go> 字源的意義是 "to go across"，跨過去，即「逾越」。

....

tribute /ˈtrɪb.juːt/ *n.* an act, a statement or a gift that is intended to show your love or respect, especially for a dead person 頌辭；讚揚

■ *to pay tribute to the soldiers* 讚揚這些士兵

■ *a tribute to the poet* 敬獻給這個詩人

同 accolade; praise; acclaim

記 讀音類似用 tribe（部落）＋ built（建造）。想像一個亞馬遜部落建造紀念碑來紀念他們的領袖。助憶句：In honor of their great leader, the tribe built a monument as a tribute to his legacy.（為了對偉大的領袖表示敬意，這個部落建造了一座紀念碑，對他的遺產致敬。）

....

trite /traɪt/ *adj.* boring because it has been expressed so many times before; not original 陳腐的；老套的

■ *to find the lyrics trite* 覺得歌詞很老套

同 hackneyed; commonplace

記 用 tried（試過）來記憶 trite。助憶句：Stream of consciousness has been tried by many writers, so it sounds a little trite now.（意識流已經被許多作家試過，所以現在顯得有點老套。）

....

tropic /ˈtrɑː.pɪk/ *n.* one of the two imaginary lines drawn around the earth at approximately 23.5 degrees north and 23.5 degrees south of the equator 回歸線

■ *the tropics* 熱帶地區

記 讀音類似 <u>top</u> <u>picks</u>（首選）。助憶句：The <u>tropics</u> are often considered one of the <u>top</u> <u>picks</u> for finding new botanical species.（熱帶地區常常被視為尋找新植物物種的首選地點之一。）

衍 **tropical** *adj.* 熱帶的
the tropics *n.* 熱帶地區

....

truculent /ˈtrʌk.jə.lənt/ *adj.* tending to argue or become angry; slightly aggressive 易怒的；好鬥的；挑釁的

■ *a* ***truculent*** *man* 一個好鬥的男人

同 aggressive; defiant

記 字形類似 <u>truck</u>（卡車）+ <u>violent</u>（暴力的）。卡通中常常有一些橫衝直撞的卡車，很好鬥易怒。助憶句：Oh, the <u>truck</u> is so <u>violent</u>! What a <u>truculent</u> vehicle!（噢，這輛卡車如此粗暴。真是很好鬥的車子！）

....

tsunami /tsuˈnɑː.mi/ *n.* a great sea wave produced especially by submarine earth movement or volcanic eruption 海嘯

■ *a* ***tsunami*** *warning* 海嘯警報

同 tidal wave

源 源自日文 *tsunami*（津波）：<*tsu*: harbor + *nami*: waves>。

....

tuition /ˈtuː.ɪʃ.ən/ *n.* the act of teaching something, especially to one person or to people in small groups 教學；講授；指導

■ *to receive* ***tuition*** 接受指導

■ *individual* ***tuition*** 個別教學

同 teaching; tutoring; instruction

記 字形類似 tune in（收聽）。助憶句：Be sure to <u>tune</u> <u>in</u> when receiving tuition.（接受指導時，務必專注收聽。）

衍 **tuition** *n.* 學費

....

tumultuous /tuːˈmʌl.tʃu.əs/ *adj.* involving strong feelings, especially feelings of approval; loud 喧鬧的；混亂的

■ *a* ***tumultuous*** *occasion* 一個喧鬧的場合

同 thunderous; clamorous

記 讀音類似 too much noise（太多噪音）。助憶句：There is <u>too</u> <u>much</u> <u>noise</u> in this tumultuous block.（這個喧鬧的街區有太多噪音了。）

衍 **tumult** *n.* 騷動；混亂 <*tumult*: swell>

....

turbulent /ˈtɜː.bjə.lənt/ *adj.* in which there is a lot of sudden change, trouble, argument and sometimes violence 騷亂的；動盪的；混亂的

■ *a* ***turbulent*** *week* 動盪的一週

■ ***turbulent*** *emotions* 混亂的情緒

同 tumultuous; unsettled

記 讀音類似 terrible rent（可怕的租金）。助憶句：It was a <u>turbulent</u>

rental market, and we were forced to pay a terrible rent.（那是一個混亂的租賃市場，我們被迫支付可怕的租金。）

[衍] **turbulent** *adj.*（水流或氣流）洶湧的；湍急的

disturb *v.* 打斷；干擾

trouble *n.* 麻煩；困難

---

turgid /ˈtɝː.dʒɪd/ *adj.* boring and not easy to understand 嚴肅的；枯燥乏味的

■ ***turgid** prose* 枯躁乏味的文章

[同] boring

[記] 讀音類似 third gig（第三場演出）。助憶句：The band's third gig was turgid.（這個樂團的第三場表演很無聊。）

[衍] **turgid** *adj.*（水）流動不暢的；不易流動的

---

turquoise /ˈtɝː.kɔɪz/ *adj.* a greenish-blue color 青綠色的

■ *to have a **turquoise** appearance* 具有青綠色的外表

[同] azure

[記] 讀音類似 turtle queen（龜后）。助憶句：The turquoise ocean is the turtle queen's home.（青綠色的大海是龜后的家。）

---

tyrant /ˈtaɪ.rənt/ *n.* a person who has complete power in a country and uses it in a cruel and unfair way 暴君；暴虐的人；專橫的人

■ *a ruthless **tyrant*** 殘酷的暴君

[同] dictator

[記] 讀音類似 tight rein（嚴厲約束）。助憶句：The tyrant kept the people on a tight rein.（這個暴君嚴厲統治人民。）

[衍] **tyrannical** *adj.* 殘暴的；專制的

---

tyro /ˈtaɪ.roʊ/ *n.* a person who has little or no experience of something or is beginning to learn something 新手；初學者

■ *a young **tyro*** 年輕新手

[同] novice; neophyte; initiate

[記] 讀音類似 tie（綁）+ rope（繩子）。助憶句：The cowboy told the farm apprentice, "As a tyro, first, you need to know how to tie a lasso knot with a rope."（這個牛仔告訴農場學徒，「作為新手，首先，你必須知道如何用繩子打結綁繩套。」）

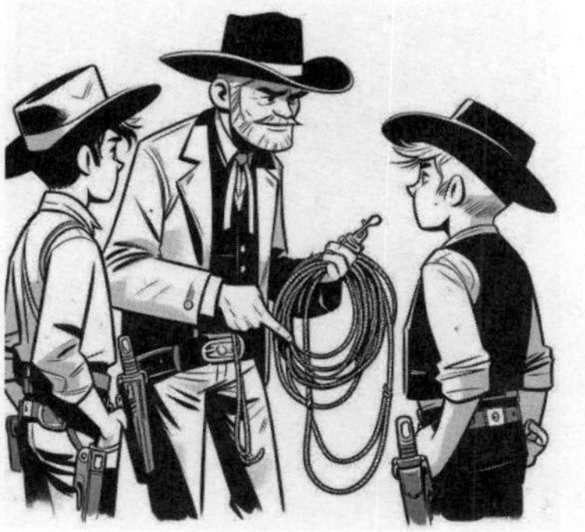

U

ubiquitous

ubiquitous /juːˈbɪk.wə.ṭəs/ *adj.* seeming to be everywhere 無所不在的；普遍存在的

- ■ the **ubiquitous** motorcycles 無處不在的機車
- ■ a **ubiquitous** presence 一個無所不在的存在
- 🔄 omnipresent
- 📝 讀音類似 you be quiet（你要保持安靜）。助憶句：The thief told his accomplice, "You be quiet as the police are ubiquitous." 小偷告訴他的同夥，「你要保持安靜，因為警察無所不在。」

umami

umami /uːˈmɑː.mi/ *n.* a strong meaty taste imparted by glutamate and certain other amino acids 美味；鮮味；旨味

- ■ a powerful **umami** flavor 很強烈的鮮味
- 🔄 the fifth taste; monosodium glutamate
- 📝 讀音類似 wow（哇）＋ mommy（媽咪）。助憶句："Wow, mommy, what's this flavor?" "It's umami." 「哇，媽咪，這是什麼味道？」「這是鮮味。」

umbrage

umbrage /ˈʌm.brɪdʒ/ *n.* a feeling of anger or resentment at some often fancied slight or insult 氣憤；惱怒

- ■ to take **umbrage** at his remarks 對他的話感到惱怒
- 🔄 resentment; anger
- 📝 字形同 umbrella（雨傘）＋ rage（憤怒）。助憶句：What caused her umbrage? Well, the hotel concierge gave her the wrong umbrella and therefore she was in a rage.（為什麼她很不悅？唉，旅館門房給錯傘，因此她大發雷霆。）

undergo

undergo /ˌʌn.dəˈgoʊ/ *v.* to experience something, especially a change or something unpleasant 經歷；經受（令人不快的事情）

- ■ to **undergo** an operation 動手術
- ■ to **undergo** a radical change 歷經一次徹底的改變
- 🔄 experience; encounter
- 📖 undergo 的字源分析：<under: under + go: go> 字源的意義是 "undertake"，即「從事；做」。

unerring /ʌnˈer.ɪŋ/ *adj.* always right or accurate 永不犯錯的；萬無一失的
- ■ his **unerring** accuracy 他那永不犯錯的精準
- 回 unfailing
- 源 和 error（錯誤）為同源字。更多同源字見 aberrant 條目。
- 衍 **error** *n.* 錯誤
  erroneous *adj.* 錯誤的；不正確的

unfailing /ʌnˈfeɪ.lɪŋ/ *adj.* that you can rely on to always be there and always be the same 經久不衰的；一貫的
- ■ **unfailing** support 一貫的支持
- ■ **unfailing** enthusiasm 經久不變的熱情
- 回 consistent; constant; unflagging
- 源 unfailing 的字源分析：<*un*: not + *fail*: miss, fail + *ing*: adj.>字源的意義是"never coming to an end"，即「沒有終止」。
- 衍 **unfailingly** *adv.* 無窮盡地；一貫地

unique /juːˈniːk/ *adj.* being the only one of its kind 獨一無二的；與眾不同的；獨特的
- ■ a **unique** opportunity 獨一無二的機會
- 回 distinctive; sole
- 源 和 unicorn（獨角獸）以及 uniform（制服）為同源字。♭：字首 uni 的意思是 one = 一。
- 衍 **uniform** *n.* 制服 <*uni*: one + *form*: form>
  unify *v.* 統一；使成一體 <*uni*: one + *fy*: v.>

universe *n.* 宇宙 <*uni*: one + *verse*: turn> 字源的意義是"turn into one"，即「旋轉成為一個整體」。

unjust /ʌnˈdʒʌst/ *adj.* not deserved or fair 不公平的；不公正的；非正義的
- ■ an **unjust** law 不公正的法律
- 回 biased; prejudiced
- 源 源自 just（公正的；公平的）。
- 衍 **justify** *v.* 為……辯護；證明……正當或正確

unleash /ʌnˈliːʃ/ *v.* to cause a strong or violent force to be released or become unrestrained 突然釋放；使爆發
- ■ to **unleash** his creativity 釋放他的創意
- 回 release; unbridle
- 記 讀音類似 unless（除非）。助憶句：Unless you put your heart and soul into practice, you won't unleash your full potential.（除非你全心全意投入練習，不然你不會釋放出你全部的潛力。）
- 衍 **leash** *n.*（牽狗等動物用的）繩索；鏈子

unobtrusive /ˌʌn.əbˈtruː.sɪv/ *adj.* not attracting unnecessary attention 不引人注目的；不張揚的；不惹眼的
- ■ an **unobtrusive** measure 一個不引人注目的措施
- 回 inconspicuous; low-profile
- 記 記憶法見 obtrusive 條目。
- 衍 **obtrusive** *adj.* 顯眼的；引人注目的

unprecedented /ʌnˈpres.ə.den.tɪd/ *adj.*

that has never happened, been done or been known before 空前的；史無前例的

- ■ *an **unprecedented** crisis* 空前的危機
- ■ *an **unprecedented** level* 史無前例的水準
- 同 unmatched
- 源 記憶法見 accede 條目。

....

unpredictable /ˌʌn.prɪˈdɪk.tə.bəl/ *adj.* that cannot be predicted because it changes a lot or depends on too many different things 變幻莫測的；無法預測的

- ■ *be utterly **unpredictable*** 完全無法預測的
- 同 uncertain; erratic
- 源 源自 predict（預言；預計）。
- 衍 **predictable** *adj.* 可預言的；可預料的
  predictability *n.* 可預見性

....

unquenchable /ʌnˈkwen.tʃə.bəl/ *adj.* that cannot be satisfied 無法抑制的；無法撲滅的

- ■ *an **unquenchable** desire* 無法抑制的慾望
- 同 insatiable; covetous
- 記 字形類似 unquestionable（不容置疑的）。助憶句：Mozart's love for music, an unquenchable passion that inspired generations of composers, was unquestionable.（莫札特對音樂的熱愛是毋庸置疑的，是一種無法撲滅的熱情，啟發了一代又一代的作曲家。）

- 衍 **quench** *v.* 解渴；撲滅；熄滅

....

unscathed /ʌnˈskeɪðd/ *adj.* without injuries or damage being caused 毫髮無損的；無恙的

- ■ *to remain **unscathed*** 保持毫髮無損
- 同 unharmed; unhurt
- 源 和 scathe（傷害；損害）為同源字。記憶法見 scathe 條目。

....

unsung /ˌʌnˈsʌŋ/ *adj.* not praised or famous but deserving to be 被埋沒的；未得到讚揚的

- ■ *an **unsung** hero* 無名英雄
- 同 neglected; anonymous
- 源 sing（唱歌；歌頌）的過去分詞是 sung。

....

unwillingly /ʌnˈwɪl.ɪŋ.li/ *adv.* without wanting to do or be something, but forced to by other people 不情願地；不樂意地；勉強地

- ■ *caught up in the war **unwillingly*** 不情願地捲入這場戰爭中
- 同 involuntarily
- 源 源自 willing（願意的；樂意的）。

....

upbeat /ˈʌp.biːt/ *adj.* full of happiness and hope 樂觀的；快樂的；積極向上的

- *an **upbeat** note* 樂觀的語調
- *the **upbeat** music* 輕鬆快樂的音樂
- Ⓢ optimistic; cheerful
- Ⓔ 源自 up（向上）+ beat（節拍）。原指一節音樂中，指揮家的指揮棒向上揮的節拍，後衍伸為「樂觀的；快樂的」。

·····································

upbringing /ˈʌp.ˌbrɪŋ.ɪŋ/ *n.* the way in which a child is cared for and taught how to behave while it is growing up 撫養；養育；教育；教養

- *by **upbringing*** 經由教養
- Ⓢ rearing; nurture
- Ⓔ 和 bring up（養育）為同源字。

·····································

utter /ˈʌ.t̬ɚ/ *adj.* used to emphasize how complete something is 完全的；十足的；極度的

- ***utter** chaos* 極度混亂
- *an **utter** waste of time* 完全是浪費時間
- Ⓢ complete; sheer
- Ⓔ 源自 out（向外）。utter 在字源上的意義就是"outer"，即「向外到

極致」。

- Ⓥ **utter** *v.* 說；講；出聲 <*utter*: out, outer> 字源的意義是"out"，即「講出來」。

utterly *adv.* 完全地；極度地

·····································

277

V

vaccination /ˌvæk.səˈneɪ.ʃən/ *n.* the fact of having received a vaccine; the act of giving a person or an animal a vaccine to protect them against a disease 接種疫苗

- ■ *flu vaccination* 接種流感疫苗
- 同 inoculation
- 記 字形類似 <u>vacc</u>ation destin<u>ation</u>（度假勝地）。助憶句：Thanks to the widespread <u>vaccination</u> efforts, this <u>vacc</u>ation destin<u>ation</u> is now able to reopen its borders.（由於廣泛的疫苗接種，這個度假勝地現在能夠重新開放邊界。）
- 衍 **vaccine** *n.* 疫苗

vacillate /ˈvæs.ə.leɪt/ *v.* to continue to change your opinions, decisions, ideas etc. 猶豫；擺盪；躊躇

- ■ *to vacillate between delight and guilt* 在喜悅和罪惡感之間擺盪
- 同 waver; hesitate
- 記 把 vacillate 和 oscillate（搖擺；猶豫）同時記憶，二者為同義字且押韻。記憶法見 oscillate 條目。
- 衍 **vacillation** *n.* 猶豫；擺盪；躊躇

vagaries /ˈveɪ.gɚ.iz/ *n.* changes in somebody or something that are difficult to predict or control 變幻無常；不可捉摸的變化

- ■ *the vagaries of the stock market* 股票市場的變幻莫測

- 同 caprice; whim
- 源 vagaries 的字源分析：<*vag*: wander + *aries*: *n.*> 字源的意義是 "mental wandering"，思緒四處流浪，即「變幻無常」。
- 比 **vagabond** *n.* 流浪漢；漂泊者 <*vag(a)*: wander + *bond*: *n.*>
  vague *adj.* 含糊的；不明確的 <*vague*: wander>
  extravagant *adj.* 奢侈的；揮霍的 <*extra*: outside of + *vag(a)*: wander + *ant*: *adj.*> 字源的意義是 "wander outside or beyond"，遊蕩到界限之外，即「奢侈的；揮霍的」。
  vagus *n.* 迷走神經 <*vagus*: wander, stray>

valid /ˈvæl.ɪd/ *adj.* having legal efficacy or force; officially acceptable 合理的；有根據的；讓人信服的

- ■ *to be held valid* 被視為合理的
- ■ *a valid license* 有效執照
- 同 sound; justifiable
- 源 記憶法見 equivalent 條目。
- 衍 **invalid** *adj.* 無效的 *n.* 病弱者 <*in*: not + *valid*: strong>

vandalism /ˈvæn.dəl.ɪ.zəm/ *n.* willful or malicious destruction or defacement of public or private property 故意毀壞他人財產罪；（對好的事物的）糟蹋

- ■ *an act of vandalism* 恣意毀壞他人財產的行為
- 同 trashing; defacement
- 源 西元 455 年，日耳曼蠻族汪達爾人（Vandals）入侵羅馬，開始大肆劫掠破壞。由於汪達爾人四處流竄，所以 Vandals 的字源可能

就是 wander（流浪）。

衍 **vandalize** *v.* 故意破壞
　　wanderer *n.* 流浪者

---

vanish /ˈvæn.ɪʃ/ *v.* to pass quickly from sight; to pass completely from existence （尤指突然）消失；滅絕

■ *to **vanish** from the face of the earth* 從地表消失

■ *to **vanish** without a trace* 消失得無影無蹤

回 disappear; evanesce

源 和 vacation（假期）為同源字。vanish 的字源分析：<*va*: leaving, empty> 字源的意義是"empty"，空的，即「消失」。↻：字根 *va/wa/vac/van* 的意思是 leaving, empty = 離開；空的。

衍 **vacation** *n.* 假期 <*vac*: leaving + *ation*: n.> 字源的意義是指「一段可以離開職位的時間」。
　　evacuate *v.* 撤空；使疏散 <*ex*: out + *vacu*: empty + *ate*: v.> 字源的意義是"to make empty; to clear out"，即「清空」。
　　vacuum *n.* 真空 <*vacuum*: empty>
　　evanescent *adj.* 短暫的；稍縱即逝的 <*ex*: out + *van*: empty + *escent*: adj.>
　　vanity *n.* 自負；虛幻；無價值的東西 <*vain/van*: empty + *ity*: n.>
　　waste *adj.* 荒蕪的；荒涼的 <*wa/va*: empty + *ste*: adj.>
　　devoid *adj.* 缺乏的；完全沒有的 <*de*: intensifier + *vo*: empty + *id*: adj.>
　　wane *v.* 月虧；衰落；減弱 <*wan/van*: empty>

---

vanquish /ˈvæŋ.kwɪʃ/ *v.* to defeat somebody completely in a competition, war, etc. 擊敗；征服；使潰敗

■ *to **vanquish** the rebels* 擊潰叛軍

■ *to **vanquish** evil* 擊敗邪惡

回 conquer

記 讀音類似 vain quest（徒勞的追尋）。助憶句：The king embarked on a vain quest for eternal youth, only to realize that man could never vanquish time. （國王為了永恆青春展開一場徒勞的追尋，結果了解到人類永遠無法征服時間。）

源 vanquish 的字源分析：<*van/vin/vic*: fight, conquer + *ish*: v.> 字源的意義是"conquer"，即「征服」。↻：字根 *van/vin/vic* 的意思是 fight, conquer = 戰鬥；征服。

衍 **victory** *n.* 勝利 <*vict*: conquer + *ory*: n.>
　　convince *v.* 說服；使相信 <*con*: intensifier + *vince*: conquer>
　　invincible *adj.* 無敵的；不可征服的 <*in*: not + *vinc/vic*: conquer + *ible*: adj.>

---

vehement /ˈviː.ə.mənt/ *adj.* marked by forceful energy; intensely emotional 強烈的；猛烈的

■ *a **vehement** storm* 強烈的風暴

■ ***vehement** criticism* 猛烈的批評

回 forceful; vigorous

記 字形同 vehicle（車輛）＋ cement（水泥）。助憶句：An out-of-control vehicle hit the cement fence vehemently. （一台失控的車子猛

279

烈撞擊水泥圍欄。）

....

vein /veɪn/ *n.* any of the tubes forming part of the blood circulation system of the body, carrying in most cases oxygen-depleted blood toward the heart 靜脈

■ *leg veins* 腿部靜脈

⊜ vessel

⊜ 讀音類似 van（貨車）。助憶句：Look at the <u>van</u> driver. The <u>vein</u>s in his arms are highly visible.（看那個貨車司機。他的手臂青筋暴露。）

㊉ **vein** *n.* 葉脈；礦脈；特質；特徵

....

venerate /ˈven.ɚ.eɪt/ *v.* to have and show a lot of respect for somebody or something 尊重；敬重

■ *the country's most venerated scientist* 這個國家最受敬重的科學家

■ *to be venerated as a saint* 被尊崇為聖人

⊜ revere; esteem; respect

⊜ 用 generate（產生）來記憶 venerate。助憶句：We <u>venerate</u> the great scientists of the past for their ability to <u>generate</u> positive change in society.（我們尊崇過去

偉大的科學家，因為他們能夠為社會產生積極的改變。）

㊉ **veneration** *n.* 尊重；尊重行為；敬重感

....

venture /ˈven.tʃɚ/ *n.* a business project or activity, especially one that involves taking risks 投機活動；風險投資

■ *a business venture* 一個商業風險投機

■ *a cooperative venture* 合作的風險投資

⊜ undertaking

⊜ venture（投機活動；風險投資）就是 ad<u>venture</u>（冒險；歷險）的另一種形式。

㊉ **adventure** *n.* 冒險；歷險

....

verdict /ˈvɝː.dɪkt/ *n.* an official decision made in a court of law, especially about whether someone is guilty of a crime or how a death happened 意見；決定；（尤指）判決；裁決

■ *a verdict of guilty* 有罪判決

■ *to reach a verdict* 達成判決

⊜ decision; sentence

⊜ 讀音類似 heard it（聽到）。助憶句：The judge pronounced a fair <u>verdict</u>, and the audience <u>heard it</u>

with a sense of resolution.（法官
宣布一個公正的裁決，旁聽民眾
聽到了，有一種事件終於了結的
感覺。）

源　verdict 的字源分析：<*ver*: true +
dict: say> 字源的意義是"a true
saying or report"，真實的說法，
即「判決」。ᕈ：字根 *ver* 的意思
是 true = 真實。

衍　**verify** *v.* 證實 <*veri*: true + *fy*: v.>
verisimilitude *n.* 逼真；寫實
<*veri*: true + *sim*: same + *ilitude*:
n.>
aver *v.* 斷言 <*a*: to + *ver*: true>

....

vernacular /vɚˈnæk.jə.lɚ/ *n.* the
language spoken by ordinary people in a
particular country or region 方言；土語

■　*the local* **vernacular** 本地方言
回　dialect
記　字形同 <u>very</u> <u>native</u>（非常本土
的）+ parti<u>cular</u>（特別的）。助憶
句：The locals spoke in their
<u>ver</u>nacular, a <u>very</u> <u>native</u> and
parti<u>cular</u> language.（本地居民使
用他們的方言交談，一種非常本
土和特別的語言。）

衍　**vernacular** *n.*（建築的）本地風
格；民間風格

....

versatile /ˈvɚː.sə.t̬əl/ *adj.* someone who
is versatile has many different skills;
having many uses 多才多藝的；多功能
的

■　*a* **versatile** *actor* 一個多才多藝的
演員
■　*a* **versatile** *ingredient* 一個用途廣
泛的食材
回　all-round; resourceful
源　記憶法見 adversity 條目。

....

vestige /ˈves.tɪdʒ/ *n.* a small part or
amount of something that remains when
most of it no longer exists 殘留部分；
痕跡；遺跡

■　*the* **vestiges** *of a castle* 城堡的遺
跡
■　*some* **vestige** *of hope* 有些希望的
跡象
回　remnant; trace
記　和 investigate（調查）為同源
字。所謂調查（<u>investigate</u>）就是
找出相關的遺留痕跡（<u>vestige</u>）。

....

vial /vaɪl/ *n.* a small container, as of
glass, for holding liquids 小玻璃瓶；小
藥水瓶

■　*a* **vial** *of perfume* 一小瓶香水

⊜ phial

⊜ 字形類似 denial（否認）。助憶句：The perfumer shook her head in denial, saying she had nothing to do with the vial of poison.（調香師搖頭否認，說她和這瓶毒藥無關。）

vigorous /ˈvɪg.ɚ.əs/ *adj.* very forceful or energetic 充滿活力的；有力量的；精力旺盛的

■ *a vigorous performance* 充滿力量的表演

⊜ robust

⊜ 讀音類似 big chorus（大合唱）。助憶句：The entire cast joined in a big chorus, filling the theater with their vigorous voices.（全體演員加入大合唱，他們有力的聲音充滿了整個劇院。）

⊜ **vigor** *n.* 活力；精力；體力

....

vile /vaɪl/ *adj.* extremely unpleasant or bad 邪惡的；卑鄙的；可恥的

■ *a vile racism* 邪惡的種族主義

⊜ wicked

⊜ 把 evil（邪惡的）的字母重組就是 vile（邪惡的）。助憶句：The word "vile" is an anagram of "evil."（"vile"是"evil"的字母重組字。）

⊜ **vile** *adj.* 糟糕的；惡劣的
vilify *v.* 詆毀；汙衊；貶低
revile *v.* 謾罵；辱罵；痛斥

....

villainy /ˈvɪ.lə.ni/ *n.* wicked or criminal behavior 邪惡行為；罪惡

■ *the villainies of war* 戰爭的罪惡

⊜ depravity

⊜ 和 villa（別墅）以及 villain（流氓；惡棍）為同源字。villa 指建於鄉下地區的房舍，衍伸為「別墅」。villain 原意是指鄉下地區的粗人，衍伸為「惡棍」。

⊜ **villa** *n.* 別墅
villain *n.* 流氓；惡棍
villainous *adj.* 邪惡的；極壞的
village *n.* 村莊

....

vindictive /vɪnˈdɪk.tɪv/ *adj.* having or showing a strong or unreasoning desire for revenge 想復仇的；報復性的；懷恨在心的

■ *vindictive behavior* 報復的行為

⊜ vengeful

⊜ 字形類似 vengeance（復仇）+ addictive（使人上癮的）。助憶句：A vindictive prisoner, he found vengeance addictive.（他是個懷恨

在心的囚犯，心中認為復仇讓人
上癮。）

······

virulent /ˈvɪr.jə.lənt/ *adj.* actively
poisonous; intensely noxious 劇毒的；
致命的
- ■ *a virulent germ* 一個致命的細菌
- 回 deadly; fatal; pernicious
- 源 源自 virus（病毒）。見 virus 條
  目。
- 衍 **viral** *adj.* 病毒的；如病毒般迅速
  傳播的
  virus *n.* 病毒

······

virus /ˈvaɪ.rəs/ *n.* a living thing, too
small to be seen without a microscope,
that causes disease in people, animals
and plants 病毒
- ■ *a flu virus* 流行性感冒病毒
- 回 germ
- 源 和 viral（病毒的；如病毒般迅速
  傳播的）為同源字。"The clip
  went viral." 幾乎是新聞報導中不
  時出現的句子，意思是「這個影
  片在網路上迅速傳播開來」。
- 衍 **viral** *adj.* 病毒的；如病毒般迅速
  傳播的

······

viscera /ˈvɪs.ər.ə/ *n.* the large organs
inside the body, especially the intestines
內臟；肺腑
- ■ *swine viscera* 豬內臟
- ■ the **viscera** 內臟
- 回 entrails; insides
- 記 用 vessel（容器）來記憶
  viscera。助憶句：Imagine the
  body is like a strong vessel, where
  the viscera are kept and protected.

（想像身體像是個堅固的容器，
內臟在其中受到妥善保護。）
- 衍 **visceral** *adj.* 發自內心的；發自肺
  腑的

······

visceral /ˈvɪs.ər.əl/ *adj.* resulting from
strong feelings rather than careful
thought 發自內心的；發自肺腑的
- ■ *a visceral dislike* 發自內心的厭惡
- ■ *visceral excitement* 發自內心的興
  奮
- 回 innate; deep-rooted
- 記 記憶法見 viscera 條目。
- 衍 **viscera** *n.* 內臟；肺腑

······

vitriolic /ˌvɪtriˈɑ:lɪk/ *adj.* filled with
bitterly harsh or caustic language or
criticism 尖刻的；辛辣的
- ■ *vitriolic rhetoric* 尖刻的煽動性語
  言
- 回 acrimonious; caustic
- 記 用 vituperate（責罵；痛罵）來記
  憶 vitriolic（尖刻的；辛辣的），
  兩者字形接近。vitriol 原意是硫
  酸，衍伸為「尖刻；辛辣」。
- 衍 **vitriol** *n.* 尖刻；辛辣；硫酸
  vitreous *adj.* 玻璃的；像玻璃的

······

vituperate /vaɪˈtu:.pə.reɪ.t/ *v.* to abuse
or censure severely or abusively 謾罵；
責罵
- ■ *to vituperate the onlookers* 痛責這
  些圍觀者
- 回 berate
- 記 字形類似 virtue（長處；美德）+
  pirate（海盜）。助憶句：If you
  claim that a man has the virtue of a
  pirate, you literally vituperate him.

（當你宣稱某個男人有海盜的長處，你的確是在痛罵他。）

㊟ **vituperative** *adj.* 辱罵的；謾罵的
vitiate *v.* 傷害；使無效

⋯⋯⋯⋯⋯⋯⋯⋯⋯⋯⋯⋯⋯⋯

vituperative /vaɪˈtuː.pə.rə.t̬ɪv/ *adj.* containing or characterized by verbal abuse 辱罵的；謾罵的
■ *vituperative attacks* 謾罵式的攻擊
㊀ abusive; bitter
㊞ 和 vituperate（責罵；痛罵）為同源字。記憶法見 vituperate 條目。

⋯⋯⋯⋯⋯⋯⋯⋯⋯⋯⋯⋯⋯⋯

volume /ˈvɑːl.juːm/ *n.* a book that is part of a series of books 卷；冊
■ *the first volume of his memoirs* 他的回憶錄的第一卷
㊀ tome
㊞ 和 involve（涉及；牽涉）為同源字。involve 的字源有「捲入」的意思，而 volume（卷；冊）則與成捲的羊皮紙相關。volume 的字源分析：<volume: that which is rolled> 字源的意義是"roll"，即「卷；冊」。♭：字根 *vol* 的意思是 roll ＝ 捲。
㊟ **involve** *v.* 牽涉；影響 <*in*: in + *volve*: turn> 字源的意義是"to roll

into"，即「捲進去」。
revolve *v.* 旋轉；以⋯⋯為中心 <*re*: again + *volve*: turn>
evolve *v.* 演化；進展 <*ex*: out + *volve*: turn> 字源的意義是"to roll out"，展開，即「演化」。
volume *n.* 音量；容量；體積；總數
voluble *adj.* 滔滔不絕的；健談的 <*volu*: roll + *ble*: able> 字源的意義是"rolling, fluent"，能一直滾動變換方向，即「健談的」。
voluminous *adj.* （著作）長篇的；卷帙浩繁的；鉅細靡遺的 <*vol*: roll + *uminous*: *adj.*>

⋯⋯⋯⋯⋯⋯⋯⋯⋯⋯⋯⋯⋯⋯

voluminous /vəˈluː.mə.nəs/ *adj.* filling or capable of filling a large volume or several volumes （著作）長篇的；卷帙浩繁的；鉅細靡遺的
■ *a voluminous file on the case* 有關本案鉅細靡遺的檔案
㊀ bulky; extensive
㊞ 記憶法見 volume 條目。
㊟ **voluminous** *adj.* （衣服）肥大的；寬鬆的
volume *n.* 卷；冊

⋯⋯⋯⋯⋯⋯⋯⋯⋯⋯⋯⋯⋯⋯

voracious /vəˈreɪ.ʃəs/ *adj.* having a huge appetite; excessively eager 饑渴的；貪吃的；渴求的
■ *voracious appetite* 驚人的食慾
■ *a voracious reader* 渴求的讀者
㊀ insatiable; unquenchable
㊐ 讀音類似 four oceans（四大洋）。助憶句：The blue whale, a <u>voracious</u> creature, roams the <u>four oceans</u> in search of its next meal.

（藍鯨是食量很大的生物，在四大洋中漫遊，尋找下一餐。）

---

vulgar /ˈvʌl.ɡɚ/ *adj.* lacking in taste, cultivation, or perception 粗俗的；低俗的；不雅的

- ■ ***vulgar*** *decorations* 粗俗的裝飾
- 同 coarse; gross
- 記 讀音類似 vulture（禿鷲；趁火打劫的人）。助憶句：These people are like vulgar vultures, exploiting the hardships of others.（這些人如同粗俗的禿鷹，精於利用他人的困境。）

謔 **vulgar** *adj.* 下流的；猥褻的

---

vulnerable /ˈvʌl.nɚ.ə.bəl/ *adj.* open to attack or damage; capable of being physically or emotionally wounded 易受傷的；易受……影響的；脆弱的

- ■ ***vulnerable*** *to criticism* 易遭受批評
- ■ *a **vulnerable** position* 易受攻擊的位置
- 同 fragile
- 記 和 wound（傷害）為同源字。*vulner* 字根的意義是 wound = 傷。運用格林法則，我們可以觀察 *vulner* 字根和 wound 的關聯性：*v* = w（u, v, w 等子音可互換），*u(l)* = ou（a, e, i, o, u 等母音可互換），*n* = n。

W

wagon /ˈwæg.ən/ *n.* a usually four-wheeled vehicle for transporting bulky commodities and drawn originally by animals 運貨馬車

- ■ *on the **wagon*** 戒酒
- ■ *to hitch up a **wagon*** 把馬車套好馬
- 回 cart; vehicle
- 源 德國汽車福斯（Volkswagen）和 wagon 這個字有關。德文的 *volk* 相當於英文的 folk，意思是「人民」。所以 Volkswagen 這個品牌是「國民車」（people's car）的意思。
- 記 **wag** *v.* 擺動；搖動
  waggish *adj.* 詼諧的；幽默的

wane /weɪn/ *v.* to become gradually weaker or less important; to diminish in phase or intensity 減弱；消退；（月）虧

- ■ *to **wane** rapidly* 迅速衰退
- 回 decline; decrease; ebb
- 源 和 want（缺乏；需要）為同源字。持續「減弱」的結果就是「缺乏」。

waive /weɪv/ *v.* to choose not to demand something in a particular case, even though you have a legal or official right to do so 放棄（權利、要求等）；不遵守（規則）

- ■ *to **waive** his rights to the money* 放棄他取得這些錢的權利
- ■ *to **waive** the charge* 免除收費
- 回 forego
- 記 字形類似 wave（揮舞）。助憶句：The accused official chose to wave the white flag, waiving his right to a trial and opting instead for a plea deal.（這名被告官員決定揮白旗認輸，放棄接受審判的權利，選擇達成認罪協商。）

wary /ˈwer.i/ *adj.* marked by keen caution, cunning, and watchfulness when dealing with somebody or something because you think that there may be a danger or problem 謹慎的；小心翼翼的

- ■ *to be **wary** of the press* 小心新聞界
- ■ *a **wary** look* 謹慎的表情
- 回 cautious; vigilant
- 源 warehouse（倉庫）、wary（謹慎的）以及 aware（意識到；知道的）都是同源字，字源的意義是 "perceive"，即「注意到」。
- 記 **aware** *adj.* 意識到；知道的 <*a*: intensive + *ware*: perceive> 字源的意義是 "perceive"，即「察覺」。
  warehouse *n.* 倉庫 <*ware*: perceive + *house*: house> 字源的

286

意義是"watch out for"，密切注意
物品，即「倉庫」。

....

wayward /ˈweɪ.wɚd/ *adj.* behaving
badly, in a way that is difficult to control
反覆無常的；任性的；難以管束的
- *a wayward kid* 任性的孩子
- 圓 willful; refractory; headstrong
- 源 wayward 的字源分析：<*way*:
  away + *ward*: turn> 字源的意義是
  "turned away"，即「轉向」。一直
  轉向，所以衍伸出「反覆無常」
  的字義。

....

whim /wɪm/ *n.* a sudden wish to do or
have something, especially when it is
something unusual or unnecessary
突發的奇想；心血來潮
- *on a whim* 一時心血來潮
- 圓 caprice; impulsiveness
- 記 用 wh**o**m（誰）來記 wh**i**m。想像
  一個總是心血來潮的女子，不知
  道要選誰。助憶句：She acts on
  a whim, always asking herself,
  "Whom shall I kiss?"（她行事一
  向心血來潮，總是問自己，「我
  該親吻誰？」）
- 衍 **whimsy** *n.* 古怪事物；異想天開
  的東西
  whimsical *adj.* 古怪的；心血來潮
  的

....

wholesale /ˈhoʊl.seɪl/ *adj. adv.* in very
large numbers 完全的（地）；大規模
的（地）
- *wholesale changes* 全面變革
- 圓 extensive; widespread
- 源 wholesale 的字源分析：<*whole*:

whole, complete + *sale*: sale>。
- 衍 **wholesale** *adj. adv.* 批發的
  （地）；成批賣的（地）

....

wholly /ˈhoʊl.li/ *adv.* completely 完全
地；全部地
- *wholly inappropriate behavior* 完
  全不恰當的行為
- 圓 totally
- 源 wholly 的字源分析：<*whole*:
  whole, complete + *ly*: *adv.*>。ↄ：
  字根 whole 的意思是 complete,
  whole = 完整的。
- 衍 **health** *n.* 健康 <*heal/whole*:
  complete, whole> 字源的意義是
  "whole"，即「完整的狀態」。
  hail *v.* 招呼；呼喊 <*hail/whole*:
  complete, whole> 打招呼即是
  詢問對方健康與否。
  holy *adj.* 神聖的 <*hol/whole*:
  complete, whole> 字源的意義是
  "whole"，未受侵擾的，即「神
  聖的」。

....

widespread /ˌwaɪdˈspred/ *adj.* existing
or happening over a large area or among
many people 廣泛的；普遍的；遍佈的
- *widespread support* 廣泛的支持
- 圓 far-reaching; sweeping
- 源 即 wide（寬廣的）+ spread（展
  開；擴散）。

....

widget /ˈwɪdʒ.ɪt/ *n.* a small box on a
computer screen that delivers changing
information, such as news items or
weather reports （電腦螢幕上）訊息
小窗口；微件
- *the widgets on the screen* 螢幕上的

訊息小窗口

⑲ device; tool

㊹ 字形同 wise bu<u>dget</u> app（智慧預算運用程式）。助憶句：The <u>wise</u> bu<u>dget</u> app offers a convenient <u>widget</u> that allows users to track their expenses directly from their home screen.（這個智慧預算應用程式提供一個便利的小窗口，使用者可以直接從他們的主畫面追蹤花費。）widget 的音譯是「微件」。

㊿ **widget** *n.* 小玩具；小器械；小裝置；小產品

....

wilt /wɪlt/ *v.* (of a plant or flower) to bend toward the ground because of the heat or a lack of water; to become weak or tired or less confident （植物）枯萎；（人）變得萎靡消沉

■ *to begin to **wilt*** 開始變得無精打采

■ *the leaves were starting to **wilt*** 葉子開始枯萎

⑲ droop; flag

㊹ 用 will（意志）來記憶 wilt。助憶句：Feeling frustrated, she lost the <u>will</u> to continue pursuing her dreams and began to <u>wilt</u>.（感到挫折，她失去繼續追求夢想的意志，開始慢慢消沉下來。）

....

wont /woʊnt/ *adj.* in the habit of doing something 慣於做……的

■ *be **wont** to do something* 慣於做某事

⑲ inclined

㊹ 字形類似 won't（不會）。助憶句：The boy <u>won't</u> stop crying. He is <u>wont</u> to fuss when it's bedtime.（這個男孩不會停止哭泣。每次到了睡覺時間，他總是變得很躁動。）

....

X

xenophobic /ˌzen.əˈfoʊ.bɪk/ *adj.*
showing fear of foreigners or hatred for
foreigners 仇外的；懼外的

- *xenophobic slogans* 仇外的口號
- *xenophobic nationalism* 仇外民族
  主義
- Ⓢ parochial; ethnocentric
- Ⓜ 讀音類似 <u>xerox</u>（複印）＋ <u>no</u>
  （零；無）＋ <u>foreign</u> <u>book</u>（外
  國書籍）。助憶句：This
  <u>xenophobic</u> government announced
  a <u>xerox</u>-<u>no</u>-<u>foreign</u>-<u>book</u> policy.
  （這個仇外的政府宣布了零複印
  外國書籍的政策。）
- Ⓓ **xenophobia** *n.* 仇外；懼外 <*xeno*:
  foreign, strange + *phobia*: fear>
  xenophile *n.* 喜愛外國事物的人；
  崇洋者 <*xeno*: foreign, strange +
  phile: love>

Ⓓ **Xerox** *n.* 靜電複印機；靜電複印
件
xerography *n.* 靜電複印術

xerox /ˈzɪr.ɑːks/ *v.* to make a copy of a
letter, document, etc. by using a Xerox
or other copying machine 複印；複
製；影印

- *to xerox this letter* 影印這封信
- Ⓢ photocopy
- Ⓞ 源自 Xerox 這家公司的名稱。由
  於 Xerox 的影印機非常知名，
  xerox 這個字被人們拿來當作動
  詞和名詞使用，意思就是
  photocopy。

Y

yearn /jɜ:n/ *v.* to want something very much, especially when it is very difficult to get 渴望；切盼；渴求

- ■ *to **yearn** for success* 渴求成功
- ■ *to **yearn** to be alone* 很想要獨處
- 同 long; crave
- 記 讀音類似 yen（渴望）。yen 源自中文煙癮（yen-yen）的音譯。
- 衍 **yearning** *n.* 渴望；切盼；渴求

yield /ji:ld/ *n.* the total amount of crops, profits, etc. that are produced 產出；生產

- ■ *agricultural **yields*** 農業的產出
- ■ *higher **yields*** 更高的產量
- 同 harvest; output
- 記 用 field（田地）來記憶 yield。助憶句：We are expecting a higher yield in the field.（我們預期這塊田地會有更高的產出。）
- 衍 **yield** *v.* 產出；生產

yoke /joʊk/ *n.* a long piece of wood that is fastened across the necks of two animals, especially oxen, so that they can pull heavy loads; rough treatment or something that limits your freedom and makes your life very difficult to bear 牛軛；枷鎖

- ■ *the **yoke** of tyranny* 專制統治的枷鎖
- ■ *under the **yoke** of imperialism* 在帝國主義的枷鎖下
- 同 harness; bondage

源 yoke 與 yoga（瑜珈）為同源字。yoke 是一種把牲畜「結合」在一起犁耕的工具，而瑜珈則是使身心靈「結合」成一體的修練。

衍 **yoga** *n.* 瑜珈 <*yoga*: join> 字源的意義是"union with the Supreme Spirit"。

enjoin *v.* 命令；責令；囑咐 <*en*: on + *join*: join> 字源的意義是"to join, to attach"，加入或黏附的狀態，即「命令；責令」。

conjugal *adj.* 婚姻的 <*con*: together + *jugal*: join> 字源的意義是"join together"。

juncture *n.* 時刻；關頭 <*junc*: join + *ture*: n.>

juxtapose *v.* 並置 <*juxta*: beside, join + *pose*: place>

subjugate *v.* 征服；鎮壓 <*sub*: under + *jug*: yoke + *ate*: v.> 字源的意義是"bring under the yoke"，即「置於枷鎖之下」。

zeugma *n.* 軛式修辭法 <*zeugma*: joining> 字源的意義是"yoke"，即「連結」。用一個動詞或形容詞去指涉句子中的兩個名詞。

Z

zany /ˈzeɪ.ni/ *adj.* strange or unusual in a humorous way 稀奇古怪的；荒謬可笑的

- ■ *a zany incident* 荒謬可笑的事件
- Ⓑ bizarre; wacky
- Ⓢ 源自義大利文 *Gianni*（即 *Giovanni*，相當於英文 John）。在義大利藝術喜劇中，丑角的名字通常就是 *Gianni*。

---

zealot /ˈzel.ət/ *n.* a person who shows great energy or enthusiasm in pursuit of a cause or objective 熱心者；狂熱者

- ■ *religious zealots* 宗教狂熱者
- Ⓑ fanatic; enthusiast
- Ⓜ 記憶法見 zealous 條目。
- Ⓓ **zeal** *n.* 熱情
  zealous *adj.* 熱情的；狂熱的

---

zealous /ˈzel.əs/ *adj.* showing great energy or enthusiasm in pursuit of a cause or objective 熱情的；狂熱的

- ■ *zealous supporters* 熱情的支持者
- Ⓑ fervent; ardent
- Ⓜ zealous 和 jealous（妒忌的；吃醋的）為同源字。兩個字都表達出某種狂熱的喜愛。
- Ⓓ **zeal** *n.* 熱情
  zealot *n.* 狂熱者；熱心者

---

zenith /ˈzen.ɪθ/ *n.* culminating point; the best or most successful point or time 頂峰；鼎盛時期

- ■ *at the zenith of his powers* 正值他權勢的巔峰
- Ⓑ acme; peak; pinnacle
- Ⓜ 用 Zen（禪）來記憶 zenith。助憶句：After years of meditation, he attained a Zen state of mind, reaching the zenith of enlightenment.（經過多年的冥想，他獲致禪境，達到開悟的最高境界。）

---

zephyr /ˈzef.ɚ/ *n.* a gentle wind 微風

- ■ *a summer zephyr* 夏日微風
- Ⓑ breeze; wind
- Ⓜ 讀音類似 sigh forever（永恆的嘆息）。助憶句：The zephyr causes the treetops to sigh forever.（微風讓樹梢永遠嘆息著。）

Note

國家圖書館出版品預行編目 (CIP) 資料

7天背完托福高頻單字 = Marvin's Word Tips
for TOEFL Success/江正文作. -- 第一版. --
新北市：商鼎數位出版有限公司, 2024.06
　面；　公分
ISBN 978-986-144-271-6(平裝)

1.CST: 托福考試 2.CST: 詞彙

805.1894　　　　　　　　　　113007353

7天背完托福高頻單字

作　　者　Marvin 江正文

發 行 人　王秋鴻
出 版 者　商鼎數位出版有限公司
　　　　　地址：235 新北市中和區中山路三段136巷10弄17號
　　　　　電話：(02)2228-9070　傳真：(02)2228-9076
　　　　　客服信箱：scbkservice@gmail.com

編 輯 經 理　甯開遠
執 行 編 輯　陳資穎
獨立出版總監　黃麗珍
美 術 設 計　黃鈺珊
編 排 設 計　商鼎數位出版有限公司

商鼎官網　　來出書吧！

2024年6月1日出版　第一版／第一刷